MICHAEL CAPUZZO

# Der Hai

Michael Capuzzo

# Der Hai

Aus dem Englischen
übertragen von
Yvonne Badal

*Ihr persönliches Leseexemplar*
Gebunden ca. € 21,90
Erstverkaufstag 20. Februar 2002
Wir bitten Sie, Rezensionen nicht vor
dem Erstverkaufstag zu veröffentlichen.

C. Bertelsmann

Die Originalausgabe ist 2001 unter dem Titel
»Close to Shore«
bei Broadway Books, New York, erschienen.

*Umwelthinweis:*
Dieses Buch und der Schutzumschlag wurden
auf chlorfrei gebleichtem Papier gedruckt.
Die Einschrumpffolie (zum Schutz vor Verschmutzung)
ist aus umweltschonender und recyclingfähiger PE-Folie.

1. Auflage

Umschlaggestaltung: Design Team München
Satz: Uhl + Massopust, Aalen
Druck und Bindung: GGP Media, Pößneck
Printed in Germany
ISBN 3-570-00601-8
www.bertelsmann-verlag.de

# *Inhalt*

*Teil III:*
*Auf dass er kein Unwesen mehr treiben kann*

*Für meinen Vater William, der in der Zeit dieses Haies geboren wurde und starb, als ich dessen Geschichte schrieb; für meine Frau Teresa, Einzige in meinem Herzen, die meine von Raubtieren bevölkerten Albträume in Träume verwandelte; und für Cosmo, den Beagle, der tagein, tagaus auf meinem Schoß saß, während ich dieses Buch schrieb, und nach Beute in den Feldern Ausschau hielt.*

* * *

»Der Strand war ein so neuartiges Erlebnis, dass die meisten völlig unvertraut waren mit seinen gesundheitlichen Gefahren und den Risiken, die er für Leib und Leben bereithielt.«

Gideon Bosker und Lena Lencek,
*The Beach – The History of Paradise on Earth*

»Wir fürchten uns nicht nur vor den Räubern, sie lähmen uns geradezu, daher erfinden wir Geschichten und bilden Legenden über sie und neigen dazu, uns endlos über sie auszulassen. Doch Faszination bewirkt Bereitschaft, und bereit zu sein bedeutet Überleben. In einem zutiefst tribalistischen Sinne lieben wir unsere Prädatoren.«

E. O. Wilson

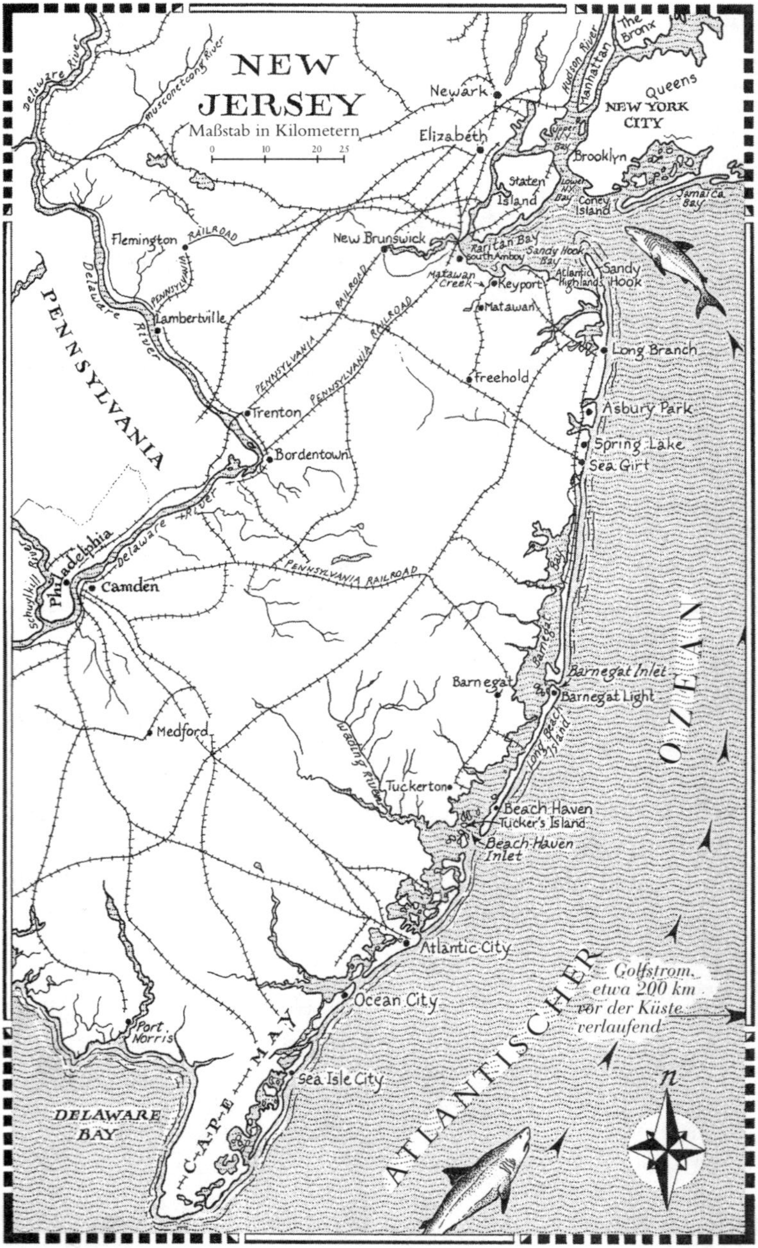

NEW JERSEY
Maßstab in Kilometern
0 10 20 25
PENNSYLVANIA
NEW YORK CITY
The Bronx
Manhattan
Queens
Brooklyn
Staten Island
Coney Island
Jamaica Bay
Hudson River
Upper NY Bay
Lower NY Bay
Newark
Elizabeth
New Brunswick
Raritan Bay
South Amboy
Sandy Hook Bay
Sandy Hook
Atlantic Highlands
Matawan Creek
Keyport
Matawan
Flemington
Lambertville
Trenton
Bordentown
Freehold
Long Branch
Asbury Park
Spring Lake
Sea Girt
Delaware River
Musconetcong River
Schuylkill River
Philadelphia
Camden
Pennsylvania Railroad
Barnegat Bay
Barnegat
Barnegat Inlet
Barnegat Light
Long Beach Island
Medford
Wading River
Tuckerton
Beach Haven
Tucker's Island
Beach Haven Inlet
Atlantic City
Ocean City
Sea Isle City
Port Norris
DELAWARE BAY
CAPE MAY
ATLANTISCHER OZEAN
Golfstrom, etwa 200 km vor der Küste verlaufend
n

# *Vorwort*

Dieses Buch ist keine Fiktion. Alle Figuren sind real. Was über ihre Charaktere, Handlungsweisen und Gespräche berichtet wird, basiert auf zeitgenössischen Presseartikeln, Interviews mit Nachkommen, Tagebüchern, medizinischen Fachzeitschriften und anderen historischen Quellen. Alle Angriffe des Haies haben wie hier geschildert stattgefunden, belegt durch unzählige Presseberichte und Interviews aus der Zeit des Geschehens. Wer das Leben eines Haies aus dem Jahr 1916 rekonstruieren möchte, steht allerdings vor einer einzigartigen Aufgabe. Warum dieser Fisch welche Bahnen zog und plötzlich mit unvorstellbarer Furie Menschen angriff, sind Fragen, die der Forschung fast ein Jahrhundert lang Rätsel aufgaben und letztlich bis heute unbeantwortet sind. Mein Bemühen war es nun, die Verhaltensweisen des Haies so realistisch und genau wie möglich nachzuzeichnen. Dafür habe ich mich auf die besten verfügbaren Feldstudien gestützt, mit Ichthyologen diskutiert und die moderne wissenschaftliche Fachliteratur durchforstet. Auch die handelnden Personen in diesem Buch versuchte ich anhand von unzähligen historischen und zeitgenössischen Quellen wieder zum Leben zu erwecken. Kein hier wiedergegebenes Wort wurde ihnen von mir in den Mund gelegt, jeder Satz stammt nach meinem besten Wissen und Gewissen vom jeweiligen Akteur. In den seltenen und weniger gravierenden Fällen, in denen Fakten nicht rekonstruierbar waren, wie zum Beispiel bei der Frage, ob eine gewisse Person mit einer Pferdedroschke oder einem Automobil eine bestimmte Strecke zurücklegte, griff ich zur gleichen Technik wie bei meiner

Darstellung des Haies – ich schilderte den Hergang so, wie er aufgrund meiner Recherchen über die fragliche Zeit, den Ort und den jeweils spezifischen Charakter am wahrscheinlichsten schien. Diese wenigen Fälle beeinträchtigten in keiner Weise meinen Wunsch, den fundiertesten und realistischsten Bericht über den Hai, die Personen und die Gesellschaft zu schreiben, die er im Jahre 1916 so gründlich veränderte.

Michael Capuzzo,
*Wenonah, New Jersey, 1. März 2001*

# *Der letzte Mensch im Wasser*

*Der Geruch des Meeres zog ihn gen Osten. Vor ihm lag der Atlantik wie ein See aus Diamanten, flüssiger Edelstein in sanft wogenden Wellen, die sich funkelnd im schwindenden bronzefarbenen Licht brachen. Die Sonne senkte sich bereits auf die Abenddämmerung hinter den vor Feuchtigkeit prallen Wolkentürmen herab. Der junge Mann konnte es gar nicht erwarten, ins Wasser zu kommen.*

*Der Sandstrand zog sich kilometerlang hin, begleitet von seegrasbewachsenen Dünen, sonnengebleichten Wrackteilen und den schrägen Schatten viktorianischer Türmchen, die über das Meer wachten. Der laue Wind trug das Gebell eines Jagdhundes herüber und wehte den Hauch eines Dufts von den jungen Frauen am Strand herbei, so nahe, ihre Körper in den Gibson-Girl-Anzügen wie Sanduhren geformt und das Haar ebenso hoch aufgetürmt wie die Wolken, gebändigt nur von seidenen Schleifen. Sie beobachteten ihn. Er war ein hübscher junger Mann. Mit dem zurückgekämmten, glänzenden dunklen Haar und seinem starken Profil zog er Aufmerksamkeit auf sich. Er bewegte sich mit der forschen Gewissheit des Rebellen, die Ellbogen leicht vom Körper abgespreizt, denn Schwimmen im Meer war ein neuartiger und gottloser Zeitvertreib, ein allein Gott geweihter Ritus. Der bestürzende Anblick eines Jünglings am Strand, hatte Thomas Mann* erst kürzlich geschrieben, »gab mythische Vor-*

* Thomas Mann, »Der Tod in Venedig«, *Sämtliche Erzählungen*, Frankfurt a. M. 1963, S. 380.

*stellungen ein, er war wie Dichterkunde von anfänglichen Zeiten, vom Ursprung der Form und von der Geburt der Götter«.*

*Als der junge Mann innehielt und seinen Blick über den Strand wandern ließ, kam der Hund zu ihm gelaufen und leckte seine Hand. Der Mann tauchte kurz die Zehenspitzen ins Wasser und watete schnell ins Seichte, der nasse Sand bei jedem Schritt an seinen Füßen saugend. Er durfte kein Zögern erkennen lassen, kein Anzeichen von Scheu. Ängstlichkeit war etwas, das er entschlossen hinter sich gelassen hatte, ein für alle Mal. Die Temperatur des Wassers betrug zwanzig Grad, er watete weiter hinein, bis zur Hüfte, gelassen, als schlenderte er durch die warme Nachmittagsbrise über den Strand. Als das Wasser seine Taille erreichte, klappte er den Körper wie ein Messer zusammen und tauchte ab. Das Ruderboot der Bademeister, ein altes Küstenwalfängermodell, lag auf dem Trockenen jenseits des Seegrasstreifens.*

*Ein paar Badegäste planschten und vergnügten sich in Ufernähe. Schnell hatte er sie hinter sich gelassen. Sein schlanker, muskulöser Körper war stark und durchtrainiert, rasch erreichte er größere Tiefen. In weiter Ferne zogen Handelsdampfer auf den warmen Fluten des Golfstroms nordwärts. Hinter sich hörte er die platschenden Geräusche des Hundes, der ihm verspielt gefolgt war. Alle Blicke, wusste er, ruhten auf ihm.*

*Einmal hatte er sich um Aufnahme in das Schwimmteam der Universität bemüht und war nicht berücksichtigt worden. Aber heute, er war erst Anfang zwanzig und auf der Höhe seiner Manneskraft, würde ihn seine Ausdauerfähigkeit nicht im Stich lassen. Bald hatte er das Wasser für sich allein, das Meer gehörte ihm, dem fraglos stärksten Schwimmer der Stunde. Er pausierte, atmete tief durch und legte sich rücklings auf die Wellen, ein Signal an das Ufer, dass er erreicht hatte, was er wollte. Er dürfte sich nicht genau im Klaren darüber gewesen sein, wie tief das Wasser unter ihm war, doch angesichts der Entfernung vom Ufer muss es ihm gewiss weit über den Kopf gereicht haben.*

*Es ist unmöglich, die Gedanken des jungen Mannes nachzuvollziehen, während ihn die Dünung dahintrug, sicher ist nur, dass er entspannt die Zeit bis zur Dämmerung verstreichen ließ.*

*Vielleicht dachte er, dass er es sehr gut getroffen hatte, hier, an diesem friedlichen, sicheren und erquickenden Ort. Vor ihm lag ein ganzer Sommer am Strand, eine gemeinsame Zeit mit Familie und Freunden, keine Sorge der Welt trübte das Bild, abgesehen vom europäischen Krieg »jenseits des Teichs«, der ihn nicht berührte. Sein Vater hatte ihn vor den mysteriösen, tödlichen Seuchen in Sicherheit gebracht, von denen die niederen Schichten in Philadelphia befallen wurden; er war verlobt und würde im Herbst heiraten. Vielleicht sehnte er sich angesichts des sonnigen Himmels nach seiner fernen Liebsten, seiner ersten und einzigen Liebe, wie es einem jungen Mann, der noch sein ganzes Leben vor sich hat, eben ergehen kann. Der Hochzeitstermin stand bereits fest. Seine ganze Zukunft war aufs Trefflichste gerichtet.*

*Nach einer Weile wurde er sich bewusst, dass das Planschen des Hundes nicht mehr zu hören war. Er wechselte in die Brustlage und blickte zum Ufer: Der Strand war ein entfernt schimmernder Streifen, von dem die gleißende Hitze des Tages aufstieg. Die Schatten vor den Türmchen hatten sich vertieft; die Sonnenschirme der Damen, steife Sahnehäubchen, hüpften vor dem abendlich gefärbten Himmel über die Holzpromenade am Strand. Er war der letzte Mensch im Wasser. Von irgendwoher trug der Wind das Bellen des Hundes über die Wellen, er lächelte amüsiert. Er hörte Stimmen wie von weit her. Mit einem kräftigen Stoß der Beine machte er eine Wende und begann zum Strand zurückzukraulen. Er spürte, wie ihn ein belebender Adrenalinschub gegen die Wellen schob und darüber hob. Vielleicht missdeutete er dies als das Ergebnis seines stimulierenden Bewusstseins, Aufmerksamkeit zu erregen, vielleicht erlebte er in diesem Moment auch einfach nur frohgemut seine jugendlichen Kräfte. Er war der gebräunte Mercurius mit den geflügelten Fersen, die ihm die hurtige Kraft des Meeres verlieh, genauso wie Jack London, einer seiner Lieblingsautoren, ihn beschrieben hatte.*

*Seine Gestalt war statuarisch schön, die Arme zu perfekten Bögen geformt.*

# TEIL I

## *Unruhige Zeiten*

# *Das Hotel*

Auf einer Insel vor der Südküste von New Jersey, am Rande der ausgedehnten, unbewohnten Pinelands, stand ein stolzes, altes Hotel auf fachwerklichem Gerüst. Sein anmutiger Turm, weit übers Land und von der See aus zu sehen, stahl sich den flachen Horizont von jenem berühmten Leuchtturm vergangener Tage, welcher nahebei in den Gezeiten verfiel. Um seine Spitze zog sich das Flachrelief von Meereswellen im endlos majestätischen Reigen. Das Ganze erweckte den Eindruck eines verwaisten griechischen Tempels, der über einem Land der Mücken und Bremsen thront. Das Engleside Hotel war das vornehmste Logis in diesem verlassenen Landstrich nördlich von Atlantic City, einer so ganz anderen Welt als das mondäne Asbury Park, in dem Präsident Woodrow Wilson während des Sommers 1916 residierte und sich mit dem Slogan »Er hat uns vor dem Krieg verschont« auf seine Wiederwahl vorbereitete. In Asbury Park gaben ehrenwerte, doch ganz dem neuesten Lebensstil huldigende Leute den Ton an; im Engleside hingegen bewegte man sich im Rhythmus von Zeiten einer noch ungekünstelteren Eleganz. Mit seinen dunklen Giebeln und den lang gestreckten, niedrigen Veranden strahlte das Hotel etwas Nobles und sanft Melancholisches aus, wie der letzte Spross einer vornehmen alten Familie.

Für ein Gebäude, das von Quäkern errichtet worden war, strebte die Silhouette des Hotelturms ziemlich unbescheiden himmelwärts. Vier tiefe Balkonreihen war das Hotel Engleside hoch. In ihrem Schatten ruhten Gäste in Korbschaukelstühlen und folgten mit Blicken den kleinen weißen Segeln der hölzernen Windspiele. Am Strand wurden Eierläufe veranstaltet, Spaßmacher trieben Unfug mit Sonnenschirmen, jemand spielte Violine, und ein anderer ließ Hunde durch Reifen hüpfen – ein Unterhaltungsprogramm, das die Gäste von dem Gerücht ablenken sollte, dass U-Boote des deutschen Kaisers vor der Küste kreuzten. Im Hotel selbst wurde kein Alkohol ausgeschenkt, dafür genossen die Gäste andere Annehmlichkeiten, lasen und dinierten, tanzten unter freiem Sternenhimmel, ruderten in mondbeschienenen Buchten, schrieben lange, innige Briefe und warteten auf Antwort. Es gab wenig anderes zu tun. Auf den Veranden am Strand las man Edith Whartons populären Roman *Die Schlittenfahrt* und W. Somerset Maughams *Der Menschen Hörigkeit*, die Kinder verschlangen Kenneth Grahames Geschichten aus *Der Wind in den Weiden*. Der Blick in die Ferne verweilte an den bizarren Kiefern in den Dünen oder den Goldadlern, die einsam über dem Hinterland ihre Kreise zogen, und natürlich der See, reich bestückt mit Goldmakrelen und Streifenbarreln, Austern und jenen Muscheln, welche die Neuengländer mit ihrem indianischen Namen Quahog bezeichneten und gebildete Städter aus Philadelphia nach der Venus benannten. Die meisten Gäste des Engleside gehörten der Aristokratie von Philadelphia an und waren in Latein und Griechisch bewandert. An klaren Tagen schien der Ozean vor ihren Augen kein Ende zu nehmen. Lang gezogene, sanfte Wellen plätscherten träge gegen den kilometerlangen jungfräulichen Strand, um dann im ewigen Rhythmus zurückzurollen. So denn aus dieser Brandung je Sirenengesang zu vernehmen gewesen wäre – man hatte ihm jedenfalls lange widerstanden. Die viktorianischen Gäste des Engleside waren über all die Jahre viel zu distinguiert gewesen, um sich für ein Bad im Meer zu entkleiden. Die Bürger von Philadelphia, ebenso wenig dem Wandel zugetan wie ihre alte, vornehme Stadt, schreckten vor den Wellen zurück, sie fürchteten das Wasser. Und da man noch nie im Meer geschwommen war, nahm man auch fürderhin davon Abstand.

Am späten Abend des letzten Junitages 1916 hörte der Portier des Engleside jedoch Geplätscher und ausgelassene Stimmen vom Hotelstrand. Die Jugend provozierte ihre viktorianischen Eltern mit rebellischem Verhalten und der neuesten Torheit: schwimmen im Mondlicht. Vielleicht war es ja so, dass sich die ältere Generation immer sentimentaler der drohenden Schatten des Chaos in Europa bewusst wurde, denn Tatsache ist, dass sich so manches Ohr in diesem Sommer taub stellte gegenüber diesen mitternächtlichen Geräuschen. Man ließ die Jugend gewähren. Auch der Portier in jener Nacht gab vor, nichts zu hören. Die erste frische Brise des Tages zog bereits durch die geöffneten Fenster des Hotels, als noch immer leise die Melodien der neuesten Hits wie »Don't Take My Darling Boy Away« aus den neumodischen tragbaren Grammophonen am Ufer herüberwehten. Die Lichter der ersten fünfhundert Glühbirnen des Hotels tanzten flackernd über der dunklen See. Erst spät, nachdem es längst still und dunkel im Hotel geworden war, begannen das Geplätscher und Gelächter vor dem Engleside abzuebben und verstummten schließlich vollends.

Erst kürzlich, nach der Zeitrechnung des uralten Meeresgetiers, hatten die Häuptlinge der Leni-Lenape-Indianer ihre Krieger an diesen jungfräulichen Strand geführt, um bei einem Festschmaus Berge von Muscheln zu vertilgen und sich auf die Kriege des Herbstes vorzubereiten; Angler waren aus den britischen Kolonien auf den Kutschenspuren Richtung Meer gerumpelt und Farmer aus Pennsylvania auf ihren Achskarren ostwärts gerattert, um Korn für den jährlichen »Sea day« abzuladen. Niemals in den drei vom Menschen beherrschten Jahrhunderten an dieser Küste, nicht einmal in den letzten vierzig Jahren, jenem Wimpernschlag der Existenz des Engleside, hatten so viele Menschen die Kurzweil eines Bades im Meer genossen.

Die Flut brach herein, unbeeindruckt von der Gegenwart des Menschen. Rochen und andere Fische schwärmten auf ihrer ewigen Futtersuche durch die nächtliche See, unmerklich und auf nie erfahrbare Weise sich ständig ihrer Umwelt anpassend.

Bei Tagesanbruch am Samstag, dem 1. Juli, lagen Hotel und Ozean wieder im strahlend goldenen Band des Strandes vereint. Während im Speisesaal des Engleside von jungen irischen Einwanderinnen aus Boston das Frühstück serviert wurde, lasen die

Männer auf den Veranden den *Public Ledger* aus Philadelphia, rauchten türkische Zigaretten und diskutierten den Marsch der Deutschen auf Paris und den sportlichen Absturz der Philadelphia A's. Es war dies der Sommer, in dem der große Connie Mack der amerikanischen Sprache den Begriff »You can't win'em all« schenkte; und während dieses Wochenendes würde Mrs. Hetty Green sterben, der Welt reichste und geizigste Frau. Sie hinterließ achtzig Millionen Dollar und den zweifelhaften Ruf, ihrem Sohn die Bezahlung einer Operation verweigert zu haben, was ihn ein Bein gekostet hatte. Am späten Morgen war der Strand von jungen Männern und Frauen in jenen degoutanten neuen Badekostümen bevölkert, welche auf öffentlich nie gewagte Weise Bein zeigten. In munteren gemischten Grüppchen folgten sie dem neuesten Vergnügungstrend dieses Sommers und bauten Sandburgen. Gelächter und Flirten schwollen an und ebbten ab, wie unruhige, aber etwas zögerliche Gezeiten, denn alles hier war neu: diese überschäumende und zugleich träge Begegnung von Mensch und Meer, diese spielerische Zurschaustellung von Fleisch.

In seinem Büro im Turm ging der Hotelier Robert Fry Engle mit großer Befriedigung die Buchungslisten für das Wochenende am Independence Day durch. Engle, ein Künstler und Gentleman mit einer Vorliebe für Maßanzüge, steife Kragen und insgesamt die Aufmachung, die im neuen Jahrhundert als tadellos galt (wozu auch die aktuelle Mode eines glatt rasierten Gesichts gehörte), hatte das wache Quäker-Gespür seines verstorbenen Vaters für Profitmaximierung geerbt. Bereits das zweite Jahr in Folge waren alle hundertfünfzig Zimmer für dreihundert Gäste zwischen 4. Juli und Labor Day ausgebucht. Engle, der einer alteingesessenen Familie New Jerseys entstammte, missbilligte zwar das unmoralische, allen Sitten spottende Verhalten, das einige seiner modern gesinnten Gäste an den Tag legten, insbesondere diejenigen, welche sich an berauschende Getränke zu halten pflegten. Doch entgingen ihm gewiss nicht die wunderbaren Auswirkungen der neuen pferdelosen Wagen und Zugverbindungen, die nun auch Sommerfrischler aus der Mittelschicht en masse an die Küste beförderten; da spielte kaum eine Rolle, welche neumodischen Sitten sie einschleppten. Das Engleside hatte noch nie einen solchen Boom erlebt. Das großartige neue Jahrhundert kündete von einem strahlenden Morgen für das Hotel.

Abgesehen vom Business, das vom Vater auf den Sohn übergegangen war – eine zunehmend schwindende amerikanische Tradition, seit die ersten Männer ihre beruflichen Schicksale in die Hände von Konzernen zu legen begonnen hatten –, schien Robert Fry Engle wenig mit seinem Vater gemein zu haben. Robert Barclay Engle, der Gründer des Engleside, war ein hünenhafter, beleibter Bürgerkriegsveteran mit einem Whitmanschen »Grand Army of the Republican«-Bart gewesen, aber auch ein äußerst angenehmer und amüsanter Gastgeber, wohlhabender Farmer, gerissener und kampflustiger Senator des Staates New Jersey und obendrein ein legendärer Scharfschütze, der den führenden Männern seiner Zeit, wie Jay Cooke, dem großen Finanzier aus Philadelphia, welcher die Nation 1873 mit einer Bürgschaft vor einer Panik gerettet hatte, zum Abschuss Hunderter Wildgänse an einem einzigen Tag verhalf.

Robert Barclay Engle war es auch gewesen, der mit einem für einen Quäker geradezu ungebührlichen Stolz dieses Hotelgebäude mit dem himmelwärts strebenden Steildach errichten ließ; er war es, der sich den cleveren Namen für das Hotel ausgedacht hatte, indem er seinen eigenen Familiennamen mit dem alten gälischen Wort »aiengle« verschmolz, das, wie seine reichen, gebildeten Gäste aus den Romanen von Sir Walter Scott wohl wussten, »häuslicher Herd« bedeutete. Und Engle war es auch gewesen, der zu der List gegriffen hatte, seine eindrucksvolle, abgelegene Hotelanlage ausgerechnet im Juni 1876 zu eröffnen, nur knapp einen Monat vor der Jahrhundertfeier der Vereinigten Staaten in Philadelphia, dem Markt, aus dem er vorrangig seine Gäste bezog, geradeso als wollte er die Welt davor warnen, ihn bei dieser Gelegenheit zu ignorieren. (Sie tat es nicht; seither mieteten sich reiche Sportangler Boote und kenntnisreiche Führer, um sich durch die Buchten und das Sumpfland bis zu seiner einsamen Luxusherberge manövrieren zu lassen.) Engle, einer der vielen Unionsveteranen, die es nach dem Krieg zu etwas brachten, verkaufte Jack-London-Fantasien an reiche Geschäftsmänner aus Philadelphia und New York, die bereits im Zeitalter der Eisenbahn den Verlust an unberührter Natur beklagten und sich nach der rauen Lagerfeuer-Kameraderie der Kriegstage zurücksehnten. Aber er war zu früh geboren. Erst sein Sohn, ein Sprössling des Rockefeller-Zeitalters, war dazu ausersehen, sich die großen Träume und das im Überfluss vorhandene Kapital des beginnenden 20. Jahrhunderts zunutze zu machen.

Doch der junge Robert Fry Engle hatte eine deutlich künstlerische Ader, was ihn kaum zum angemessenen Kandidaten für die Fortführung der Familiengeschäfte und daher zu einer ziemlichen Enttäuschung für den Vater machte. Nach seiner Erziehung in den privaten Eliteschulen der Quäker begann er ein seltenes Feingefühl für die Schönheiten des Meeres und der Dünenlandschaft zu entwickeln. Zwar ging auch er gerne auf die Jagd, doch er richtete lieber eine Kamera an Stelle einer Winchester auf die Natur. In den 1890er-Jahren graduierte er von der Kodak-Akademie – der Konzern warb gerade mit dem Slogan: »You push the button, we do the rest« – und wurde mit seinen beschwörerischen Landschaftsporträts in der Manier französischer Impressionisten einer der ersten Kunstfotografen Amerikas. 1896, Engle war achtundzwanzig Jahre alt, wurde seine Fotografie eines Sonnenuntergangs über den Buchten von Long Beach Island, westlich vom Engleside, in jene fotografische Ausstellung in Washington, D.C., aufgenommen, welche Alfred Stieglitz als erste in den Vereinigten Staaten pries, die »der internationalen Aufmerksamkeit wert« sei. Und Engles Fotografie »The Summer Was Sinking Low« gehörte zu den ersten fünfzig künstlerischen Landschaftsporträts, die für die ständige Sammlung der Smithsonian Institution ausgewählt wurden: Schafe, die auf den sonnengebadeten Weiden des Mittleren Westens grasen; die idyllischen Hügel und Täler entlang der mittleren Atlantikküste; die Unschuld viktorianischer Mütter und Kinder in Harmonie mit der Natur – mit anderen Worten also Fotografien, in denen die amerikanische Sehnsucht nach jener Unberührtheit zum Ausdruck kam, die der industriellen Revolution bereits zum Opfer gefallen war.

Der gefeierte junge Fotograf bereiste Amerika, Mexiko und Europa. Er wurde der Protegé von Burton Holmes, dem berühmtesten amerikanischen Reisefotografen und Reiseschriftsteller seiner Zeit, und alles deutete darauf hin, dass er Holmes an Ruhm bald in nichts nachstehen würde. Doch das Meer vor Beach Haven, sein Vater und das Familiengeschäft riefen ihn immer wieder heim. In der Blüte seines künstlerischen Wirkens kehrte er ins Engleside zurück und sollte es nie wieder verlassen, zufrieden damit, seine Gäste zu porträtieren oder die Späße am Strand und den Turm, der die See überragte. So denn zwei Seelen in seiner Brust wohnten, eine künstlerische und die des bürgerlichen Geschäftsmannes, war jedenfalls klar, welche die Gesellschaft mehr bevorzugte. Dem Business galt nun sein Streben, ganz im Tenor der Zeit. Genuss, Lebensfreude, ein großes B für Big Business, das waren die Werte der jungen Industrienation, die bereits die Welt zu dominieren begann. Der monströse Kapitalismus amerikanischer Couleur breitete sich gerade, wie der kalifornische Schriftsteller Frank Norris in seiner gewohnt direkten Weise schrieb, überall wie »ein Krake« aus. Theodore Roosevelt mag das neue amerikanische Credo erhoben haben, aber Norris brachte es auf den Punkt: »Letztlich geht es um Vitalität. Die Vereinigten Staaten wollen und brauchen in diesem Jahr des Heils 1902 keine Gelehrten, sondern Männer.«

Für die richtige Art von Männern war denn auch richtiges Big Money zu machen. Inspiriert von Giganten wie Henry Flagler, Rockefellers Partner bei Standard Oil, der die Wildnis Floridas durch Hotels und Eisenbahnen zugänglich gemacht hatte, investierte Engle mit einer Gruppe von Bürgern aus Philadelphia Millionen von Dollars, um auch Long Beach Island zu einem solchen Paradies werden zu lassen, zu einem Florida an der mittleren Atlantikküste. An der südlichsten Spitze der achtundzwanzig Kilometer langen und anderthalb Kilometer breiten Insel lag das winzige Beach Haven, und diesen kleinen Ort wollte er nun in »der Welt größte Stadt am Meer« verwandeln, in eine See-Metropole, deren Skyline von Wolkenkratzern beherrscht sein sollte und in der es von Straßenbahnen und zehntausenden wohlhabenden Bürgern nur so wimmeln würde, in eine Stadt, die ihre südliche Nachbarin Atlantic City – der, wie Engle immer betonte, durch ihre ins Landesinnere gerückte Lage die frische Meeresbrise fehlte – noch weit überstrahlen würde. Es ging ihm um nichts weniger als um die kapitalistische Eroberung der Küste von Jersey. Männer wie John Pierpont Morgan, Andrew Carnegie und Edward Henry Harriman hatten kolossale Standards gesetzt.

Nach der Sommersaison von 1915, der erfolgreichsten, die Beach Haven bis dahin erlebt hatte, konnte sich Engle immer deutlicher ausmalen, wie seine grandiose See-Metropole Gestalt annehmen würde, ein Paradies des Komforts und der Behaglichkeit für seine Gäste, ungestört von allen Belästigungen der Natur. Er konnte es im Dröhnen der neuen Acetylengasstation hören, die die fünfundsechzig Schwanenhalslampen mit Energie versorgte, deren Schatten auf die vier unbefestigten Straßen und zwei Strandpromenaden des Ortes fielen; er vernahm es im Blätterrauschen der Hunderte neu gesetzter junger Bäume, die sich nachts unter den Sternen im Wind bogen und künftigen Sommerfrischlern tagsüber Schatten spenden würden; er hörte es am ständigen Rumpeln der Überlandbusse und »Tin Lizzies«, wie die ersten in Serie produzierten »Blechkisten« von Ford genannt wurden, die mittlerweile vom Festland über die erste Dammchaussee herbeiströmten, für die er sich bei den Politikern seines Staates so vehement eingesetzt hatte.

Die Zukunft kündigte sich im Dröhnen der Bagger an, die die Sumpfgebiete aufschütteten, um ihnen Land abzugewinnen, und die kilometerlange Dränagen aushoben, um die Mücken, diese berüchtigte Pest des Fortschritts, in Schach zu halten. Der geborene Geschäftsmann Engle hatte, das sagten jedenfalls die Leute, sogar ein Händchen für diese stechenden »Jersey skeeters«. »Es gab nie einen Garten Eden, in den der Teufel nicht einzudringen versucht hätte«, sagte er einmal, »und je perfekter der Garten, desto mehr versuchte er, hineinzukommen.«

Mücken und Fliegen surrten und brummten unaufhörlich gegen die Türen der Kabinen am Meer und flogen schnurstracks in die geöffneten Hotelfenster, denn Fliegengitter gab es zu jener Zeit noch nicht. Aber an diesem Samstag lag noch ein anderer Makel auf Engles Paradies, nämlich das Wetter. Schon die Morgenluft klebte wie der Mull eines Käsetuchs, ein Phänomen, für das selbst die besten wissenschaftlichen Köpfe der Ostküste keine Erklärung finden konnten; die Hitze ließ einfach nicht nach. Die blütenweißen Figuren auf den Tennisplätzen am Strand, wo gerade ein Bursche namens Billy Tilden spielte, bewegten sich wie in Zeitlupe. Am Nachmittag hielten es viele von Engles Gästen nur noch im ländlichen Komfort ihrer kleinen, engen Zimmer im Stil der Siebzigerjahre aus, unter den heißen und kalten Salzwasserduschen, die die Geister wiederbelebten und eine neueste Annehmlichkeit des Hotels waren. Bei Anbruch der Dämmerung drängten sich die offenen Roadster wieder dicht an dicht in der sandgeschwängerten Luft um das Engleside wie um eine Arche. Beach Haven war erneut dem ewigen Rauschen des Windes und der Wellen überlassen, die mit dem Abendlicht zurückgekehrt waren. Nur noch eine Hand voll Gäste beobachtete aus ihren Korbstühlen hoch oben auf den Balkonen, wie sich die letzten Segel am Horizont neigten und über das Wasser jagten, während Engle in seinem Büro noch einmal den Ablauf des geplanten »Ladys' softball game« am Sonntag überdachte, bei dem der gleichen Chancen halber auch die Männer Röcke tragen mussten. Das Plätschern der Wellen und Gelächter der Schwimmer ebbte mit den Gezeiten ab, und die jungen Badegäste zogen sich zum Umkleiden in die viktorianischen Kabinen zurück. Nur noch wenige Schwimmer waren im Wasser. Über die Holzpromenade schlenderten die Damen, wie auf einer Perlenschnur aufgereiht, ins Hotel zurück, den Kopf unter zierlichen Sonnenschirmchen verborgen und ihren Porzellanteint mit chinesischen Fächern kühlend. Von ihren Angeltouren zurückkehrende Männer versammelten sich in der Lobby, wieder einmal über einen erfolglosen Tag schimpfend; sämtliche Führer des Ortes klagten über das geheimnisvolle Verschwinden der Beutefische. Das Klappern von

Porzellan, Silber und Kristall aus dem festlichen Speisesaal, der mit seinen korinthischen Säulen und tropischen Wandgemälden den Höfen in Europa Konkurrenz machte, übertönte den fernen Schrei der Möwen.

Im selben Moment trug der Wind noch ganz andere Laute über das Meer, doch sie prallten an den schützenden Mauern des eleganten Hotels ab. Zuerst waren sie noch leiser als das Rieseln der sich auflösenden Sandburgen, so leise, dass sie dem menschlichen Ohr entgingen, verloren unter den Geräuschen des üblich trägen Spätnachmittags in dieser Sommerkolonie aus den wehmütigen letzten Tagen des eduardischen Zeitalters.

Dann nahmen die Laute an Deutlichkeit zu. Schnell wie Schall im Wasser wurden sie weitergetragen, bald erfüllte ihr Widerhall jede Ecke des Hotels, setzte sich über den Globus fort und erschütterte das noch junge Jahrhundert. Denn sie riefen etwas wach, das seit Urzeiten in der menschlichen Erinnerung an das Meer schlummerte und nur vergessen worden war.

# *Der Fisch*

Langsam bewegte sich der große Fisch durch die Tiefe vorwärts. Sein dunkler Rücken passte sich der bleifarbenen See an, sein weißer Bauch verschmolz mit den vom Meeresboden reflektierten Sonnenstrahlen. Er bewegte sich mit einer für seine Größe bemerkenswerten Grazie und Eleganz, während er von den unendlichen Brechungen des Lichts in einen Mantel der Unsichtbarkeit gehüllt wurde. Ungesehen und ungehört konnte er tagelang dahingleiten, ohne von einem menschlichen Auge entdeckt zu werden oder auch nur in die Nähe eines Bootes oder eines Artgenossen zu geraten. Kaum etwas an dieser Szenerie hatte sich verändert, seit der Fisch im Zeitalter der Reptilien durch die Meere schwamm. Noch immer wurden die Ozeane von keinem Satelliten überwacht, und kein Schattenkreuz eines Flugzeugs legte sich auf ihre Wellen. Der Fisch war bereits da gewesen, bevor sich die Kontinente teilten, bevor es Bäume und fliegende Insekten gab. Und er hatte alles überdauert, was die Natur seither an Aufregung und Ausrottung erlebte. Der Fisch hatte überlebt, ohne sich wesentlich zu verändern.

Nicht einmal die viktorianischen Naturforscher, die seit Darwin so lustvoll jede lebende Pflanze, jedes Tier und jeden menschlichen Stamm klassifizierten und katalogisierten, hatten in die Welt dieses Fisches eindringen können. Sich rar zu machen ist eine seiner besten Überlebenstaktiken und seine Seltenheit das größte Geschenk, das ihm die Natur zu Überlebenszwecken auf den Weg geben konnte. Wie sogar noch heute, beinahe ein Jahrhundert später, war es 1916 für jeden Fischer oder Segler ein einmaliges Erlebnis, einem solchen Exemplar zu begegnen.

Es lag offenbar im Plan der Natur, eine Makrele oder Krabbe an den Gestaden von Maryland zu einem alltäglichen Anblick zu machen, nicht aber den Weißen Hai. Er besetzt die Spitze der Nahrungspyramide in den Ozeanen wie der Adler die am Himmel und der Tiger die an Land. Man nennt diesen Fisch einen »Spitzenprädator«. Weiße Haie müssen derart enorme Mengen Fleisch vertilgen, um zu überleben, dass ihre Anzahl schon aufgrund dieser Tatsache begrenzt ist. Es sind die größten Raubfische, die die physikalischen Gesetze unseres heutigen Planeten noch zulassen. Gäbe es sie in unbegrenzter Zahl, so wäre das einfach viel zu gefährlich.

Eine Folge dieser Rarität war, dass man 1916 kaum etwas über ihn wusste. Die meisten Amerikaner hatten noch nie einen Hai zu Gesicht bekommen, abgesehen von der gelegentlichen Abbildung in einer Zeitung oder als Zeichnung wie jene des kuriosen kurzsichtigen »grand chien de la mer« aus Jules Vernes Bestseller *20 000 Meilen unter dem Meer,* der dem Weißen Hai ähnelte. Doch das Seemannsgarn über den »Menschenfresser« überlebte auch im Maschinenzeitalter – als Relikt von etwas zweifelhaften Legenden aus der Zeit der großen Segelschiffe. Herman Melville, der auf Walfangtouren im Pazifik Zeuge von Haiattacken geworden war, schrieb in *Moby Dick* über die Farbe des »weißen Haies der Tropen«: Es »lauert... etwas schemenhaft Unfassbares im tiefsten Sinn dieser Färbung, das die Seele mit panischem Schrecken überfällt... die Vorstellung des Weißen, wenn es aus freundlicheren Beziehungen gelöst und mit etwas an sich Entsetzlichem gepaart erscheint, [steigert] das Entsetzen bis zum höchsten Grade«.* Melville starb 1891 in New York als armer Schlucker, sein großartiges Werk wirkte im modernen Zeitalter der Dampfschifffahrt und Telegrafenkabel antiquiert und interessierte niemanden. Vielleicht war der Grund dafür aber auch, dass Kapitän

* Herman Melville, *Moby Dick*, übertragen von Alice und Hans Seiffert, Frankfurt a. M. und Leipzig 1956/1992, S. 264.

Ahabs großer Pottwal, *das* Meeresungeheuer des 19. Jahrhunderts, vom Menschen schon fast ausgerottet worden war. Allerdings hatten sich bereits sämtliche Meeresungeheuer unserer Vorfahren unter dem deduktiven Methodenblick der Wissenschaft verflüchtigt. »Das ist wissenschaftlich«, lautete die Zauberformel, mit der sich jedes Salonargument zum Schweigen bringen ließ, wie Frederick Lewis Allen in *Only Yesterday* schrieb. Der Schiffe verschlingende Krake war, wie sich herausstellte, ein zwar riesiger, aber seltsam scheuer Kalmar, der sich harmlos in den Tiefen der Meere versteckte; der »menschenfressende Riesenkrake« war weder das eine noch das andere, sondern einfach ein großer, Tinte versprühender Kopffüßer. Und die Meerjungfrau, jene sagenumwobene Sirene, die Seefahrer in ihr Unglück stürzte, entpuppte sich als die weit weniger gefährliche, allerdings auch weniger anmutige Manati, eine Rundschwanz-Seekuh. Die gebildeten Menschen der viktorianischen oder eduardischen Ära waren fest entschlossen, den Übertreibungen alter Mythen oder moderner »Pseudowissenschaft nach Art eines Jules Verne« nicht aufzusitzen, wie Mark Sullivan in *Our Times* bemerkte. Ein echter Mann ließ sich davon ebenso wenig in die Irre führen wie von dubiosen Zeitungsberichten oder notorischen Schwindlern, die ihr Geschäft »in ständiger Bewegung betreiben, Regen machen, Löcher bis nach China bohren, Botschaften vom Mars erhalten, Besucher aus dem Weltraum empfangen«. Für den aufgeklärten Mann der Jahrhundertwende gehörte der menschenfressende Hai ebenso ins Reich der Mythen wie die Riesenseeschlange.

Jules Verne repräsentierte diesen viktorianischen Skeptizismus 1870 in seiner Geschichte *20 000 Meilen unter dem Meer* sehr gewissenhaft. Man sollte den Legenden der Seefahrer nicht allzu viel Glauben schenken, schrieb er, denn auch wenn es hieß, dass in einem Fisch der Kopf eines Büffels und ein ganzes Kalb gefunden worden seien, in einem anderen zwei komplette Thunfische sowie ein voll bekleideter Matrose, in einem dritten ein Seemann mit Säbel und in einem weiteren ein Pferd mitsamt Reiter, schienen diese Geschichten doch reichlich zweifelhaft. Merkwürdigerweise hielten sich solche Mythen über das Meer jedoch sogar unter hart gesottenen Realisten seltsam hartnäckig. Es sollte den 1890er-Jahren und einem neuen Schlag von Männern vorbehalten sein – Männern, die die Natur kontrollierten und manipulierten wie niemand zuvor –, den Mythos als solchen zu entlarven. 1891 fanden Begriffe wie »Monopolies«, »Trust« oder »robber barons«, Raubritter, Eingang in die amerikanische Sprache, und die Menschen wurden plötzlich von ehrfurchtsvoller Scheu vor schierer Größe ergriffen – vor großen Eisenbahnen, großem Geld oder großen Männern wie Rockefeller und Harriman. Im Alltag musste sich der kleine Mann den »nature's noblemen«, als die sich diese Raubritter gerne bezeichnen ließen, zwar beugen, doch im Meer konnte er sich als Gleicher unter Gleichen fühlen, beim Schwimmen, einem Sport, »dessen wir uns alle, Katzen wie Könige, erfreuen können«. Denn in den 1890er-Jahren war der größte Raubfisch der Ozeane, der Menschenhai, ins Reich der Fabel verbannt und als Kreatur entlarvt worden, die einem Mann nicht das Wasser reichen konnte – einmal ganz abgesehen davon, dass sie gewiss auch nicht das bedrohlichste Ungeheuer dieser Zeit war.

An einem warmen, windigen Nachmittag im Juni 1891 dampfte die Luxusjacht *Hildegard* im östlichen Atlantik, weit vor dem Schattenriss der New Yorker Skyline. Es war ein angenehmer Tag mit einer etwas zögerlichen Sonne, nur hie und da wogte der Kamm einer Welle auf. Die *Hildegard* fuhr aufgetakelt und strahlend unter all dem polierten Teak und glänzenden Messing, doch irgendwie fehlte ihr die einzigartige Grazie alter Segler. Die neuen, kohlebefeuerten Jachten des goldenen amerikanischen Zeitalters waren nur niedriger und schnittiger. Vor der weiten, grauen Leere, begleitet lediglich von Sturmvögeln oder dem gelegentlichen Dampfer in der Ferne, glitzerte und glänzte diese Jacht wie ein Paradebeispiel für die ausgelassenen Gay Nineties. Zigarrenrauch kringelte sich vor dem Schandeck auf, manche der Sportsmänner an Bord kauten auch Tabak, Zigaretten galten unter der »upper crust« auf der *Hildegard*, wie diese Gesellschaft von der Presse tituliert wurde, als weibisch oder proletenhaft.

Dass Frauen rauchten, war verpönt und wurde als ebenso skandalös empfunden wie das Entblößen von Fußgelenken. Dem schwächeren Geschlecht auf der *Hildegard* standen ohnedies andere Mittel zur Verfügung, um eine dekadent welterfahrene Sinnlichkeit zur Schau zu stellen. Ob auf blütenweißem Leinen oder an den wippenden Straußenfedern der Kopfbedeckungen, allenthalben glitzerten bei jeder Bewegung Diamanten in vielerlei Farben – diamantene Hutnadeln, diamantene Stirnreifen, mit Brillanten besetzte Broschen in Form von Eidechsen, Insekten, Bienen, was immer die Zoologie hergab. Und die Dampfschifffahrt erlaubte es der reichen Oberschicht zum ersten Mal in der Geschichte, in tiefere Gewässer vorzudringen, sich irgendwohin und nirgendwohin treiben zu lassen, allein des Vergnügens wegen, aus reiner Lust an der Verschwendung von Raum und Zeit, als sei dies das Kultivierteste auf der Welt. Das süße Nichtstun auf dem Ozean war eine der letzten Barrieren zwischen Gentlemen und Pöbel. »Geschäfte kann man mit jedem machen«, schrieb J. P. Morgan, »aber segeln kann man nur mit Gentlemen.«

Die Männer, die an diesem Nachmittag an der Reling lehnten, trugen Prinz-Albert-Anzüge, Krawattentücher und glänzend polierte Kalbslederschuhe. Es waren Sportsmänner wie William K. Vanderbilt junior, der Schwager des Schiffseigners, der sich mit Einladungen auf die Jacht seiner Familie zu revanchieren pflegte, einen 100 Meter langen Luxusdampfer mit zwanzig Prachträumen und 62 Mann Besatzung. Dieser jüngste Spross der Vanderbilts, dunkelhaarig, stattlich und das Gesicht von einem prächtigen Moustache geziert, war gerade damit beschäftigt, die Reichtümer, die sein Großvater Cornelius im Eisenbahngeschäft angehäuft hatte, derart drastisch zu mindern, dass er zur Vorlage für den in den 1890er-Jahren geprägten Begriff »Geltungskonsum« wurde. Zu den regelmäßigen Gästen an Bord der *Hildegard* zählten Männer wie Charles Dana, ein Freund des Jachteigners Hermann Oelrichs und Herausgeber der *New York Sun*, oder Oelrichs' neu bestellter Architekt Stanford White und Theodore Roosevelt, sein fröhlicher Zechbruder aus dem Delmonico's und noch sieben Jahre davon entfernt, den Rough Riders auf Kettle Hill voranzureiten. Auch Oelrichs hatte Anzug und Weste angelegt, doch weder Seide noch Gabardine konnten die enorme Kraft seines Oberkörpers verhüllen oder die bewundernden Blicke ablenken, die ihn ständig streiften. In jenen Tagen der Industriemagnaten, sensationshungrigen Salonlöwinnen und willfährigen Herren von der Presse fühlten sich alle zu Hermann Oelrichs hingezogen.

Oelrichs war um die 1,80 Meter groß und wog an die 100 Kilo, ein Hüne von Mann für seine Zeit, doch mit schmalen Hüften, einem immer strahlenden Lächeln, dickem Hängeschnauzer und blitzend arroganten Augen. Der internationale Schiffsmogul war einer der reichsten Männer Amerikas und hatte zudem die beste Partie des späten Viktorianischen Zeitalters gemacht – die »Goldgrube« Teresa Fair, Tochter eines kalifornischen Senators und Erbin der Comstock Lode. Als begeisterter Sportler hatte er nicht nur Polo und Lacrosse in den Vereinigten Staaten zu Popularität verholfen, sondern war auch selbst in New York City zum gefeierten Amateurbaseballspieler und Hammerwerfer geworden und außerdem der beste Amateurboxer und Schwimmer im Lande. Viele Leute sahen ihn allerdings auch von der schmerzlichen Aura des unerfüllten Versprechens umgeben, denn öffentlichen Ämtern gegenüber blieb er reserviert; er hatte sowohl das Angebot ausgeschlagen, für das Amt des New Yorker Bürgermeisters zu kandidieren, als auch die Offerte, Präsident des New York Athletic Club zu werden. »Hermann Oelrichs war von der Natur so reich beschenkt worden und geistig wie körperlich so perfekt ausgestattet«, hieß es in der *New York Times*, »dass seine Freunde nahezu einstimmig bekundeten, er hätte einen noch wesentlich bedeutenderen Rang in der Gesellschaft einnehmen können, wenn er nur darauf aus gewesen wäre.«

An jenem Nachmittag, als die *Hildegard* ostwärts dampfte, leistete Hermann Oelrichs seinen vielleicht nachhaltigsten gesellschaftlichen Beitrag. Während seine Mannschaft das Schiff auf Kurs hielt, während die Stewards Speisen servierten und die Männer »gimme a smile« riefen (wie Gentlemen einen Drink zu ordern pflegten) und immer lauter und übermütiger in eine raue, sportive Fröhlichkeit verfielen, ergab sich bei Einbruch der Dämmerung am Rande des Festlandsockels ein Moment, der geradezu ein Fest für das Bedürfnis der Neunzigerjahre nach dem Spektakel war. Zu diesem Zeitpunkt nämlich verkündete Hermann Oelrichs, dass er nach Haien Ausschau halten wolle.

Wer hätte es den Passagieren der *Hildegard* verdenken wollen, dass sie angesichts der bleiernen See just in jenem Moment erschauerten? Immerhin war der Hai noch weit und breit als der angriffslüsterne Menschenfresser gefürchtet, den man aus den Horrorgeschichten über die Tropen kannte, für die sich Oelrichs schon seit jeher besonders interessiert hatte, ebenso wie sein Freund und Reisegefährte Roosevelt. Ungeachtet der Tatsache, dass Wissenschaftler sich solchen Geschichten gegenüber skeptisch geäußert hatten, herrschte 1891 ein so großes Grauen vor dem Hai, dass sich den Menschen allein bei der Erwähnung dieser Bestie die Haare sträubten. Sogar Walt Whitman, der in seinem jüngst veröffentlichten Werk *Song of Myself* so gut wie alles pries, was kreucht und fleucht, fand für diesen Fisch nur das bedrohliche Bild, »wo die Flosse des Hais wie ein schwarzer Span aus dem Wasser schneidet…«.* Jedenfalls behauptete Oelrichs an diesem Spätnachmittag, während sich Wellen gespannter Erwartung über das Schiff ausbreiteten, wie schon so oft, wenn er das Wort in den Salons der goldenen Tage von New York ergriffen hatte, dass jeder, der Haie für Menschenfresser halte, nur einer uralten Fantasie aufgesessen sei. In Wirklichkeit seien diese Fische sogar ausgesprochen feige. Er allein sei in der Lage, auch den größten, der sich aus der Tiefe an die Oberfläche wagen würde, in die Flucht zu schlagen.

Bereits zuvor in diesem Jahr hatte Oelrichs in der *New York Sun* eine Belohnung von 500 Dollar ausgesetzt für »einen Beweis, den auch ein Gericht akzeptieren würde, dass jemals auch nur ein einziger Mann, eine einzige Frau oder ein einziges Kind lebendi-

---

* Walt Whitman, »Gesang von mir selbst«, *Grashalme*, Nachdichtung von Hans Reisiger, Zürich 1985, S. 86.

gen Leibes in einem angenehm temperierten Gewässer von einem Hai angegriffen wurde«. Als Beispiel für ein »angenehm temperiertes Gewässer« nannte er die Meeresregion vor der Ostküste der Vereinigten Staaten nördlich von Cape Hatteras in North Carolina.

Ganz der ausgelassenen Stimmung der Zeit angemessen, schien Oelrichs – wie sein Schwager Vanderbilt, der das erste Automobilrennen Amerikas veranstaltet hatte, um »die wissenschaftliche Fortentwicklung des Automobils« zu fördern – letztlich jedoch mehr an einer guten Show als am wissenschaftlichen Fortschritt interessiert.

Aber allein das verwegene Angebot dieses Reeders »führte dazu, dass Zeitungen im ganzen Land über Haie zu diskutieren begannen«, wie die *New York Times* berichtete. »Mr. Oelrichs behauptete, die uralte und weit verbreitete Angst vor Haien könne durch kaum etwas belegt werden, jedenfalls nicht durch den bewiesenen oder beweisbaren Angriff eines Haies auf einen Menschen mit Todes- oder Verletzungsfolge … Er beschränkte sein Wettangebot auf angenehm temperierte Gewässer, da er kaum über Kenntnisse von den Gepflogenheiten tropischer Haie verfügte, die er selbst jedoch für harmlose Aasfresser hielt.«

Nun, an diesem späten Sommernachmittag kurz vor Anbruch des Jahrhunderts des menschlichen Fortschritts, wollte Oelrichs der Wahrheit über die Gefährlichkeit von Haien zur Befriedigung aller intelligenten Menschen ein für alle Mal auf den Grund gehen.

Wenn es überhaupt einen Mann gab, von dem man damals vermutete, dass er es mit einem Hai aufnehmen konnte, dann höchstens einer, der über den Reichtum der Vanderbilts, die Energie Roosevelts und eine unangefochtene Reputation für Tapferkeit auf hoher See verfügte. Und genau dieser Mann war Hermann Oelrichs, der amerikanische Direktor des hoch angesehenen Norddeutschen Lloyd, der schon bald den Bau des ersten Superluxusdampfers der Welt in Auftrag geben sollte, der *Kaiser Wilhelm der Große*, eines Schiffs, welchem mit seiner Länge von rund 200 Metern und Raum für 2000 Passagiere, wie der Historiker Lee Server schrieb, »ein stolzer Rang unter den Errungenschaften des menschlichen Geistes gebührte« und das als »ein ebenso bemerkenswertes Symbol... einer bemerkenswerten Ära... und des scheinbar grenzenlosen Fortschritts von Wissenschaft und Technik« galt wie die großstädtischen Wolkenkratzer. Lange bevor die *Mauretania* und *Lusitania*, die *Normandie* und *Titanic* erbaut wurden, um Glanz und Glorie der *Kaiser Wilhelm* Paroli zu bieten, hatte Oelrichs mitten auf dem Atlantik bereits glanzvolle Dinnerpartys im Prunksaal seines damals größten Schiffs der Welt gegeben und wohlhabende Freunde mit Geschichten über seine Begegnungen mit Haien beim Langestreckenschwimmen ergötzt.

Zur gleichen Zeit, als die ersten modernen ozeanographischen Forschungsergebnisse von der Fahrt der HMS *Challenger* aus dem Jahr 1870 veröffentlicht wurden, hatten Oelrichs Dampferkapitäne auf dessen Nachfrage hin beteuert, dass sie in all den Jahren, in denen sie die sieben Weltmeere befahren hatten, keinen einzigen verlässlichen Beweis für die Existenz eines menschenfressenden Haies gesehen oder zugetragen bekommen hatten. Das deckte sich mit allem, was der Tycoon bei seinen eigenen ausgiebigen Erkundungen erlebt hatte.

Der millionenschwere Direktor des Norddeutschen Lloyd Bremen war unbestreitbar einer der besten Langstreckenschwimmer auf den Meeren der Welt. In einer Zeit, in der Ichthyologen Haie zu erforschen pflegten, indem sie in den Häfen darauf warteten, dass ein Fischer zufällig ein totes Exemplar dieser Fische anbringen würde, war Oelrichs bereits in Gegenwart von unzähligen Haien in tiefen wie seichteren Gewässern geschwommen, ohne je attackiert worden zu sein. Er mag zwar nie wie Byron den Hellespont durchschwommen haben, was sein großer Traum gewesen war, doch die New Yorker Presse rühmte ihn deshalb nicht minder für seine Taten. Eine Zeitung schrieb einmal: »So mancher Kapitän eines Transatlantikschiffs erklärte..., dass er immer nach Hermann Oelrichs Ausschau halte, sobald er sich der amerikanischen Küste nähert, da dies ein untrügliches Zeichen wäre, dass man nicht mehr weit von Land entfernt sein könne.« Jahrelang hatte Oelrichs Sommer für Sommer seine legendäre »Hai-

Jagd« veranstaltet, bei der er jeweils eine Distanz von acht Kilometern vor der Küste von New Jersey zurückzulegen pflegte und immer unversehrt zurückkehrte, was den *New York Herald* zu der Schlagzeile veranlasst hatte: »Oelrichs schlägt Haie in die Flucht.«

Eine Generation vor dem Aufstieg des Profisports in den Roaring Twenties gehörte Oelrichs zu den unumstrittenen Stars jener tollkühnen sportlichen Wagnisse, auf die die Öffentlichkeit so unersättlichen Appetit hatte und den die Presse dann ebenso bereitwillig stillte. Einmal hatte er den Champion John L. Sullivan zu einem Boxkampf herausgefordert und aus eigener Tasche 10 000 Dollar Siegerprämie ausgesetzt. Doch Sullivan lehnte ab. Also suchte sich Oelrichs einen Gegner, den er nicht erst zu fragen brauchte – unter dem donnernden Applaus von Pressevertretern und Schaulustigen rang er einen Löwen im Käfig zu einem Unentschieden nieder. Viele Passagiere auf der *Hildegard* waren zweifellos auch Zeugen von Oelrichs' Versuch, im Atlantik vor Newport den Nachweis zu erbringen, dass er stärker war als der stärkste Fisch im Wasser. Vor versammelter Presse und der Crème de la crème der New Yorker Gesellschaft, die dem Spektakel auf den Meeresklippen beiwohnte, darunter die Whitneys und Vanderbilts, hatte Oelrichs einen Fischer aufgefordert, ihn wie einen »Menschenfisch« auf Deck seines Bootes zu schaffen. Zwanzig Minuten lang mühte sich der Fischer nach Kräften, aber es gelang ihm nicht, den schweren Sportsmann an der um die Taille geschlungenen Leine an Bord zu hieven. Dafür war der anwesenden High Society »das interessanteste Ereignis des Sommers« geboten worden, wie die Zeitungen schrieben.

Jetzt, an Bord der *Hildegard*, 165 Kilometer vor der Küste, tauchten steuerbords plötzlich mehrere Haie auf. Jedes Gespräch erstarb, als die hohen Rückenflossen der großen Fische durch die Wellen um das Schiff schnitten. Ein Raunen ging über Deck, während Oelrichs schnell in seinen Badeanzug wechselte, dann aufgeregtes Gemurmel, nur Männer mit wahrem Sportsgeist feuerten ihn begeistert an. Oelrichs bedeutete mit den Händen, das Schiff näher an die Tiere heranzumanövrieren, und stellte sich an die Reling. Erste Wetten wurden abgeschlossen. Die männlichen Passagiere, bemüht, sich die Strohhüte nicht vom Wind wegreißen zu lassen, und Frauen in aufgeregt flatternden Röcken beugten sich weit über die Reling, um sich keine Einzelheit des Spektakels entgehen zu lassen. Einige wandten jedoch den Blick ab, als das Wasser den kräftigen Sportler aufnahm.

Oelrichs Kopf verschwand einen Moment und tauchte dann zwischen den bis zu anderthalb Meter hohen Wellen wieder auf. Er schüttelte das Wasser aus den Augen und begann mit kräftigen Schlägen durch die Wellen zu kraulen, weg vom Schiff, unter ihm 400 Meter Meerestiefe. Unmerklich für die Gäste an Bord hatten die Haie die Gegenwart eines großen, geräuschvoll durch das Wasser pflügenden Säugetiers wahrgenommen und sich mit unheimlicher Synchronisation in Bewegung zu setzen begonnen.

Doch zum Erstaunen der Schaulustigen auf dem Schiff schwamm Oelrichs unerschrocken weiter, direkt zwischen den Haien hindurch, und brachte diese Armada der gefürchtetsten Fische des Meeres mit seinen kräftigen Schwimmstößen – gerade so, als wollte er ein Dutzend John L. Sullivans auf einmal k.o. schlagen – in Nullkommanichts dazu, sich zu zerstreuen. Nachdem sie in der Tiefe verschwunden waren, kletterte Hermann Oelrichs rot vor Stolz und Erschöpfung triumphierend zurück an Bord der Jacht. Die Passagiere der *Hildegard* jubelten begeistert, schwenkten Strohhüte, Taschentücher und Stolen durch die salzige Luft. Es ist nicht bekannt, ob es Haie einer harmlosen Art waren, die Oelrichs in die Flucht geschlagen hatte, oder gefährliche Makohaie oder gar Weißspitzen-Hundshaie. Doch ein knappes Jahrhundert später hätte es die Forscher nicht überrascht, dass diese Tiere, welche Art es auch gewesen sein mochte, den Menschen flohen, anstatt die seltene Gelegenheit solcher Beute wahrzunehmen. Denn große Haie greifen grundsätzlich aus der Deckung an oder um sich zu verteidigen, und ein so kleines, ungelenkes, flossenloses Säugetier hätten sie kaum als Bedrohung empfunden. Aber davon wussten die Zuschauer an jenem Nachmittag 1891 nichts, und so kam es, dass sie gegen die Legendenbildung, die bereits am selben Abend in New York City einsetzte, keine Einwände hatten: Hermann Oelrichs hatte das Experiment Mensch gegen Hai gewagt, dessen Ausgang jeder Anwesende bezeugen konnte. Der Sportsmann war inmitten wildester Haie geschwommen und hatte sie verscheucht.

Der große Fisch war dem Menschen nicht gewachsen.

Sicher wäre dieses Ereignis auf See in Vergessenheit geraten und hätte nur kurz die Gespräche in den Salons beherrscht, wenn Oelrichs nicht ebenso mythische Qualitäten besessen hätte wie der Fisch, den er herausforderte. Anderthalb Jahrzehnte später, im November 1906, starb er im Alter von 56 Jahren an einer Leberzirrhose. Er überquerte gerade an Bord der *Kaiser Wilhelm* den Atlantik, auf der Rückkehr nach New York von einer Trinkkur in Karlsbad, bei der er sich von seinen anstrengenden Rettungsaktionen nach dem Erdbeben in San Francisco erholt hatte. Die *New York Times* veröffentlichte auf der Titelseite eine Eloge auf den Mann, der ein Vierteljahrhundert lang eine so wesentliche Rolle im Leben der Stadt gespielt hatte und eine noch weit bedeutendere Position in der Gesellschaft hätte einnehmen können, wenn ihm nur daran gelegen gewesen wäre. Doch zumindest war der Mogul und Sportsmann aus dem goldenen amerikanischen Zeitalter in dem Bewusstsein gestorben, dass er seine Wette gewonnen hatte. Tatsächlich waren seine skeptischen Äußerungen über die Existenz von menschenfressenden Haien den Wissenschaftlern von Jahr zu Jahr glaubwürdiger erschienen. 1906, im Jahr, in dem er starb, gelang den Gebrüdern Wright ihr erster Flug, erhellten wundersame neue Neonlichter den Broadway (wo George Bernard Shaw gerade die Premiere seines *Mensch und Übermensch* feierte) und veröffentlichte Jack London den *Seewolf* – doch über die wahre Natur der Haie war noch immer nicht mehr bekannt. Seit Oelrichs' Wetteinsatz im Jahr 1891 hatte niemand den Beweis erbracht, dass je ein Mensch im »angenehm temperierten Gewässer« vor der Ostküste von einem Hai angegriffen wurde. Als die nunmehr verwitwete Grande Dame Mrs. Hermann Oelrichs und ein gealterter William K. Vanderbilt Hermanns Leichnam am Hafen von New York in Empfang nahmen, war die Hai-Wette ihrem Charakter als einer Art Jahrmarktssensation für die New Yorker Boulevardblätter und *dem* sommerlichen Gesprächsthema der oberen Vierhundert in den Ballrooms von Mrs. Astor und Mrs. Oelrichs längst entwachsen, denn inzwischen hatte sie Einzug in eine respektable wissenschaftliche Datensammlung gehalten: Ichthyologen am American Museum of Natural History in Manhattan, führend unter den neuen, ernst zu nehmenden Museen der Welt, beriefen sich auf genau diese offenbar nicht einlösbare Wette als den bislang überzeugendsten Nachweis, dass die Existenz von Menschenfressern unter Haien reine Fantasie war. Und damit war dieses Thema zu Beginn des neuen Jahrhunderts nach bestem wissenschaftlichen Wissen und Gewissen geklärt.

Im Sommer 1915, als Bell in New York mit Watson in San Francisco das erste Ferngespräch führte und Ford der Öffentlichkeit ein Wunderding namens Traktor vorstellte (und gerade sein einmillionstes Automobil produzierte), fanden die Herausgeber der *New York Times*, dass endlich auch das Volk diese moderne wissenschaftliche Ansicht über Haie akzeptieren sollte.

In einem mit »Let Us Do Justice to Sharks« betitelten Leitartikel entschied die *Times* am 2. August, dass es »an der Zeit ist, die [von Hermann Oelrichs] initiierte Kontroverse neu zu beleben« und eine allgemein akzeptierte, definitive Antwort auf diese Frage zu finden. Inzwischen war beinahe ein Jahrzehnt seit Hermann Oelrichs Tod vergangen und, wie die *Times* betonte, ein Vierteljahrhundert seit seiner berühmten Wette, doch noch immer lagen keine Beweise über Angriffe von Haien auf Menschen an der Ostküste vor. Dem Leitartikler stellte sich daher die Frage, wieso sich unter aufgeklärten Menschen dennoch so hartnäckig derart irrationale Ängste vor Haien halten konnten.

»Bis zum heutigen Tage gibt es nichts, was eine Gruppe von Schwimmern so schnell an unsere Strände zurücktreiben kann wie der Anblick einer Haiflosse auf offener See«, lamentierte er. Dabei entbehrten solche Ängste eindeutig jeder Grundlage und Vernunft. Zwar konstatierte auch die *Times*, dass »der verbitterte Hass, den jeder Seemann gegen den gesamten Stamm der Haie hegt, kaum völlig grundlos sein kann, denn Hass ist immer ein exaktes Maß für Angst, und jede Angst ist auf die eine oder andere Weise begründet«. Doch bislang zeuge nur eine einzige Fotografie von einem solchen Angriff, aufgenommen angeblich von Bord eines Dampfers im Roten Meer, auf der zu erkennen sei, »wie ein Hai offensichtlich gerade sein Maul um einen Menschen schließt«. Angesichts der Tatsache jedoch, dass auf die von Oelrichs ausgesetzte Belohnung nie ein Anspruch erhoben wurde, und in Ermangelung jedes gegenteiligen Beweises, kam die *Times* zu dem Schluss: »Die Behauptung, dass Haie wahrhaft gefährliche Wesen seien, entspricht offensichtlich nicht der Wahrheit, zumindest nicht in diesem Teil der Welt.«

Im Frühjahr 1916 zog der Weiße Hai seine Bahnen durch das Meer vor einem Land, dessen Menschen vielleicht noch weniger über ihn wussten als ihre Vorfahren ein paar Jahrhunderte früher. Sogar im 21. Jahrhundert gibt der Weiße Hai noch Rätsel auf. Mit welcher Kraft er zubeißt, wurde nie ermittelt. Der Biss eines 1,80 Meter langen Zitronenhaies wurde mit rund einer Tonne pro Quadratzentimeter berechnet. Ein ausgewachsener Weißer Hai mit einer Länge von rund sechs Metern und einem Gewicht von 1500 Kilogramm lässt sich keiner dentalen Untersuchung unterziehen oder so einfach aus dem Meer fischen. Diese Kreatur ist viel zu groß und gewaltig, sie entzieht sich jeder Kontrolle. Noch nie war der Mensch in der Lage gewesen, ein solches Exemplar in Gefangenschaft zu halten. Wann immer er es versuchte, begann das riesige Tier mit dem Kopf die Wände seines Gefängnisses zu rammen, unfähig, Grenzen zu akzeptieren, und sich gegen die unsichtbaren Metallstäbe im Zement zu stemmen, die es mit seiner elektromagnetischen Sensorik aufspürte. Über die Kraft seines Rachens lässt sich mit Gewissheit nur sagen, dass sie um ein Vielfaches stärker sein muss als die des kleinen Zitronenhaies.

1971 behauptete Jacques Cousteau, der Weiße Hai könne nur schlecht sehen. Heute weiß man, dass er über eine so bemerkenswert gute Sehfähigkeit verfügt, um sogar noch in einer Tiefe von rund einem Kilometer jagen zu können. Seine ausdruckslosen dunklen Augen absorbieren selbst den schwächsten Lichtschein. Bis ins späte 19. Jahrhundert hatte unter Wissenschaftlern auch die Überzeugung vorgeherrscht, dass in einer solchen Tiefe gar kein Leben existieren könne und der Grund der Meere daher öd und leer sei. Als dann jedoch das dicke transatlantische Telegrafenkabel für Reparaturarbeiten an die Oberfläche gezogen werden musste, war es dicht an dicht mit bis dahin unbekannten Kreaturen besetzt. Ein neues Universum tat sich auf. Die ersten Meeresforscher, die tief in diese Sphären eindringen sollten, waren 1916 bereits auf der Welt, doch auf ihre Entdeckungen musste diese noch Jahrzehnte warten. Niemand konnte voraussehen, was geschehen würde.

*Die Existenz dieses Fisches wurde lange von der Natur geheim gehalten – eine sehr vorteilhafte Überlebensstrategie, aber für den Menschen ein Mysterium, das seine Unwissenheit nur noch deutlicher zutage treten ließ und seine Ängste daher schürte.*

# *Der Doktor*

165 Kilometer von der Küste landeinwärts, unweit der Ufer des Schuylkill River westlich von Philadelphia, stand ein großes, gelbes, viktorianisches Haus. Vornehm goldschimmernde Fassaden waren gerade sehr populär unter den Neureichen der Stadt. Das Haus in der Spruce Street Nr. 4038 bestand aus vier Stockwerken und einem Mansardendach, neun ionische Säulen zierten die lang gestreckte Eingangsveranda, eine marmorne Treppe mit schmiedeeisernem Geländer führte schwungvoll auf die Straßenseite hinab. Neben dem Ostflügel ragte ein Zwillingsbau auf, Spruce Street Nr. 4036, was dem ganzen Komplex die Wirkung eines riesigen Herrenhauses im Stil des 19. Jahrhunderts verlieh, das wie eine Sphinx auf den Armen ruhte. Ein ganzes Dutzend solcher gemauerter Sphingen reihte sich Seite an Seite in dieser Straße. Hinter ihren unzähligen, in der Morgendämmerung noch dunklen Fenstern verbargen sich die großen Familien und gewaltigen Energien des neuen eduardischen Bürgertums. Einst, im goldenen amerikanischen Zeitalter, war dies eine Gegend der Farmen und Landsitze gewesen, inzwischen hatte sie sich in ein mit der Pferdebahn erreichbares Wohngebiet für Berufstätige verwandelt, die dem industriell geprägten Philadelphia jenseits des Schuylkill entfliehen wollten. Es war eine der ersten Vorstadtsiedlungen Amerikas, die Verkörperung eines viktorianischen Traums, in dem die Sehnsucht nach einer geordneten Natur zum Ausdruck kam. Der Ruß der Gaslaternen legte sich auf die kleinen englischen Vorgärten und umhüllte die fein geschmiedeten Tore; weit verzweigte romanische Burgen, toskanische Villen und

andere ehrfurchtgebietende Herrenhäuser im Stil der Alten Welt dominierten mit ihrer hochherrschaftlichen Pracht das Bild von ausgedehnten Rasenflächen, die sich bis hinunter zum glitzernden Fluss zogen.

Aus dem frühen Morgendunst tauchte die Silhouette der Fabriken von Baldwin Locomotives, Rohm & Haas Chemicals, Stetson Hats und Disston Saws, Whitman's Chocolates und Breyer's Ice Cream inmitten des filigranen Musters der von Rauch und Kohlestaub geschwärzten Telegrafendrähte auf, die diesen »Workshop of the World« drapierten. In Raffinerie wie Gießerei, Lagerhaus und Mühle hatten bereits vor Morgengrauen Tausende von Männern und Kindern im Alter von unter zehn Jahren ihre Arbeit aufgenommen. Jenseits der Stadt, im vornehmen Camden, New Jersey, hatte Walt Whitman erst kürzlich die weiße Fähre *Wenonah* bestiegen, dann den Fluss stundenlang zwischen Philadelphia und Camden gekreuzt, das lange Band des »wollweißen Stroms« und den schmuddelig schwarzen Rauch betrachtet und dabei über die Glorie des industriellen Fortschritts räsoniert, der für ihn die Muskeln einer großartigen amerikanischen Zeit zum Ausdruck brachte. Wieder und wieder überquerte er den Fluss, stillvergnügt über diese aufregende Zeit des Wandels, ihre Menschen und ihr geschäftiges Leben. Nur, während Whitmans letzten Lebensjahren in den 1890er-Jahren hatte der Süßwasserhering, der aus diesem Fluss gefischt wurde, bereits einen seltsam tranigen Geschmack angenommen. Inzwischen, im Jahr 1916, gab es so gut wie gar keinen Fisch mehr darin, was sich die Menschen einfach nicht erklären konnten, denn dass Chemie und Abfälle den Sauerstoff verbrauchen, ohne den der Fisch weder laichen noch überleben kann, war noch unbekannt. Schon seit Jahrhunderten hatte Philadelphia seine Flüsse aus kommerziellen Überlegungen umgeleitet, eingedämmt und diese Maßnahmen im 19. Jahrhundert sogar stolz mit einer berühmten Plastik gefeiert: »Allegory of the Schuylkill River« – ein bärtiger Flussgott in Ketten.

Kurz vor Tagesanbruch an diesem Morgen im Jahr 1916 stieg ein schlanker, elegant gekleideter Gentleman ungewissen Alters die Marmorstufen vor dem Haus Spruce Street Nr. 4038 herab, um seinen Morgenspaziergang anzutreten. Dr. Eugene LaRue Vansant war im Stil des vergangenen Jahrhunderts bekleidet – beiges Seersucker-Jackett, schwere goldene Uhrenkette, blütenweiße Hosen, weißes Oxfordhemd, Fliege, weiße Schuhe und Panamahut. Der Rauch einer guten Zigarre umwehte den Doktor. Er hatte eine Garderobe für die Küste angelegt, wo das Essen großartig war, die Luft herrlich erfrischend und sich ein Arzt wie ein ganzer Kerl fühlen durfte und ein Mann, wenn er wollte, wie ein Junge. Eugene hoffte, der Ruhelosigkeit und Mattigkeit zu entkommen, die ihn seit Tagen plagten. Nervosität nannte er das, oder, wenn seine Patienten unbedingt eine wissenschaftliche Bezeichnung hören wollten, Neurasthenie. Es war die Epidemie des neuen Jahrhunderts, das Leiden der Moderne. Schlaflosigkeit, Hypochondrie, Hautausschläge, Heuschnupfen, vorzeitige Glatzenbildung und nervöse Erschöpfung waren ihre Symptome, sowohl William als auch Henry James, Edith Wharton, Theodore Dreiser und Theodore Roosevelt litten darunter. Dass ein höheres Maß an Sensibilität, Kultiviertheit und gesellschaftlichem Status als Vorbedingung für Neurasthenie galt, bot Eugene wenig Trost in seinen schlaflosen Nächten.

Seit der Jahrhundertwende hörte Dr. Vansant von Amerikanern ständig den Satz: »Man muss Dampf machen, wenn man Schritt halten will.« Einem angelsächsischen Gentleman, der in den Pioniertagen eines Abraham Lincoln und Andrew Johnson aufgewachsen war, blieb dabei kaum noch Zeit, Atem zu schöpfen. Gerade hatte man begonnen, sich an ein paar Dinge zu gewöhnen – gepflasterte Straßen, Weckeruhren, Fahrstühle, das Unbewusste, die Abstammung vom Affen, Telefone, Pizzas, Großstädte, Massenillustrierte, Filme, den ersten zementierten Baseball-»Park«, ja sogar daran, dass man offen über Sex sprach und es »Probleme mit der Jugend«, dafür aber angeblich keinen Gott mehr gab –, da verkündeten die Wissenschaftler, dass Raum und Zeit Illusionen seien. Die entscheidende Abhandlung, Einsteins im Frühjahr 1916 nach England geschmuggelte Allgemeine Relativitätstheorie, rief nicht nur Verwirrung angesichts dieser

Eliminierung von Newtons Gesetzen hervor, sondern, schlimmer noch, Angst vor dem Niedergang sämtlicher ethisch-moralischer Grundlagen der jüdisch-christlichen Welt. Kaum war ihre Zeit gekommen, postulierte die Generation von Dr. Vansants Sohn Charles die Moderne: Es gab nichts Absolutes mehr, weder in Raum und Zeit noch im Guten und Bösen oder Recht und Unrecht. Anarchie, schrieb William Butler Yeats 1916, wurde auf die Welt losgelassen.

Verdrießliche Gedanken und Vorahnungen hatten den Doktor in seinem Federbett im großen Schlafzimmer des zweiten Stocks nicht einschlafen lassen. 1916 war das beunruhigendste Jahr, das er bis dahin erlebt hatte. Eine schlechte Nachricht nach der anderen wurde vom *Ledger* verbreitet. Erst kürzlich hatte die American Medical Association, damals noch mit Sitz in Philadelphia, dazu aufgerufen, Trainingslager für 800 amerikanische Ärzte zu errichten, um sie im Falle des Eintritts der Vereinigten Staaten in den europäischen Krieg für die Arbeit mit Armee-Maultieren im Felde zu rüsten (Ambulanzen waren noch nicht erfunden). Die Freunde und Kollegen des Doktors aus der AMA waren allesamt Helden und medizinische Legenden aus dem Bürgerkrieg und dem Spanisch-Amerikanischen Krieg, nur er war für solche Einsätze zu jung gewesen. Im privaten Kreis fütterten sie ihn daher mit Geschichten über die Machtlosigkeit der Medizin angesichts von Waffen, die einen Menschen auf nicht mehr heilbare Weise verstümmelten. Noch im selben Jahr sollten sich die schlimmsten Befürchtungen bewahrheiten, die ein viktorianischer Gentleman vom modernen Zeitalter hegen konnte: Zehntausende Soldaten starben an der Somme, »alles Grauen aller Zeiten« war entfesselt worden, wie ein junger Kriegskorrespondent namens Winston Churchill schrieb.

Eugene Vansant lag wach, wie so viele Nächte seit der Schneeschmelze, und grübelte über sein neuerliches Unvermögen nach, seinem Land zu dienen, diesmal, weil er zu alt war, und dachte an seinen Sohn Charles, der bereits das Alter für den Militärdienst erreicht hatte, falls Wilson sich entschließen würde, gegen den deutschen Kaiser zu kämpfen. Die Hitze tat ein Übriges, um ihn am Einschlafen zu hindern. Louisa schlummerte gerade tief und fest neben ihm. Die Frau des Doktors war 56 Jahre alt, ein ziemlich hohes Alter für eine Frau der viktorianischen Zeit, und ausgelaugt, nachdem sie ihm sechs Kinder geboren hatte, von denen zwei im Säuglingsalter gestorben waren. Sie war von schwerer Statur, weshalb auch ihr die Hitze zu schaffen machte. Nachtfalter und Mücken wurden von der warmen nächtlichen Brise durch das Erkerfenster auf der Straßenseite getragen.

Am Morgen spürte Eugene feuchte, tropische Winde durch die Stadt wehen, die, wie der Doktor im Laufe seiner Praxis gelernt hatte, eine Menge Krankheiten mit sich brachten. Bereits in der vorangegangenen Woche hatte Vansant im *Ledger* alarmiert von einer rasch um sich greifenden Kinderlähmungsepidemie gelesen, der schon Hunderte von Kindern und Jugendlichen in New York City zum Opfer gefallen waren. Die erschrockenen Behörden schlossen Schulen, Theater, Varietés, Stadions und Hotels, hatten aber keine Ahnung, wie sich die Seuche ausbreitete – ob durch Schmutz, Körperkontakt oder vielleicht durch die schwüle Luft. Es sollte noch 39 Jahre dauern, bis Jonas Salk, damals ein einjähriges Kleinkind in New York City, einen Impfstoff gegen die Seuche entwickeln würde, die man später Poliomelytis oder Polio nannte. Im Moment begann die Epidemie gerade im nördlichen New Jersey und in Pennsylvania zu wüten.

Dr. Vansant hatte in den Jahren zuvor bereits eine Reihe von Kinderlähmungsfällen behandelt, denn da sich das schreckliche Leiden zuerst meist im Rachen zeigte – wo es häufig auch endete –, wandten sich die Eltern oft in höchster Not an ihn, den Spezialisten auf dem aufstrebenden Gebiet der Laryngologie. Auf Halsschmerzen, Kopfweh, Fieber und Übelkeit folgte die Gliederlähmung – auch die Lähmung der Larynxmuskel, was dann zum Tod durch Ersticken führte. Doch es lag nicht in Dr. Vansants Macht, den Verlauf der Krankheit aufzuhalten. Mehr als einmal wurde seine stoische Reserviertheit erschüttert, weil er hilflos mit ansehen musste, wie ein Kind unter seinen Händen starb. Und das brachte ihm schmerzlich seine jungen Jahre im 19. Jahrhundert in Erinnerung, als er im Pferdewagen des City

Hospital zu den Behausungen am Fluss zu eilen pflegte, um zerlumpte Kreaturen zu behandeln, die dann unter seinen Berührungen nur zusammenzuckten, weil Ärzte als Boten des Todes galten und Arme lediglich ins Krankenhaus kamen, um dort zu sterben. Ihre Agonie endete erst im Leichenschauhaus, wo der Leichenbeschauer bei Kerzenlicht die Autopsie durchführte. Dr. Vansant verspürte nicht den geringsten Wunsch, in jene dunklen Tage der Medizin zurückzukehren, wo Barmherzigkeit das Einzige war, was ein Arzt zu bieten hatte.

Als einer der führenden Kehlkopfspezialisten der Vereinigten Staaten war Vansant vertraut mit den neuesten medizinischen Vorbeugemaßnahmen gegen Kinderlähmung. Die beste Möglichkeit, ein Kind davor zu schützen, bestand darin, es aus der Stadt aufs Land zu schaffen, um es dem Tonikum von Isolation, Ruhe und frischer Luft auszusetzen. Und die sauberste Luft der Vereinigten Staaten strich, wie Dr. Vansant und viele Amerikaner glaubten, frisch und unverseucht vom Atlantik kommend, über die lieblichen Meeresgestade New Jerseys.

Dr. Vansant freute sich auf einen langen, beruhigenden und erholsamen Aufenthalt an der Küste, wo man den Menschenmassen und Zivilisationskrankheiten entgehen konnte. Im Herbst, wenn die Familie zurückkehren wollte und sich die Luft wieder abgekühlt hätte, würde diese Epidemie nur noch eine schwache Erinnerung sein – und vielleicht würde Präsident Wilson sogar die Neutralität der Vereinigten Staaten gewahrt haben.

Wenn überhaupt ein Zeitalter die Kinderlähmung heilen konnte, dann, da war sich Dr. Vansant sicher, gewiss seine Zeit der wissenschaftlichen, der »modernen« Medizin in dieser Epoche der Wunder. »Wissenschaftler« war ein im 19. Jahrhundert neu erschaffenes Wort, als Ersatz für »Naturforscher«, und Dr. Vansant empfand außerordentlichen Stolz darüber, sich Wissenschaftler in einer Ära nennen zu dürfen, in der man sich mit diesem Titel schmückte wie mit einem bei Hofe verliehenen Adelsprädikat.

Eugene Vansant praktizierte außerdem gewiss die mächtigste aller Wissenschaften dieses neuen Jahrhunderts, die Medizin. Er war Arzt im goldenen Zeitalter der amerikanischen Medizin, als man den Doctores plötzlich einen noch ungewohnt strahlenden Platz in den obersten Rängen der Gesellschaft einräumte. Die Jahrhundertwende stand nicht nur für das großartige wissenschaftliche Zeitalter der Ozeandampfer und Telegrafendrähte, der bewegten Bilder und des elektrischen Lichts, es war auch die Ära der medizinischen Wunder. Pasteur entdeckte krankheitserregende Mikroorganismen; der britische Chirurg Joseph Lister entwickelte die sterile Chirurgie; Impfstoffe zwangen uralte Peiniger wie Typhus, Blattern, Gelbfieber, Cholera und den Schwarzen Tod zum Rückzug. Im Jahr 1900 explodierte die Weltbevölkerung. Die Lebenserwartung der Menschen hatte sich erhöht, und auch die Natur hatte sich in diesem optimistischen Zeitalter der Kontrolle durch die Wissenschaft beugen müssen. Doch wer Mediziner war, der überstrahlte sämtliche anderen Symbole dieser Kontrolle der Natur durch den Menschen – Industrielle wie Vanderbilt; Ingenieure wie Roebling, Erbauer der Brooklyn Bridge; Erfinder wie Edison und Ford oder progressive Politiker, die sich anschickten, sogar die menschliche Natur zu verbessern. Die seit der Antike gefürchteten Praktiker solcher Methoden wie des Schröpfens und Zur-Ader-Lassens hatten sich mit Beginn des neuen Jahrhunderts zu »Rettern der Menschheit« gewandelt.

Im Winter 1916 würde Eugene Vansant seinen 57. Geburtstag feiern, ein Alter, in dem die meisten Männer seiner Zeit an Altersschwäche starben oder zumindest ihre Angelegenheiten regelten. Doch Dr. Vansant war fit und drahtig, lief in flottem Tempo ohne stützenden Stock und hatte kein einziges weißes Haar auf dem Kopf. Er war zwar ein kleiner, zartgliedriger Mann und wurde deshalb leicht von anderen Männern unterschätzt, doch sein ausgeprägtes Kinn und die hohe, edle Stirn galten als wissenschaftlicher Nachweis für einen noblen Charakter und große Intelligenz (mindestens ein Dutzend seiner wissenschaftlichen Kollegen aus Philadelphia hatten Gehirne anderer Kollegen autopsiert und gewogen, um die Gesetze der Phrenologie zu überprüfen). Sein hängender Schnauzbart war ein Relikt aus früheren Tagen und verlieh ihm eine gewisse rooseveltsche Autorität. Doch wer diese

Ähnlichkeit mit T. R. bemerkte, behielt sie lieber für sich, denn der Doktor galt nicht als besonders humorvoll. Hinter den metallgerahmten Brillengläsern blitzten verwirrend intensive blaue Augen, deren gewöhnlich unsteten, eisigen Blicken kaum ein Mensch standhalten konnte und die noch das Ihre zu Dr. Vansants Ruf als ein zwar brillanter, aber herrischer Arzt beitrugen. Immerhin war er der Urheber diverser viktorianischer Behandlungsmethoden und Erfinder medizinischen Bestecks für Hals, Nase und Ohr, immer darauf vertrauend, dass mit Wissenschaftlichkeit alles heilbar war.

Sein guter Ruf brachte Dr. Vansant nicht nur Überweisungen von seinen Kollegen aus Philadelphia, sondern auch von auswärts ein, und damit eine blühende Praxis, die ihm neben dem Unterhalt seiner Prachtvilla in der Spruce Street den Ankauf diverser Grundstücke in Philadelphia ermöglichte sowie den Erwerb substanzieller Aktienpakete der Eisenbahn und eines Sommerhauses für die Familie am Meer in Cape May, New Jersey, einer eleganten Enklave der Gesellschaft von Baltimore und Philadelphia. Er war Mitglied der Union League, eines der landesweit vornehmsten privaten Clubs, in dem er mit Schauspielern, Industriemagnaten oder Staatsmännern wie Präsident Rutherford B. Hayes zu dinieren pflegte. Und die Frau des Doktors, Louisa, geborene Epring aus Pottsville, Pennsylvania, war die Erbin eines der größten Vermögen aus dem Kohlezeitalter und eine Grande Dame der Gesellschaft von Philadelphia.

Doch wenn er seine Reichtümer auflistete, rangierte die Familie für den Doktor vor jedem materiellen Segen. Er war ein gottesfürchtiges Mitglied der Walnut Street Presbyterian Church, deren Pastor den exzessiven Materialismus der modernen Zeit verdammte, und orientierte sein Leben an viktorianischen Werten. Das Heim, seine Frau und die vier Kinder waren sein Refugium vor den Versuchungen dieser Welt. Auch wenn man sich heute meist eine andere Vorstellung macht, so gab es doch auch in der viktorianischen Zeit zärtliche und hingebungsvolle Väter – leider zählte Dr. Vansant nicht dazu. Seine drei Töchter und sein Sohn erlebten ihn nur als einen typischen Mann des 19. Jahrhunderts, von stoischer, disziplinierter Contenance, obwohl es nach Aussagen seiner Nachkommen keinen Zweifel gibt, dass Eugene Vansant durchaus eine gewisse viktorianische Zuneigung zu seiner Familie hegte. Der Vater des englischen Schriftstellers John Ruskin, ein Weinhändler, schrieb einmal: »O! Wie beschränkt und langweilig ist doch mein bester gesellschaftlicher Umgang, verglichen mit dem Kreis um meinen häuslichen Herd, mit meiner Liebsten an meiner Seite, die alles überstrahlt, und mit meinem höchst außergewöhnlichen Jungen.«

# *Der Scharfe Zahn*

Das Leben des Haies begann mit der Umschlingung eines Weibchens und eines Männchens. Andere Fische pflanzen sich fort, ohne sich zu berühren, doch für die Eltern des Haies hatte es eine Phase der Werbung gegeben, wenngleich nur in ihrer rudimentärsten Form – einer Hetzjagd. Aristoteles war von der Intimität des Liebesspiels der Haie fasziniert gewesen, doch die Vereinigung zweier Weißer Haie wurde noch nie von einem Menschen beobachtet. Die Wissenschaft kann diesen Moment nur anhand ihrer Kenntnisse über andere Exemplare der Hai-Familie rekonstruieren.

Irgendwo im Atlantik begannen sich Männchen und Weibchen graziös und geschmeidig zu umkreisen. Dann schnappte das Männchen nach der Pektoral- oder Brustflosse des Weibchens, und die brutale Choreographie nahm ihren Lauf. Beide Tiere mussten für die Geschlechtsreife mindestens zwölf bis vierzehn Jahre alt gewesen sein – es waren riesige, erfahrene Prädatoren. Das mit zwei Begattungsorganen ausgestattete Männchen führte nun eines seitlich in die Kloakenöffnung des Weibchens ein. Konnte man bis zu diesem Moment vielleicht noch von Liebeswerben sprechen, so endete spätestens mit dieser Vereinigung jede Form von Zärtlichkeit. Unter den Bissen und Schlägen des Männchens begann das Weibchen zu bluten wie sonst nur seine Beute. Allein seine bemerkenswert dicke Haut schützte es vor den heftigsten Attacken des Partners während des Geschlechtsverkehrs.

Aus der Vereinigung ging eine Seltenheit in den Meeren hervor, ein Embryo des *Carcharodon carcharisas*. Diese Bezeichnung setzt sich aus den griechischen Begriffen für Zähne (*caros*) und Hai (*karcharias*) zusammen, manche nennen diesen Fisch auch den »Scharfen Zahn«. Seinen Stamm (Phylum) und Unterstamm (Subphylum) teilte sich dieser Embryo mit dem *Homo sapiens*. Der Hai wächst individuell in einem Uterus heran und ist durch eine Nabelschnur mit der Mutter verbunden. Ebenfalls wie der Mensch entwickeln sich die embryonalen Zellen nun zu einer symmetrischen Form, mit Wirbeln, einem Gehirn, einem Kiefer, Gedärmen und einem embryonalen Abschlussgewebe, aus dem sich dann nicht nur die Haut, sondern auch die unterschiedlichen Zähne herausbilden. Den Platz im Mutterleib teilte sich der Hai mit acht bis zehn Geschwistern, jedes durch eine eigene Nabelschnur von der gemeinsamen Mutter versorgt. Doch während der Zeit im Mutterleib gab das Gehirn dem Hai eine einzige, einfache Gleichung vor: Leben = Nahrung = Leben. Und da es Leben in Reichweite gab, griff der Hai zu, tötete und verschlang die befruchteten wie unbefruchteten Eier im Mutterleib. Der Hai begann sein Leben sozusagen als Kannibale *in utero*. Zwölf bis vierzehn Monate nach seiner Zeugung hatte er den elementarsten Wettkampf unter Geschwistern gewonnen – das Privileg, geboren zu werden.

Das Leben des Haies begann also nicht wie das der meisten Fische als hilfloses Ei, das unter Millionen von anderen Eiern im Meer treibt, ein gefundenes Fressen für Räuber, ausgestoßen nach dem Motto: viel Glück, Teil einer primitiven Lotterie, deren Gewinn das Leben ist. Als er die Gebärmutter verließ, war er einen bis anderthalb Meter lang, wog zwischen 20 und 40 Kilogramm und begab sich sofort auf die Jagd. Da ein Hai über keine Schwimmblase verfügt wie die meisten anderen Fische, muss er vom ersten Moment seines Lebens an in Bewegung bleiben. Er muss schwimmen, töten und fressen, sonst sinkt er auf den Meeresgrund und stirbt.

Für den Hai gab es keine Zeit der Kinderspiele, keine Eltern, die sich um ihn sorgten, kein Herumtollen mit Brüdern und Schwestern. Der neugeborene Hai flüchtete vor ihnen wie vor einem Feind – vor allem floh er die Mutter, die von ihren Instinkten üblicherweise dazu getrieben wird, über die erstbeste Nahrungsquelle herzufallen. Nur für diesen einen kurzen Moment pumpt ihr die Natur Hormone ein, die ihr jeglichen Appetit nehmen. Das Abschiedsgeschenk der Hai-Mutter an ihre Jungen ist dieser eine Augenblick, den sie zur Flucht nutzen können, bevor sie verschlungen werden.

Das Wasser vor Long Island war kühl, ganz nach dem Geschmack des Haies. Sogar für die Wissenschaftler des 21. Jahrhunderts birgt die Geburt eines *Carcharodon carcharias* noch viele Geheimnisse. Im Falle dieses Fisches geht man davon aus, dass er sehr wahrscheinlich 1908 im Küstengewässer vor Montauk geboren wurde, einem der wenigen Plätze, an denen Forscher Populationen von Junghaien entdeckt haben.

Der Fisch driftete vor der östlichen Spitze von Long Island im gemächlichen Tempo eines spazierenden Menschen durch den Atlantik, so langsam, dass es fast den Eindruck erwecken konnte, als rührte er sich gar nicht vom Fleck. Doch das war ein Täuschungsmanöver, denn wurden seine Lebensgeister geweckt, so konnte der Hai ein alarmierend schnelles Tempo von bis zu 50 Stundenkilometern erreichen. In seinen ersten Lebensmonaten jagte und verschlang er unersättlich kleine Fische und Kalmare, wuchs aber nur langsam. Sein pyramidenartig geformter Schädel beherbergte reihenweise Zähne, sogar komplette Extrareihen, aber das waren noch Babyzähne. Solange er so klein war und sich als leichte Beute für größere Raubtiere erwies, war Geschwindigkeit seine beste Verteidigung. Ähnlich der Makrele oder dem Thunfisch floh er mithilfe seines kräftigen, sichelförmigen Schwanzes, doch im Gegensatz zu ihnen verfügte er noch über eine mit Tausenden von winzigen, scharfen Zähnchen übersäte Haut, was nicht nur zu seiner Schnelligkeit, sondern auch zu seiner Fähigkeit beitrug, sich praktisch unsichtbar zu machen. Die US-Navy versuchte dieses Design erfolglos für ihre Unterseeboote nachzuahmen. Nur einem Hersteller von Tauch- und Schwimmanzügen gelang es, diese Zähnchen zu kopieren und den Schwimmern mit diesem neuen Material seiner Anzüge bessere Leistungen zu ermöglichen. Einen gravierenden Unterschied gibt es allerdings: Auf der Haut des Haies wirken diese Zähnchen wie rasiermesserscharfes Sandpapier. Würde er einen Menschen streifen, so begänne dieser augenblicklich aus allen Poren zu bluten. Der Babyfisch war ein einziges Geschoss aus Zähnen.

Bei Anbruch des Winters begann sich das Meer vor Long Island abzukühlen. Der große Raubfisch braucht ein riesiges Jagdgebiet, um genügend Beute für ein gesichertes Überleben zu finden, und je kühler das Gewässer, desto ausgedehnter ist dieses Revier. Allmählich begann der Hai in Richtung Süden zu wandern, soweit ihn die kühlere Strömung und das Vorhandensein von Beute dazu veranlassten, weshalb es ihn im Winter schon bis nach Florida verschlagen hatte. Gegen Ende des Frühlings, vor Anbruch des feuchtwarmen Sommers der Subtropen, kehrte er dann wieder Richtung Norden in die von ihm bevorzugte kühlere Meeresregion zurück.

Dabei hielt er sich ausschließlich in der Flachwasserzone vor der Küstenlinie auf. Erst wenn ein Weißer Hai voll ausgewachsen ist, riesenhaft und unangreifbar, kann er in das offene Meer abwandern – in Tiefen, in denen Beute spärlich ist – und auf der Suche nach neuen Jagdgründen zwischen den Kontinenten hin und her schwimmen. Bis dahin orientiert er sich in vertrautem Küstengewässer mit reichhaltiger Beute. Dies war seine Welt, der natürliche Lebensraum des *Carcharodon carcharias*. Der junge Hai zog bis in Tiefen von 20, 30 Metern ins Meer hinaus oder glitt durch seichtes Gewässer von sogar nur anderthalb Meter Tiefe – und manchmal, auf der Jagd, durch noch flacheres Wasser. Robben konnten sich sogar auf Felsen nicht vor ihm sicher fühlen. Der junge Hai war gerüstet, seinem fliehenden Opfer überallhin zu folgen, und sei es den ganzen Weg bis auf den Strand.

# *Anders als das Althergebrachte*

Als Dr. Vansant zu seinem Haus zurückschlenderte, zogen die Fleisch- und Eislieferanten bereits mühselig ihre Karren vor die Hintereingänge der großen Herrenhäuser. Die gotischen, dem Vorbild von Oxford und Cambridge nachgebildeten Türme der Universität von Pennsylvania schienen hoch oben im lichter werdenden Himmel zu schweben. Im öffentlichen Park herrschte noch Stille, nur Zaunkönige huschten zwischen den Bäumen und den Statuen von Charles Dickens und Little Nell umher. Auch im City Hospital und Almshouse, wo der Doktor sein Praktikum gemacht hatte, herrschte noch die friedliche Stimmung eines Samstagmorgens. Das nächtliche Gebrüll der Alkoholiker im Delirium tremens, das stets aus den Trinkerabteilungen gedrungen war, und das erbärmliche Gejammer aus der Irrenanstalt hallten ihm noch immer im Ohr. Dr. Vansants Kollegen aus der Psychiatrie waren überzeugt gewesen, Geisteskrankheiten mittels Kaltwasserduschen und dem Aufenthalt an einem Ort heilen zu können, der von der frischen Luft bewaldeter Natur umgeben war. Ob sie damit Recht hatten oder nicht, inzwischen jedenfalls wurde das Hospital for the Criminally Insane nicht mehr von Wäldern, sondern von einer Vorstadt eingerahmt.

Dr. Vansants besorgte Gedanken kreisten um seine Kinder, insbesondere um die Mädchen, die noch in den engen, heißen Kammern im dritten Stock schliefen – die 22-jährige Mary Eugenia, die 17-jährige Louise und die elfjährige Eleanor. Der Doktor war erleichtert, dass er für seinen Ältesten Charles nur einen Monat vor dessen 23. Geburtstag ein eigenes Haus im Westen Philadelphias gefunden hatte und der Junge künftig für sich selbst sorgen konnte, denn er ließ bereits deutlich den Unabhängigkeitsdrang des Mannes erkennen und hatte auch schon sein »special girl« gefunden, das er bald zur Ehefrau machen würde.

Andere Frühaufsteher lüpften respektvoll den Hut vor dem Doktor, der ihnen sonst häufig im schwarzen Anzug und Derbyhut begegnete, wenn er, die schwarze Tasche in der Hand, aus einem zweirädrigen Hansom stieg, um zu seinen Hausbesuchen zu eilen. Dass er heute ein Seersucker-Jackett für die Reise zur Küste angelegt hatte, war ein deutliches Zeichen seines Wohlstands, denn leichte Sommeranzüge gehörten um die Jahrhundertwende zu den Extravaganzen, es sei denn, man lebte im tiefsten Süden. Die meisten Männer besaßen nur einen einzigen Anzug aus strapazierfähig schwerem, blauem Tuch.

Das Anwesen Nr. 4038 lag im tiefen Schatten der Platanen. Hinter dem schmiedeeisernen Tor stieg der Duft des kleinen englischen Vorgartens auf. Der Packard, eines der ersten Automobile in der Spruce Street, war hinter dem Haus vor dem Dienstboteneingang geparkt. Die Straßenfront des Gebäudes war schmal, doch um den Hunger nach Raum zu stillen, den die erste Generation von Berufstätigen an den Tag legte, wenn sie ihre Wohnsitze westlich vor die Stadt verlagerte, verlängerte sich die Fassade zu den immensen Dimensionen von 1500 Quadratmeter Gesamtwohnfläche.

In der Küche fand der Doktor die Hilfsköchin vor, die ihm eine Tasse Café au lait reichte, wie ihn Amerikaner zum Frühstück bevorzugten, obwohl er sich zur Beruhigung seiner Nerven manchmal auch das neue entkoffeinierte Getränk Sanka servieren ließ. Aus Richtung der Köchin, die das Frühstück bereitete, wehten herzhafte Düfte heran – gegrillte Lammkoteletts oder Filet mignon, junge Venusmuscheln, Pilzomelett und Wachteleier auf Toast waren das typische Frühstück im Hause Vansant, in dem der Doktor nach traditioneller Manier des 19. Jahrhunderts darauf bestand, dass nur Lebensmittel der Region auf den Tisch kamen. Für die Kinder standen Getreideflocken von Post Toasties und Kellogg's bereit; vor allem die Cornflakes von John Kellogg, die

die Förderung von Gesundheit und Wohlbefinden versprachen – das Effizienzbewusstsein der Familie des 20. Jahrhunderts machte sich bereits bemerkbar –, hatten im vergangenen Jahrzehnt auf immer mehr amerikanischen Tischen ihren Platz gefunden.

Louisa hatte sich dem Primat moderner Gerätschaften gefügt: der Anschaffung eines der ersten elektrischen Kühlschränke, des neuesten Produkts aus Chicago, eines elektrischen Herds und eines Toasters. Das ganze Land bewunderte die Technik, mit der die Wissenschaft eine Küche nun ausstatten konnte. Die Bediensteten backten zwar nach wie vor jeden Morgen frisches Brot, doch mittlerweile wurden die Vorratskästen auch mit »Weißbrot« bestückt, einem jener neuen, »reinen«, vorgefertigten Nahrungsmittel, die man für besser hielt als jedes natürliche Erzeugnis. Weißbrot galt als ein wundervolles Produkt jener Maschinen, die Weizen zu reinweißem Mehl raffinieren konnten. Erst im nächsten Jahr, als die Hälfte aller amerikanischen Männer aus gesundheitlichen Gründen nicht im Ersten Weltkrieg eingesetzt werden konnten, sollte man die Mängel von Grundnahrungsmitteln wie Weißbrot erkennen. Wie jeder andere Mensch hatte auch Dr. Vansant noch nie von einem »Vitamin« gehört.

Während die fröhlichen Stimmen der Mädchen das weiträumige Anwesen erfüllten, polterte Charles in die Küche, um mit der Familie zu frühstücken. Die Kinder waren ungewöhnlich aufgeregt an diesem Morgen, was Dr. Vansant veranlasste, sie mit ernster Stimme zur Ordnung zu rufen. Er pflegte dem Esstisch mit strenger Miene vorzusitzen und erwartete absolutes Stillschweigen, während die Dienstboten die Speisen auf Silbertabletts servierten. »Wenn die Kinder nicht am Esstisch saßen, bevor Dr. Vansant sich am Kopf des Tisches niederließ«, erinnerte sich eine Verwandte, »wurden sie ohne Essen auf ihre Zimmer geschickt. Der Doktor war ein echter viktorianischer Patriarch.«

Kaum begann die Familie zu frühstücken, korrigierte Dr. Vansant, ohne auch nur den Blick vom *Ledger* zu erheben, die Haltung der Töchter. Es war unstatthaft, mit den Rücken die Stuhllehne zu berühren. Ein Mann war Herr seiner Burg, und sein Besitz umfasste bei weitem nicht nur seine Kinder. Sogar wenn

Louisa es wagte, das Wort bei Tisch zu ergreifen, geschah es nicht selten, dass Dr. Vansant seine Frau mit einem abrupten »Ta-ta, Lulu, ich glaube nicht, dass es dir freistand, ein Gespräch zu beginnen«, zum Schweigen brachte.

Nur Mary Eugenia lehnte sich gegen die väterliche Bevormundung der Mutter auf. In diesem Jahr nahm sie an einem Marsch der Suffragetten durch die Innenstadt von Philadelphia teil, und als Präsident Wilson während einer Rede in Atlantic City seine Unterstützung für die Einführung des Frauenwahlrechts zusicherte, brach sie in Jubel aus. Dr. Vansant hegte wenig Verständnis für die Rechte, die die modernen Frauen jener Tage für sich beanspruchten. Seine Pläne für die Zukunft von Mary Eugenia und Louise sahen ein Jahr an einem vornehmen College in Massachusetts (Wellesley für Erstere, Smith für Letztere) und anschließend ihre Rückkehr nach Philadelphia vor, wo sie die Pierce Business School besuchen sollten, bis der richtige Mann des Weges kommen würde. Nur für seinen Sohn Charles hielt er einen Universitätsabschluss als angebracht.

1916 lebte man in einer reinen Männerwelt. Das Familienoberhaupt folgte dem Ruf nach Höherem, indem es sich außerhalb des Hauses betätigte und nicht nur seine Familie versorgte, sondern auch dem allgemeinen Wohl diente. Eugene gehörte zur ersten Generation der neuen amerikanischen Bourgeoisie, jener Klasse von berufstätigen angelsächsischen Weißen, deren Söhne in der ersten Hälfte des 20. Jahrhunderts an den Ivy-League-Universitäten studierten, an der Wall Street und in den Vorständen von Konzernen zu Wohlstand gelangten und ihre Familien fest als die Elite Amerikas etablierten. In der Spruce Street Nr. 4038 ruhten alle diesbezüglichen Hoffnungen auf dem Sohn.

Der Aufgabenbereich der Mutter beschränkte sich auf das Heim, den heiligen Gral des viktorianischen Lebens. Louisa war die Familienchronistin und betrachtete es als ihre Pflicht, dem häuslichen Lebensmittelpunkt Bedeutung zu verleihen. In ihrem Haus sorgte allein sie dafür, dass der Reichtum und die Vielfalt des Familienlebens in einer Flucht von Räumen für unterschiedlichste Anlässe angemessen zum Ausdruck kamen. Noch hatten die modernen »Wohnzimmer« nicht einen dieser Räume nach dem anderen geschluckt, selbstverständlich verfügte man über ein Musikzimmer, in dem Mary Eugenia, Louise und Eleanor ihren täglichen Klavierunterricht erhielten, dessen Fortschritte auf der Frauenseite des *Ledger* vermerkt wurden, sowie über eine Bibliothek, ein Studierzimmer und einen Wintergarten.

Nur in den Salon, den Hort der Familiengeschichte, wurden Fremde oder Personen, die kein gesellschaftlicher Umgang waren, niemals geladen. Dort präsentierte die Dame des Hauses durch umsichtig ausgewählte Antiquitäten, Erbstücke, Fotografien und Daguerreotypien, Reiseandenken und diversen Nippes dem Betrachter das komplexe Gefühlsleben der Familie kunstfertig aufbereitet – hier befand man sich in dem Raum, der still jene Geschichte erzählte, welche nur Familienmitglieder und engste Freunde von höchster Sensibilität zu erfahren berechtigt waren. Der Salon der Vansants berichtete von einer typisch viktorianischen Geschichte, nämlich von dem Familienschatz, den die Kinder bedeuteten, und von der Trauer über ihren Verlust: Fotografien von Mary Eugenia, Louise und Eleanor, gemeinsam mit Dad und Patty, dem Familienterrier, in einem Ruderboot auf dem See in den Poconos, auf dem der Vater einst um die Hand der Mutter angehalten hatte; die Mädchen in langen weißen Kleidern vor dem Sommerhaus in Cape May; ein grinsender Charles mit seinen Freunden aus der Privatschule vor dem Eintritt ins College, Arm in Arm auf Deck des Dampfers *Belfast*, allesamt im Vormittagsanzug mit weißen Hosen, schwarzen Westen, steifen Kragen und Bindern, auf einer Kreuzfahrt im Atlantik im Jahr 1912, kurz nach dem Untergang der *Titanic*. Daneben, schwarz gerahmt, die Fotografien der beiden Söhne Eugene junior und William, die im Kleinkindalter einer Lungenentzündung und dem Keuchhusten zum Opfer gefallen waren.

Louisa war so tief verwurzelt mit dieser familiären Trutzburg, dass es ihr schwer fiel, sie zu verlassen und den Haushalt in ein Hotel zu verlagern. Ohnedies hatte die Küste etwas Bedrohliches für sie. 1916 entdeckte die amerikanische Jugend gerade das von den Romantikern erfundene Bad in freier Natur wieder – nicht um ein Wasser zu durchqueren also, sondern um ein beseelendes, ganz neuartiges Gefühl zu genießen. Wer von eher ernstem Gemüt war, suchte in der Abgeschiedenheit Lord Byrons »Verzückung an einsamen Gestaden«, dort, wo man allein mit dem Meer war und sich der ewigen Melodie seines Rauschens hingeben konnte; die eher Vergnügungssüchtigen warfen sich lieber in die Wellen, johlten herum, ließen sich vom Wasser umspülen »wie der Bulle die Flanken vom hohen grünen Gras«, tauchten ab, ließen sich treiben und kamen erfrischt wieder an Land; und romantische Maler oder Dichter begaben sich in die Fluten, um den Nervenkitzel zu erleben, den die reale Möglichkeit des Ertrinkens auslöste.

So überraschte es auch kaum, dass sich die spätviktorianische Gesellschaft von Old Philadelphia angesichts der unendlichen Bewegtheit des Meeres und der von ihm ausgelösten Unrast unwohl fühlte – das Ganze war so absolut »unphiladelphisch«. Auf der Terra firma von Louisas Salon in der Spruce Street herrschte ein von statischen Tugenden, die den Weg strahlend wie die Sterne am Himmelszelt leuchteten, und von Gewissheiten geprägtes Leben. Für sie war Philadelphia von allen Großstädten, die man sich zur Heimstatt wählen konnte, gewiss die beruhigendste. Stolz hatte sich die Stadt einst zur »chinesischsten aller amerikanischen Städte« erklärt, jedem Wandel unzugänglich hinter einer großen Mauer der Zufriedenheit, Rituale und gemeinsamen Werte. Louisa glaubte an Liebe, Schönheit, Ehre, Pflicht, Gottesfurcht und ehrliche Arbeit. Selbst wenn Gott nicht existieren mochte (was seit Darwin so mancher traurig konstatierte), war die Moralität der Heiligen Schrift doch unantastbar. Philadelphia war, nach England und Frankreich auf den angemessenen ersten Rängen, der zivilisierteste Ort auf Erden. Alles in dieser Stadt drehte sich, wie Christopher Morley, ein dort lebender Schriftsteller, um die Jahrhundertwende formulierte, »um die Biddle- und Drexel-Familien ... eingerahmt von Kricketspielen, Fuchsjagden, Beaglemeuten und der Pennsylvania Railroad«. Juristerei und Medizin, die Profession von Louisas Gemahl, galten als die solidesten Berufe, gefolgt vom Banken- und

Versicherungsgewerbe. Eine Karriere beim Militär oder in der nationalen Politik fand man nicht erstrebenswert, da sie einen Mann notgedrungen aus der Stadt trieb. Zu Louisas absoluten Gewissheiten zählte auch, dass sich ein Angehöriger der oberen Fünftausend niemals scheiden lassen würde (oder dass es in den seltenen Fällen, in denen es dennoch dazu kam, niemals mit der Indezenz der Mittelschichten zu geschehen hätte).

Neue Ideen wurden bestenfalls missbilligend zur Kenntnis genommen, ob sie nun von Whitman, Audubon, Eakins oder von Joseph Leidy stammten, welcher der Welt eröffnet hatte, dass einmal eine Spezies von geradezu monströs großen Reptilien am gegenüberliegenden Ufer des Delaware River gelebt habe, und das, obwohl diese Kreaturen mit keinem Wort im Alten Testament erwähnt waren. In einem Hinterhof im nahe gelegenen Haddonfield, New Jersey, hatte Leidy die Knochen eines Wesens ausgegraben, das größer gewesen sein musste als ein Haus und seinen Aussagen zufolge die Beckenstruktur eines Vogels und den Schwanz einer Echse hatte, aufrecht gegangen war wie der Mensch und mit armähnlichen Gliedern nach Nahrung gesucht hatte. Es handelte sich Leidy zufolge um einen *Hadrosaurus foulkii*, dem er den Namen Dinosaurus gab. Und dessen Existenz legte nun den unvorstellbaren Gedanken nahe, dass die Welt Millionen von Jahre alt war und nicht exklusiv für den Menschen erschaffen wurde.

Philadelphia im Jahr 1916 definierte sich stolz als Stadt, in der die Zeit still stand, als eine Insel konstanter viktorianischer Tugenden in einem Meer des Wandels. Ein Journalist von *Harper's Weekley,* der die Stadt in diesem Jahr besuchte, stellte fest, dass hier so resolut wie eh und je die traditionellen Kräfte dominierten und kaum etwas von der nagenden Erosion der Moderne spürbar war. »Was in Philadelphia wirklich als unverzeihlich gilt, ist, neu zu sein, anders zu sein als das Althergebrachte.«

Wenn sich die Bürger dieser Stadt Sommer für Sommer hinter ihrer Mauer hervorwagten, dann nur als Herde, die sich auf den Weg in jene sicheren, gesitteten Orte aufmachte, welche von allen, die in Philadelphia das Sagen hatten, bevorzugt wurden –

Northeast Harbor, Bar Harbor, Mount Desert, Maine, und Cape May. Von der klassischen Landpartie erwartete man – mit den Worten von Dr. Vansants Kollegen Dr. S. Weir Mitchell, dem Zeitgenossen von Sigmund Freud und Erfinder der berühmten »Ruhecur« – einen geruhsamen Spaziergang in den Wäldern und im Anschluss daran, dass sich »die Dienerschaft mit dem Lunch befasst und den Wein rechtzeitig zum Kühlen in den Bach stellt«.

Es war eine unausgesprochene Regel, dass ein wahrer Bürger Philadelphias niemals im Meer schwimmt. Die Oberschicht unternahm Ausflüge zu Pferde, malte Landschaftsporträts unter freiem Himmel, wanderte oder ließ sich zu geselligen Landpartien einladen. Schwimmen war eindeutig das Vergnügen der kleinen Leute, abgesehen davon, dass es eine klebrig-feuchte Angelegenheit und obendrein ohne Zweifel gefährlich war. Das Meer barg Geheimnisse, die ihm zu entlocken einem Quäker sinnlos erschien. Das beliebteste Sommerrefugium Philadelphias an der Küste von Jersey war Long Branch, wo laut Charles Biddle, des Vaters von Nicholas Biddle, dem Präsidenten der Second Bank of the United States, »die archetypische Konfrontation der Vorsicht des Quäkers mit der Wildheit der Wogen« stattfand.

In Louisas jungen Jahren hatte es als absolut unschicklich gegolten, dass sich beide Geschlechter das Wasser teilten – sogar dann, wenn dieses Wasser so breit und groß wie der Atlantik war. Das Bad im Meer war eine züchtige Angelegenheit. Die Damen der Gesellschaft europäischer Herkunft kamen mit dem Meer nur in Berührung, sofern sie in von Pferden gezogenen »Bademaschinen« saßen, in kleinen, oben offenen Kabinen auf Rädern, komplett ausgestattet mit Fenstern und Vorhängen, in denen eine tugendhafte Frau das heilende Nass der See unbelästigt von den neugierigen Blicken der Männer genießen konnte.

Im Gegensatz dazu war der moderne Strand ein hedonistisches Xanadu, das Louisa ebenso schockierte wie Dr. Vansant. In der zärtlichen Umarmung der warmen See (von den Romantikern mit Sex verglichen) entspannten sich die Sitten und Gebräuche vergangener Tage. Haut lag bloß, Körper wurde Kult, Pan idealisiert, Venus wiedergeboren. Ans Meer fuhren junge Männer und Frauen im Roadster, einander innig in der Intimität eines fahrbaren Salons verbunden. Die Umkleidekabinen am Strand, neben denen burleske Postkarten verkauft wurden, waren Treffpunkte für heimliche Küsse. Frauen, die den Strand liebten, ließen sich auch die Haare schneiden, rauchten Zigaretten und saßen am Steuer von Automobilen. Die jüngeren von ihnen gabenen den Wellen und der Sonne sogar ungeniert ihre entblößten Arme und Schultern preis, ein überwältigender Anblick weiblicher Formen, welcher schockierte Gentlemen wie Lüstlinge gleichermaßen inspirierte. Am Strand trank man Alkohol, tanzte und lauschte animierenden Liebesliedern. Wie die meisten Amerikaner sollten auch Louisa und Eugene dieses »Problem mit der Jugend« höchstens so lange ignorieren können, bis F. Scott Fitzgerald 1920 die Fahne für die zügellose Jugend schwenkte und in *Diesseits vom Paradies* verkündete, dass die meisten hübschen Mädchen aus den modernen Städten bereits *viele* Jünglinge geküsst hatten. Aber schon 1916 gab es an der Küste genügend Anzeichen für diese neue Freizügigkeit, um Eltern zutiefst zu besorgen. Dass sich das förmliche 19. Jahrhundert und damit die Welt, in der sie sich auskannten, aufzulösen begann, wurde am Strand am augenscheinlichsten. Der widerspenstige Ozean war der Agent provocateur des Wandels und die Küste seine Avantgarde.

Die schockierendste Entwicklung war direkt am Wasser zu beobachten, denn die steigenden Säume der Badekostüme waren zur Frontlinie des viktorianischen Establishments geworden. Im Sommer 1916 brach eine regelrechte Kulturrevolution um die statthafte Darbietung weiblicher Formen aus – die alles verhüllenden viktorianischen Badekostüme, eine Kombination aus Beinkleid und Rock, wichen geschmeidigen, eng anliegenden Badeanzügen. Das moderne amerikanische Image, diese Kombination aus Praktischem und Sinnlichem, war geboren. Doch dieses neue Erscheinungsbild von schwellenden weiblichen Armen, Schenkeln und Waden – der Öffentlichkeit zugänglich gemachte erogene Zonen – geriet zu einem nationalen Skandal. Auf Coney Island wurden Aufseherinnen handgreiflich gegenüber Frauen, die sich in den neuen hautengen, wollenen »Röhrenanzügen«

zeigten; die Chicagoer Polizei führte junge Frauen vom Strand am Michigansee ab, weil sie Arme und Beine zur Schau gestellt hatten; in Atlantic City wurde eine Frau vom Mob tätlich angegriffen, weil sie eine Handbreit Schenkel gezeigt hatte. Schließlich warf sich die »American Association of Park Superintendents« in den Ring und erließ eine offizielle Badeanzugverordnung, derzufolge die Säume des Beinkleids mindestens zehn Zentimeter unter dem Knie enden mussten und die des Überrocks nur fünf Zentimeter kürzer sein durften. Die Polizei begann mit Maßbändern bewaffnet an den Stränden zu patrouillieren. Massenverhaftungen waren die Folge.

Als Louisa davon aus der Zeitung erfuhr, dachte sie besorgt daran, welches Tohuwabohu sie an der Küste von Jersey erwarten würde. Atlantic City – diese glitzernde Meeresmetropole mit ihren 400 Hotels für 50 000 Gäste, nur 16 Kilometer südlich des winzigen Beach Haven gelegen – war, wie dem *Philadelphia Evening Bulletin* zu entnehmen, offenbar zum Hort des Widerstands geworden. Unter der Schlagzeile »Alarmierende Wirkwaren beherrschen den Strand« vermerkte das *Bulletin*, dass Frauen die Badestrümpfe nunmehr zu den Knöcheln herabgerollt anstatt gehörig hochgezogen trugen und empörenderweise *Knie* den Blicken preisgaben. Es war der Wendepunkt in der amerikanischen Mode, denn kaum hatte man diese Grenze überschritten, begannen immer mehr Fleisch und immer weniger Stoff den Geschmack des 20. Jahrhunderts zu diktieren. »Diese leidige Angelegenheit der Mode … erinnert an die Frauen aus den Highlands in ihren winzigen Kilts, welche es den Lüften des Himmels gestatten, frisch und frei geschmeidige Gliedmaßen zu umspielen«, hieß es im *Bulletin*. »Besonders beliebt scheint diese Mode unter Jungfern mit Grübchen an den Knien zu sein … Die Bademeister sind entschlossen, sich öffentlich zu beschweren, falls diese Modetorheit anhält. ›Sie zieht zu viele Haie an‹, erklären sie.«

Es war das Privileg des männlichen Haushaltvorstands Dr. Vansant, den *Public Ledger* ungestört während des Frühstücks zu lesen. Manchmal machte er es sich auch in seinem Morris Chair in der Bibliothek bequem, einem behaglichen, mit dunklem Holz vertäfelten Raum, der ganz nach den Wünschen des Hausherrn gestaltet worden war, um sich zur Entspannung zurückziehen zu können. Hier wurden seine schönen alten Bücher präsentiert, seine Büsten von Shakespeare und Aristoteles, seine Mineraliensammlung (jeweils um sein Interesse an Bildung, Geschichte und den Naturwissenschaften hervorzuheben), sein Humidor sowie Stapel der *Saturday Evening Post*, die er sorgfältig durchblätterte, während er es sich neben dem kleinen, von der Asche des frösteligen Dezembers gereinigten Kamin gemütlich machte. In all den Möbeln und *objets* – schweren, hölzernen Gegenständen aus Europa, einem silbernen Eiskübel mit Griffen in Form von Löwenköpfen – kam die Grandeur vergangener Tage zum Ausdruck.

Die Zeitung lag auf der Ottomane und verströmte den intensiven Geruch von Druckerschwärze. Verständlich, dass Dr. Vansant mit Bangen nach ihr griff, denn die riesigen Schlagzeilen, Fotografien, Reklamen oder Berichte aus Europa waren ebenso neu und bestürzend wie die Botschaften, die sie vermittelten. Niemals zuvor hatten die mit den Schrifttypen des 19. Jahrhunderts eng bedruckten Spalten eine Welt in solch beständigem Aufruhr enthüllt, nicht während der Rekonstruktion, nicht während des Bankencrashs 1893, ja nicht einmal nach dem Attentat auf Präsident James A. Garfield 1881, Vansants erstem Jahr als Medizinstudent. Fast während des ganzen 19. Jahrhunderts hatte der *Public Ledger* aus Philadelphia Eugene tagtäglich wie ein gleichgesinnter Freund begleitet, war er eine Stimme republikanischer Vernunft gewesen. Einem Besucher der Stadt war um die Jahrhundertwende aufgefallen: »Philadelphia hat seine eigenen, typisch trockenen, faden Zeitungen, die, ungleich allen anderen Zeitungen der Welt, nichts enthalten, was nicht Philadelphia unmittelbar selbst betrifft. Folglich ist hier auch kein Echo aus New York zu vernehmen – oder aus irgendeinem anderen Ort.« In letzter Zeit hatte der *Ledger* dem Doktor den freundschaftlichen Umgang aufgekündigt:

Auf der anderen Seite des Atlantiks, südlich des französischen Neuve Chapelle, feuerten die Briten eine Million Granaten pro

Tag ab und erhellten im Umkreis von 50 Kilometern den nächtlichen Himmel »so strahlend, als sei es der Schein einer Aurora borealis«. Erst jüngst hatten die Deutschen mit militärisch nutzbarer Wissenschaft triumphiert und Luft durch den Einsatz von Giftgas in eine Waffe verwandelt. Die nationale Einkommensteuer war zum ersten Mal seit 1913 angehoben worden und sollte bald schon verdoppelt werden, um die steigenden Regierungsausgaben zu decken, darunter den Bau des Panamakanals. Nun kündigte das Schatzamt auch noch an, Erbschaften von über 50 000 Dollar besteuern zu wollen – und das Vermögen des Doktors überstieg diese Summe bei weitem; damit waren seine Pläne für die Aufteilung des Nachlasses unter seinen Kindern praktisch zunichte gemacht worden.

Der Doktor dachte an seinen Sohn, als er las, dass Wilson zum Krieg auf zwei Kontinenten gedrängt wurde. Der Präsident hatte erklärt, dass er sich lieber »dem Urteil der Menschheit« als dem der Wahl am 7. November stellen wollte, und prompt die 1. und 2. Infanterie der Nationalgarde von Pennsylvania mit Truppenzügen nach Texas entsandt, um die Grenze vor den Übergriffen des Mexikaners Pancho Villa zu schützen.

In Philadelphia selbst wurde an diesem Morgen der Streik von 40 000 Maschinisten erwartet, die auf ihrem Recht auf einen Achtstundentag und bezahlte Überstunden bestanden – unerhörten und völlig übertriebenen Forderungen, wie der Doktor fand, die vom Demokraten Wilson auch noch befürwortet wurden. Was war aus der robusten, ganz auf sich selbst vertrauenden republikanischen Nation geworden, in der sich Dr. Vansant heimisch gefühlt hatte? Das große Geschworenengericht der Stadt investigierte gerade das »Niedermetzeln« von 63 Fußgängern durch Automobilisten in den vergangenen sechs Monaten. Auch auf den Straßen herrschte Krieg: Genervte Kraftfahrer überfuhren gemächliche Fußgänger und prallten in langsam dahintrottende Pferdekutschen. Viele Männer und Frauen hatten einfach keine Ahnung, wie diese schnellen, ruckeligen Maschinen zu bedienen waren. Deren Verkäufer wären eigentlich dazu verpflichtet gewesen, fünf Fahrstunden zu geben, bevor sie einen Kunden aus dem Automobilsalon entließen, doch die meisten übergingen einfach ein paar Stunden, was den *Ledger* nach besorgten Berichten dazu veranlasste, eine tägliche Fahrregel zu publizieren. Der Hinweis an diesem Morgen betraf eine Grundregel des Rückwärtsfahrens: Man muss das Automobil vor dem Einlegen des Rückwärtsgangs erst einmal anhalten, denn »der Wagen kann nicht in zwei Richtungen gleichzeitig fahren«.

Auch die Sportberichte boten dem Doktor nichts Tröstliches. Grover Cleveland Alexander hatte einen seltenen Verlust beim Spiel gegen die New York Giants zu beklagen, nachdem ein Innenfeldspieler der Phillies »seinen Finger in einen scharfen Grounder* gebohrt hatte und auf die Verletztenliste gesetzt werden musste«. Die stolzen Philadelphia Athletics waren von den Yankees 7:0 vermöbelt worden, obwohl sie Frank »Home Run« Baker, den härtesten Batter des Spiels, aufgestellt hatten. (Babe Ruth spielte bei den World Series in diesem Herbst als Pitcher bei den Boston Red Sox, wo er als viel versprechendes Talent galt.)

Dr. Vansant war immer stolz auf seinen berühmten Nachbarn gewesen, Professor William Curtis Farabee, der aus Südamerika mit der Nachricht zurückgekehrt war, »den Garten Eden in Britisch-Guayana« entdeckt zu haben. Der Forscher hatte der beispiellosen Sammlung des archäologischen Museums einige Schrumpfköpfe von den Jivaro gestiftet und seine eigenen Vermessungsunterlagen über die Gliedmaßen von unterschiedlichen Stämmen wie den Macusl, Wapiatiana, Prokoto, Zapara und Asumara überlassen. Nun aber musste Dr. Vansant schockiert in der Zeitung lesen, dass viele Amerikaner von Farabees Expeditionen enttäuscht waren. Dies war das große Zeitalter der Entdeckungen, Peary zum Beispiel wollte gerade den Nordpol erobern, und viele glaubten, dass auch Farabee sich auf den Weg gemacht hatte, um auf einem abgelegenen Plateau am Amazonas, das 1912 von dem britischen Professor Challenger entdeckt worden war, die »verlorene Welt« der Dinosaurier aus dem Jura zu finden. Es verblüffte Dr. Vansant, dass der Durchschnittsamerika-

* Anm. d. Übers.: Ball, der vom Batter auf den Boden geschlagen wurde.

ner offenbar nicht begriff, dass es sich sowohl bei den Dinosauriern aus dem Jura als auch bei Professor Challenger um Erfindungen von Arthur Conan Doyle handelte, um die Hauptfiguren in seinem 1912 veröffentlichten Bestseller *The Lost World*. Nicht selten in letzter Zeit musste Dr. Vansant betroffen die Ignoranz der Öffentlichkeit gegenüber wissenschaftlichen Fragen feststellen.

Abgesehen von dem Bericht über die Kinderlähmung, die zu seiner Erleichterung bisher noch nicht bis zum südlichen Küstenstreifen von Jersey vorgedrungen war, interessierte den Doktor besonders die jüngste Studie des Kriegsministeriums über die neue Klasse deutscher Unterseeboote, der zerstörerischsten Waffe, hieß es dort, die je für die Marine erfunden worden war. Diese Boote konnten getaucht den gesamten Atlantik durchqueren, und ihre Angriffsziele waren, wie der *Ledger* warnte, sehr wahrscheinlich die Seehäfen der mittleren Atlantikküste, wie Baltimore, Atlantic City, Wilmington und Cape May, da ein Großteil der nationalen Kohle-, Eisen-, Öl- und Waffenproduktionen im Umkreis von 150 Kilometern um Philadelphia angesiedelt war.

Die Familie war enttäuscht gewesen, als der Doktor angekündigt hatte, dass sie nicht in ihr Sommerhaus in Cape May fahren würden, wo sich die Gesellschaft von Baltimore und Philadelphia in ihren Queen-Anne-Anwesen versammeln und das sommerliche Leben im vertrauten Rhythmus genießen würde. Besonders Charles, der die stundenlangen Törns mit seinem eigenen Segelboot geliebt hatte, war betrübt. Louisa hingegen war erleichtert, denn sie bangte immer um das Leben des Sohnes, wenn er weit draußen auf hoher See segelte. Angesichts der Schlagzeilen im *Ledger* erachtete Dr. Vansant Beach Haven, einen abgelegenen, kaum bekannten Badeort, als eine weit vernünftigere Wahl für die familiäre Sommerfrische. Es war der sicherste Ort, den er sich vorstellen konnte.

Ein Leitartikel in diesem Sommer hatte den Doktor zu besonders langen Überlegungen über das neue Jahrhundert veranlasst. Das ungewöhnlich zahlreiche Auftreten von Kriegen und Revolutionen, von merkwürdigen Verbrechensserien, Scheidungen, Hitzewellen und nicht vorhergesagten Hurrikanen hatte einen Journalisten auf die Frage gebracht, ob die Technik nicht ein natürliches Gleichgewicht zerstörte und womöglich irgendetwas in diesen »unruhigen Zeiten« völlig schief lief:

»Seeleute berichten vom plötzlichen Auftreten seltsamer Stürme, die, wie es scheint, eher eine Folge von Konvulsionen in den Tiefen als im Himmel über ihnen sind. Kann es sein, dass die vom Menschen entfesselten Zerstörungskräfte mächtig genug waren, um das terrestrische Gleichgewicht aus der Bahn zu werfen und das Universum in Unordnung zu bringen? Ist es möglich, dass die Schleichfahrten unserer Unterseeboote und die Abschüsse ihrer Torpedos die Strömungen im Atlantik störten oder die spanische Hauptquelle verlagerten? Irgendwas läuft jedenfalls mit Sicherheit irgendwo schief, und es wäre wohl an den Herren Geodäten, diese Frage zu klären, bevor wir weiterhin mit Kräften Unfug treiben, die sich an uns rächen und uns vollständig ausrotten könnten.«

# *Das fürchterlichste Tier auf Erden*

Zum Glück für alle übrigen Meerestiere wuchs der Weiße Hai nur langsam. Sein Körper begann sich entlang dreier vom Maul bis zum Schwanz parallel verlaufender Muskeln zu versteifen, und mit der neuen Masse reduzierte sich nicht nur seine Schnelligkeit, auch die Abstände zwischen den eng sitzenden Zähnen, eine ideale Falle für kleine Fische, verbreiterten sich, bis das Einfangen von Kleingetier nahezu unmöglich geworden war. Sich der neuen Situation anzupassen bereitete dem Hai jedoch keine Probleme. Allein seine schiere Größe und Kraft erwiesen sich als enorm vorteilhaft, und seine Schnelligkeit war für seinen Umfang noch immer bemerkenswert.

Wie beim Menschenkind war auch der Kopf des Haies schnell ausgewachsen und hatte sich massiv vergrößert. 26 Zähne ragten aus seinem Oberkiefer, 24 reihten sich am Unterkiefer. Hinter diesen funktionalen Zähnen lagen unter dem Zahnfleisch weitere Reihen zusätzlicher Zähne bereit, Babyzähne, die noch weich waren, aber schnell wuchsen und verkalkten. Ungefähr alle zwei Wochen begann die gesamte Doppelreihe von 50 funktionalen Zähne aus dem Kiefer zu kippen, um dem Wachstum eines komplett neuen Satzes Platz zu machen, strahlend weiß, stark und gezackt. Abgebrochene oder abgenutzte Zähne waren kein Thema für den Spitzenprädator.

Über den Appetit des Haies ist wenig bekannt, einmal davon abgesehen, dass er enorm ist und sich der Fisch gierig voll zu schlagen pflegt, wie ein Mensch, der nicht weiß, wann er das nächste Mal etwas zu essen bekommt. In diesem Winter hatten es die subtropischen Gewässer vor der Südküste Floridas dem Hai angetan, eine smaragdfarbene, seichte Region voller Beute. Während er heranwuchs, begann sich sein Appetit auf kleine Kaltblüter allmählich in einen Heißhunger nach großen, warmblütigen Lebewesen zu verwandeln, die reich an delikatem Tran oder Fetten waren, deren Öle er lange Zeiten in der Leber horten konnte, um im Falle des Falles nicht zu verhungern. Es war eine Lektion im Überleben, und im Überlebensunterricht war der Hai weit und breit Klassenprimus.

Mit schnellen Schlägen seiner Schwanzflosse tauchte der Hai zum Grund des Meeres hinab, seine großen Pupillen erweitert, um auch den letzten Schimmer in diesem Dämmerlicht zu absorbieren. Er riss große, tranige Brocken, Blubber genannt, aus den im Wasser treibenden Kadavern von Walen und konnte bereits erstaunliche Sprünge aus dem Wasser vollführen, beinahe vertikal an die Oberfläche schießen, wo er dann für einen Moment in der Luft still zu stehen schien, sein austernschwarzer Rücken und glänzend weißer Bauch durch eine krakelige Linie getrennt, wie von einem Kind mit Kohlestift gezogen. Aus dem groben, spitz zulaufenden Maul blitzten für seine Größe relativ kleine, dreieckige Zähne, und seine runden, faustgroßen Augen waren ausdruckslos schwarz.

Mit seiner hydrodynamischen Form und der neu erworbenen Masse glitt der Hai majestätisch wie eine Boeing 747 durch das Wasser. Er war der Herr der Meere. Nach acht Jahren hatte er seine Größe beinahe verdoppelt – er war nun über zweieinhalb Meter lang und wog mehr als 300 Pfund. Noch war er Jahre von der Geschlechtsreife entfernt und erst knapp zur Hälfte ausgewachsen, noch war er nur ein Schatten jenes über sechs Meter langen Goliath, welcher riesige Meeresschildkröten mitsamt Panzer mühelos mit einem Biss in zwei Hälften teilt, noch war er nichts als ein Halbstarker. Doch was er bereits perfekt konnte, war, sich so unsichtbar zu machen, wie das einem Lebewesen nur möglich ist.

Instinktiv wusste der Hai, dass der gewaltige Schatten des Blauwals – dieses größten Geschöpfs der Meere, das irgendwie alle Gesetze vom Zusammenhang zwischen Größe und Raubtrieb umgeht und sich von Plankton und pflanzenartigem Krill ernährt – harmlos war. Auch vom über vier Meter langen Tigerhai, jener Angst erweckenden Bestie, welche praktisch alles attackiert, was ihr vor das Maul gerät, hatte er nichts zu befürchten. Bereits jetzt war der Hai mächtiger als beinahe jedes andere Lebewesen im Meer; er war, wie der Soziobiologe E. O. Wilson aus Harvard einmal schrieb, »neben dem Salzwasserkrokodil und dem Bengaltiger der letzte kundige Prädator des Menschen, der noch in Freiheit lebte… das nach allen Maßstäben fürchterlichste Tier auf Erden, flink, unbarmherzig, geheimnisvoll und unberechenbar«.

Nur von zwei Meerestieren glauben die Wissenschaftler, dass sie wagemutig genug seien, um einen Weißen Hai von zweieinhalb bis drei Meter Länge zu attackieren, einmal abgesehen von einem anderen, noch wesentlich größeren Exemplar seiner eigenen Familie. Beim ersten handelt es sich zwar um unbewiesene Spekulation, doch sind sich die Ichthyologen ziemlich sicher, dass die riesigen, mit eindrucksvollen Zähnen bewehrten Pottwale, deren Angriffe auf Riesenmaulhaie bereits dokumentiert wurden, sich von Zeit zu Zeit auch einen Weißen Hai schnappen. Der zweite Feind des Weißen Haies greift ihn wohl nur selten an, aber dass er es tut, ist belegt. Im Oktober 1997 kreuzte der altgediente Biologe Peter Pyle auf seinem fünf Meter langen, zu einer Haiforschungsstation umgebauten Walfänger vor den kalifornischen Farallon Islands, als er Zeuge »einer erstaunlichen Szene« wurde: »eines Orka mit einem drei Meter langen Weißen Hai im Maul«. Zuerst waren zwei weibliche Killerwale gesichtet worden – der kleinere von beiden etwa vier Meter lang –, die einen Seelöwen getötet hatten und den neugierig herbeischwimmenden Weißen Hai bei ihrer Fressorgie alles andere als willkommen hießen. Eine Stunde später sah man einen von ihnen mit dem sich windenden Hai im Maul durch die Wellen stoßen. Doch der Wal fraß ihn nicht. Irgendwann spuckte er den verstümmelten Fisch aus. Und während dieser sank, begannen sich »Möwen wie rasend um die Leber und andere auf der Wasseroberfläche treibende Haibrocken zu balgen«.

Doch der halbstarke Hai, der gerade durch subtropisches Gewässer glitt, wusste von keinen natürlichen Feinden und empfand keine Furcht. Vielleicht fühlte er so etwas wie Neugier oder Aufregung, während er rastlos nach Beute jagte, aber gewiss keine Angst. In diesem Winter preschte er mit hoheitsvoller Arroganz durch das kühle, seichte Gewässer vor der südöstlichen Küste Floridas. Amberfische, Delphine, kleinere Haie und kleine Walfische flohen, sobald er sich näherte, oder sollten den Fehler, es nicht getan zu haben, schnell mit dem Leben bezahlen.

Im späten Frühjahr glitt der Hai gerade gemächlich mehrere Seemeilen vor der südöstlichen Küste von Florida, irgendwo zwischen den Keys und West Palm Beach, als er plötzlich in eine Strömung geriet, die für seinen Geschmack viel zu warm war. Er versuchte ihr zu entkommen, doch sie war zu gewaltig, ein reißender Strom, der ihn aus dem flachen, vertrauten Küstengewässer fortwirbelte. Mit der Kraft von Milliarden und Abermilliarden Gallonen Wasser, randvoll angefüllt mit Trillionen und Abertrillionen Tonnen von Plankton, Algen und unzähligem Getier – Wahoos, Thunfische, Delphine, Fliegende Fische, Knochenhechte –, wurde der Hai von der Küste weggetragen. Die Strömung war Kilometer breit und voller fetter Beute, aber das Wasser war unangenehm warm und viel tiefer, als es dem Hai lieb sein konnte; also versuchte das junge Tier, sich aus dieser unbekannten Welt herauszukämpfen. Es jagte durch die reißenden Fluten, immer auf der Pirsch, aber seltsamerweise ohne jedes Jagdglück. Der Hai hatte keine Veranlagung zur Furcht, doch zum vielleicht ersten Mal in seinem Leben erlebte er sich über eine lange Strecke als Versager – und Versagen bedeutete Hunger. Trotzdem war er noch immer ein Furcht erregendes Tier, das durchaus tagelang ohne Fressen überleben konnte. Er kämpfte gegen die Strömung an, doch die peitschte wie eine bewegliche Wand an seinen Flanken entlang und verhalf ihm zu einer weiteren, ganz neuen Erfahrung – Machtlosigkeit. Und so trug der warme, breite Golfstrom, aus dem es kein Entrinnen gab, den hilflos treibenden Hai immer weiter Richtung Norden. Während er mit seiner neuen Umwelt zurechtzukommen versuchte, wurde er zunehmend hungriger.

# *Der Zug an die Küste*

Brütende Hitze stieg vom Meer der Dächer auf und schwappte in Wellen über die Stadt. Durch die überfüllten Mietwohnungen in den engen Reihenhäusern wehte der Geruch von Schweiß und Kohl, schlaff hing die Wäsche in schattigen Hinterhöfen, die zur Zuflucht von Kindern und Hunden geworden waren. Die Reichen verbrachten den drückenden Samstagmorgen träge vor sich hindösend, während die Herren von der Presse, dunkle Schweißflecken an den Westen, ihre Berichte über einen Tag verfassten, an dem jede menschliche Aktivität zum Erliegen gekommen war und sich unter den Armen und Elenden »heftiges Leid« auszubreiten begann.

Ein Säugling starb in den Armen seiner Mutter, während diese in den Amtsräumen des Armenpflegers wartete, um ihren Ehemann des mutwilligen Verlassens anzuzeigen. Ein anderes Kleinkind verblich an einem Hitzschlag, als gerade eine kleine Parade der Business Men's Association triumphal in die Sixtieth Street einmarschierte. Ein Hafenarbeiter kollabierte und starb, während er ein Schiff andockte. Ein Mann erlitt einen Herzanfall, als er nach dem Knauf der Eingangstür seines Hauses griff. Ein junger Polizist verfiel einem »akuten Hitzewahn«, kletterte auf das Dach eines fünfstöckigen Gebäudes und sprang. Der Juli verwandelte Philadelphia in ein Massengrab für tausende Tote. Die meisten endeten auf dem Armenfriedhof der Stadt.

Die Hitze brachte die natürliche Ordnung unter allen Kreaturen ins Wanken. Die Gesellschaft gegen Tierquälerei ließ eine Wasserbrigade ausrücken, weil 30 000 Pferde vor den Kutschen nur noch taumelten. Eine wild gewordene Bulldoge sprang so lange zwischen zwei Veranden hin und her und zwang die beiden Familien, hinter verschlossenen Türen zu verharren, bis sie tot zusammenbrach. Drei Männer stürzten sich zur Abkühlung mutig in die tückischen Fluten des Delaware und ertranken; einer blieb nach dem Sprung mit dem Kopf im Grund stecken. Auch etwas sehr Geheimnisvolles gab der Fluss preis – ein abgerissener menschlicher Fuß, Größe 7, wurde ans Ufer geschwemmt. Er stammte von einem Mordopfer, vermutete die Polizei, oder von einem Schwimmer, der einem großen Fisch zum Opfer gefallen war. Welcher Fisch einen Menschen attackieren würde, wusste die Polizei allerdings nicht zu sagen.

Am späten Vormittag des 1. Juli begann der Exodus zum Meer. Kreuz und quer durch die Innenstadt von Philadelphia machten sich Tausende von italienischen, irischen, jüdischen und polnischen Einwanderern, Männer, Frauen und Kinder aus der Arbeiterklasse, auf den Weg zu den Straßenbahnen, beladen mit verschnürten Decken und Strohtaschen voller Handtücher, Brote, Würste und Wasser oder Bier in Flaschen. Vor dem Bahnhof an der Broad Street, von wo aus die Pennsylvania Railroad den Delaware in Richtung Atlantic City, Cape May, Asbury Park, Ocean Grove oder Beach Haven überquerte, stauten sich die Menschenmassen. An den Straßenecken riefen Zeitungsjungen die neuesten Nachrichten aus und wedelten mit der letzten Ausgabe des *Bulletin.* »Rekordzahlen: Tausende fliehen an die Küste.« Es waren im Wesentlichen Tagesausflügler, die noch vor Anbruch der Dunkelheit, mit Hitzebläschen und Sonnenbrand versehen, wieder heimkehren würden, stolz, den jüngsten Modetrend, den Ausflug an den Strand, mitgemacht zu haben. So manch ein vom Glück weniger Begünstigter, der nichts vom legendären Sog im Meer vor der Küste von Jersey gewusst hatte, kehrte vielleicht nie wieder zurück. Jedenfalls aber war es mit der Exklusivität dahin, mit der die Reichen die Meeresküste für sich beansprucht hatten. Dies war die größte Wanderung an die Strände, die es in der Geschichte der Stadt je gegeben hatte. Die Eisenbahnen des Industriezeitalters hatten den Massen die Küste beschert.

Zwanzig Blocks westlich des Stadtzentrums verstaute die Dienerschaft der Vansants riesige Überseekoffer in den beiden Automobilen, die vor dem Dienstboteneingang des Hauses Nr. 4038 geparkt waren. Die Gepäckstücke waren randvoll mit maßgefertigten Seiden- und Baumwollgewändern, Damastleinen, neuen Holztennisschlägern, Badekostümen, Fotografien, Gemälden und einem tragbaren Grammophon. Beide Wagen wurden bis an die Oberkanten mit Gepäck gefüllt (1916 gab es noch keine Automobile mit Dächern), bevor sich der Doktor, seine Frau und ihre vier Kinder mitsamt Freunden hineinzwängten, im Schlepptau die Dienstmädchen, Köchinnen, Diener und Kinderfrauen. Die Vansants reisten im großen Stil des vergangenen Jahrhunderts, einer Zeit, als der alte Geldadel Philadelphias Kutschen und Boote zu bepacken pflegte, um den gesamten Sommer in einfachen, aber eleganten Sommerhäusern zu verbringen. Einer solchen Invasion der Massen konnten sie gewiss nichts abgewinnen. Sidney Fisher, die gesellschaftliche Ikone von Old Philadelphia, sagte einmal: »Die Massen haben wie immer jedem Anstand gespottet.« Plötzlich sah man Waggons, »die völlig überfüllt waren mit Plebs«. So etwas, mokierte sich Fisher, »habe ich nie zuvor erlebt«.

Die Massen machten das Reisen zur Zerreißprobe. Automobile und Kutschen, elektrische Bahnen und Pferdekarren verstopften die engen, im 17. Jahrhundert angelegten Gassen von William Penns alter Stadt. Das Knattern der neuen Motoren mischte sich mit dem Geruch von Benzin und Pferdemist. Erst kürzlich hatte Dr. Vansant bemerkt, dass ständig trübe, braune Schwaden über der Broad und Market Street hingen – die Auspuffgase der wachsenden Zahl von Automobilen.

Seit sich die Vansants auf der Spruce Street in östlicher Richtung in Bewegung gesetzt hatten, wurden sie von Fahnen begleitet, die anlässlich des Independence Day jeden Fensterladen an jedem Geschäftshaus und jede Veranda eines jeden Reihenhauses schmückten und dieser Automobilkarawane den Anstrich einer feierlichen Beerdigungsprozession verliehen. Dieses Jahr wurde damit vor allem die massive Unterstützung für England im europäischen Krieg zur Schau gestellt. Sämtliche Zeitungen hatten auch für einen »sicheren und vernünftigen« 4. Juli geworben. 185 Bürger Philadelphias waren im vergangenen Jahr durch Feuerwerkskörper, Geschütz- und Gewehrsalven, Schießpulver, Raketen oder Spielzeugpistolen ernsthaft verletzt worden. Der Doktor war froh, dass er seine Kinder vor solchen Gefahren in Sicherheit bringen konnte.

Vor ihnen tauchte einer der Höhepunkte dieser Fahrt auf, jedenfalls für Charles: die Broad Street Station. Der gewaltige Ziegelbau des Bahnhofs war ein Kreuz- und Angelpunkt der amerikanischen Eisenbahn, denn von hier aus wurden die ochsenblutfarbenen Lokomotiven mit dem Schriftzug *Pennsylvania* auf die Fahrt in 38 Staaten geschickt. Charles' Reisen, die er gemeinsam mit hunderten anderen Schülern im Pullman nach Boston und New Haven unternommen hatte, um Footballspielen der Penn gegen Harvard oder Yale beizuwohnen, zählten zu seinen angenehmsten Erinnerungen.

Mit ausgesuchter Höflichkeit geleiteten Gepäckträger in roten Kappen die Vansants zu einem Pullman, während sich die Masse des gewöhnlichen Volks in die Waggons der Holzklasse ergoss. Wer im Sommer 1916 einen solchen Pullman der Pennsylvania Railroad bestieg, dem stand eine für das goldene Eisenbahnzeitalter typische Reise bevor. 1916 fuhren mehr Amerikaner mit dem Zug als jemals zuvor oder danach, und niemals wieder erlangte eine amerikanische Eisenbahngesellschaft eine solche Macht wie die Pennsylvania. Die »Pennsy« war ein Staat im Staate, mit eigenen Fabriken, Booten, Hotels, Kohlebergwerken, Getreidesilos, Telefon- und Telegrafengesellschaften, mit Einnahmen, welche die von so manchem Land überstiegen, und einem eigenen Schienennetz, das über 45 000 Kilometer verlegt war und fast die Hälfte der amerikanischen Bevölkerung der Eisenbahn erschloss. Reisende, die den Broadway-Limited-Nachtzug von Philadelphia nach New York und Chicago nahmen, konnten sämtliche Privilegien einer komfortablen Fahrt im Privatwaggon genießen, in der Bar-Lounge des Aussichtswagens ihren Manhattan zu sich nehmen, sich im Speisewagen zum Dinner Ente à l'orange servieren lassen und sich am Morgen zur Rasur in den Barbershop begeben.

Die Vansants waren allerdings zu keinem dieser zivilisierten Orte auf der Landkarte unterwegs. Nachdem die Pennsy ihre gesamte Konkurrenz geschluckt hatte, konnte sie ihre Passagiere bis ans Ende der Welt befördern oder wenigstens nahe genug, um ihnen dorthin das Umsteigen zu ermöglichen. Durch Pachtverträge hatte sich das Streckennetz der Pennsy auch um kleinere Eisenbahngesellschaften erweitert, bis hin zu winzigen Regionalbahnen in den abgelegensten Ecken, wie die New York & Long Branch (N. J.) Railroad und deren Zulieferer, die Tuckerton & Manahawkin Railroad. Und durch ihre Vorherrschaft über die unbedeutende Tuckerton & Manahawkin kontrollierte die mächtige Pennsylvania Railroad nun auch den Dienst nach Long Beach Island in New Jersey. Dort, auf der südlichsten Spitze der Insel, lag der verlassenste Ort am östlichsten Zipfel des Pennsy-Imperiums, erreichbar nur durch dessen neuen Dienst, den Beach Haven Express.

Der Express offerierte einen Service an die Küste von Jersey, der im ganzen Land seinesgleichen suchte – viermal täglich Hin- und Rückfahrten zwischen Philadelphia und dem nur zwei Stunden entfernten Beach Haven. Bei diesem verbesserten Angebot konnte Dr. Vansant sogar planen, den ganzen Sommer hindurch zu arbeiten und dennoch alle paar Tage bei seiner Familie zu sein. So würde er seinen Patienten öfter zur Verfügung stehen und im Notfall auch aus der Sommerfrische schnell in die Stadt zurückkehren können. Außerdem hatte er dann die Gelegenheit, viele Stunden Zugfahrt in der Gesellschaft seines Sohnes zu verbringen, denn auch Charles beabsichtigte, zwischen der See und seinem Büro beim Textilfabrikanten Nathan Folwell & Co. zu pendeln. Dr. Vansant freute sich auf die Zeit mit Charles allein, denn er fand, dass der Sohn noch immer seiner Führung und etwas mehr männlichen Einflusses bedurfte. Auch hoffte er, dass diese Ferien den Jungen stählen würden. Im ländlichen Beach Haven, weit weg von der saft- und kraftlosen Gesellschaft von Cape May, konnte er sich den härteren Herausforderungen der

See stellen. Während sich die Mütter um die Gefahren sorgten, die am Meer lauerten, betrachteten die Väter des Viktorianischen Zeitalters die See als Tor, das ein Junge durchschreiten musste, um zum Mann zu werden – als eine Prüfung im Sinne der herrschenden sozialdarwinistischen Lehre, dass »nur der Stärkste überlebt«.

Die Liebe, die der Doktor für den Jungen empfand, war nicht augenscheinlich. Seine Konversationen mit dem Sohn gestalteten sich formal und zurückhaltend, als seien sie durch eine Gletscherspalte, einen kalten, abweisenden Raum getrennt. Als strenger Patriarch hatte Dr. Vansant wenig Geduld mit den Schwächen seines ältesten Kindes, und doch brachte er ihm Zuneigung entgegen – er konnte sie nur nicht ausdrücken. Wollte man ihre Beziehung als distanziert bezeichnen, so beging man den Fehler, sie aus heutiger Sicht zu beurteilen, denn Tatsache ist, dass sich beide, jenseits all der gemeinsamen Aktivitäten in den Clubs und beim Sport, jenseits aller männlichen Rituale, durch geheime Kräfte eng verbunden fühlten. Es waren immer die Bande zwischen Vater und Sohn, die eine Familienlandschaft über Zeiten und Generationen hinweg prägten.

Auf Charles ruhten alle Hoffnungen von Dr. Vansant, noch wesentlich größere Hoffnungen, als er sie einst in sich selbst und seinen eigenen Aufstieg von der Kaufmannsschicht in die Bourgeoisie gesetzt hatte. Wer im 19. Jahrhundert spätabends die Dienste des Doktors in Anspruch nehmen musste, wenn er im dunklen Anzug und seiner schwarzen Tasche zu Pferde oder per Kutsche seine Hausbesuche absolvierte, dem war seine ernste Entschlossenheit schwerlich entgangen. Eugene konnte seine amerikanische Linie zwar bis ins Jahr 1647 auf die holländische Kolonie New Amsterdam zurückführen, war jedoch der Erste, der Karriere gemacht hatte, nachdem ihm die beste Ausbildung in der ganzen langen Familientradition der Vansants zuteil geworden war. In Philadelphia galten die erst 1830 zugezogenen Vansants jedoch als Neuankömmlinge. Aus diesem Grund wandte der Doktor mit verbissenem Ehrgeiz viel Zeit auf, um seine Familie in die altehrwürdigen Traditionen der Stadt zu integrieren, dank derer sie schließlich selbst ihr hohes Ansehen erlangte. Dies sollte sein Vermächtnis sein, auf das sich spätere Generationen berufen konnten, das dauerhafteste Zeichen, das ein Mann in einer sich rastlos modernisierenden Gesellschaft setzen konnte. Dem modernen Amerikaner des Jahres 1916, der ständig im ganzen Land auf Achse war und weder eine feste Heimstatt beanspruchte noch sich auf eine familiäre Vergangenheit berief, mochte dies absurd erscheinen, doch in Philadelphia, dieser alten Stadt mit der am tiefsten verwurzelten Aristokratie Amerikas, war dies das Einzige, was zählte.

Der erste Schritt zu diesem Vermächtnis bestand für Dr. Vansant darin, Charles, den im Familienkreis »strahlenden, einzigen Sohn« Genannten, in die Welt der Männer einzuführen. Seit seinem 20. Geburtstag durfte er sich mit dem Vater in den Rauchsalon der Spruce Street Nr. 4038 zurückziehen, wo sich die Männer dann beim Billard vergnügten oder bei einer guten Zigarre politische Diskussionen führten, während die Frauen im Salon den Tee einnahmen. Im Obergeschoss gab es einen kleinen Raum, der den Leibesertüchtigungen vorbehalten war und in dem Vater und Sohn gemeinsam Gewichte hoben, wie es nach deutschem Vorbild Mode geworden war. Zusammen fuhren die beiden auch im Roadster zum noblen Country Club von Cape May, wo Eugene dem Jungen inmitten des endlosen Marschlands und der Zwergkiefern am Meer das erst jüngst aus Schottland importierte Golfspiel beibrachte.

Mittels formaler Rituale und auf tausenderlei unausgesprochene Weisen versuchte Eugene, die Entwicklung seines Sohnes zum Mannsein zu prägen, ihm zu vermitteln, was es hieß, ein Vansant zu sein, ihn vom Gefühl der Zugehörigkeit zu einem Gefühl der Berufung zu leiten. Nachdem Charles an der »Penn« graduiert hatte, führte ihn der Vater in den angesehenen »Order of the Founders and Patriots of America« ein, dessen nationaler Schatzmeister der Doktor war, der auch den Vorsitz über die Filiale Pennsylvania innehatte. Als sein direkter Nachkomme wurde Charles automatisch Mitglied. Auch in der Union Leage, einem der elitärsten privaten Clubs in Amerika, wurde der Junge herzlich willkommen geheißen; und ein rechtzeitiges Wort des Doktors mit Nathan Folwell, dessen Textilweberei zu den größten im Lande zählte, verschaffte dem Sohn 1914 seinen ersten Posten im Geschäftsleben.

Charles gehörte zur ersten Welle von amerikanischen Männern, die sich in der Führungsebene von Konzernen nach oben arbeiteten. Er wollte seinem Vater unbedingt beweisen, dass er ein »go-getter« war, die englische Umschreibung für den gerade in Mode gekommenen Begriff »Macher«. Der junge Charles Epting Vansant litt nie unter der Verzweiflung der »verlorenen Generation«. Einer seiner Zeitgenossen, Francis Scott Fitzgerald – ebenfalls Spross einer angelsächsischen, protestantischen, weißen Familie, nur dass er nicht wie Charles an der University of Pennsylvania, sondern in Princeton studiert hatte –, würde vier Jahre später in seinem Buch *Diesseits vom Paradies* über die Desillusionierung der jungen Amerikaner schreiben, »aufgewachsen, um alle Götter tot vorzufinden, alle Kriege gekämpft, allen Glauben an die Menschheit erschüttert«. Aber noch war es nicht so weit, nicht in diesem sommerlichen Interludium vor dem Eintritt Amerikas in den Ersten Weltkrieg.

Charles war in einer von der Hybris Amerikas geprägten Zeit aufgewachsen: Eisen und Stahl, Selbstgewissheit und Fortschritt. Mit Leidenschaft schloss er sich den idealistischen Zukunftsträumen seiner Generation an. Ganz besonders angetan war er von den fantastischen Vorstellungen, die einer seiner Klassenkameraden aus der Prep School 1906 in einem Gedicht mit dem Titel »1999« festgehalten hatte:

*Father goes to the office*
*In his new bi-aeroplane*
*And talks by wireless Telephone*
*To Uncle John – in Spain*
*Mother goes a-shopping*
*She buys things more or less*
*And has them sent home C.O.D.*
*Via »Monorail Express«.*

*Sister goes a-calling*
*She stays here and there a while*
*And discusses with her many friends*
*The latest Martian style*
*And when her calling list is through*
*She finds a library nook*
*And there with great enjoyment hears*
*A new self-reading book.*

Dr. Vansant war außerordentlich stolz auf seinen Sohn, doch hinter diesem Stolz verbarg sich ein gewisses Unbehagen, vielleicht sogar eine leise Scham. Der Junge hatte, wie seine Schwestern, das Aussehen und die charismatische, kreative Persönlichkeit der Mutter geerbt, was den Doktor mit der klassischen Sorge des 19. Jahrhunderts konfrontierte, der gleichen, die Thomas Manns Buddenbrook umtrieb: Wie sollte er nur die tausendjährige kaufmännische Tradition seiner Familie an einen Sohn weitergeben, der sich eher zu Künstlerischem berufen fühlte? Der Doktor wusste, dass die Eptings und Vansants seit vielen Generationen zwei Charaktere hervorgebracht hatten: den Stoiker und den Künstler. Das jüngste Beispiel für die Schwächlichkeit von Letzteren war ein berühmter Opernsänger aus der Vansant-Linie, der während einer Vorstellung auf einer Pariser Bühne zusammengebrochen war. Alle seiner vier Kinder, sogar das elfjährige »Baby« Eleanor, zeigten verdächtige Anzeichen von künstlerischem Talent. Von seinen Kollegen am Hospital for the Criminally Insane, sämtlich Experten für Schwermut, wusste der Doktor, dass sich solche Gaben ausgesprochen ungesund und unproduktiv äußern konnten, insbesondere bei einem Jungen. Disziplin, Selbstverleugnung, Ehrgefühl, Pflichterfüllung und Taten, nicht Worte, waren jene Eigenschaften, die viktorianische Männlichkeit ausmachten.

In der herrischen Art des Patriarchen, welcher große Erwartungen mit seinem Sprössling verbindet, hatte Dr. Vansant seinen Sohn von klein auf dazu erzogen, eines Tages das Banner der Familie zu übernehmen. Als er 13 Jahre alt geworden war, meldete ihn der Vater in einer vornehmen Preparatory School an, wie sie noch von keinem Vansant besucht worden war – in der Episcopal Academy von Philadelphia, in deren ehrwürdigen Hallen nicht nur der Boden zum Mannsein bereitet, sondern auch der Weg zur Ivy Leage und der Oligarchie von Philadelphia geebnet wurde.

Doch Charles hatte ziemlich damit zu kämpfen, dem Modell des Vaters gerecht zu werden. Er war ein dünner, zartgliedriger Junge und den unerbittlichen Härten nicht gewachsen, die für eine angemessene Position im Baseball- oder Footballteam, beim Crosscountry oder bei irgendeiner jener anderen Sportarten gefordert waren, welche einem Jungen erlaubten, stolz das »E« auf dem Sweater zu tragen. Stattdessen versuchte er mit allen Mitteln, sich als der verwegene Klassenbeau zu etablieren. Auf dem Abschlussfoto seines 1910er-Jahrgangs trägt auch er den üblichen dunklen Anzug und steifen Kragen, doch als Einziger dazu eine goldene Uhrkette – bewusst gab er das Bild von Männlichkeit ab, das gerade en vogue war: den eduardischen Dandy. Später, an der Universität, trug er sich sofort im Französischen Club und bei der Deutschen Drama-Gesellschaft ein.

Angesichts all dieser Tendenzen, die der Doktor als Nachweise des femininen Hangs seines Sohnes deutete, hatte er ihn bewusst ins Geschäftsleben gedrängt und unter Druck gesetzt, sich durch körperliche Ertüchtigung und Beschäftigungen, die eines Mannes würdig waren, den notwendigen Stoizismus zuzulegen.

Das zentrale Problem des Doktors war nach wie vor die Frage nach der Männlichkeit des Jungen, doch mit dieser Sorge wusste sich Eugene Vansant nicht allein. Auch seine Kollegen im Club zeigten sich in tiefster Sorge über die Femininität ihrer Söhne. Sogar der Präsident der Vereinigten Staaten hatte sich beunruhigt über dieses Thema geäußert. Im Industriezeitalter, so die Warnung Woodrow Wilsons, würde das natürliche Band zwischen Söhnen und Vätern und deren traditioneller Arbeit gekappt. Heutzutage gäben die Väter ihre Farmen, Ställe und Schmieden auf, um sich Arbeit in der Fabrik oder im Büro zu suchen, und ließen ihre Söhne in der Gesellschaft von Frauen zurück. Aus Sorge über genau diese Verweichlichung des männlichen Nachwuchses gründete Robert Baden-Powell die Boy-

Scouts, wo den Jungen »Männlichkeit durch Männer und nicht durch Wesen beigebracht wird, die halb Männer und halb Memmen sind«. Auch die ausschließlich dem männlichen Nachwuchs vorbehaltenen Prep Schools wurden immer populärer, denn sie übernahmen die Rolle von Ersatzvätern und konnten die Söhne nicht nur vor der Welt der Mütter mit ihren Fünfuhrtees, sondern auch vor »den Versuchungen« retten, »welche die Gegenwart der Schwestern auslöst«, und stattdessen für das Rugby begeistern.

Eine Reputation von femininer Weichlichkeit erwies sich für jeden jungen Mann als schwere Bürde, vor allem in einer Zeit, in der sogar Präsident Roosevelt die Nation zu Tatkraft aufgerufen hatte. Der Abenteuerschriftsteller Jack London, dessen Überzeugung lautete, dass das Leben ein »Prüffeld für die Starken« war, avancierte bis 1913 zum bekanntesten und bestbezahlten Autor der Welt. Größe, Stärke und das Streben nach mehr, diese Dinge allein zählten – die schiere Größe von Brücken, Eisenbahnen, Dampfern, Wolkenkratzern oder jener Standard Oil Company, die inzwischen zum Brecheisen des amerikanischen Imperialismus im Ausland geworden war. Das Leben glich dem Rivalitätskonflikt unter wilden Tieren, war ein sozialdarwinistischer Kampf um die Vorherrschaft. Der Mensch beherrschte alles, was unter ihm stand, aber nur der tatkräftig überlegene Mensch dominierte auch seine Mitmenschen. Charles und seine Freunde konnten die Philosophien der neuen Naturalisten auswendig herbeten, von Frank Norris bis zu Upton Sinclair. Doch am innigsten berührte sie, was Jack London in seinem Buch *Der Seewolf* geschrieben hatte:

»Ich glaube, dass das Leben ein wirres Durcheinander ist… Es ist wie Hefe, wie ein Ferment, etwas, das sich bewegt und sich vielleicht eine Minute, eine Stunde, ein Jahr oder hundert Jahre bewegen kann, das aber schließlich doch aufhören wird, sich zu bewegen. Die Großen fressen die Kleinen, um sich die Kraft zur Bewegung zu bewahren. Wer Glück hat, frisst am meisten davon und bewegt sich am längsten, das ist alles.«*

---

* Jack London, *Der Seewolf*, Deutsch von Erwin Magnus, München 2000, S. 44.

## *Das Meeresungeheuer*

Der Weiße Hai wurde von den unangenehm warmen Fluten des Golfstroms getrieben, war aber von Natur aus darauf vorbereitet, sich jeder nur denkbaren ozeanischen Umwelt anzupassen, ob dem Golf von Alaska oder dem Mittelmeer, der Küste von Formosa oder des südlichen Chile. Befand er sich in kälteren Gewässern, so begann sein Gefäßsystem das Blut auf dem Weg zu den Augen und ins Gehirn anzuwärmen, eine genetisch bedingte Reaktion, die es dem Fisch ermöglichte, im Wasser unterschiedlichster Temperaturen überleben zu können. Seine Wanderung in Richtung Norden entlang der Ostküste der Vereinigten Staaten war zwar eine instinktive Handlung, doch der Hai ist keineswegs jene Kreatur mit Erbsenhirn, als die er oft dargestellt wurde. In Wirklichkeit besitzt er sogar ein ausgesprochen großes und komplexes Gehirn. Theoretisch könnte man ihm eine Menge beibringen, wäre ein solches Unterfangen nicht so unvorstellbar gefährlich. Auch dieser halbstarke Hai lernte, sich während seines Wachstums und seiner Streifzüge durch Erfahrung anzupassen, konnte jedoch nach Aussage von Experten niemals etwas Ähnliches wie Verstand entwickeln. »Schlussfolgerungen bedürfen der Fähigkeit, Erfahrungen zu ergänzen und Dinge vorauszusehen, bedürfen der Rationalität und Weiterbildung … und der Fähigkeit, dies alles dann in komplexe Entscheidungsprozesse zu integrieren«, sagt der Ichthyologe George Burgess vom Naturkundemuseum der Universität von Florida. »Wie die meisten Tiere reagieren auch Haie auf vorherbestimmte Weisen, die allerdings vom evolutionären Standpunkt aus betrachtet höchst effektiv sind – denn ansonsten gäbe es sie ja nicht mehr! Genau deshalb sind Weiße Haie auch nicht nachtragend und verschonen weder Frauen noch Kinder…«

Ein Großteil der Aufgaben seines Gehirns war riesigen Riechlappen übertragen worden, weshalb man das Hirn des Haies auch »Riechhirn« nennt. Er kann Beute bis auf eine Entfernung von einem halben Kilometer riechen. In seinem *Shark Almanac* schreibt Thomas B. Allen, dass Haie im seichten Wasser der Spur von Schwimmern mit kleinsten Schürfwunden an den Beinen folgten. Und der Zoologe A. D. Halser erklärt: »Wir haben es hier mit einem Sinn von so extrem feiner Wahrnehmungsfähigkeit zu tun, dass er sich nicht einmal mit den leistungsfähigsten und sensibelsten Instrumenten der modernen chemischen Analyse vergleichen lässt.«

Ein Schwimmer mit einer kleinen Schnittwunde am Finger hätte die meisten Haie bestenfalls neugierig gemacht, dieser halbstarke Weiße Hai hatte allerdings gerade erhebliche Probleme, und der Konkurrenzkampf unter den großen Raubfischen im Golfstrom war enorm.

Nachdem der große Strom den Hai tagelang mit sich gerissen hatte, zog er nun ohne ihn Richtung Norden weiter, vorbei an den Küsten von New York, Massachusetts, New Hampshire und Maine, bis er vor Neuschottland schließlich nach Osten abbog und sich seinen Weg durch den Atlantik in Richtung Britische Inseln bahnte. Irgendwo, wahrscheinlich rund 100 Kilometer östlich von New Jersey, wurde der Hai von einem Strudel ergriffen, von einer zufälligen Gegenströmung, und aus dem mächtigen Golfstrom gehoben. Plötzlich war das viele Getier im Meer verschwunden – was allerdings insofern wenig Unterschied machte, als es dem Hai ja nicht einmal in der Strömung, in der er von Beutetieren umgeben war, gelang, sich zu ernähren. Nur, jetzt fehlten sie völlig. Sämtliche kleinen Hochseefische, seine ganze ihm hilflos ausgelieferte Nahrung, waren weg.

200 Meter unter dem Hai tummelte sich auf der Kontinentalplatte eine Vielzahl von Grundfischen – Hundsfisch und Scholle, Kinglip und Rotbrasse; der Hai hätte nur kurz abtauchen müs-

sen, was für ihn ein Leichtes gewesen wäre. Aber er war daran gewöhnt, an der Wasseroberfläche zu jagen, und so ließ er die fette Beute am Meeresboden unbehelligt.

Der junge Weiße Hai irrte umher, mitgezogen von einer Seitenströmung des Golfstroms. Von allen Fischen im Wasser war er der tödlichste, aber ironischerweise auch der Erste, der unter der Schädigung des Ökosystems zu leiden hatte und am schnellsten auszusterben drohte. Das ist der Preis seiner Exklusivität: Damit das Ökosystem im Gleichgewicht bewahrt bleibt, muss der Weiße Hai auf ewig versuchen, seinem drohenden Aussterben zu entgehen.

Die gewohnte Umwelt des großen Fisches hatte sich nicht einfach nur verändert, sie war zur Gänze verschwunden. Was war geschehen? War sie von einem noch mächtigeren Prädator attackiert und tödlich verletzt worden? Was den Hai nun antrieb, entzieht sich wissenschaftlicher Kenntnis. Was man jedoch weiß, ist, dass er zu einem Abweichler von der Norm wurde, zu einem »bösartigen Einzelgänger« seiner seltenen Art: einem verwirrten, einsamen Spitzenprädator, der ein Verhalten an den Tag legte, wie es die Forschung sonst nur von den Menschenfressern unter den Löwen und Elefanten in Afrika kennt – und vom Menschen. »Er war das Äquivalent eines Serienmörders«, sagt George Burgess. Um die Jahrhundertwende lag ein solcher Vergleich noch nicht auf der Hand, denn menschliche Serienmörder kannte man noch nicht. In der Sprache seiner Zeit wurde der Hai deshalb als Meeresungeheuer bezeichnet.

Bald begannen andere Strömungen und Düfte auf den jungen Hai einzuwirken und ihn nach Westen zu locken, nicht unähnlich den Reizen, die ihn dem gigantischen Strom ursprünglich zugetrieben hatten. Noch immer gab es kaum Beute, und sein Hunger wuchs, aber allmählich wurde das Wasser flacher, und sämtliche Sinne sagten dem Hai, dass dies endlich einmal eine gute Nachricht war. Er begann sich der Küste mit ihrem reichlichen Nahrungsangebot zu nähern.

Irgendwann im Juni trieb ein besonders starker und neuartiger Duft mit den Küstenströmungen New Jerseys ins offene Meer hinaus. Der Hai sog ihn auf und beschloss, ihm nachzugehen. Falls ihm dieser Geruch fremd erschienen war – er hatte es möglicherweise noch nie mit einem Menschen zu tun gehabt –, so machte ihn das jedoch gewiss nicht nur neugierig, sondern auch sehr vorsichtig. Denn das Verhalten eines Haies wird bei jeder Konfrontation von einer angeborenen Regel bestimmt: Lass dich niemals auf einen Kampf ein, den du nicht gewinnen kannst. Der Hai begann kaum merklich schneller als im gewohnt gemächlichen Tempo voranzugleiten. Er schonte sämtliche Energien für den Moment des Angriffs.

# *Das Paradies*

Gemächlich und eine schwarze Rauchfahne hinter sich herziehend, dampfte der Beach Haven Express dem blank geputzten Himmel und einer erfrischenden Brise entgegen. Acht Kilometer vor der Küste passierte er die Weiden von Manahawkin. Charles und seine Schwestern mussten die Fenster schließen, damit die Mücken und Bremsen, die den Waggon umschwärmten, nicht hereinflogen. Es wurde heiß und stickig im Pullman.

Der Zug fuhr direkt der Silhouette entgegen, als die sich der hohe, konische Turm des Engleside Hotels vor dem klaren Himmel abzeichnete, weit und breit der einzige Nachweis, dass es hier Menschen gab. Sein hölzernes Gerüst hatte vier Jahrzehnte lang allen Hurrikanen und Stürmen, welche die Existenz so manches Inselbewohners ruiniert hatten, standgehalten. Es hieß, der Engle-Familie könne kein Unglück widerfahren. Gleich südlich vom Engleside lag Reuben Tuckers Gemeinde, genannt Tucker's Beach, einst ein beliebtes Strandbad, das erste in den Vereinigten Staaten, nun aber auf bestem Wege, eine Geisterstadt und allmählich vom Meer verschlungen zu werden. Ein paar Jahre später würde ein einziger Sturm genügen, um Tucker's Beach an der Spitze von Long Beach Island komplett auszuradieren; übrig blieb nur noch Tucker's Island, auf der die Wogen dann den Rest übernahmen, indem sie so lange gegen die beiden Hotels, die Poststation, die Schule, den Leuchtturm, den Küstenwachposten und die 18 Häuser anbrandeten, bis nicht einmal Vögel noch Platz zum Stehen fanden.

Die Bahnstation der Pennsylvania Railroad in Beach Haven

thronte stolz inmitten des Sumpflands wie das koloniale Hauptquartier in einem abgelegenen, neu eroberten Territorium. Ihre Giebel und die von Läden umrahmten Fenster, mit Blick auf Seegras und Sumpf soweit das Auge reichte, waren eine einzige Hymne auf Queen Anne. Ein Gepäckträger aus dem Engleside eilte herbei, um die Koffer und das Überseegepäck auf das erste motorisierte Vehikel der Insel zu laden, einen verlängerten Ford-T mit grünem Baldachin und dem auf die Tür gemalten Schriftzug ENGLESIDE AUTOBUS. Charles stieg aus dem Zug und verharrte einen Moment, damit ein Foto geschossen werden konnte, das er zweifellos als Andenken zu bewahren gedachte. Man sieht ihn darauf im schwarzen Anzug mit Weste, »Kreissäge« auf dem Kopf, stolz neben der riesigen Pennsylvania-Dampflok stehen. Seine Augen strahlen vor Vorfreude auf den Sommer, in jeder Hand trägt er einen Koffer, gepackt für einen langen, ungezwungenen Ferienaufenthalt.

Der Anblick seines inzwischen hoch gewachsenen und muskulösen Sohnes neben der Lokomotive erfüllte Dr. Vansant mit Freude. Endlich schien der Junge richtig geraten. Nach seiner dandyhaften Phase vor einigen Jahren hatten ihn die männliche Kameraderie und üblichen spielerischen Keilereien im College offenbar an Härte gewinnen lassen. Charlie, oder »Van«, wie ihn seine Kommilitonen an der Penn genannt hatten, hatte sogar Mut genug bewiesen, um sich halb nackt in den obligatorischen Kampf der Freshmen zu stürzen, und dabei ziemlich etwas abbekommen, während er unverdrossen das Motto seiner Klasse grölte: »Wring their necks, smear 'em green, Pennsylvania nineteen fourteen.« Wie der Armory aus Fitzgeralds *Diesseits vom Paradies* hatte auch Charles das College als einen Ort empfunden, an dem alles möglich war, an dem er herausfinden konnte, aus welchem Stoff er gemacht war. Und »Van« war eben doch nicht nur für den Französischen Club oder die Deutsche Drama-Gesellschaft geschaffen, für das Satireblatt, die Literaturzeitschrift oder das Jahrbuch, sondern auch für Golf und Kricket, Baseball, Soccer und anderen Mannschaftssport. Er hatte um einen Klassenkameraden getrauert, der mit der *Titanic* untergegangen war, sich den Protesten gegen den Plan angeschlossen, auch Frauen das Universitätsstudium zu ermöglichen – »Entweiht nicht die heilige Bachelor Hall!« –, und sich mit seinen Kumpanen durch das Senior-Class-Bankett gesoffen, das reinste Zechgelage, eine Orgie aus Ragtime, Kabarett und lärmender Festlichkeit, eine Nacht, verewigt in einem Trinkspruch, den er immer wieder gerne zitierte: »Bouillon of clam, filet of sole, a brew made by Anheuser / We see them coming home next day – A little pale Budweiser.« Er war auf keinem Gebiet der Beste gewesen, abgesehen von der Tatsache, dass er es im Senior Year zum Präsidenten des Wireless Club geschafft hatte. Doch der junge Mann, der nun in Beach Haven aus dem Zug stieg, war erwachsen und nicht nur clever, sondern ausgesprochen tüchtig und athletisch, ein guter Schwimmer und ein Sohn, auf den ein Vater stolz sein konnte.

Es wäre nicht verwunderlich, wenn Dr. Vansant in diesem Moment nicht von einer leisen Vorahnung befallen worden wäre, denn wer Long Beach Island betrat, konnte gar nicht umhin, sich der tragischen Vergangenheit dieser Insel in der Blütezeit der Schifffahrt zu erinnern. Der große Walt Whitman aus Camden in New Jersey, ein häufiger Gast dieser Insel, hatte die gewaltige Brandung an ihren Gestaden einmal »ungegrabene, allzeit bereite Gräber« genannt. Auch der Doktor wusste um die Untiefen vor dem Barnegat Inlet, die während des 17., 18. und 19. Jahrhunderts zu einem Friedhof im Atlantik geworden waren, zum nassen Grab von 400 bis 500 Schiffen und unzähligen Menschen. Der Schoner *Powhatan* war dort von einem Brecher überrollt, und sämtliche 29 Besatzungsmitglieder und 311 Passagiere, deutsche Auswanderer auf dem Weg nach New York, waren von Bord gespült worden; ein Passagierschiff aus Liverpool lief während eines Wintersturms auf Grund und riss 30 Seelen mit sich in die kalten Tiefen; die *Auburn*, ein mit Baumwolle und Hanf beladenes Frachtschiff aus New Orleans, ging mitsamt ihrer 19-köpfigen Besatzung verloren, der Schoner *Surprise* aus Baltimore mit 30 Männern. Jene 50 Opfer, welche von der *Powhatan* geschwemmt und an den Strand gespült worden waren, darunter eine Mutter mit Kind, hatte man in einem Massengrab in der Bucht beigesetzt. Es hieß, dass sie seither auf der Insel ihr Unwesen trieben.

Miles Carey, der Gepäckmeister des Engleside, signalisierte den offiziellen Ferienbeginn, als er laut »Englesiiiiiide!« ausrief, um auch die letzten Trödler in den Autobus zu drängen. Woody, sein Rivale aus dem New Baldwin Hotel, versuchte ihn sofort mit seinem »New Baaaaaldwin!« zu übertönen. Es war das von allen Sommergästen aus Philadelphia geliebte alljährliche Ritual, das weder in der Regionalzeitung noch in den Briefen nach Hause zu erwähnen vergessen wurde und dessen sich die Gäste noch erinnerten, wenn alle andere Ferienerlebnisse bereits verblassten. Das Majestätische dieser Inselszenerie wurde für die Ankömmlinge noch durch das Bewusstsein verstärkt, wie viel Beach Haven inzwischen an Bedeutung gewonnen hatte. Denn dass nun viermal täglich ein Pullman aus Philadelphia eintraf, war in der Tat so außergewöhnlich, dass sogar die Presse dem Ort eine strahlende Zukunft als Großstadt an der Küste prophezeite. Beach Haven zog sich zehn Kilometer am Meer entlang und war, wie es in den Prospekten hieß, weiter vom Festland entfernt als irgendein anderes Seebad in New Jersey und daher auch frei von den Pollen, die der Wind aus dem Inland üblicherweise mit sich trug. Die American Medical Association empfahl die Insel als einen der besten und schönsten Plätze für die Sommerfrische an der Ostküste, insbesondere für Personen, die unter Heuschnupfen litten; und nachdem ihre gesunde Landluft auch noch von den Quäkern gepriesen wurde, durfte sich Beach Haven zum »einzigen Ferienort Amerikas, der wirklich seinen Zweck erfüllt« erklären.

Die Vansants wurden die Hauptstraße von Beach Haven entlangchauffiert, genannt Beach Avenue, eine glutheiße Promenade aus festgetretenem Sand und zermahlenem Muschelkalk, gesäumt von Kerosinlaternen und Lorbeerbüschen. Überall schwirrten Mücken herum, trotz des Vermögens, das man für die Drainagen westlich des Ortes ausgegeben hatte. Zu Dr. Vansants Überraschung, der die Insel ja oft selbst als Zufluchtsort vor Allergien empfahl, wuchs an jeder Ecke Sumpfholunder; Goldrutenbüschel wucherten sogar mitten aus der Straße – die Eisenbahn hatte mit den Waggonladungen voller Schotter für die ersten gepflasterten Straßen unwillentlich auch Samen angekarrt. Die Inselbewohner bewegten sich der Hitze angemessen gemächlich von einem kleinen Geschäft zum nächsten, um Frischfleisch und andere Lebensmittel für ihre Herrschaften in den Hotels und Cottages zu kaufen, denn Kühlschränke gab es keine, und die Eistruhen waren völlig unzureichend. Unter den Bediensteten hieß diese Straße »Mosquito Alley«.

Nach einer Weile bog der Hotelbus links in einen ausgedehnten Park ein, an dessen Ende, mit Blick aufs Meer, das Engleside in seiner ganzen lang gestreckten viktorianischen Pracht thronte. Bunte Flaggen zierten die ausgedehnte Veranda an der Hotelfront, amerikanische Fahnen wehten von den Balkonen und Spitzgiebeln, eine Wimpelschnur zog sich vom Portikus bis zum Turmdach fünf Stockwerke darüber. Der aufgewirbelte Staub auf der Engleside Avenue war das untrügliche Zeichen von kontinuierlich eintreffenden Gästen, die in ihren Packards und Ford-Ts, in Überlandbussen und Pierce Arrows am Haupteingang des Hotels vorgefahren wurden. Vorbei waren die gemächlichen Zeiten, als man nur mit Schiffen anlegen konnte. Robert Engle, immer um eine Steigerung seiner Geschäfte bemüht, hatte die Landespolitiker so lange unter Druck gesetzt, bis 1914 eine Dammchaussee für Automobile errichtet wurde. Inzwischen verfügte Beach Haven sogar über eine eigene Parkgarage riesigen Ausmaßes, und die Schotterpiste entlang der Bucht war zur »Schnellstraße durch das Herz von Beach Haven« geworden.

Das Leben im Portikus, unter dem hölzernen Schild, auf dem in handgemalten gotischen Buchstaben THE ENGLESIDE zu lesen stand, hatte jedem Wandel der Zeiten widerstanden. Es war ein eduardischer Salon am Meer. Auf der Veranda servierten weiß behandschuhte Ober englischen Tee mit Gebäck und boten Zeitungen aus Philadelphia an. Damen und Herren in Promenadenkleidung unternahmen würdevoll Verdauungsspaziergänge und genossen die Grandeur der See von der sicheren Holzpromenade aus, die zum Schutz vor Sand und Fluten erhöht angelegt worden war. Tennisspieler malträtierten die Bälle auf dem Tonsandboden der Plätze gleich neben den großen Badepavillons am Meer; und sobald sich das Licht vertiefte, waren allenthalben Männer und Frauen zu sehen, die der neuen Mode der Freiluftmalerei frönten und eine azur- oder saphirfarbene See auf Leinwand bannten. Die ständige Meeresbrise trug Pollen wie Mücken fort.

Die Gepäckträger eskortierten Louisa, die Mädchen, die Dienerschaft und Kinderfrauen zu der von den Vansants angemieteten Zimmerflucht, während Robert Engle in der Lobby seinen alten Freund Dr. Vansant auf das Herzlichste begrüßte. Der Doktor fühlte sich ausgesprochen entspannt in der kultivierten Atmosphäre des Engleside. Nicht weit entfernt ragten die viktorianischen Türmchen des gewaltigen New Baldwin Hotel auf, das im Besitz eines Eisenbahnmoguls aus Philadelphia war. Das Baldwin beherbergte eine ganz andere Klientel als das Engleside, nämlich jenen »neumodischen Schlag«, der dem Spiel und Alkohol zugetan war und in dessen Gesellschaft sich der Doktor höchst unwohl fühlte. Im Baldwin wurde zu jedem Essen Wein gereicht, und allabendlich fanden Bälle statt, bei denen Eintänzerinnen den Gästen die neuesten Ragtime-Schritte wie den Grizzly Bear, den Turkey Trot oder den Bunny Hop beibrachten. Im Sommer 1916 erklangen dort erstmals die Töne der neuen Jazzmusik aus New Orleans, und der Baldwin Grill schäumte nur so über von deutschem Bier, das zu jeder Tages- und Nachtzeit ausgeschenkt wurde. Während der Prohibition fungierte dieser Grill als ein als Café getarntes Speakeasy, in dem die Lebewelt Whiskey aus Teetassen trinken konnte. Das Engleside hingegen war, ganz nach dem Geschmack des Doktors, ein alkoholfreies Haus.

Im Baldwin herrschte ein rauer Umgangston, der einem Gentleman aus Philadelphia höchstes Unbehagen bereitete. Bis dies behördlich verboten wurde, pflegten die Gäste dieses Etablissements mit Winchester- und Parker-Gewehren im Marschland westlich des Hotels munter Vögel vom Himmel zu schießen oder mit der Waffe im Anschlag am Strand zu stehen und zum Jubel der Menge auf die Tümmler in den Wellen zu feuern. Dr. Vansant bevorzugte die ruhige Eleganz des Engleside, in dem der Gast zu gesundheitsförderlicher Leibesertüchtigung ermuntert wurde, insbesondere zum Bad im Meer. Der Doktor empfahl selbst seit langem das Schwimmen und die frische Seeluft zur Linderung von unterschiedlichsten Leiden.

Eine sanfte Brise blähte die weißen Baumwollvorhänge aus den Fenstern, hie und da blitzte ein silbergrauer Spiegel in der Spätnachmittagssonne auf.

Der Turm des Engleside lag dem Atlantik direkt zugewandt, während sich der lange, schmale Hotelbau respektvoll vor den Wogen und Stürmen des Ozeans dahinter duckte. Keines der 88 Fenster auf beiden Seiten der Fassade lag also auf einer direkten Seeseite, »dennoch bietet jedes Zimmer einen Blick auf das Meer«, betonte der Prospekt des Engleside, »und viele sowohl auf das Meer als auch auf die Bucht, es hat keines einen ungünstigen Ausblick. Die Zimmer im dritten Stock sind durch große Mansarden vom Dach getrennt«, was in den Tagen vor der Air-Condition sehr angenehm war, da die stickige Luft über die Köpfe der Gäste aufsteigen konnte. Das Hotel war 1876 ohne Elektrizität, Wasseranschlüsse oder Heizungen erbaut worden, und die Gäste hatten ihre Zimmer des Abends nur im Kerzenschein finden können. Inzwischen verfügte es über die neuen Glühbirnen, ein Bad am westlichen Ende eines jeden Flurs, Federbetten und Rosshaarmatratzen in jedem Zimmer; einige Suiten waren sogar mit eigenen Toiletten und Waschbecken mit fließend Wasser ausgestattet. Die ländliche Einfachheit weckte angenehme Kindheitserinnerungen in Louisa, denn in den Sommern ihrer Jugendzeit hatte eine Ausstattung wie die des Engleside als Gipfel der Eleganz gegolten.

Im Kontrast zu diesem Umfeld stand die feine Kleidung, die die Dienerschaft nun auspackte – Gewänder aus Leinen, Georgette, Seide und feinst bedrucktem Satin, versehen mit Gazen und Ösen und spitzenverzierten Dekolletees, in modischen Karos und Streifen oder mit Stickerei versehen, hauchdünne Abendkleider – genug, damit sich die Vansant-Damen vier- bis sechsmal pro Tag während des gesamten Sommers umkleiden konnten, was sie angesichts der Hitze und der vielen anspruchsvollen gesellschaftlichen Anlässe auch entschlossen zu tun gedachten.

Während die Dienerschaft den Haushalt einrichtete, konnte sich Louisa nicht des bohrenden Gefühls erwehren, dass irgendwas in der Luft lag. Louisa war eine wankelmütige Persönlichkeit, die, so sie bei ungetrübter Laune war, ihren Kindern wundervolle Geschichten über Musik und Malerei erzählte oder vergnügt mit ihnen spielte, dann jedoch wieder in eine Trübsal verfallen konnte, wie sie nur die Ängste einer Mutter hervorzurufen imstande waren. An der Küste fühlte sie sich seit Beginn des neuen Jahrhunderts nie wirklich entspannt. Das Old Philadelphia konnte sich einfach nicht für das bei den Romantikern abgeschaute moderne Konzept erwärmen, welches das Schwimmen im Meer zum hedonistischen Prinzip erhob und die Schönheit des befreiten Körpers feierte. In Louisas Tagen hatte man sich des Strandes von einer Veranda oder Promenade aus erfreut; selbst einen Fuß ins Wasser zu setzen hätte bedeutet, sich den Gefahren auszuliefern, welche die Strömungen und das Meeresgetier mit sich brachten, ganz zu schweigen von moralischem Fehlverhalten, jedenfalls sofern man sich unsittlich entblößte. Louisas böse Vorahnungen waren jedoch nicht nur mit viktorianischer Prüderie zu begründen. Viele Männer und Frauen der Jahrhundertwende konnten nicht schwimmen und warfen sich dennoch in die Fluten, nur um dem neuesten Trend zu frönen. Nicht selten endete ein Nachmittag in der Sommerfrische mit dem Ertrinken.

Es war ganz normaler Mutterinstinkt, der sie tagtäglich um ihre Kinder bangen ließ, insbesondere damals, im 19. Jahrhundert, als diese noch klein waren und es passieren konnte, dass eines plötzlich schwer zu atmen begann oder keinen Appetit hatte und ihr nichts anderes übrig blieb als zu beten, bis der Anlass ihrer Furcht überstanden war. Im Laufe der Jahre, während die Kinder heranwuchsen und das Leben in etwas ruhigeren Bahnen zu verlaufen begann, hatte sie gelernt, sich wieder etwas sicherer zu fühlen. Doch jetzt kroch dieses alte Unbehagen plötzlich wieder in ihr auf.

Auch Charles packte seine Koffer aus, ließ sich dabei jedoch nicht so viel Zeit wie seine Mutter und Schwestern. Der Drang, zur ersten Verteilung der Sitzplätze für das Dinner nicht zu spät zu kommen, war stark für junge Männer. Denn Robert Engle pflegte ausschließlich in den Bostoner Zeitungen um Sommerhilfen zu werben, weshalb der Speisesaal randvoll mit seiner Ausbeute an attraktiven, jungen irischen Kellnerinnen mit ihrem erfrischenden Akzent war. Viele der jungen Männer im Hotel würden unter ihnen ihre Sommerlieben finden. Doch letztlich beschloss Charles, erst an der zweiten Sitzplatzverteilung um acht Uhr teilzunehmen. Er rief seinen Schwestern und der Mutter ein Goodbye zu und machte sich auf den Weg zu den Badekabinen.

Als sich der Tag dem Ende neigte und Louisa sich umgekleidet und einen breitkrempigen Hut aufgesetzt hatte, lockerte sie ihr strenges Regiment und entließ die Töchter an den Strand zum üblichen Abendspaziergang auf der Promenade vor dem Dinner um halb sieben. Das Erscheinen einer für den Abend zurecht gemachten Dame war immer ein Ereignis. Im fließend langen Gewand, das Korsett den Magen zusammenschnürend und die Brust emporwölbend, schlenderte sie hoheitsvoll dahin, die Schultern mit einer hauchzarten Stola umhüllt und das Gesicht im Schatten eines breitkrempigen, mit Schleifchen und hochgetürmten Arrangements aus Blumen und Federn bedeckten Hutes versteckt, wie es die herrschende Gibson-Girl-Mode vorschrieb. Viele Frauen verbrachten den ganzen Tag im Hotel; höchstens besuchten sie die Matineen und ließen die Nachmittage bei Whist oder Bridge verstreichen, doch dann zogen sie sich wieder auf ihre Zimmer zurück, um ihre kostbare Konstitution zu schonen. Etwas Abenteuerlustigere ließen sich an die seichte Bucht westlich des Hotels geleiten, um dort nach Krabben zu suchen oder mit den Kindern die kurze Strecke über das Meer nach Tuckerton zu einem Picknick am Ufer des lieblichen Lake Pohatcong zu segeln.

Das Meer war die Domäne des Mannes. Das herrschende männliche Ideal orientierte sich an Richard Harding Davis, einem Kriegskorrespondenten für die Presse von Philadelphia und New York, der zur Ikone eines jeden schneidigen Angelsachsen mit Hang zu Verwegenerem geworden war, der Held auch des jungen Ernest Hemingway. Und ein richtiger Mann musste sich wenigstens einmal täglich während der Ferien im Meer abkühlen. Viele machten eine große Show daraus und liefen sogar bei heftigem Regen oder starkem Wind an den Strand, um sich vor aller Augen in die Wellen zu stürzen. Vor allem für junge Männer war es absolut de rigueur, sofort nachdem sie im Hotel eingecheckt hatten, zum Strand zu eilen und sich in die Fluten zu werfen – morgens, nachmittags oder abends –, ganz egal wie aufgewühlt die See oder stürmisch das Wetter war. Hier schied sich die charakterliche Spreu vom Weizen. Wer sich vor dem Bad im Meer scheute, brach den Männlichkeitskodex der Tatkraft, den der ehemalige Präsident Roosevelt aufgestellt hatte.

Louisa fand ihren Sohn am breiten Strand im vergnügten Spiel mit einem Hund vor. Zu dieser Stunde war das Ufer fast vollständig verlassen. Der Sand peitschte über die Holzpromenade und gegen die Badepavillons, am Horizont brach die Dämmerung herein. Nur noch vereinzelte Schwimmer befanden sich im Wasser. Louisas Blick ruhte wohlgefällig auf dem einteiligen Badeanzug des Sohnes, ein Standard, den auch sie akzeptierte. Die neuen Schwimmhosen, welche die männliche Brust präsentierten – 1916 noch ein Grund, verhaftet zu werden –, fand sie degoutant. Ihre Stimmung hob sich ein wenig. Charles, der mit einem großen, kraftvollen Retriever spielte, hatte die Aufmerksamkeit der wenigen Menschen auf Promenade und Veranda auf sich gezogen, die diese Szenerie nun amüsiert beobachteten.

Es erfüllte Louisas Herz mit Freude, ihren Sohn, so jung und hübsch, zum ersten Mal seit vielen Monaten entspannt zu sehen. Erstaunt stellte sie fest, was für ein stattlicher junger Mann aus ihm geworden war, auch wenn sich sofort leise Trauer in ihren Stolz mischte; denn dies würde der letzte Sommer sein, den Charles mit der Familie verbrachte, bevor er heiraten und eine eigene Familie gründen, ein eigenes Leben beginnen wollte.

Louisa und die Mädchen schlossen sich dem Doktor auf der Promenade an. Dort standen sie nun, die Vansants, und beobachteten zusammen mit ihren Töchtern stolz ihren athletischen

Sprössling, blickten hinaus auf die See und genossen die leichte Brise, das sanfte Abendlicht, die Grandeur des Ozeans und das Wissen, dass ein vorzügliches Dinner und ein bequemes Bett auf sie warteten. Die Krönung dieses Moments aber war der erbauliche Anblick des Sohnes und Bruders, als er ins Wasser ging, zum Vergnügen der wenigen Schaulustigen sofort gefolgt von dem Hund. Synchron spritzend und strampelnd, eine Spur aus Luftbläschen und Schaum hinter sich herziehend, begannen Mann und Hund hinauszuschwimmen.

# *Die Zwillinge der Finsternis*

Der Gezeitenstrom entwich der Abendsonne in Richtung Osten, der Schatten des hölzernen Turms vom Hotel Engleside, über dem ein paar kupferfarbene Sommerwolken schwebten, jagte das fliehende Wasser. Die Korbsessel in den schützenden Balkonwaben standen verlassen da, nur in den verglasten Aussichtsräumen im Dachfirst richteten Männer die Ferngläser noch einmal für einen letzten Blick auf die wenigen Dreimaster, die einsam in der Ferne kreuzten. Die unzähligen Segelboote, die während des Tages das Küstengewässer geziert hatten, waren verschwunden. In den unteren Gängen des Hotels ließen sich die Gäste heiße Bäder ein, während sich die Windmühle des Hotels unermüdlich drehte, um Wasser aus dem tiefen Brunnen heraufzupumpen. Frauen zwängten sich in frische Korsetts und Reifröcke, verzweifelt um eine Garderobe bemüht, die sich von der ihrer Nachbarinnen unterscheiden würde, wohingegen die Männer sämtlich danach trachteten, identische weiße Flanellhosen, dunkelblaue Blazer und Krawattentücher anzulegen. Kinderfrauen und Dienstmädchen trieben die kleineren Kinder nach oben, um sie für das Abendessen im Kinderspeisesaal umzukleiden, dem sie erst mit fünf oder sechs Jahren entwachsen sein würden, jenem Alter, in welchem sie gemeinsam mit den Eltern dinieren durften.

Mit frisch gestärktem Oxfordhemd und Fliege bekleidet, schlenderte Robert Engle durch sein Hotel. Hinter den großen, aufs Meer gerichteten Fenstern sah er seine Gäste in kleinen Grüppchen auf der Veranda sitzen und ein paar Spaziergänger auf der

Holzpromenade über den abgeflachten Dünen ins Hotel zurückkehren. Wohlgefällig ruhte sein Blick auf der beruhigenden Szenerie eines ausgebuchten Hotels bei schönem Wetter und ruhiger See. Einige Gäste bewunderten Engles Fotografien, die an einer spanischen Wand neben der Rezeption ausgestellt waren: Tennisspieler auf den Hotelplätzen; das Wrack der 1908 gekenterten sizilianischen Barke *Fortuna*; der sich ins Meer neigende Leuchtturm, an dem bereits die Gezeiten nagten. Ein paar Automobilisten waren nach der holprigen Fahrt quer durch den Staat und über die Feldwege der Pine Barrens erst zu dieser späten Stunde eingetroffen und warteten nun vor der Rezeption, die Gesichter verstaubt, um die Augen den weißen Ring, den die Schutzbrillen hinterlassen hatten.

Im Speisesaal mit Blick aufs Meer, unter den Jagdszenen an den Wänden und zwischen Stühlen, deren Lehnen die Form von Lyren hatten, bereiteten die Kellnerinnen in gestärkten weißen Uniformen, die Haare streng zurückgeknotet, alles für das Dinner um halb sieben vor. In der Halle hatte sich ein kleiner Menschenauflauf um eine Gruppe von Sportsmännern mit sonnenverbrannten Nacken und nach Salzwasser riechender Kleidung gebildet, die gerade etwas lauter als nötig ihre Meinung kundtaten. Es waren Hobbyfischer, die enttäuscht von ihren Tagesausflügen zurückgekehrt waren, denn eigentlich genoss das Angeln in Beach Haven einen legendären Ruf. Robert Engle rührte seit jeher die Reklametrommeln für die Vielfalt an Meerestieren, die seine Strandgewässer zu bieten hatten, und dass sie inzwischen zur Mangelware geworden waren, konnte man sich einfach nicht erklären.

Damals rankten sich noch die wildesten Geschichten – doch alle belegt – um die Beutetiere, die man in Beach Haven aus dem Wasser ziehen konnte. Im noch urtümlichen, unverschmutzten Meer hatte es nur so gewimmelt. Mrs. Charles W. Beck hatte einmal in nur zweieinhalb Stunden 258 Seebarsche in der Bucht gefangen, 38-mal gleich zwei am Doppelhaken. Durch die Inlets waren riesige Fische hereingeschwemmt worden, die man in jenen Tagen allesamt für »Meeresungeheuer« hielt: gewaltige Flügelrochen und 400 Pfund schwere Sonnenbarsche. Eines Morgens im Sommer 1907 waren Charles E. Gerhard, ein Mitglied des Philadelphia Orchestra, und seine Frau knöcheltief in ihren Schwimmanzügen im Seichten gewatet, um Köder für das Brandungsangeln zu sammeln. Doch kaum hatte Gerhard die Angel ausgeworfen, fing er prompt einen 20 Pfund schweren Roten Umberfisch, anschließend sogar noch einen 25-Pfünder. Robert Engle hatte zu Recht diese neue Freizeitbeschäftigung im Engleside werbemäßig ausgeschlachtet, einmal abgesehen davon, dass er doppelt profitierte, denn das Hotel sollte bald für seine frisch zubereiteten Fischgerichte berühmt werden.

Was man damals nicht wusste, war, dass rund 50 Kilometer vor der Küste – durch die Ferngläser im Aussichtsraum des Turms nicht zu erkennen – der Rücken einer riesigen Unterwasserdüne aufragte, rund 16 Kilometer lang und anderthalb Kilometer breit, eine nach der letzten Eiszeit versunkene Insel. Erst in den Zwanzigerjahren würden Frachtschiffer diesen ungewöhnlichen »Barnegat Ridge« entdecken, an dem sich unzählige Kalmare und Kleinfische tummelten, von denen sich wiederum Bonitos und Thunfische ernährten. Reiche Männer, die ihre Ferien nach Art von Zane Grey* auf motorisierten, mahagoni- und messingblinkenden Segeljachten zu verbringen pflegten, sollten erstaunt feststellen, welch tropische Vielfalt so nahe der Küste von New Jersey existierte, sogar Riesenmarline und Wahoos gab es. Der erste Blaue Marlin aus den Tropen, der vor dieser Küste gefangen wurde, hauchte sein Leben in Beach Haven aus. Ein Gast hatte sogar einmal einen 1150 Pfund schweren Makohai erwischt – den größten Fisch, der bis dahin an irgendeinem Ort der Welt gefangen worden war.

Doch während die Männer mit dem neuen Sport des Freizeitfischens zu experimentieren begannen, lernten sie auch die unberechenbaren Gewässerverhältnisse vor Beach Haven kennen und fürchten, die schon so manchem Fischer zum Schicksal geworden waren. Bei bestem Angelwetter konnte die Küstenströmung

---

* Anm. d. Übers.: Zane Grey war Autor von Wildwestromanen und ein Pionier des Freizeitfischens.

plötzlich ihre Richtung von Süd auf Nord ändern und sich das Wasser, so unlogisch das bei dieser Richtung auch klingt, derart rapide abkühlen, dass kein Fisch mehr biss. Sämtliche Fische verschwanden aus der Küstenregion, um erst zurückzukehren, wenn sich die Strömung wieder Richtung Süden gedreht und das Wasser dadurch wieder erwärmt hatte. Für die Fischer war das frustrierend, denn sobald sich kühleres Wasser entlang der Küste ausbreitete, wurden auch die Menhaden vertrieben, jene Heringsfische aus südlicheren Gefilden, welche während der Sommermonate von den reichen Futtergründen von New Jersey angelockt wurden und die zu einem beliebten Angelfisch geworden waren. Was noch niemand entdeckt hatte, war, dass dieses kühlere Wasser den Weißen Hai *Carcharodon carcharias* geradezu magisch anzog.

An diesem Abend glitt der junge Hai bei Einbruch der Dämmerung von Westen kommend auf die Küste zu. Nachdem er zuerst durch einen Wasserwirbel aus dem Golfstrom und damit dem tiefen Gewässer gehoben worden war, in dem er kein Jagdglück gehabt hatte, und nachdem er dann auch noch direkt über das üppige Nahrungsangebot am Meeresboden hinweggeschwommen war, wurde er allmählich zu einer sehr hungrigen Kreatur. Langsam näherte er sich wieder seinem natürlichen Lebensraum, der Küstenlinie, wo das Meer endlich wieder reich an Verlockungen war. Während er dem Ufer entgegenglitt, empfingen ihn die Kaltwasserstrudel, die im Sommer typisch waren für das Küstengewässer vor Long Beach Island und eine Abkühlung mit sich brachten, die offenbar nur dem großen Fisch taugte, da fast alles andere Meeresgetier floh – auch wenn darunter so manches Lebewesen wohl nur vor dem eintreffenden Spitzenprädator flüchtete. Jedenfalls waren abermals sämtliche großen Beutetiere verschwunden, von denen er sich im flacheren subtropischen Küstengewässer ernährt hatte.

Rund zehn Kilometer vor der Küste begann der Hai plötzlich eine Flut an Informationen aufzugreifen. Er roch den reichhaltigen Duftcocktail von Organismen, die nach den heftigen Sommerregen aus den angeschwollenen Flüssen und Wasserläufen in das Küstengewässer gespült worden waren. Sofort reagierte seine angeborene Fähigkeit, die Botschaften von Gerüchen zu entziffern: Beute! Doch diesmal nahm er auch noch andere Duftmoleküle wahr, roch etwas, das nicht jenem automatischen Profil entsprach, auf welches sein Jagdinstinkt reagierte, sondern eher etwas in ihm weckte, das man als Neugier bezeichnen könnte. Jedenfalls übte es eine starke, verwirrende Anziehungskraft auf ihn aus. In jenen Tagen wurde erstmals menschlicher Abfall, das Produkt des urbanen Fortschritts, in das Küstengewässer vor New Jersey gepumpt.

Drei bis vier Kilometer vom Ufer entfernt wurde dem Hai auf seiner Pirsch von einem riesigen, kreuz und quer zur Küste gespannten Netz Einhalt geboten, das sich über zehn Kilometer erstreckte und auf jedem Zentimeter zwischen Meeresboden und Wasseroberfläche die freie Passage verhinderte. Es war der erste von etwa 25 »Fischställen«, die sich labyrinthartig vor der Küste von Long Beach Island entlangzogen. Die Fallenfischer befestigten Netze an einer Reihe von 30 Meter hohen Stangen aus dem Holz von nordamerikanischen Walnussbäumen, die in North Carolina geschlagen und dann in den Meeresboden gepfählt worden waren, wo sie nun wie die Masten gekenterter Schiffe aus den Wellen ragten. Jeder dieser riesigen Ställe war an drei Seiten von Netzen umgrenzt, die sich über den gesamten Meeresboden eines jeden Gevierts erstreckten. Diese Fangart garantierte der Insel eine blühende Fischfangindustrie, welche mit einem Fangvolumen von zehn Millionen Pfund Fisch pro Jahr fast ebenso viel Geld einbrachte wie der Tourismus. Im Moment waren die Ställe wegen des akuten Fischmangels leer, aber im umgebenden Küstengewässer herrschte die übliche Vielfalt an industriellen Nebenprodukten – Gedärme und andere Fischabfälle, eine Fundgrube an Totem und Lebendigem, deren Düfte den Hai weiter Richtung Küste zogen.

Die Zeitgenossen dieses Haies glaubten, dass ursprünglich etwas ganz anderes seine Aufmerksamkeit erregt hatte, ein »Meeresungeheuer« ganz anderer Art, schwarz und wie ein Torpedo geformt, das später am selben Abend düster und nass vor der Ostküste auftauchte: die *Deutschland*, mit einer Länge von 95 Metern das größte U-Boot, das bis dahin gebaut worden war und das erste, das den Atlantik durchquert hatte und deshalb bei den Amerikanern ehrfürchtiges Entsetzen weckte. Die Presse schrieb, dass es »Augen wie ein monströser Seehund« hatte – eine Äußerung, hinter der sich auch die uralte Erinnerung an den Weißen Hai verbarg.

Die *Deutschland* hatte die Blockade der Engländer unterlaufen und dann 4000 Seemeilen auf Tauchfahrt zurückgelegt, während die Besatzung französischen Champagner trank, Übersetzungen von Shakespeare und Mark Twain las und eine Auswahl aus *Peer Gynt* auf dem Phonographen spielte. Obwohl es nur Fracht und keine Waffen mit sich führte, war man in den Vereinigten Staaten von der Anwesenheit eines deutschen Unterseebootes höchst alarmiert – erst im Vorjahr hatte ein U-Boot den Passagierdampfer *Lusitania* versenkt und 128 Amerikaner getötet. Und so kam es, dass der Weiße Hai und das deutsche U-Boot in vielen Leitartikeln, Karikaturen und Leserbriefen im Laufe des Sommers 1916 als die »Zwillinge der Finsternis« bezeichnet wurden. Beide bedrohten das »unschuldige Amerika« vor der eigenen Küste, für dessen Bürger außer Frage stand, dass das Unterseeboot den Hai angezogen hatte, nachdem sich beide erstmals in die Quere gekommen waren. In Wahrheit wäre der Hai, hätte er das U-Boot erspäht – es war rund 35-mal größer als er –, schnellstens vor ihm geflohen.

Nachdem der junge Hai den intensiven Geruch von organischer Aktivität wahrgenommen hatte, begann er im gesteigerten Tempo von ungefähr acht Stundenkilometern auf die Küste zuzuschwimmen.

## *Mit Fängen und blutigen Haken*
## Red in tooth and claw*

Charles stand knietief in den Wellen, die Zehen auf dem weichen, goldenen Sand Halt suchend, die Waden sanft umspült vom Wasser, das die Gezeiten mit leichtem Sog ins Meer zurückdrängten. Seine weißlich blassen Füße, Zeichen dafür, dass er nie vom Büro an die frische Luft kam, waren deutlich sichtbar in dem kühlen, klaren Wasser. Es wehte eine laue Brise, und die Sonne schien blass und versöhnlich zu dieser späten Stunde. Weit und breit gab es keine Algen im Wasser. Auch deshalb kamen Feriengäste selbst aus dem großen weiten Westen und von so entfernten Städten wie Saint Louis mit der Pennsylvania Railroad zu diesem Badeparadies an der Küste von Jersey angereist. Aber nicht nur die Schönheit dieses Ortes war legendär, hier fühlte man sich ganz einfach *lebendig*. Sogar bei dieser stillen See unter dem tiefblauen Himmel konnte Charles eine leichte Strömung spüren und fühlen, wie das Wasser vom gewaltigen Sog der Tiefsee in leise Schwingungen versetzt wurde. Er blickte über die weichen Wellen, unter denen die Küste sanft abfiel – das südliche Jersey war berühmt für seinen seichten Strand. Vor ihm schaukelte die Sprungplattform, die Robert Engle vor der neuen Saison hatte errichten lassen; weit draußen über dem offenen Meer schwebten ein paar Wolken, lang gestreckt wie Lachse. Das Wasser war kühl,

* Anm. d. Übers.: Diese Zeile stammt aus Tennysons Gedicht *In Memoriam A.H.H.* (verfasst zwischen 1833 und 1850), Abschnitt 56, in dem es heißt: »Who trusted God was love indeed / And love Creation's final law / Though Nature, red in tooth and claw / With ravine, shrieked against his creed.«

aber Charles würde sich in wenigen Momenten daran gewöhnt haben. Er hörte den Hund spritzend und platschend von hinten auf ihn zuspringen, ein roter Chesapeake-Bay-Retriever, die einzige rein amerikanische Rasse im American Kennel Club, ein robuster und unermüdlicher, 75 Pfund schwerer Hühnerhund. Charles erkannte diese Rasse auf Anhieb, denn jeder Mann, der mit einem Gewehr umgehen konnte – und Charles hatte dem Sportschützenteam der Universität angehört –, bewunderte diesen eleganten Wasserjäger, der für die Pirsch in der riesigen Bucht von Maryland abgerichtet worden war. Ein Chessie war der ausgeglichenste von allen Retrievern, mit der besten Urteilsfähigkeit ausgestattet und gehorsam, aber nicht einfältig – ein zuverlässiges Arbeitstier, gezüchtet, um dem Menschen Partner zu sein. Er und Charles hatten sich augenblicklich angefreundet. Seit der Hund sich lang ausgestreckt hatte, um zu signalisieren, dass Charles mit ihm spielen solle, hätte ihn nichts mehr daran hindern können, dem Zweibeiner ins Wasser zu folgen, ebenso wenig wie es diesem noch gelungen wäre, dem Charme des Vierbeiners zu widerstehen. Er war mit Hunden aufgewachsen und sehnte sich danach, wieder einen an seiner Seite zu haben.

Der Hund näherte sich ihm schnell mit heftig paddelnden Pfoten. Charles konnte die platschenden Geräusche hören und wusste ohne hinzusehen – ein Instinkt, den sich alle Säugetiere teilen –, wie nahe er ihm bereits gekommen war. Auch als er abtauchte, um vor dem Hund zu bleiben, reagierte er instinktiv. Zwei Spezies, einander über die Wellen hinweg verstehend, spielten miteinander. Den Oberkörper plötzlich vom kühlen Wasser umspült, begann der Mann kräftige Schwimmzüge zu machen. Selig ergab er sich dem wogenden Auf und Ab und zog im bevorzugten Schwimmstil des 19. Jahrhunderts los, den er sich als natürlichsten, da dem Frosch nachgeahmten Bewegungsablauf, im Wasser angeeignet hatte. In Charles' Jugendzeiten war es Mode gewesen, sich in dieser unangestrengten, instinktiven Art über Wasser zu halten, als sei der Mensch hier in seinem Element. Man sagte, dass das Meer dem Menschen im Blut liege, dass Blut und Salzwasser von beinahe derselben Konsistenz seien. Im Meer konnte der Mensch den Härten des Lebens in der industrialisierten Welt entkommen und sein eigentliches Selbst wieder finden, durfte wieder ganz Mensch sein. Nach einigen Schwimmzügen hatte Charles sich an das Wasser gewöhnt und streckte sich zum Kraulen, dem vom neuen Jahrhundert präferierten Stil, welcher erst jüngst wegen seines kraftvolleren, schnelleren Bewegungsablaufs populär geworden war. Der Hund folgte.

Mann und Hund schwammen in gerader Linie hintereinander hinaus und verschmolzen bald mit dem wogenden blauen Tuch, als das sich das Meer der Küste präsentierte, wurden Teil jenes schaumgekrönten Ensembles, welches Gefühle auszulösen verstand, die nach dem Urteil der Romantiker nur Maler und Dichter wahrhaft zu empfinden in der Lage waren. Das Meer schwoll zur Begrüßung der beiden Schwimmer, die Wellen hoben sie und rollten unter ihnen hinweg dem Ufer zu, brachen sich auf dem Strand und zogen sich mit einem lang gezogenen Hissen wieder zurück. Charles schloss die Augen, während sein Gesicht im Takt der Kraulzüge in das salzige, kalte Nass eintauchte, mit jedem Schlag die Kühle empfindend, die an seinem Körper entlangströmte; die Augen brannten vom Salz, während er seinen Rhythmus den Wogen anpasste und sich vorwärts zog. Der Hund paddelte kräftig mit allen vieren unter Wasser, um seinen Kopf über den Wellen zu halten, den zotteligen Schwanz zog er auf einer Schaumspur hinterher. Doch ihre Bewegungen verursachten auch andere Wellen, die sich nun durch das Flachwasser und die Tiefe fortsetzten, Wellen von unterschiedlichen Längen und Geschwindigkeiten, aber von der gleichen makellosen Kontur wie die Brecher – eine Kakophonie von Impulsen rauschte durch das Spektrum unter Wasser.

Weit draußen im Meer empfing der stetig vorwärts gleitende Hai ein schwaches Signal: Die Strömungen prallten gegen das dünne Stahlseil, mit dem die Sprungplattform in 30 Meter Entfernung vom Ufer des Engleside Hotel im Meeresgrund verankert worden war, und brachten es zum Schwingen, wodurch winzigste Schallwellen ausgesandt wurden. Nach nur knapp acht Sekunden explodierten diese Wellen elf Kilometer entfernt im

Meer. Sie reisten mit einer Geschwindigkeit von 4800 Stundenkilometern, rhythmisch, konstant, bis sie einen höchst sensiblen Nervenstrang tief im Innern des Fischschädels erreichten. Sofort begann der Hai den Kopf von einer Seite zur anderen zu drehen, um seine Aufnahmefähigkeit zu steigern. Die schwachen Schallwellen wurden stärker und regelmäßiger, der Hai nahm eine winzige Richtungskorrektur vor. Er schwamm direkt in die Schallwellen hinein, sodass sie sich über seinem dreieckigen Kopf brechen und verteilen konnten. Er steigerte kaum merklich sein Tempo.

Während er aus ungefähr 15 Meter Tiefe aufstieg, registrierten seine Sinne jedoch noch etwas anderes. Lang gezogene, starke, unregelmäßige Laute und verwirrende Signale begannen auf seinen konischen Kopf einzuhämmern. Der Hai, ein geradezu übersinnlicher Detektor, preschte inzwischen mit rund 20 Stundenkilometern voran und filterte dabei jede nur mögliche Information aus dem vorhandenen Spektrum, bis in seinem Kopf ein Bild entstand, eine elektronische Projektion vom pulsierenden Umriss zweier Objekte, die sich an der Wasseroberfläche bewegten. Der Hai spürte mikroskopisch kleine Urinpartikel im Wasser auf: *Säugetiere*. Jede ihrer Bewegungen übertrug Töne und Düfte und hinterließ eine elektronische Spur, eine Aura von Impulsen.

Mit der steten Rhythmik seiner Arme und Beine übermittelte Charles, der stärkste Schwimmer vor Ort, dem Hai eine einzige Botschaft: *große Beute*. Und dann war da noch der Hund. Heute weiß man, dass ein Mensch in von Haien bevorzugten Gewässern die Chancen, angefallen zu werden, dramatisch erhöht, wenn er einen Hund an seiner Seite hat. Der Ichthyologe George Burgess, der das Internationale Dossier über Hai-Attacken führt, eine Sammlung aller bekannten Angriffe gegen Menschen, erklärt dies folgendermaßen: »Die unregelmäßigen Schwimmbewegungen von Tieren wirken extrem anziehend auf Haie. Das Paddeln der beiden Vorderpfoten eines Hundes, die das Wasser maximal in Schwingungen versetzen, das Pedaltreten der beiden Hinterbeine, also vier sich schnell bewegende Beine, zu einem einzigen Bewegungsstrudel an der Wasseroberfläche verschmolzen, könnten gar nicht anziehender sein.« 1987 sprang ein Mann aus seinem Boot vor Panama City in Florida ins Wasser, um zu schwimmen. Seine Freundin ließ einen Pudel zu ihm herab. Innerhalb von Sekunden biss ein großer Stierhai dem Mann fast das ganze Bein ab und tötete ihn. Das Dossier ist voller Berichte über Haie, die durch einen wild paddelnden Hund zu ihren menschlichen Opfern gelockt wurden. Auch an jenem Spätnachmittag des Jahres 1916 trommelten die von dem 75 Pfund schweren Hund ausgesendeten Schallwellen mit mörderischer Wucht gegen den Kopf des Fisches, wo sie schließlich als das verzerrte Signal eines Tieres in Not entschlüsselt wurden.

Der Hai pirschte sich heran, bereit zum für ihn typischen Angriff – plötzlich, überraschend und unnachgiebig. Charles kraulte entspannt und glücklich, nicht ahnend, dass er taxiert wurde. Der Weiße Hai zog den Kreis enger.

Die kleine Menge am Strand schaute zu, wie der gute Schwimmer Charles Vansant kraftvoll weit draußen seine Bahn zog. Als Gruppe verfügten diese Beobachter im Jahr 1916 – in jener Zeit des Umbruchs von altem Wissen – noch über Kenntnisse, die der moderne Mensch vergessen sollte. Aus ihren Sagen und Mythen wusste sie um die See, Pottwale waren die Ölfelder ihrer Zeit und die Ozeane ihre Autobahnen. Dennoch, es waren Menschen, die vor der Zeit der modernen Ozeanographie, vor Radio und Fernsehen lebten, deshalb waren sie ebenso wenig darauf vorbereitet, den ersten Menschenhai in der amerikanischen Geschichte das Haupt aus dem Wasser erheben zu sehen, wie sie darauf gefasst gewesen wären, Kapitän Nemos *Nautilus* aus der Tiefe auftauchen zu erblicken. Wer wollte ihnen verdenken, dass sie glaubten, ein »Meeresungeheuer« vor sich zu haben.

Bis zu diesem Moment waren die eduardischen Strandbesucher an diesem schönen Spätnachmittag ganz anderen Reminiszenzen nachgehangen, ausgelöst durch den erbaulichen Anblick des jungen Mannes, der mit dem Hund an diesem Naturspielplatz Strand herumgetollt hatte. Der virile junge Athlet war eine Ikone des eduardischen Zeitalters: Dorian Gray, *Der Wind in den Weiden*, *Peter Pan* oder auch die Boy-Scouts, sie alle enthüllten eine Kultur, die Pan vergötterte. Pan »ist nicht tot«, hatte Robert Louis Stevenson verkündet. Gegen Industriegläubigkeit und viktorianische Repression dirigierte der niemals alternde Jüngling »die ganze Welt im harmonischen Chor«. Auch Charles war viel daran gelegen, seine Vitalität unter Beweis zu stellen, und dafür gab es keinen geeigneteren Ort als den Strand, an dem er der anwesenden Gesellschaft seine gute Form und Willenskraft vor Augen führen konnte wie nirgendwo sonst. »Die Brandung«, schrieben die Historiker Lena Lencek und Gideon Bosker in ihrer Geschichte über den Strand, »begann sich als ein Raum zu präsentieren, in dem sich die Starken von den Schwachen trennten, wo Jünglinge das Drama der natürlichen Auslese vor den abschätzenden Blicken der Frauen aufführen konnten.«

Am Spätnachmittag des 1. Juli 1916 schwamm Charles im Atlantik, um herauszufinden, wie weit er es schaffen würde. Langstreckenschwimmen war ein Abenteuer, das die Öffentlichkeit fesselte. Er ließ nicht nach mit seinen kräftigen Zügen, auch dann nicht, als er und der Chesapeake-Retriever alle anderen Schwimmer im Wasser bereits weit hinter sich gelassen hatten, was ihm sofort verhaltene Jubelrufe vom Ufer einbrachte. Doch ohne sich dessen bewusst zu sein, war Charles in wildes Terrain eingedrungen; sein Streben, sich von anderen abzusondern, hatte ihn dazu verleitet, eine Grundregel der Natur zu vernachlässigen: Bleibe bei der Gruppe. Ein einzelnes Säugetier, ungeschützt und verletzbar, ist eine Einladung an jedes Raubtier. In George Burgess' und Matthew Callahans Studie über die Verhaltensweisen von Weißen Haien, basierend auf Daten aus dem Internationalen Hai-Dossier, heißt es, dass sich bei 85 Prozent aller Zwischenfälle mit Haien kein zweiter Mensch im Umkreis von vier Metern um das Opfer befand. Während Charles am Strand und von der Holzpromenade aus gefeiert und bewundert wurde, wurde er aus der Tiefe belauert.

15 Meter entfernt hatte der Hai noch nicht zum Angriff angesetzt. Ganz im Gegensatz zu unserer Vorstellung vom hirnlosen Killer, der seine Opfer unüberlegt überwältigt, geht der Weiße Hai niemals Risiken ein. Zuerst taxiert er seine Beute, und erst

wenn er sich sicher ist, dass die Dinge zu seinen Gunsten stehen, gibt es keine Umkehr mehr. Die Attacke folgt unbarmherzig.

Während sich die Zuschauer noch ganz an der malerischen Szene Herr mit Hund erfreuten, machte dieser plötzlich kehrt und begann ohne ersichtlichen Grund zum Ufer zurückzupaddeln. Die Leute am Strand glaubten, er habe sich verausgabt und sei einfach zu weit geschwommen. Also war Charles als Sieger aus diesem amüsanten Spiel hervorgegangen.

Auch Charles drehte sich um, trat auf der Stelle und rief nach dem Tier, ermunterte es, zu ihm zurückzuschwimmen. Doch der Retriever kletterte auf den Strand, schüttelte sich und blieb im Sand stehen, den Blick unverwandt auf den Mann im Wasser gerichtet. Die Zuschauer auf der Promenade und am Strand warteten auf die Auflösung des Dramas. Auch die Vansant-Mädchen sahen, wie ihr Bruder sich nun anschickte zurückzukraulen.

Während Charles nun wieder in Richtung Ufer schwamm, bemerkte ein Beobachter am Strand etwas Seltsames. Hinter dem Mann war eine dunkle Flosse aus dem Wasser aufgetaucht. Zuerst hielt man es für eine Robbe, ein Anblick, der den Menschen dieser Zeit noch geläufig war. Andererseits wusste man, dass sich Robben in Gruppen parallel zum Ufer tummelten, und diese Flosse war weit und breit allein und bewegte sich sehr schnell auf den Strand zu, in Richtung des jungen Mannes. Irgendjemand rief vom Ufer über die Wellen hinweg: »Pass auf!« Die Flosse kam näher, der Chor schwoll an: »Pass auf! Pass auf!«

Doch Charles konnte die Warnungen nicht hören. Sein Kopf hob und senkte sich beim Kraulen mit den Wellen. Unter Wasser konnte der Weiße Hai die Bewegungen seiner Beute nun mit erstaunlicher Klarheit erkennen, was das folgende Geschehen nur noch ungewöhnlicher erscheinen lässt, denn bei den meisten Angriffen von Haien auf Menschen dringen die Fische in aufgewühltes, trübes Wasser vor und müssen umgehend zuschlagen, um ihre Beute zu erwischen. Ein blasser Fuß sieht für sie in solchen Momenten wie ein vorbeischießender Schnapper aus, der Verschluss eines Tauchergürtels glitzert im Sonnenlicht wie Fischschuppen, also beißt der Hai zu. Doch dieser Weiße Hai sah

Charles Vansant klar und deutlich vor sich und pirschte sich dennoch weiter an ihn heran. Erst im allerletzten Augenblick erhielt er nach Meinung der Forscher die endgültige Bestätigung, dass er in der Tat ein Säugetier vor sich hatte: nämlich durch das Blut, das durch Charles' Venen pulsierte, *durch den Schlag seines Herzens*.

In ebendiesem Moment beschlich Charles ein grausiges Gefühl. Die Schreie vom Ufer wurden immer lauter: »Pass auf!« Sekunden vor dem Angriff kroch ein Schauer an ihm hoch – wie alle anderen großen Säugetiere verfügt auch der Mensch über die Gabe, instinktiv zu wissen, dass er gejagt wird. Als der Schatten der Kreatur mit dem seinen auf dem hellen, sandigen Meeresboden verschmolz, erlebte Charles eine regelrechte Explosion von Adrenalin, den überwältigenden, instinktiven Drang zu überleben. Er befand sich in nur anderthalb Meter Wassertiefe. Das rettende Ufer war mit Händen zu greifen – zu spät.

Das riesige Maul tauchte aus dem Wasser auf, eine weiße Schutzhaut rollte sich über die Augäpfel, 50 dreieckige Zähne gruben sich mit einem Druck von über einer Tonne pro Quadratzentimeter in menschliches Fleisch. Mensch und Fisch begannen in der sich schnell ausbreitenden Blutlache miteinander zu ringen. Ein einziger Biss. Ein einziger kräftiger, lähmender Biss hatte sich in das linke Bein unterhalb des Knies geschlagen. Charles brüllte in tödlicher Agonie auf, ein Schrei, dessen Echo über den Strand, die Tennisplätze und Veranden hallte. Der Angriff hatte weniger als eine Sekunde gedauert. Nun begann die Zeit fast still zu stehen. Seine Eltern, Schwestern und die umstehenden Hotelgäste sahen starr vor Entsetzen und Fassungslosigkeit zu.

Charles schrie noch immer, betäubt vor Schreck, und versuchte sich aus dem Schraubstock dieser 50 großen, gezackten Zähne zu befreien. Nicht einmal er hatte eine Vorstellung, was mit ihm geschah. Er fiel in einen Schock, kam wieder zu sich, empfand aber trotz der grauenvollen Verletzung unglaublicherweise kaum Schmerz. So seltsam es klingt, aber Opfer von Hai-Angriffen berichten immer wieder von der Erfahrung einer »schmerzfreien Folter« – nur um am Ende die Schwere ihrer Verletzungen völlig zu unterschätzen. Einige Experten glauben, dass der erste Biss zu massiven Nervenschädigungen führt oder die Schmerzen des Opfers auf irgendeine andere Weise dämpft. Ein Neurophysiologe beschreibt dieses Phänomen als »nicht-opiatische, stressbedingte Analgesie« (Schmerzunempfindlichkeit). In der Tat stehen reichhaltige, über viele Jahre angesammelte Nachweise zur Verfügung, dass Soldaten, Sportler und andere Personen unter großem Stress keine Schmerzen »empfinden« – vielleicht weil, wie viele Experten glauben, Schmerz in einer absolut lebensbedrohlichen Situation dem Überleben der eigenen Art nicht dienlich ist.

Die Menschen am Ufer verfügten über keinerlei Erklärungsmuster für das, was gerade geschah. »Der junge Mann schwamm in nur anderthalb Meter tiefem Wasser«, erinnerte sich W. K. Barklie, ein Geschäftsmann aus Philadelphia, der unter den Zuschauern am Strand gewesen war. »Wir glaubten, er machte Spaß, bis wir sahen, dass sich das Wasser blutrot färbte.«

Charles kämpfte mit allen Kräften, doch sein Mühen, sich zu befreien, führte nur dazu, dass sich die Zähne des Haies noch tiefer in der Oberschenkelarterie verbissen – jetzt waren sie am Knochen angelangt. Mit ansehen zu müssen, wie ihr Sohn von einem Raubfisch verstümmelt wurde, lähmte Dr. und Mrs. Vansant; ihr Schock und Schmerz sollten ihr ganzes weiteres Leben überschatten. Nur Louise, die zweitälteste Schwester, hatte ihre Sinne noch so weit beisammen, um diesen Anblick, den auch sie niemals vergessen würde, später schildern zu können: »Alle waren starr vor Entsetzen, als sie zusahen, wie mein Bruder im Wasser um sich schlug, als ringe er mit einem Ungeheuer unter Wasser. Er kämpfte verzweifelt, und als wir zu ihm stürzten, sahen wir Unmengen von Blut.«

Dann, als sei ein Bann gebrochen, begannen Männer unter den Schreien der Zuschauer am Ufer ins Wasser zu stürzen, um den jungen Mann zu retten.

Was nun geschah, würde den Hai-Forschern noch jahrzehntelang Rätsel aufgeben: Der Weiße Hai zog sich hinter die rot gefärbten Wellen zurück, Stücke von Charles' Wade und Oberschenkelarterie hingen aus seinem Maul. Er schien zu warten.

Zwei Jahrzehnte später, im Sommer 1936, sollte ein Weißer Hai in der Buzzards Bay vor Massachusetts einen Hinweis auf das Verhalten seines Artgenossen im Sommer 1916 vor Beach Haven liefern. Ein 14-jähriger Junge wurde beim Schwimmen im seichten Wasser angegriffen und schwer verletzt. Noch während der Junge schrie und in einem Meer aus Blut zappelte, sah man, wie sich der Hai »im blutroten Wasser zurückzog, nur ein paar Meter, scheinbar bereit, einen neuen Angriff zu starten – es bleibt unerklärlich, weshalb er es nicht tat«.

Der Grund ist brutal einfach, meint John E. McCosker, Direktor des Steinhart-Aquariums in San Francisco. Der Weiße Hai verfolgt eine klassische Technik von Prädatoren, die gleiche, die auch der Säbeltiger einst angewendet hatte. Dieser längst ausgestorbene Tiger pflegte wollige Mammuts zu jagen, indem er einmal zubiss, sich dann zurückzog und abwartete. Auch Soldaten werden darauf trainiert, einen einfachen Schuss in den Bauch abzugeben, anstelle des schwierigeren Schusses auf Herz oder Kopf – hinter diesem ebenfalls zum sicheren Tod führenden Schuss verbirgt sich die gleiche primitive Logik wie hinter einem massiven ersten Biss und anschließenden Rückzug: Vermeide unnötige Konfrontation; verbrauche nicht mehr Energie als unbedingt erforderlich; gehe keine Risiken ein.

Der Weiße Hai wartete ganz einfach darauf, dass Vansant verbluten würde.

Der Erste am Ort des Geschehens war Alexander Ott, ein außergewöhnlich guter Schwimmer, der später viele Preise gewinnen und in den Zwanzigerjahren Schwimmshows mit Johnny Weissmuller veranstalten sollte. Seine Entscheidung, sich in das blutige Wasser zu stürzen, in dem der Hai noch immer seine Beute belauerte, bedurfte außerordentlichen Mutes. Ott schwamm schnell, doch bis er Vansant im hüfthohen Wasser erreicht hatte, war bereits alles vorbei. Der junge Mann kämpfte nur noch darum, nicht in der Wolke eigenen Blutes zu ertrinken. Der Hai war verschwunden. Schnell packte Ott Charles Vansant unter den Achseln und begann ihn an den Strand zu ziehen. Plötzlich fühlte er einen gewaltigen Zug in Gegenrichtung und realisierte mit Entsetzen, dass der Hai erneut zugebissen hatte und Vansant nun am Oberschenkel festhielt. Der Hai und Ott kämpften um Vansants Körper, als gelte es, einen Wettkampf im Tauziehen zu bestreiten. Der Hai erschien Ott ganz schwarz, etwa dreieinhalb Meter lang und 500 Pfund schwer. Und er spürte, wie unglaublich stark er war. Er schrie um Hilfe.

Weitere Männer sprangen ins Wasser und bildeten mit Ott eine Menschenkette, die wie wild versuchte, Charles aus dem Maul des Haies zu befreien. Er war noch immer bei Bewusstsein und versuchte selbst, dem zupackendenden Raubfisch zu entkommen, doch die großen Zähne ließen ihn nicht aus. Diese Kreatur war eine Fressmaschine von unvorstellbaren Kräften. Der Menschenkette gelang es, Charles bis fast auf den Strand zu ziehen – doch der Weiße Hai hielt ihn auch dann noch gepackt, als sein massiver, konisch zulaufender Körper bereits Spuren im Sand hinterließ. Das Ungeheuer *kam auf den Strand.* Aber dann, urplötzlich, war es weg. Nur noch eine wirbelnde Schaumspur hinter einer abtauchenden dunklen Rückenflosse war zu sehen. »Der Hai hielt fest, bis er festen Boden unter sich fühlte«, erinnerte sich Barklie, »dann ließ er los und schwamm weg.« Die Menschen am Strand waren vor Schock wie gelähmt. Sie konnten das Geschehene in keinen Bezug setzen, konnten nicht wissen, dass schon viele Haie zu vielen Zeiten in vielen Ländern ihren menschlichen Opfern bis ans Land gefolgt waren. Was sie hier erlebten, war die bislang völlig undenkbare, entsetzliche Bestätigung einer darwinistischen Wahrheit, welcher sich die Viktorianer so lange verweigert hatten: Es gibt eine »Natur mit Fängen und blutigen Haken«. Sie konnten nicht wissen, dass der populäre neue Sport des Freizeitschwimmens, gefördert von immer mehr Wohlstand, Industrialisierung und einer wachsenden Weltbevölkerung, den Jahrhunderte alten Albtraum der Seefahrer an die Küsten getrieben hatte.

Charles lag zusammengekrümmt und heftig blutend auf dem Sand. Männer wie Frauen rannten zu ihm, einige aus Liebe, andere aus purer Neugier, manch einer wandte sich auch ab, unfähig, dieses Bild in sich aufzunehmen.

Louise Vansant, die während des Angriffs Haltung bewahrt hatte, fiel beinahe in Ohnmacht, als sie auf ihren Bruder zustürzte. »Erst in diesem Moment enthüllte sich die ganze schreckliche Wahrheit«, berichtete sie. »Sein linkes Bein war fast vollständig abgerissen.«

# *Der Arzt im Haus*

Dr. Eugene Vansant stürzte die Stufen von der Holzpromenade herab und rannte zu seinem verkrümmt daliegenden Sohn. Ott und Barklie traten zur Seite und machten ihm Platz, Eugene kniete sich auf den Sand und nahm Charles' Hand. Der junge Mann lag auf dem Rücken, sein linker Beinstumpf eine blutige Masse, noch immer schoss Blut aus der Wunde und mischte sich mit der Gischt der Wellen im Sand. Sein Gesicht war von gespenstischem Weiß, er stöhnte vor Schmerzen, war am Rande der Bewusstlosigkeit. Eugene legte einen Finger an das Handgelenk seines Sohnes, der Puls des Jungen begann schwächer zu werden. Seine Augen signalisierten, dass er den Vater erkannte. Es blieb wenig Zeit.

Dr. Vansant zog Jackett und Weste aus, rollte die Ärmel auf und befahl allen Umstehenden, die Wunde nicht zu berühren. Wenn er etwas in den langen Jahren seiner Praxis gelernt hatte, dann, dass die Gefahr einer Wundinfektion unbedingt vermieden werden musste. Längst schon pflegte Dr. Vansant im sterilen weißen Kittel anstatt wie einst im schwarzen Geschäftsanzug zu operieren. Doch hier stand ihm keinerlei moderne medizinische Ausrüstung zur Verfügung. Die Gedanken rasten durch seinen Kopf, plötzlich war der Doktor wieder ganz auf das medizinische Wissen zurückgeworfen, das man ihm im 19. Jahrhundert beigebracht hatte. Noch nie im Leben hatte er eine solche Verletzung gesehen. Was um Gottes willen hatte sie verursacht? War sie von tierischen Giften durchtränkt? Auf den ersten Blick sah die Bisswunde wie eine Kriegsverletzung aus. Der Doktor versuchte sich zu erinnern, was ihn seine Professoren gelehrt hatten – jene legendären Mediziner, die ihre Erfahrungen im Krimkrieg, Bürgerkrieg und Spanisch-Amerikanischen Krieg gesammelt hatten. Sein Mentor Dr. Samuel David Gross hatte 1861 auf Bitten von Lincoln und Ulysses S. Grant *The Manual of Military Surgery* verfasst, das in den Feldlazaretten der Nordstaaten zum klassischen Amputationshandbuch geworden war und dem man auch den Einsatz von Chloroform und Knochensäge verdankte. Sogar die Ärzte der Konföderierten benutzten es, nur dass sie den Durchhaltewillen eines Patienten vor der Operation noch mit einem Schluck Brandy zu stärken pflegten. Hier stand nun bestenfalls Brandy zur Verfügung. Dr. Vansant war klar, dass er nichts tun konnte, bevor die Blutung nicht gestoppt war.

Alexander Ott, der heldenhafte Schwimmer, riss Stoffstreifen vom Kleid einer Dame, um sie für eine Aderpresse zu verwenden, doch die Blutung ließ kaum nach. Momente später stießen Dr. Herbert Willis, ein späterer Bürgermeister von Beach Haven, und Dr. Joseph Neff, der ehemalige Direktor der Gesundheitsbehörde von Philadelphia, zu Dr. Vansant. Die drei Mediziner inspizierten die Verletzung und berieten sich. Eine derart große, noch dazu von einem Fisch verursachte Bisswunde gehörte nicht zu ihrem Erfahrungsschatz. Die Blutung war so stark, dass die Ärzte fürchteten, Charles würde einen Transport im Automobil zum nächstgelegenen Hospital im 50 Kilometer entfernten Toms River nicht überleben.

Engle schlug vor, den jungen Mann ins Hotel zu bringen, wo zumindest Wasser, Seife und Bandagen zur Verfügung standen. Dr. Vansant half, seinen Sohn ins Büro des Hoteliers zu tragen. Schnell hoben die Männer Engles Bürotür aus den Angeln und legten das Blatt als Behandlungstisch über zwei Schreibtische – ein vertrauter Anblick für Dr. Vansant, der sich noch gut an die legendären Holztische im alten Operationssaal des Jefferson Hospitals erinnern konnte. Aber das war so ziemlich das Einzige in dieser kritischen Situation, das ihm vertraut vorkam. Bald wurde offensichtlich, dass Dr. Vansant in dem Augenblick, in dem ihn sein Sohn am dringendsten brauchte, nicht wusste, was er tun sollte, und das bereitete ihm furchtbare Qualen, nicht nur als Vater, sondern auch als Mediziner, denn es rief ihm in Erinnerung, was er für immer zu vergessen gehofft hatte: Jahrelang hatten seine Kollegen aus den Medizinerkreisen des 19. Jahrhunderts behauptet, dass Vansant nie gelernt habe, angemessen auf einen Notfall zu reagieren. Vielleicht war dieser Vorwurf ungerechtfertigt gewesen, aber er lastete schwer auf ihm, vor allem da Dr. Gross höchstselbst, der ehrwürdige »Vater der amerikanischen Chirurgie«, sich als sein vehementester Kritiker erwiesen hatte.

Gross war im berühmtesten Gemälde des 19. Jahrhunderts zum Thema Medizin, Thomas Eakins' Meisterwerk *The Gross Clinic*, verewigt worden. Dort sieht man den Professor in dunkler Straßenkleidung neben dem Operationstisch im Hörsaal stehen, ein blutiges Skalpell in der erhobenen Rechten, um eine Aussage seines Vortrags zu betonen, nachdem er gerade ohne jede Sterilisation – damals noch unbekannt – einen Schnitt am Bein eines jungen Mannes durchgeführt hatte. Unter den Zusehern im trüben Licht des nur durch eine Deckenlampe erhellten Operationssaals befindet sich eine Frau mit schwarzer Haube, offensichtlich die Mutter des Jungen. Sie bedeckt schmerzvergrämt das Gesicht.

Vansant verfolgten die Belehrungen des großen, weißhaarigen Professors noch immer bis in seine Träume. Gross hatte gewarnt, dass ein Mediziner, der den Rahmen der anerkannten Allgemeinpraxis verlässt, um sich einem eng begrenzten Fachgebiet zuzuwenden, notgedrungen jede angemessene Weiterbildung vernachlässigen und somit riskieren würde, eines Tages nicht einmal mehr die Erkrankungen der wichtigsten Organe und Extremitäten des Körpers erkennen zu können und einer Krisensituation völlig hilflos ausgesetzt zu sein. Sogar über den anerkanntesten Laryngologen des 19. Jahrhunderts, Dr. Jacob da Silva Solis-Cohen, hatte Gross in einer Vorlesung einmal gesagt, dass »er fast seine gesamte Zeit einem einzigen Kubikzentimeter der menschlichen Anatomie widmet«, und dann hinzugefügt: »Ich nehme an, eines Tages werden wir Spezialisten haben, deren Wissen sich auf die Erkrankungen des Nabels beschränkt.«

Der Anblick seines Sohnes weckte obendrein die alten Zweifel und Gefühle der Hilflosigkeit, die Dr. Vansant einst gegenüber den Krankheiten und dem Tod seiner beiden Söhne Eugene junior und William überfallen hatten. Schließlich aber, in Engles Büro, riss er sich zusammen und begann die Wunde zu säubern und zu bandagieren. Die Blutung war noch immer heftig. Erneut erwog er mit den anderen Ärzten die Möglichkeit, Charles mit einem Automobil in ein Krankenhaus zu bringen, doch wieder kamen sie überein, dass die Verletzung zu schwer war und man das Hospital nicht rechtzeitig erreichen würde. Ein halbes Jahrhundert später hätte man Charles' Wunde als relativ harmlos für einen Hai-Angriff und den arteriellen Schaden als nur mittelschwer bezeichnet; sie wäre als eine Verletzung eingestuft worden, »die das Opfer normalerweise überlebt, wenn sie noch am Strand richtig [nach modernen Standards] behandelt wird«, wie die südafrikanischen Mediziner D. H. Davies und G. D. Campbell in ihrem Buch *The Aetiology, Clinical Pathology and Treatment of Shark Attack* schrieben. Doch Charles Epting Vansant verblutete. Er erlag auf Robert Engles Bürotür um 18.45 Uhr einem Schock, nur eine Stunde nachdem er schwimmen gegangen war. Dr. Eugene LaRue Vansant hatte dem Sterben seines Sohnes hilflos zusehen müssen.

Der Schmerz ließ ihn im Laufe des folgenden Jahres rapide altern. Sein Haar wurde schlohweiß und der Doktor zu einem gebeugten und geschlagenen Mann.

Am Abend herrschte lähmende Stille im Speisesaal des Engleside. Doch nach dem Essen belegten die Gäste jeden Fischer, jeden Bewohner der Bucht und jeden anderen Küstenveteran, deren sie habhaft werden konnten, mit Beschlag. Die Insulaner kamen und gingen den ganzen Abend über. Pfeifen und Zigarren hinterließen rot glimmende Spuren in der Schwärze der Nacht, und die Zahl der Augenzeugen des Unglücks wuchs mit jeder Stunde. Robert Engle versuchte stoisch Ruhe zu bewahren, als sich immer mehr Reporter aus Philadelphia in der Lobby und auf der Veranda versammelten, um seine Gäste zu befragen. Widersprüchliches wurde laut, jeder stritt mit jedem, bis man sich schließlich auf ein paar Möglichkeiten geeinigt hatte: Es musste sich um einen gigantischen Thunfisch, womöglich einen Hai, aber am wahrscheinlichsten um eine Riesenmeeresschildkröte gehandelt haben, die nach Aussagen der Fischer über die Kraft verfügte, einen Menschen in zwei Hälften zu zerbeißen. Nur der an den Diskussionen teilnehmende Arzt vertrat eine dezidiert andere Meinung: Als eigentliche Todesursache hatte er auf dem Totenschein des jungen Vansant »Blutung der Oberschenkelarterie, linke Seite« eingetragen, aber als Ursache dafür wiederum: »Beim Schwimmen von Hai gebissen.« Es war das erste Mal in der Geschichte der Vereinigten Staaten, dass der Angriff eines Haies als offizielle Todesursache festgestellt wurde. Engle versuchte seine Gäste zu beruhigen und ihnen zu versichern, dass es keinen Anlass zur Sorge gebe. Am nächsten Morgen werde das Hotel ein Netz um das seichte Gewässer am Strand spannen, das stark genug sei, deutsche Unterseeboote zu stoppen. Man könne ungefährdet weiter in der klaren, paradiesischen See vor dem Engleside baden.

Doch an diesem Abend, während die Hunderte von Lampen in den Zimmern eine nach der anderen gelöscht wurden und ihr Schein immer weniger Strand erhellte, legte sich Ernüchterung über das Hotel. Eine nie gekannte Angst vor dem Namenlosen hatte die Gäste ergriffen, eine Furcht, nicht nur vor dem Unbekannten, sondern auch vor der See selbst. Denn sogar diejenigen, die das Unglück miterlebt hatten, waren nur nebulös über das im Bild, was sie soeben bezeugt hatten. Nur in einem waren sich alle einig: nämlich darin, dass, wie W. K. Barklie einem jeden sagte, der ihm noch zuhören wollte, »Mr. Vansants Sterben das Schrecklichste war, was ich jemals sah«.

# TEIL II

## *Das Regime des Schreckens*

# *Hilfeschreie*

Am Morgen schwappten die Wellen mit leisem Geplätscher auf den Strand, nur hie und da erhob sich eine aus der Reihe und stürzte mit einem dumpfen Tosen in sich zusammen. Dort, wo der Strand von Atlantic City im sanften Bogen das Meer begrenzt, war das Wasser flach, und die Wellen ließen sich leicht durchschwimmen. Die Sonne stand schon hoch, als Gertrude Schuyler ins Seichte watete und ihren Oberkörper mit Händen voll Wasser abkühlte. Sie blickte sich noch einmal zu ihrem Mann und ihrer achtjährigen Tochter am Strand um, dann tauchte sie ein, ein kühler Schock zuerst, aber schon nach wenigen Augenblicken hatte sie sich daran gewöhnt. Gertrude war Sekretärin aus Manhattan und ihre Haut weiß wie Porzellan, sie hatte die typische Blässe der Städter. Sehnsüchtig blinzelte sie in die strahlende Sonne, denn erst jüngst war eine »gesunde Bräune« in Mode gekommen. Sonnenbrände waren der harte Preis, den viele Tagesausflügler dafür zahlen mussten, doch das war nur eine von vielen Gefahren, die in jenen Tagen in den Küstengewässern lauerten. Dass Gertrude sich darum sorgte, ist unwahrscheinlich, denn sie war jung und wusste nicht mehr über die See, als dass es aufregend war, dort zu sein. Schwimmen konnte sie kaum.

Der Blick übers offene Meer war himmlisch, wenngleich es einer Städterin ein wenig überwältigend schien, dass sich diese Szenerie endlos bis nach Europa erstrecken sollte. Mit bloßem Auge konnte sie gerade noch die geschlängelte Linie der Sanddünen von Absecon Island ausmachen, einer Insel, von der sie wusste, dass sie 160 Kilometer südlich vor New York lag, nicht weit entfernt von der Nordspitze von Cape May. Vielleicht war Gertrude auch bekannt, dass gleich hinter Little Egg Inlet eine Insel namens Long Beach lag, auf der es einen kleinen Ort mit ein paar Hotels gab, aber sie hatte gewiss keine Ahnung davon, dass dort am Tag zuvor ein Hai einen Menschen getötet hatte und nun vor der Küste auf Pirsch war. Noch war diese Geschichte in keiner Zeitung erschienen. Weder an der Promenade noch in den Hotels waren Bekanntmachungen angeschlagen, und auch die Surfmen (wie man die Bademeister damals noch nannte) hatten keine Warnung ausgegeben. Wie immer in dieser Welt ohne Radio oder Fernsehen reisten auch in diesem Sommer die meisten Nachrichten noch gemächlich per Post oder Mundpropaganda von Ort zu Ort.

In Beach Haven hatte Dr. Vansant gerade damit begonnen, die Formalitäten für die Beerdigung seines Sohnes abzuwickeln. Die Tragödie überschattete die Vorbereitungen der Festivitäten, die das Engleside Hotel anlässlich des 4. Juli geplant hatte. Am Strand vor dem Hotel drängten sich Hunderte vormals sorgloser Badegäste und wagten sich nicht mehr ins Wasser, nur die besten und kühnsten Schwimmer nahmen dieses Risiko noch auf sich. Doch die Verantwortlichen von Beach Haven hatten über das Hotel hinaus keinen Alarm ausgelöst, vermutlich weil sie das Saisongeschäft nicht schädigen wollten. Niemand entlang der gesamten 200 Kilometer langen Atlantikküste von New Jersey ahnte an jenem Sonntag etwas von diesem ersten dokumentierten Zwischenfall mit einem Hai in der amerikanischen Geschichte, bei dem ein Mensch getötet worden war. Von Cape May im Norden bis zu den Atlantic Highlands vergnügten sich tausende Ausflügler fröhlich an den Stränden, ohne sich bewusst zu sein, dass sie die See mit einer Bestie teilten, der bereits ein Mensch zum Opfer gefallen war.

Als Gertrude Schuyler an diesem Morgen in New York den Zug in Richtung Küste bestiegen hatte, waren die Zeitungen um einen ganz anderen Prädator im Wasser besorgt gewesen, nämlich um die *Deutschland*, jenes gewaltige deutsche Unterseeboot, das inzwischen bedrohlich im Hafen von Baltimore angelegt hatte und bei den Amerikanern Erinnerungen an die *Lusitania* weckte. In ihrem politischen Teil vermerkte die *Times* einigermaßen pikiert, dass Frauen, von »Mutterliebe fehlgeleitet«, für eine Befriedung des europäischen Krieges um jeden Preis eintraten; doch auf den Seiten für die Frau widmete sie sich den gravierenden Fragen, ob man Pfingstrosen während der Sommermonate wässern sollte, wie sich Pudding in einzelnen Glasschälchen zubereiten ließ oder welche Vorteile die neuen elektrischen Kerzen im Kinderzimmer mit sich brachten. Für Seidenhüte und Chiffonschals, mit denen sich die Dame bei Fahrten im Automobil vor dem Staub schützen konnte, wurden erhebliche Preisreduktionen annonciert, moderne Badeanzüge aus Mohair, Satin, Taft oder Popelin wurden zum Preis von 2,75 Dollar das Stück angepriesen.

Gertrude war dankbar, dass die Trendsetter der modernen Schneiderzunft es einer Frau nun ermöglichten, praktische Badeanzüge und eine sportliche Sommergarderobe aus Leinen und Crêpe de Chine zu tragen, ohne die einengenden Mieder oder hinderlichen Rüschen und Plissees vergangener Tage. Deshalb war sie überrascht zu erfahren, dass der Beauftragte für die öffentliche Ordnung und Sicherheit von Atlantic City gerade an diesem Morgen die neuesten »Schicklichkeitsregeln für den Badestrand« bekannt gegeben hatte. Der aktuelle Erlass von Atlantic City schrieb vor, dass auf dem in die Stadt führenden Promenadensteg »die Konvention regiert« und Männer wie Frauen dazu angehalten waren, »ihre Badekleidung zu bedecken« und sich »höchstmöglicher Diskretion« zu befleißigen. Auf dem zum Meer führenden Steg, dort, »wo sich die Meerjungfrauen tummeln«, durfte hingegen weiterhin »in aller Unschuld und sittlicher Bekleidung ein wahres Paradies ..., die liebliche, reine Natur« genossen werden.

Als Gertrude Schuyler über diesen Steg zum Strand geschlendert war, hatte sie nur zögernd die Hüllen um ihren Badeanzug fallen lassen. Doch nun, nachdem sie mehrmals ins Wasser eingetaucht war, planschte sie begeistert im Seichten vor dem Strand und genoss diese neue Freiheit, das wohlige Gefühl, wenn die kühlenden Wellen den Körper umspülten. Bald begann sie sich vom Wasser tragen zu lassen und mit zaghaften Schwimmbewegungen an der badenden Menge vorbeizugleiten.

Die Unnachsichtigkeit der neuen Bekleidungsordnung ließ das stille Vergnügen, unbehelligt und frei im Meer schwimmen zu können, nur noch köstlicher erscheinen. Die ersten zögernd modernen Menschen erlebten die Gezeiten und die erweiterten Grenzen von Zeit und Raum an der See als eine Befreiung aus den Korsetts ihrer Routinen und repressiven Regeln, aber nirgends empfand man diese Losgelöstheit stärker als in Atlantic City, in dieser Stadt mit ihrer utopischen Architektur und den vielen Sommerfrischlern aus der neuen Mittelschicht, die sich dem Müßiggang hingaben und sich gegenseitig versicherten, welch schwelgerische Wohltat das Bad im Meer war. Atlantic City zur Jahrhundertwende war, wie der irische Dramatiker James Hannay schrieb, »sämtliche Vergnügen aller am Meer gelegenen Städte der Welt zu einer dritten Macht gebündelt aufgetürmt«. Es wurden Saltwater Taffy angeboten, die berühmten amerikanischen Sahnebonbons, und man hatte die Qual der Wahl unter mehr Restaurants, als man je hätte ausprobieren können. Ein Spaziergang auf der ersten Holzpromenade der Welt ermöglichte das Privileg, sich am Strand aufzuhalten, ohne gleich mit Schuhen voller Sand in die Züge und Hotels zurückzukehren. Von den Planken des Gehsteigs aus konnte man den »Surf dancers« zusehen, Männern und Frauen, die, komplett mit Anzug und fantasievollen Gewändern bekleidet, im flachen Wasser Tänze darboten, oder man beobachtete, wie junge Frauen in skandalös kurzen Badeanzügen von Strandpolizisten mit dem Maßband gejagt wurden. Hinter der Promenade erhob sich eine Skyline, die geradewegs Lyman Frank Baums Kinderbuch aus der Jahrhundertwende, *Der Zauberer von Oz,* entsprungen schien.

Am Nachmittag plante Gertrude Schuyler mit Mann und Tochter einen Bummel durch die prächtigen, von William Lightfood Price entworfenen Hotels. Price hatte den modernen Stil bereits ein Jahrzehnt, bevor er Paris erreichte, in Atlantic City eingeführt und dazu erklärt: »Dies ist Amerika, hier ist Kunst eine Äußerung der Lebenden, nicht der Toten.«

Hinter dem Strand ragte Prices 1906 eröffnetes Marlborough Hotel auf, ein gewaltiger viktorianischer Prachtbau mit Giebeln und Türmchen und einer auffälligen Reihe von kleinen Extrafenstern zwischen den üblichen großen Aussichtsfenstern in jedem Zimmer. Stolz pflegte Price darauf zu verweisen, dass das Marlborough über den bislang einmaligen Luxus von Privatbädern für alle Zimmer verfügte. Durch einen Steg war es mit dem Blenheim verbunden, einem zweiten Hotel, das wie ein von maurischen Kuppeln gekrönter Sultanspalast wirkte. Der 15-stöckige Turm des Blenheim war das größte auf Sand errichtete Zementbauwerk der Welt, und nicht wenige fürchteten, dass es eines Tages einfach in sich zusammensacken würde. Höher noch als der Marlborough-Blenheim-Komplex ragte das sogar noch prächtigere Hotel Traymore auf, dem man den Spitznamen »Sandburg« verpasst hatte, ein riesiger sandfarbener Kasten mit Türmen und Kuppeln, die von weit her übers Meer sichtbar waren.

Das Traymore war ein eduardisches Wunderwerk. Thomas Edison hatte den Zement entwickelt, der für die hohen Art-déco-Türme verwendet worden war, und N. C. Wyeth hatte das Kinderspielzimmer mit Motiven aus der *Schatzinsel* bemalt. Für das Restaurant des Hotels, den Submarine Grill, hatte Wyeth ein Wandgemälde angefertigt, auf dem sich Meerjungfrauen und Fliegende Fische tummelten und sich Tritonen bis zu der Decke aus Aquariumglas streckten, die das Sonnenlicht bis zu den Gästen »auf dem Grund des Meeres« durchdringen ließ. Im Musiksaal, gerahmt von klassischen Säulen, stand ein Brunnen, in dessen Mitte ein hohler Kristallglobus auf dem Wasser schwebte. Wenn die winzigen Goldfische ihn durchschwammen, wurden sie optisch zu Ungetümen aufgebläht.

Doch das größte und von Großstädtern kaum noch gekannte Vergnügen war, dass man sich von den Menschenmassen auch entfernen konnte. Gertrude Schuyler schwamm immer weiter hinaus. Das vom Sandboden reflektierte Spiel der Lichter wurde zunehmend gedämpfter, und das Wasser verfärbte sich zu einem undurchdringlichen Blaugrün. Kleine silbrige Fische blinkten unter der Wasseroberfläche auf. Am Horizont zogen Dampfer dahin, gefolgt von Möwen, die im Himmel ihre Spiralen drehten. Es hieß, wenn ein Schwimmer die Grenze zwischen Meer und Himmel erreichte, fielen alle Gewohnheiten von ihm ab, und es öffneten sich ihm Welten, in denen er wieder zu staunen lernte.

Die Bademeister am Strand suchten konzentrierten Blickes den Horizont, das Meer und die badende Menge ab, so als könnten sie das Auge durch die Unbewegtheit des eigenen Körpers auf jede ungewöhnliche Bewegung in ihrem Sichtfeld vorbereiten. Ihnen zur Seite standen athletische junge Männer, freiwillige Rettungsschwimmer, die mit um die Hüfte geschlungenen Gürteln einherstolzierten, an denen viereinhalb Meter lange, kräftige Seile an Spulen aufgewickelt waren, um Schwimmer in Not aus dem Wasser ziehen zu können. Die Bademeister hatten alle Hände voll zu tun an diesem Tag. Inzwischen waren Tausende von Menschen im Wasser, und ihre Zahl sollte sich bis zum Beginn der Dämmerung noch auf 50 000 erhöhen. Zu den Pflichten des für die öffentliche Ordnung zuständigen Beamten von Atlantic City gehörte nicht nur, unschuldige Blicke vor dem plötzlichen Schock zu bewahren, den diese Modetoren in ihren hautengen Schwimmanzügen auslösten, sondern auch, den größten und besttrainierten Rettungstrupp der ganzen Küste zu befehligen. Über den gesamten Strand verteilt waren hohe Pflöcke eingegraben worden, an denen die Lebensretter ihre Seile befestigen konnten, wenn sie einen in Panik geratenen Schwimmer an Land ziehen mussten – eine Kette von Männern pflegte in solchen Fällen am Seil zu ziehen, geschult, um das Tauziehen gegen die See zu gewinnen.

Auch entlang des Holzstegs drängten sich Tausende von Männern und Frauen, nahmen das Küstenpanorama in sich auf und betrachteten die See, wie es die vornehmen Herrschaften auf der *France* oder *Rotterdam* zu tun pflegten. Für die Massen kam dieses Erlebnis fast der unerschwinglichen Reise auf einem Luxusdampfer gleich. Männer lehnten sich Ellbogen an Ellbogen auf das Geländer der Promenade, und Frauen schlenderten unter dem Schutz von spitzenverzierten Sonnenschirmchen umher oder ließen sich in korbgeflochtenen Rollstühlen über den Steg schieben.

Im zufälligen Muster dieser Menschenansammlungen war es höchst unwahrscheinlich, dass ausgerechnet den Bademeistern aufgefallen wäre, wie Gertrud Schuyler in Schwierigkeiten geriet. Irgendwo weit draußen gestikulierten ihre Arme hilflos in der Luft, um sie herum ein kleiner weißer Schaumkreis, kein Laut. Es waren so viele Menschen im Wasser, dass es gewaltiger Anstrengungen seitens der Bademeister bedurft hätte oder großen Glücks, um ihre Schreie zu hören.

Gertrude Schuyler war plötzlich und ohne Vorwarnung von einer überwältigenden Kraft unter Wasser gezogen worden. Irgendetwas so unvorstellbar Starkes hatte sie im Griff, dass es völlig sinnlos schien, dagegen anzukämpfen.

Sekunden später war sie verschwunden. Noch einmal wedelten ihre Arme wild durch die Luft, dann versanken auch sie. Einen Augenblick später erschien ihr Kopf wieder an der Oberfläche, und Gertrude schrie in höchster Panik um Hilfe. Dann war nichts mehr zu hören als die ängstlichen Laute der Männer und Frauen, deren schlimmste Albträume vom Meer gerade wahr zu werden schienen.

Einem der Bademeister musste Gertrudes Notlage aufgefallen sein, denn plötzlich stürzten mehrere Surfmen und freiwillige Rettungsschwimmer zum Rettungsboot und ruderten, dass die Wellen vor dem Bug nur so aufspritzten, zu der Stelle, an der lediglich noch ein weißer Schaumring zu sehen war. Der Trick bestand für das Opfer darin, den Kopf irgendwie wieder über Wasser zu bekommen und sich dann seitlich dem Griff dieses Wesens, oder was auch immer es war, zu entziehen. Ob durch reines Glück oder göttliche Fügung – jedenfalls war Gertrude Schuyler plötzlich frei und in den Armen der Lebensretter. Lange Minuten später, zurück am Strand, spuckte sie Salzwasser und flüchtete sich in den Schutz der tröstlich ausgebreiteten Arme ihres Mannes, umringt von besorgten Fremden. Das aufregende Vorhaben einer Vergnügungstour durch Atlantic City war vergessen, es gab nur noch Dankbarkeit, am Leben zu sein. Die Geschichte, die

Gertrude Schuyler im Zug mit zurücknahm, war bestürzend, aber banal und wenig schmeichelhaft: Sie wäre beinahe ertrunken.

Solche Szenen waren den Bademeistern von Atlantic City unangenehm vertraut. Elfmal an diesem Sonntag hatten sie Hilferufe gehört, elfmal waren sie gemeinsam mit den freiwilligen Rettungsschwimmern und Seilen losgestürmt und hatten Männer wie Frauen aus dem Wasser gezogen. Tod durch Ertrinken war etwas Alltägliches in Zeiten, als noch nicht jedes Kleinkind Schwimmunterricht erhielt. »Ein Anflug von Panik, ein paar Minuten Kampf, ein paar vereinzelte Luftblasen, und schon stand ein weiteres Todesopfer auf der Liste«, berichten die Historiker Bosker und Lencek. Der Sog der Unterwasserströmung lastete im Sommer wie ein Schatten auf den Badegästen an der sonnigen Küste von Jersey. Ein Spezialist für Badeunfälle, Dr. John H. Packard, Chirurg am Episcopal Hospital in Philadelphia, hielt Tagesausflügler für besonders gefährdet, denn sie »wissen nichts vom Strand, wagen sich aber viel weiter ins Meer hinaus als diejenigen, die mit ihm vertraut sind. Häufig können sie nicht einmal schwimmen und sind daher hilflos, wenn Gefahr droht«, schrieb er.

Am Abend, als Gertrude Schuyler gemeinsam mit Mann und Kind und Hunderten anderer Ausflügler nach New York zurückkehrte, die allesamt das »Ferienabzeichen« trugen – Sonnenbrand, Windbrand, hie und da auf einer Hand oder einem Gesicht eine Schwellung, die Spur von Quallenfäden –, drehten sich die Gespräche unvermeidbar um die Gefahren an der See, doch niemand machte eine Bemerkung über einen Hai, denn man wusste von keinem solchen Fisch, vor dem man sich hätte fürchten müssen.

Erst am nächsten Tag, Montag, dem 3. Juli, wurde öffentlich bekannt, dass eine gefährliche Kreatur im Meer ihr Unwesen trieb. Die Leser des *Philadelphia Evening Bulletin* mussten die Zeitung allerdings schon genauer studieren, um vom Tod des Sohnes einer prominenten Familie aus Philadelphia nach einem mysteriösen Unfall im Meer zwei Tage zuvor zu erfahren, denn die Nachricht von Charles Vansants Ableben war durch die Neuigkeit in den Hintergrund gedrängt worden, dass eine Dame der Gesellschaft Philadelphias, Mrs. Florence Burling, die Scheidung vom ehrenwerten Mr. Arthur Burling durchgesetzt hatte. Das Ganze war ein unvorstellbarer Skandal: Mr. Burling hatte im Einwanderungsgefängnis mit gezogener Waffe getobt, jeden Beamten zu erschießen, der sich weigerte, ihm die Frau zu übergeben, die er nun zu heiraten gedachte, woraufhin Mr. Burlings neue Flamme als unerwünschte Person abgeschoben und Mr. Burling selbst hinter Gitter gesteckt wurde. Abgesehen von den peinlichen Begleiterscheinungen empfand die Upperclass von Philadelphia diese Geschichte ohnedies als äußerst Besorgnis erregend, denn die Trennung der Burlings war bereits die 72. Scheidung, die in jüngster Zeit in ihrer Stadt vollzogen worden war. Scheidung, etwas absolut Undenkbares für Viktorianer, hatte sich unter Amerikanern plötzlich zu einer ausgesprochenen Modeerscheinung entwickelt.

Die *New York Times*, die gerade eine erste Blütezeit unter ihrem großen Herausgeber Carr V. Van Anda erlebte, widmete die Schlagzeilen ihrer Ausgabe dieses Tages den Helden des Ferienwochenendes an der Küste – den Männern, die fünf Passagiere eines sinkenden Vergnügungsdampfers vor Manhattan Beach gerettet hatten, und den Surfmen von Atlantic City, denen elf Menschen ihr Überleben im Meer verdankten. Erst ganz unten auf der letzten Seite fand sich eine kleine Überschrift – »Dies After Attack by Fish« –, welcher eine kurze Notiz von vier Sätzen folgte.

Van Anda verfügte über einen genialen Spürsinn. Mit seinem »Röntgenblick«, wie sein Stab zu sagen pflegte, überprüfte er akribisch alle eintreffenden Agenturmeldungen auf ihren Wahrheitsgehalt. Vier Jahre zuvor, während alle anderen unhinterfragt akzeptiert hatten, dass die *Titanic* unsinkbar war, hatte Van Anda bereits am 15. April 1912 um 1.20 Uhr nachts seine Korrespondenten und die Agenten der White Star Line aus den Betten getrommelt und daher vor jedem anderen Journalisten in Amerika herausgefunden, dass das unsinkbare Schiff gesunken war; während des Ersten Weltkriegs pflegte er seine Korrespondenten auf Schlachtfelder zu schicken, noch bevor es dort überhaupt zu Kämpfen gekommen war; und als seine Zeitung über die Entdeckung des Grabes des ägyptischen Pharaos Tut-ench-Amun im Jahr 1922 berichtete, entlarvte Van Anda, der Hieroglyphen entziffern konnte, auf einer Fotografie einen 3500 Jahre alten Mythos als falsch und berichtigte ihn pflichtgemäß.

Doch am 3. Juli 1916 schien ihn sein untrüglicher Instinkt verlassen zu haben. Die *New York Times* stellte das tragische Ereignis, das zwei Tage zuvor vor Long Beach Island stattgefunden hatte, als einen unerklärlichen Unfall dar. Mit keinem Wort erwähnte sie die Spekulationen der Einheimischen, dass eine Meeresschildkröte oder ein Hai den jungen Schwimmer getötet haben könnte, denn weder hatten sich hierzu Fakten erhärtet, noch war je etwas über einen solchen Angriff bekannt geworden. Die Frage, welcher Fisch überhaupt in der Lage gewesen sein könnte, einen Menschen in Stücke zu reißen, stellte die *Times* nicht.

# *Kaum verhüllte Ängste*

Über den Grund des nächtlichen Meeres, in rund zehn Meter indigofarbener und von keinem Mondlicht erhellter Tiefe, glitt der Hai dahin. Umsichtig bemüht, sich größere Raubfische vom Leib zu halten, hatte er sich auf der Wassersäule tief hinuntergeschraubt, ohne sich jedoch von der Küste und ihrem vielfältigen Leben zu entfernen. Der Hai hatte getötet und war doch nicht satt geworden, nun war jede seiner Bewegungen diszipliniert und ungemein wachsam. Die fehlgeschlagene Attacke gegen ein großes Säugetier und der lautstarke Gegenangriff der vielen anderen Säugetiere hatten seine angeborene Vorsicht weit über das übliche Maß verstärkt.

Während er weiterschwamm, »prüften« winzigste, über seinen gesamten Körper verteilte Organe ständig die chemische Zusammensetzung und den Salzgehalt des Wassers. Und diesen Zellsensoren, vergleichbar den Geschmackszellen auf der menschlichen Zunge, entging nun nicht der plötzlich auftretende niedrigere Salzgehalt im Küstengewässer: Der Hai registrierte die Verringerung des Salzes durch die Regengüsse, die im Juni 1916 so heftig getobt hatten, dass der *Ledger* glaubte: »Es kann nicht mehr viel Regen im Himmel übrig sein.« Riesige Wassermengen waren von den Bergen im Nordwesten des Staates durch die mittleren und südlichen Farmregionen in die Flüsse, das Grundwasser und schließlich ins Meer geströmt. Und diese Süßwasserzufuhr hatte dann massenweise Organismen mit sich gespült und Myriaden von Fischen in die Kanäle und Buchten geschwemmt. Schon seit Äonen wurden Haie vom verringerten Salzgehalt in Küstenregionen zu neuen Jagdgründen gezogen, so auch dieser halbstarke Hai, der sich nun ohne zu zögern in die Richtung von viel versprechender Beute aufmachte – zu den Fischen, die neben den Zuflüssen lauerten, um sich ihrerseits die kleineren Fische zu schnappen, die durch die Wasserläufe in die Buchten befördert wurden. Direkt nördlich von Little Egg Inlet hatte der Weiße Hai Beute vorgefunden, die aus Great Bay und Little Bay herbeigespült worden war. Und auch Charles Vansant.

Abgesehen von seinem ausgeprägten Spürsinn und der Gabe, sich zu tarnen, kam dem Hai äußerst zugute, dass er so unbekannt geblieben war. Dass der Mensch noch immer so wenig von ihm wusste, war ein großes Geschenk. Seit undenklichen Zeiten waren Hunderte von Menschen auf hoher See oder vor den Küsten der Kontinente von Haien verschlungen worden; doch da dies immer weitab von Städten und der Zivilisation geschah, hatten ihre Attacken höchstens zur Legendenbildung unter Seefahrern und Fischern beigetragen. Es waren Geschichten aus einer anderen Welt, die nur selten die Kabinen und Docks verließen und meist sogar lediglich in Hörweite der letzten verzweifelten Schreie eines Menschen erzählt wurden. Solche Geschichten, wenn sie denn einmal eine Stadt erreichten, waren nicht dazu angetan, für bare Münze genommen zu werden.

Unter den Bürgern der eduardischen Zeit herrschte die Überzeugung vor, dass Gott ihnen die Herrschaft über Fische und Meere gewährt hatte oder sie von der Evolution dazu auserkoren waren, sich die Erde untertan zu machen. »Im Laufe der Evolution gewann der Mensch die Oberhand und machte sich alle anderen Tiere gefügig«, hieß es in einem Leserbrief an den *Philadelphia Inquirer* im Frühsommer 1916, »und wen er nicht brauchen konnte, den rottete er aus.«

Aber einen Fisch gab es schon immer, der sich dem Menschen nicht unterwarf, der vielmehr *ihn* ausrottete, wann stets sich ihm die Gelegenheit dazu bot. Nach langem prähistorischen Schweigen, nach einer langen unbekannten Geschichte von vielen menschlichen Opfern berichtete der große griechische Historiker Herodot schließlich von einem Meeresungeheuer, das im

Jahr 492 v. Chr. einen hilflosen Mann verschlungen hatte. Im Laufe der Jahrhunderte erreichten immer wieder einmal solche Berichte die Menschheit. 700 Jahre vor der Zeitenwende verzierte ein Töpfer auf der Insel Ischia, in der später so genannten Bucht von Neapel, eine Vase mit der Darstellung eines Mannes, der einem riesigen Fisch zum Opfer fiel – der erste künstlerische Nachweis eines Hai-Angriffs. Doch seinen englischen Namen erhielt dieser Fisch erst im Jahr 1569, nachdem Kapitän John Hawkins ein gefährlich aussehendes Wesen bis nach London geschleppt hatte, welches seine Mannschaft »shark« nannte, abgeleitet aus dem deutschen Wort »Schurk« oder »Schurke«. Doch kaum hatte man einen Namen für diese Kreatur gefunden, begann man seine Existenz auch schon zu leugnen. Und so kam es, dass die Bürger Londons im Jahr 1778, ganz aufs Neue schockiert, von einem »Menschenfresserhai« erfuhren, diesmal durch das Gemälde »Watson and the Shark« von John Singleton Copley. Watson, Lord Mayor von London, hatte Copley, der als bester Maler in den amerikanischen Kolonien galt, damit beauftragt, den Moment im Jahr 1749 festzuhalten, in dem er als Junge sein Bein verloren hatte, nachdem er im Hafen von Havanna von Bord eines Schiffes gefallen und einem Hai in die Quere geraten war. Das Gemälde in der Royal Academy war eine Sensation, nicht zuletzt weil es »dem bislang unwissenden Teil der Bevölkerung die Schreckensherrschaft der Haie vor Augen führt«.

Verleugnung war laut H. David Baldridge jedoch eine durchaus sinnvolle Reaktion auf das Erscheinen des Haies. Baldridge, der für die US-Kriegsmarine Forschungen betrieb, hatte dazu beigetragen, die Fälle von Navy-Angehörigen aufzuklären, die während des Zweiten Weltkriegs durch Hai-Angriffe getötet oder verstümmelt wurden, denn diese Attacken waren »zu einem gewaltigen Problem für die Moral unter den Piloten und schiffbrüchigen Matrosen« geworden:

»Gibt es etwas, das sich auch nur im Geringsten vergleichen ließe mit der Erfahrung, lebendigen Leibes von einem ungeheuerlichen Fisch aufgefressen zu werden? Von wenigen Ausnahmen abgesehen, ging der Mensch als Sieger aus der relativ kurzen Zeit des Konkurrenzkampfes mit den Bestien seiner Erde hervor. Doch die Wattenmeere sind die absoluten Grenzen seines Hoheitsgebiets. Dahinter liegt das Unbekannte, welches von der dünnen Gaze der Zivilisation kaum verhüllte Gefühle der Angst in uns hervorruft … Es gibt keinen Kampf in der Natur, der grausamer wäre, einseitiger ausgetragen würde und einen unausweichlicher vorherbestimmten Ausgang hätte als der Kampf zwischen einem Hai und einem lebenden Menschen. Es dauert nur einen Wimpernschlag, und der moderne Mensch ist seiner geistigen Differenziertheit beraubt, wird wieder zu dem, was er seit Urzeiten viele Male gewesen sein muss – zur hilflosen Beute eines wilden Tieres.«

Der Hai folgte den Zuflüssen entlang der dünnen Sandküstenstreifen von Long Beach Island und zog dann vor dem schmalen Ödland von Island Beach kilometerlang im offenen Meer weiter. Nach ein paar Tagen hatte er die gesamte Barnegat Bay in nördlicher Richtung durchquert, die mit Riedgras bewachsenen Inseln, den Metedeconk Neck, die Flussmündung vor den Mantolokings und danach Bay Head bis zum Manasquan Inlet passiert, wo die Inselbarriere endete. Hier befand er sich nun zum ersten Mal vor Festland.

Über die Wandergewohnheiten von Weißen Haien ist wenig bekannt. Eine der seltenen wissenschaftlichen Möglichkeiten, sie zu erkunden, ergab sich 1979 vor der Ostspitze von Long Island, nachdem es einem Biologen aus Woods Hole gelungen war, einem Weißen Hai, der sich am Kadaver eines Wals gütlich tat, mit der Harpune einen Transmitter einzupflanzen. In den folgenden dreieinhalb Tagen legte der Hai im Durchschnittstempo von nur rund vier Stundenkilometern, aber mit unglaublicher Ausdauer die 270 Kilometer von Montauk bis zum Unterwasser-Canyon des Hudson River vor New York City zurück, wo das Boot, das seinen Signalen folgte, zusammenbrach und die Verfolgung aufgeben musste.

Der halbstarke Weiße Hai war im Juli 1916 an einem Drittel der Küste von Jersey entlanggeglitten und hatte dabei eine Strecke von rund 70 Kilometern binnen fünf Tagen bewältigt, wobei er immer den Dünen der Küste gefolgt war. In ihrem Schatten und um die Zuflüsse in diesem Küstenstrich strotzte es nur so von jener Nahrung, die ein solcher Hai normalerweise zu sich nimmt. Doch dieser junge Weiße Hai verhielt sich nicht normal. Tag und Nacht hämmerten die Schallwellen von Säugetieren im Wasser auf ihn ein, von einer ihm bislang völlig unbekannten Beute, die es dort anscheinend in Hülle und Fülle gab. Im Wasser vor den Stränden der Küste von Jersey tummelten sich in diesem Sommer mehr Menschen als irgendwo sonst auf der Welt, ja vielleicht sogar mehr als zu irgendeiner anderen Zeit, einschließlich heute. Wohin ein normaler Weißer Hai üblicherweise wandert und wann er sich von was ernährt oder warum, sollte die längste Zeit des kommenden Jahrhunderts ein Rätsel bleiben, ein Geheimnis, das durch das Verhalten dieses jungen Haies im Jahr 1916 nur noch mysteriöser geworden war.

Er schwamm weiter, an Sea Girt vorbei, etwas südlich von Long Branch gelegen, wo auch Präsident Woodrow Wilson seine Sommerresidenz eingerichtet hatte. Vor ihm lag Spring Lake, das Seebad der reichen Viktorianer, benannt nach einem lieblichen, lang gestreckten, von mehreren Quellen gespeisten Süßwassersee direkt an der Küste, aus dem erst jüngst frisches Quellwasser ins Meer geflossen war.

# *Independence Day*

Das New Essex and Sussex, ein 1914 eröffnetes Grandhotel mit einem von hohen weißen Säulen gesäumten Eingang auf der Atlantikseite, bedeckte ein riesiges Areal entlang der Küste von Spring Lake, 70 Kilometer nördlich von Beach Haven. Hoch über dem erhabenen Säulengang flatterte das Sternenbanner »Old Glory« auf allen vier Türmen. Während der ganzen ersten Woche im Juli 1916 eilten uniformierte Pagen dienstbeflissen zwischen dem Eingang und der Parade von Pierce Arrows aus New York, Texas, dem Süden und Mittleren Westen hin und her, um sich um das Gepäck der gerade angereisten Gäste zu kümmern. Es hätte gar keine angemessenere Kulisse für dieses Hotel geben können als die liebliche, sanft wogende See und die schrillen Schreie der Möwen. Aufgrund seiner Lage und Architektur pflegte sich das New Essex and Sussex selbst als ein Zentrum des neuen amerikanischen Imperiums, als eine Enklave der Reichen, Schönen und Mächtigen dieses strahlend optimistischen neuen Jahrhunderts zu empfehlen. Und genau das war es.

Kurze Zeit später trafen auch Präsident Woodrow Wilson und Mrs. Edith Galt Wilson, seine ihm frisch angetraute First Lady, an der Küste ein, um das Sommerhauptquartier des Weißen Hauses im nahe gelegenen Long Branch zu beziehen. Zu ihrem Gefolge gehörten, ebenfalls um den ganzen Sommer an der Küste zu verbringen, seine Töchter, das Kabinett und der gesamte Stab des Weißen Hauses, der im oberen Stockwerk des Asbury Park Trust untergebracht wurde, einem schmalen, fünfstöckigen Bankgebäude in der Nähe von Asbury Park. Da es nicht Wilsons Art entsprach, aus dem sicheren White House heraus – »the people's house«, wie er es nannte – Wahlkampf zu führen, empfahl er sich für die Wahl im November von der Eingangsveranda der Villa Shadow Lawn aus, eines grandiosen viktorianischen Herrenhauses, das der Präsident in Long Branch ausdrücklich selbst angemietet hatte, weil er es ablehnte, sich von einem betuchten Gönner freie Unterkunft gewähren zu lassen. Das Land regierte er aus einem Büro im selben Bankgebäude, in dem auch die anderen Geschäfte der Präsidentschaft abgewickelt wurden, inklusive aller Pressekonferenzen.

Der Presseabteilung des Weißen Hauses war ein Raum in der Bank zugewiesen worden, aus dem die Korrespondenten ihre Depeschen mit dem Herkunftsvermerk »Asbury Park«, »Long Branch« oder »Spring Lake« verschicken konnten. Die *Asbury Park Evening Press* vermeldete stolz, dass ihr nunmehr die Aufgabe zugefallen sei, die Chronik «des wichtigsten Jahres für viele kommende Jahrzehnte in der Geschichte der Nation, vielleicht der Welt« zu schreiben. Angesichts der Tatsache, dass sich der Präsident während dieser Wochen mit dem Krieg in Europa und seiner Wiederwahl zu befassen hatte, verkündete sogar das nicht weniger beeindruckte *Philadelphia Bulletin*: »Der Staat New Jersey hat in diesem Sommer allen Grund, sich bedeutender denn je zu fühlen, denn sein Name wird tagtäglich in die Welt hinausposaunt werden, und das nicht etwa wegen seiner Mücken ... [New Jerseys] Strandbäder entlang der Küste sind bereits in der ganzen zivilisierten Welt mehr oder weniger berühmt, doch dieser Sommer wird im Kalender rot anzukreuzen sein, denn Präsident Wilson ... hat beschlossen, sein Sommerhauptquartier in ... Shadow Lawn aufzuschlagen.«

Die Ankunft des Präsidenten machte jedem klar, dass das New Essex and Sussex zum Zentrum des gesellschaftlichen Lebens der Nation avancieren würde. Am Samstag, dem 1. Juli, eröffnete Gouverneur James F. Fielder – wie Wilson Mitglied der Demokratischen Partei und nach dessen Einzug ins Weiße Haus sein Nachfolger im Amt des Gouverneurs von New Jersey – die Saison mit dem Governor's Ball im großen Ballsaal des »E&S«, wie das Hotel von seinen Gästen kennerisch genannt wurde. Die anwesenden Reichen, Schönen und Mächtigen, »the glittering throng«, regten die Presse zu reinsten nostalgischen Höhenflügen über das vergangene goldene Zeitalter an, als die Präsidenten Ulysses S. Grant und James A. Garfield erstmals den Sommer in New Jersey verbracht und damit die »Gold Coast« ins Leben gerufen hatten; als die englische Schauspielerin Lillie Langtry, eine der schönsten Frauen der Welt, sich hierher zurückzuziehen pflegte, wenn sie sich von ihren Tourneen mit den Stücken *She Stoops to Conquer* oder *As You Like It* erholen wollte; und als sich die Sängerin und Schauspielerin Lillian Russell hierher von dem flamboyanten und enorm lebenshungrigen Tycoon James Buchanan Brady, genannt »Diamond Jim«, begleiten ließ.

Drei Tage nach dem Gouverneursball sah man einen auf Hochglanz polierten Roadster die Küstenstraße entlangrollen, als gelte es, dem Volk die Wiederkehr dieser vergangenen Glorie zu versichern. Er bog am Ocean Drive zum New Essex and Sussex ein, wo schließlich William Howard Taft, der ehemalige Präsident der Vereinigten Staaten, seine 332 Pfund in voller Lebensgröße präsentierte. Taft war erst der dritte amerikanische Präsident gewesen, der sich in einem Automobil hatte chauffieren lassen, und die kleine Show, die er vor dem Aussteigen zu veranstalten pflegte, war allgemein bekannt: Majestätisch erhob er sich im Fond des offenen Vehikels und posierte für die Fotografen, den gewaltigen Leib in dunkles Tuch gehüllt, quer über den Anzug die schwere Goldkette gespannt, der enorme Hängeschnauzer genau auf Mitte zwischen dem mächtigen Kinn und den weichen, hellen Augen gestutzt. Politiker, Gesellschaftslöwen und offizielle Vertreter des Essex and Sussex drängten sich um den Ehrengast. Der liebenswürdige Ex-Präsident lehrte inzwischen Recht an der Universität Yale, ganz offensichtlich höchst erleichtert, dass er 1912 das Weiße Haus an Wilson hatte übergeben können. Um Tafts Besuch in Spring Lake an diesem Tag herrschten große Aufregung und freudige Erwartung, doch fraglos dürfte er selbst alles andere als begeistert gewesen sein, dort erscheinen zu müssen. Man hatte ihn ersucht, eine Rede zum 140. Geburtstag der Nation am 4. Juli zu halten, und vor der Öffentlichkeit sprechen zu müssen war Taft mindestens so zuwider wie einst als Präsident zu amtieren. Er hätte es vorgezogen, wie er oft und gerne betonte, Golf zu spielen. Außerdem war es mehr als nur wahrscheinlich, dass er sich nach der langen Fahrt im Automobil nach nichts so sehr sehnte wie nach einem guten Essen und einem Nickerchen, welches er häufig in aller Öffentlichkeit zu halten pflegte.

Taft, berühmt für seine Gutmütigkeit, war ein sehr beliebter Ex-Präsident. Als er am Nachmittag auf dem Podium stand, eine Respekt einflößende Gestalt im schwarzen Anzug, und über das Meer an Gesichtern im Ballsaal des Essex and Sussex blickte, herrschte daher auch entsprechend gespannte Erwartung im Auditorium. Im vollen Bewusstsein seiner Autorität, die durch seine massige Erscheinung durchaus gefördert wurde – ein so dicker Mann, hieß es, könne einfach nicht niederträchtig sein –, genoss Taft das Vergnügen, eine Menge nach Belieben dirigieren zu können. Er war der erste Präsident gewesen, der zur Eröffnung der Baseball-Saison vor einem Spiel der Senators aus Washington gegen die Philadelphia Athletics am 14. April 1910 den ersten Pitch warf. Doch viele aus dieser Sommerkolonie hatten trotz ihres Wohlstands und ihrer hohen Positionen noch nie Gelegenheit gehabt, Tafts Stimme zu vernehmen. Vor den Zeiten des Radios war es ein außergewöhnlicher und ausgesprochen denkwürdiger Moment für jeden Amerikaner, dem die Chance geboten wurde, den einstigen Präsidenten reden zu hören.

Als Tafts Bariton den Raum zu füllen begann, ebbte die gespannte Erwartung jedoch rasch ab. Fast wie ein Automat leierte er seine übliche Rede über Amerikanismus und Patriotismus herunter und klang dabei mehr wie der besorgte Advokat des Volkes mit aufrechter Beamtenseele als ein ehemaliger Präsident. Man hätte es wissen müssen, denn es war ja derselbe Mann, der seine Inaugurationsrede mit den Worten eröffnet hatte: »Der Sinn und Zweck einer Antrittsrede ist, die wichtigsten politischen Vorhaben der neuen Administration zusammenfassend zu umreißen, soweit sie im Voraus erkennbar sind.«

Mit höflichem Applaus bedacht, beendete William Howard

Taft seine Rede mit dem Aufruf zum gemeinsamen Gebet an »Gott den Allmächtigen«. Die reichen Sommerfrischler hätten es gar nicht eiliger haben können, aus dem Hotel herauszukommen, um auf der Promenade die letzten Sonnenstrahlen zu genießen. Die See lag graublau und still vor ihnen, nur noch wenige Schwimmer waren im Wasser. Hinter den Spaziergängern tuckerten ein paar Roadster den Ocean Drive herunter. Plötzlich entdeckte eine Gruppe auf dem Holzsteg – zweifellos diskutierte man gerade über Tafts Rede – eine hohe, dunkle Flosse im Meer, dann einen ganzen Schwarm von Flossen, die parallel zum Ufer in den Wellen auf und ab wogten.

»Haie!«, rief jemand. Sofort schwappte eine Welle hysterischer Schreie über die Promenade. Ein paar Fischer, die gerade in der Nähe gewesen waren, versuchten die Gäste zu beruhigen und ihnen klar zu machen, dass dies nicht die Flossen von Haien, sondern welche von Tümmlern waren, die häufig in Schulen vor der Küste auftauchten. Doch viele Sommergäste hatten in der lokalen *Press* von dem Vorfall am vergangenen Sonntag vor Beach Haven gelesen, weshalb sie sich auch nicht so leicht vom Thema Haie abbringen ließen.

Allmählich begann sich die Aufregung auf der Promenade aber wieder zu legen. Langjährige Anwohner hatten den Gästen versichert, dass noch niemals ein Hai einen Schwimmer vor der Küste von Jersey angegriffen habe. So mancher ließ obendrein durchblicken, dass die Umstände des Todes von Vansant eine reine Erfindung der Presse oder doch zumindest gewaltig übertrieben waren, denn der Junge war vermutlich ganz einfach ertrunken. Kurz darauf kehrten die Gäste, von den skeptischen Äußerungen der Einheimischen, die es ja wissen mussten, einigermaßen beruhigt, ins Hotel zurück, um sich auf einen angenehmen Abend mit Musik und einem festlichen Dinner anlässlich der Feierlichkeiten zum 4. Juli vorzubereiten. »Der erste Unfall dieser Art, der je in den Annalen der Küste von Jersey festgehalten wurde, führte zu beträchtlicher Aufregung«, berichtete die *Asbury Park Evening Press*, »jedoch wurden mehrfach Zweifel am Wahrheitsgehalt der Depeschen aus Beach Haven geäußert.«

# *Die Langstreckenschwimmer*

An diesem Morgen war das Meer still und sanft, gleich blauem Samt lag es vor der Küste ausgebreitet, von den Schaumkronen der Dünung wie mit Spitzenbordüren verziert.

Im Essex and Sussex wurde gerade das erste Frühstück mit prächtiger Aussicht auf die See serviert. Hinter den Duftwolken des dampfenden französischen Kaffees raschelten die Morgenzeitungen. Die Ruhe an der Westfront gönnte Briten und Franzosen gerade eine kurze Verschnaufpause, um sich auf neue Kämpfe an der Somme vorzubereiten; Sir Edward Grey war zum Earl ernannt worden; und Harry Vaughn, der »farblose« Kandidat für das Amt des Gouverneurs von New Jersey, erklärte: »Prohibition ist kein neues Frühstücksprodukt. Sie basiert auf wissenschaftlichen Fakten. Die Wissenschaft sagt uns, dass Alkohol Gift ist.«

Die Anwesenheit der First Family sorgte noch immer für Gesprächsstoff unter der anwesenden High Society. Die Tochter des Präsidenten, Margaret Wilson, hatte in dieser Woche mit »My Old Kentucky Home« ihr Gesangsdebüt in Spring Lake gegeben; aber besonders erregte die Gemüter, dass es erstmals eine geschiedene First Lady gab. Edith Galt Wilson, die kein Blatt vor den Mund zu nehmen pflegte, soll sich, so flüsterte man sich zu, über den hochherrschaftlichen Pomp von Shadow Lawn empört haben, vor allem über die »17 vollständigen Garnituren Verandamöbel, allesamt unterschiedlicher Art« und über die »Treppe, ausladend genug, um eine komplette Armee Seite an Seite darauf Aufstellung nehmen zu lassen«.

Da die Presse die First Family in diesem Sommer auf Schritt

und Tritt verfolgte, erlangte Wilson als erster amerikanischer Präsident den Status eines »Promis«. Aber es gab auch schlechte Nachrichten, am beunruhigendsten gewiss, dass 70 Kilometer nördlich 24 Kinder in den Mietwohnungen von New York City in den letzten 24 Stunden an Kinderlähmung gestorben waren. Spring Lake mit seiner frischen, gesunden Seeluft schien allen der weit und breit sicherste Ort zu sein.

Spring Lake war ein Paradies der Reichen, die sich in schöner Natur ergehen wollten. Es war dem Einfluss von Reverend Alphonso A. Willits zu verdanken gewesen, einem Freiluftapostel des 19. Jahrhunderts, dass sich die Wohlhabenden New Yorks und Philadelphias dazu inspiriert gefühlt hatten, rund um diesen direkt am Meer gelegenen See ein exklusives Arkadien zu errichten.

Zwei Tage nach der Rede des ehemaligen Präsidenten Taft begannen in Spring Lake luftige Sommerträume wahr zu werden. Man unternahm Spaziergänge in der frischen Brise auf der Promenade und unterhielt sich dabei entspannt im Rhythmus des hölzern knarrenden Stegs unter den Füßen. Ruderboote bevölkerten den See, der dem Ort seinen Namen gab, während Kinder entzückt die Porzellanschwäne und Porzellanküken in ihren Porzellannestchen auf dem Rasen am Seeufer betrachteten. Aus ästhetischen Gründen waren einmal sogar lebende Schwarze Schwäne importiert, jedoch wieder entfernt worden, nachdem sie nicht so recht heimisch werden wollten. Natur war in Spring Lake ein klassisch verfeinertes, geordnetes Element, dennoch erlebten die Männer und Frauen am See und am Meeresufer zum ersten Mal den Aufenthalt im Freien bewusst als einen Balsam gegen das hektische Leben in den Industriestädten.

Die Küste war eine ausgesprochene Idylle für die Bewohner amerikanischer Großstädte, die mit Ausnahme von Chicago alle am östlichen Ufer des Atlantiks angesiedelt waren – New York, Boston, Baltimore und Philadelphia. »Wir werden bis zum Punkt der physischen Erschöpfung zusammengepfercht, angetrieben und irritiert, ob auf unseren Straßen, Märkten, in Mietswohnungen oder den winzigen Apartments, in unseren Geschäften oder Straßenbahnen«, klagte die Zeitschrift *The Craftsman* 1907. »Gebt uns mehr Luft, Sonne und Boden unter den Füßen, und wir werden euch mit weniger Gaunereien, Gier und Verzweiflungstaten behelligen, die aus der Moral der Unglücklichen geboren wurden.«

James A. Garfield hatte während seines Präsidentschaftswahlkampfs 1880 die Herausforderungen, vor denen die aufstrebende Freizeitgesellschaft stand, mit den Worten beschrieben: »Wir können den gesamten Überlebenskampf der menschlichen Rasse in zwei Kapitel einteilen. Erstens in den Kampf um Freizeit und zweitens in den Kampf der Zivilisation – es geht um die Frage, was wir mit unserer Freizeit anfangen sollen, wenn sie uns gewährt wird.« Für Hunderttausende lautete die Lösung, an den Strand zu fahren. 1885 schrieb ein Zeitgenosse, dass die gesamte Ostküste, von Mount Desert über Maine und Cape May bis ans Ende von New Jersey, inzwischen aus »einer beinahe ununterbrochenen Kette von Hotels und Sommerhäusern besteht«.

Dieser Zurück-zur-Natur-Impuls schloss jedoch auch hier nicht die Strandbekleidung ein. Die moralischen Standards von Spring Lake forderten, dass weibliche Körperformen unter dunkler Wolle versteckt und männliche Körper von schwarzen Zweiteilern verhüllt werden mussten – von Badehosen, die den halben Oberschenkel bedeckten, und dazu einem langen, ärmellosen, wollenen Trikot für Brust und Leistengegend. Eine nackte männliche Brust galt 1916 als absolut skandalös und durfte dem öffentlichen Blick nicht dargeboten werden. Erst in den Dreißigerjahren, als der neue Hollywood-Glamour den männlichen Oberkörper entblößte, begannen sich auch an der Ostküste die ersten Männer in Badehosen ohne Oberteil zu zeigen. Der kalifornische Stil der 1930er sollte schließlich auch zu einer regelrechten Explosion von Farben führen, doch der herrschende Geschmack von 1916 beschränkte sich, zumindest bei den Männern, auf Schwarz. Fast ein Jahrhundert später fand eine Studie über die bis dahin 179 weltweit verzeichneten Angriffe von Weißen Haien heraus, dass die Farbe, die die Opfer für ihre Bade- und Tauchanzüge oder anderen Bekleidungsstücke und Ausrüstungsgegenstände gewählt hatten, in neun von zehn Fällen dunkel gewesen war – bei 74 Prozent schwarz, bei 15 Prozent dunkelblau. Die Badegäste, die in diesem Juli 1916 der Maxime »Zurück zur Natur« folgten, indem sie in ihren obligatorischen schwarzen Badekostümen im Meer schwimmen gingen, entsprachen also unwissentlich den natürlichen Regeln des Küstengewässers: Sie boten sich dem Blick aus der Tiefe als harmonische Bestandteile der umgebenden Natur dar, nämlich in genau der dunklen Färbung, die viele Meeresbewohner und insbesondere die bevorzugten Beutetiere des Weißen Haies aufweisen.

Den 6. Juli hatten die Zeitungen als einen vorzüglichen Tag angekündigt, um sich am Strand zu vergnügen, vor allem da während des kommenden Wochenendes mit Regen aus dem Süden und Mittleren Westen zu rechnen war. Schon mit den ersten Strahlen der Morgensonne begann die Pilgerschaft der Badegäste an den Strand. Ganze Trauben von Kindern bauten Sandburgen, eine Beschäftigung, zu der Lorenzo Harris angeregt hatte, der einarmige Bildhauer aus Philadelphia, der gerade in der Nähe seinen »Neptune's Court« gestaltete. Hauchzarte Wölkchen zierten den tiefblauen Himmel, die Luft war warm, das Licht brillant.

Wo die jungen Frauen am Strand und auf dem Steg bis dahin höchstens verschämt aus den Augenwinkeln die jungen Männer in ihren sportlichen Schwimmanzügen zu betrachten gewagt hatten, blickten sie auf einmal unverhohlen und direkt, denn als sich die Sonne auf ihrer nachmittäglichen Bahn zu senken begann, forderte ein junger Mann plötzlich ungebührliche Aufmerksamkeit. Robert W. Dowling, 19 Jahre alt, stellte sich ans Ufer und verkündete, dass er sechs Kilometer in gerader Linie in den offenen Atlantik hinauszuschwimmen gedenke – und zum Teufel mit allen Haien. Langstreckenschwimmen war ein beliebter Zeitvertreib der wohlhabenden eduardischen Gesellschaft, daher taxierten die umstehenden Gäste den jungen Mann auch nur kurz mit fachmännischen Blicken, sahen einmal aufs Meer hinaus und riefen dann ihre Kinder, damit sie das Spektakel nicht versäumten. Denn dies würde ein beeindruckender Anblick vom Strand aus sein, eine Geschichte, die sich auf einer Postkarte oder in einem Brief nach Hause erzählen ließ, etwas, das man unbedingt miterlebt haben musste. Im Nu ging es wie ein Lauffeuer über den Strand, alles wartete gespannt auf Robert W. Dowling, den bekannten Sohn von Robert E. Dowling, Präsident der City Investment Company aus New York. Schon im vergangenen Sommer hatte der Junge für Schlagzeilen gesorgt, nachdem er die ganzen 65 Kilometer rund um Manhattan Island schwimmend zurückgelegt hatte. Was er nun plante, bedeutete also keine wirkliche Herausforderung für ihn, und ob ein Hai im Wasser war, kümmerte ihn nicht. Dowling stolzierte zum Wasser und stürzte sich in die Wellen. Binnen kurzem hatte er sich mit kräftigen Kraulzügen weit vom Ufer entfernt.

Leonard Hill, nicht viel weiter südlich am Strand, wurde keine derartige Aufmerksamkeit zuteil. Der Drogist aus New York City hatte seiner Frau mit einem Aufenthalt im Essex and Sussex eine Freude bereiten wollen. Dass sich ein kleiner, schwer arbeitender amerikanischer Geschäftsmann unter die Spitzen der Gesellschaft mischen konnte, sagte eine Menge über die herrschende Demokratie aus und hätte William Jennings Bryan* sicher zu Jubelrufen veranlasst. Hills Vorhaben war noch ambitionierter als Dowlings. Er wollte etwa einen Kilometer geradeaus schwimmen, dann aber acht Kilometer direkt nach Süden. Falls es an diesem Tag noch zu schwerer See kommen würde, so würde sie Hill sehr viel wahrscheinlicher zur Bedrohung werden als für Dowling, doch auch er war ein starker, furchtloser Schwimmer und machte sich keine Gedanken wegen der Berichte über einen Hai weiter südlich an der Küste, in genau der Richtung, in die er zu schwimmen gedachte. Nur wenige Menschen sahen Leonard Hill, als er in einiger Entfernung vom Strand elegant im Wasser wendete und mit gleichmäßigen Kraulbewegungen auf Beach Haven zuzuschwimmen begann.

Die beiden Sportler wurden immer kleiner, und schließlich waren noch nicht einmal die weißen Schaumspuren hinter ihnen zu sehen.

---

* Anm. d. Übers.: Sozial engagierter amerikanischer Anwalt und Politiker, der dreimal für die Demokraten ins Rennen um die Präsidentschaft geschickt wurde.

## *Auf der Pirsch*

Draußen vor der Küste durchschnitt eine hohe Schwanzflosse das umgebende Wasser und signalisierte den wenigen Möwen und kleineren Fischen in dieser grenzenlosen Weite den Weg des riesigen Raubfischs. Der grau-weiß glänzende Körper des Haies wirkte wie ein überdimensionales Projektil, dessen Flugbahn absolut präzise vorausberechnet war, das sich allerdings wie in Zeitlupe bewegte. Die Bestie glitt durch das Element Wasser mit einer Eleganz und Geschmeidigkeit, die auf unheimliche Weise schön waren. Ein Grundprinzip der Flugzeugkonstruktion lautet: »Ein gutes Flugzeug ist ein schönes Flugzeug.« Der Weiße Hai ließ sich durch die Tiefen tragen wie ein Jagdbomber von der Thermik durch den Sommerhimmel.

Die Konstruktionsform des Haies war wesentlich besser durchdacht als die der Flugapparate, welche Samuel Pierpont Langley, die Gebrüder Wright oder Glenn Hammond Curtiss zu dieser Zeit bereits erfunden hatten, weit effizienter, als sie der Mensch 1916 zu entwickeln in der Lage war. Dank seines genetischen Gedächtnisses bewegte er sich und jagte er mit der Unbekümmertheit angeborener Perfektion. An diesem Nachmittag glitt er in gleichmäßigem Tempo voran, seine Schwanzflosse kaum merklich von Seite zu Seite schwingend. Unsichtbare, längs über seinen ganzen Körper verteilte Kanälchen reagierten auf jede Veränderung des Wasserdrucks und signalisierten dem Gehirn, die Flossen zu adjustieren. Mit nur winzigen Korrekturen konnte der Hai somit sein Tempo angleichen und sich bestmöglich auf Kurs halten. Dabei registrierte er wie ein elektromagnetischer Kompass das Magnetfeld der Erde oder die elektrischen Schwingungen der Meeresströmung. Welchen Nutzen er aus diesen Informationen zog, wissen wir nicht, doch gewiss ist, dass er auf den elektromagnetischen Feldern unter Wasser wie ein Segelboot durch den Wind kreuzte.

Ein Hai kann Farben sehen. Der halbstarke Hai konnte aus der Tiefe mehrere Meter weit über die Wasseroberfläche hinausblicken und hätte Menschen, die ihn aus einem kleinen Boot heraus beobachteten, deutlich als Teile einer über ihm treibenden Schale erkannt. Jetzt gerade sah er, wie sich der Himmel gelblich verfärbte und das Licht sich über wie unter Wasser ein wenig abschwächte. Während der vergangenen fünf Tage war er ungefähr 80 Kilometer die Küste entlanggewandert und hatte Hunger. Es ist nicht bekannt, wie oft er in dieser Zeit in direkte Küstennähe gelangt war, wie häufig er Buchten, Häfen und Zuflüsse erforscht, Beute gemacht oder gehungert hatte. Doch aufgrund seines bevorstehenden Verhaltens kann man annehmen, dass sein Drang nach Beute gewaltig geworden war.

Die Natur hat den Hai verschwenderischer ausgestattet als jeden anderen Räuber. Er besitzt acht Organe, die ein komplexes, eng verbundenes System zum Aufspüren, Verfolgen und Identifizieren von Beute bilden, welches Tag und Nacht betriebsbereit ist, also auch bei völliger Dunkelheit, und von unzähligen Backup-Systemen ergänzt wird für den Fall, dass es einmal versagt. Der Hai-Forscher Xavier Maniguet hat das Anpirschen eines Haies einmal mit dem Heranrauschen eines modernen Torpedos verglichen, »dessen elektronische Steuervorrichtungen praktisch unausweichlich zum ›Kontakt‹ mit dem Ziel führen«. Als der Hai an diesem Nachmittag den niedrigeren Salzgehalt und die vielen organischen Abfallprodukte im Küstenwasser wahrnahm, wurde sein genetisches Gedächtnis sofort aktiv und begann ihn unweigerlich in Richtung Küste zu manövrieren – dorthin, wo Spring Lake lag.

Während seines Vordringens nahmen die Geräusche, die ihn zuerst nur neugierig gemacht hatten, allmählich ein Profil an, das sämtliche Sensoren des Haies reizte – tiefe Niedrigfrequenztöne,

Basslaute jenseits dessen, was der Mensch zu hören in der Lage ist: das Geräusch eines harpunierten Fisches, der sich verzweifelt windet, das eines Menschen, der im Wasser planscht, oder das eines Schwimmers in über einem Kilometer Entfernung.

Dowling und Hill schwammen inzwischen weit draußen auf offener See, Kilometer voneinander und jeweils von der Küste entfernt, beide nicht ahnend, dass sie in die sensorische Reichweite eines Weißen Haies geraten waren.

Der Hai begann seinen Kopf langsam von einer Seite zur anderen zu drehen, um Wasser in die weit auseinander liegenden Nasenlöcher unter seiner spitzen Schnauze über dem Maul ein- und ausfließen zu lassen. Solche horizontalen Gleichgewichtsbewegungen des Kopfes ermöglichten es ihm, einen breiten Duftkorridor zu prüfen. Seine Nase »dachte«, und indem der Hai den Kopf reflexartig in Richtung desjenigen Nasenlochs drehte, welches gerade den stärksten Geruch aufgenommen hatte, begann er sich direkt auf die Duftquelle zuzubewegen. Wie die Nasenhöhle des Jagdhundes besteht auch die des Haies aus unzähligen Fältchen, welche die Oberflächenstruktur vergrößern, damit mehr Riechzellen untergebracht werden können. Doch das Riechorgan des Fisches ist noch auf erheblich vielfachere Weise sensibler als das des Hundes. Haie können Blut im Wasser in einem Verhältnis von eins zu einer Million aufspüren, doch die Duftmoleküle, die dieser junge Weiße Hai an diesem Tag wahrnahm, wirkten noch wesentlich intensiver auf ihn ein, denn auf Fischextrakte kann ein Hai selbst dann noch reagieren, wenn sie in einem Verhältnis von nur eins zu zehn Milliarden im Wasser vorhanden sind. Das Überleben wird einem Weißen Hai so außerordentlich schwer gemacht, dass ihn die Natur dafür auch mit außerordentlichen Waffen ausgerüstet hat.

Aus einer Entfernung von einem halben Kilometer konnte der Hai seine Beute riechen. Er war in den »Duftkorridor« eingedrungen, in einen breiten Streifen von Duftmolekülen, der die grobe Form eines steinzeitlichen Pfeils hatte, also breit am unteren Ende war und sich nach oben hin verschmälerte. Der Hai brauchte diesem Duftpfeil nur noch bis zu seiner Quelle an der Spitze zu folgen.

*Der Hai schwamm auf sie zu.*

Beide, sowohl Dowling als auch Hill, sollten später von dieser Vorstellung verfolgt werden. Dass keiner von ihnen die Gegenwart eines Haies so relativ nahe am Ufer wirklich gespürt hatte oder sich vor dieser Möglichkeit fürchtete, war kaum überraschend, denn für die Menschen der eduardischen Zeit hatte der Ozean erstmals seine Schrecken verloren: Das Meer war ein Freizeitparadies, allein dem Vergnügen gewidmet. Sogar fast ein Jahrhundert später hielt man noch an dieser Illusion fest: »Wir haben vergessen, was das Meer ist«, schreibt der Ichthyologe George Burgess. »Das Meer ist wilde Natur. Niemals würden wir einen Urwald betreten, ohne uns seiner Gefahren, seiner Raubtiere bewusst zu sein. Doch das Meer halten wir für einen gigantischen Swimmingpool hinter unserem Haus.«

An der Atlantikküste treiben sich Haie ständig in Küstennähe herum, um dort zu wildern. Wenn man mit einem Hubschrauber oder kleinen Flugzeug die Küste von Florida überfliegt, berichtet Burgess, wird man diese Fische unweigerlich zwischen Schwimmern und Strand hin und her gleiten sehen: als große Schatten, die aus Tiefen von nur anderthalb bis drei Metern aufmerksam diese umherplanschenden Wesen betrachten und sich dann normalerweise zurückziehen.

Den Weißen Hai im Jahr 1916 drängte es nun aber unerbittlich weiter auf der Pirsch nach potenzieller Beute. Robert E. Dowling, inzwischen sechseinhalb Kilometer von der Küste entfernt, brachte mühsam eine Wende zustande, seine Bewegungen vor Müdigkeit erschöpft und unsicher geworden, ganz dem Profil eines Fisches in Not entsprechend.

Für seine üblichen Opfer hätte es zu diesem Zeitpunkt kein Entrinnen mehr gegeben. Sämtliche Systeme des Haies waren darauf programmiert, ihren Tod zu garantieren. Wären seine Augen oder sein Hörvermögen beschädigt gewesen, so hätten die Kanälchen längs seiner Haut immer noch jede durch Bewegung verursachte Vibration im Wasser verzeichnet – ob nun von einem verzweifelten Fisch, einer Schiffschraube oder den Flossen eines Tauchers verursacht. Der Hai kann sein Opfer jagen, ohne es auch nur gesehen oder gehört zu haben. Bedenkt man diese Fähigkeiten, schreibt Xavier Maniguet, so »fällt es einem leichter zu verstehen, weshalb es unmöglich für einen Menschen ist, dem entschlossenen ›Forschungsdrang‹ eines Haies im näheren Umkreis zu entkommen«.

Doch solange am 6. Juli 1916 noch Tageslicht herrschte, brauchte der Hai seine leistungsstarken Ortungsfähigkeiten gar nicht zu aktivieren. Aus 20 Meter Entfernung konnte er den Mann im Wasser sehen, lange bevor dieser ihn hätte entdecken können. Um das elektrische Feld des Schwimmers aufzuspüren, benutzte der Hai seine Lorenzinischen Ampullen, seinen »sechsten Sinn«: winzige, gallertgefüllte, mit Nerven versehene Kanälchen, die auf elektrische Stimulationen reagieren und über die Schnauzenregion, den Unterkiefer und rund um die Augen verteilt sind. Im allerletzten Moment, Sekunden bevor der Weiße Hai seinen Kiefer ausklinkt und seine Augäpfel zum Schutz nach hinten rollt, lokalisieren diese Lorenzinischen Ampullen den Herzschlag des Opfers.

Robert W. Dowling schwamm weiter, nicht ahnend, dass er auf brutale, aber brillante Weise als mögliche Beute taxiert wurde und ein Urteilsspruch bevorstand, gegen den keine Berufung eingelegt werden kann. Seine Bewegungen waren vor Müdigkeit ungelenk wie die eines verletzten Fisches. Doch das Meer war ihm hold und trug ihn sicher die sechs Kilometer bis zum Ufer zurück, wo er unter dem Applaus der Umstehenden Hände schüttelnd aus dem Wasser stieg. Auch Leonard Hill kehrte etwas weiter südlich aus dem Terrain des Haies wohlbehalten zu seinen Bewunderern an Land zurück.

Noch war keinem der beiden Männer bewusst geworden, dass sie das Territorium eines hungrigen Menschenhaies auf der Pirsch durchquert hatten. Vielleicht war der Fisch ja zu dem Schluss gekommen, dass diese Langstreckenschwimmer ungenießbar oder zu groß waren, um sie anzugreifen; niemand weiß, weshalb er sie unbehelligt ließ, genauso wenig wie sich erklären lässt, weshalb er überhaupt weiter hinter Menschen her war. Fest steht nur: Er war es.

Als Dowling und Hill später erfuhren, welche Gefahr ihnen durch den Menschenfresser gedroht hatte, wandelte sich ihre anhaltende Euphorie über ihre Leistung in blankes Entsetzen. Verbrieft ist, dass beide augenblicklich beschlossen, ihre Ferien künftig anders zu gestalten und ihre Karrieren als Langstreckenschwimmer an den Nagel zu hängen. Leonard Hill, der Drogist aus New York, schwor, niemals wieder jenseits der Rettungsleinen zu schwimmen, und Dowling, der selbstbewusste New Yorker Prominentensohn und gefeierte Schwimmer, der dem Hai noch näher, zweifellos sehr nahe gekommen war, beteuerte sogar noch entschiedener, das Meer ab sofort zu meiden.

»Nie wieder«, wiederholte er immer wieder. »Zumindest nicht hier.«

# *Das rote Kanu*

Die Strahlen der Nachmittagssonne fielen schräg auf die Küstenstraße, Schatten legte sich wie Bohlen vor den Eingang des Essex and Sussex. Ein Strom sommerlich behüteter Männer kehrte vom Ocean Drive zurück und zog sich die Stufen zum Portikus hinauf, winzige Figuren, sofort vom Säulengang verschluckt, wo ihre Frauen in den Korbsesseln ruhten und lediglich hie und da den Blick vom Buch auf den Knien hoben, um ihn über das Meer jenseits der Verandabrüstung schweifen zu lassen. Nur hin und wieder, wenn eine der Frauen aufstand und mit dem Sessel einem wandernden Sonnenflecken folgte, kündete das Scharren hölzerner Stuhlbeine von einer Flucht vor dem dräuenden Schatten. Von überall am Strand kehrten Gäste über den Ocean Drive zu ihrer Siesta ins Hotel zurück, während die Brandung jenseits der brummenden Roadster auf der Küstenstraße sanft rauschte, als wollte sie die Schwimmer zurücklocken. Schläfrige Nachmittagsroutine begann im Hotel Einzug zu halten. Wie ein Uhrwerk funktionierte der Empfang der zurückkehrenden Badegäste, die sofort von den Hotelpagen oder anderem Personal zu den Umkleideräumen neben den Aufzügen geleitet wurden. Frisch gewaschen und gebügelt für den Strandausflug am nächsten Tag würden die Badekostüme später auf den Zimmern abgegeben werden. Bis dahin würde keine Sandale mehr Sand in der großen Lobby verstreuen, kein Tropfen Salzwasser mehr auf die riesigen Orientteppiche fallen. Nun hatten die Gäste kaum noch anderes vor, als auf den Abend zu warten und sich die Zeit plaudernd in den Queen-Anne-Sesseln zu vertreiben, die zwischen dem Wald ionischer Säulen arrangiert waren.

Mit dem wiegenden Gang des Athleten durchschritt ein blonder, muskulöser junger Mann die Empfangshalle. Er war 28 Jahre alt und eine auffällige Erscheinung, ungeachtet der Tatsache, dass auch er die einheitliche Hoteluniform trug. Charles Bruder, der Empfangschef und ein ehemaliger Soldat der Schweizer Armee, befehligte seinen Stab mit untadeliger Präzision und erweckte so die Illusion, dass das Hotel wie eine frisch geölte Maschine funktionierte, wie ein Luxusdampfer, der mit eigener Kraft durch den Tag glitt. Unter Bruders Kommando, ungeachtet seiner jungen Jahre, war es dem Hotel in der Tat möglich, »vollendete Gastlichkeit während der gesamten Sommersaison« zu garantieren, so wie es die Standards des ursprünglichen Essex and Sussex vorgeschrieben hatten, welches ein allgemein bewunderter Markstein in der Landschaft gewesen war, bevor ein Feuer es einige Jahre zuvor bis zu den Grundmauern vernichtet hatte. Der neue Bau, mit solchen Annehmlichkeiten wie Privatbädern »mit fließend heißem und kaltem Salzwasser«, hatte bereits »einen moderneren Touch«. Bruder war jung, und das Leiten des Empfangspersonals forderte bei weitem nicht all seine Energien. Deshalb nahm er auch an diesem Donnerstagnachmittag die Gelegenheit wahr, seinen Pflichten während der Zeit, in der das ganze Strandhotel vor sich hin döste, für ein kurzes Bad im Meer zu entfliehen.

Der durch die Lobby schlendernde Mann war den vornehmen Gästen des Essex and Sussex ein vertrauter und willkommener Anblick. Nach einem Jahr in einem kalifornischen Hotel war Bruder gerade rechtzeitig für die neue Saison zum E&S in Spring Lake zurückgekehrt. Für ihn war mit dem Posten als Empfangschef eines Hotels in dem Ort, den er sich zur neuen Heimat erkoren hatte, ein Traum in Erfüllung gegangen, wie er selbst einmal sagte. Seine Trinkgelder überwies er getreulich seiner Mutter in der alten Heimat Schweiz.

Unter seiner Ägide liefen die Dinge im Empfangsbereich in den erwarteten ruhigen Bahnen ab. Kleinkinder spielten überwacht im Pool hinter dem Gebäude; größere Mädchen und Knaben tanzten unter den Argusaugen von Gouvernanten in einer rosenumwucherten Pergola, während die Mütter oben in den Zimmern einen Schönheitsschlaf einlegten, um für den Abend gerüstet zu sein. Einige Männer umgingen die lästige Prohibition, indem sie sich in die rustikale Seefahrerkneipe verzogen, um dort ihre Manhattans und Planter's Punches unter einem Schiffssteuer an der Wand zu kippen; andere standen in Gespräche vertieft in Zweier- und Dreiherreihen in einer offenen Loggia am oberen Ende des Hotelparks und bliesen Wölkchen von Zigarrenrauch in den sich abendlich verfärbenden Himmel.

Als Bruder die riesige Marmorhalle Richtung Ausgang durchquerte, kehrten gerade die letzten Schwimmer des Tages windzerzaust, gerötet und von Sandburgen berichtend, die der Flut zum Opfer gefallen waren, vom Strand zurück. Bruder, dem der Ruf vorauseilte, der stärkste und furchtloseste Schwimmer weit und breit zu sein, pflegte solchen Geschichten immer mit einem gewissen Besitzerstolz zu lauschen. Während sich das Essex and Sussex nun aus einem Strandhotel in einen eduardischen Salon verwandelte und die Reichen und Schönen keinen Gedanken mehr an das Meer verschwendeten, würde es ihm wenigstens eine Viertelstunde lang wieder ganz allein gehören.

Schnell überzeugte er noch den Liftboy Henry Nolan, eine Pause einzulegen und mit ihm zu kommen, auch mehreren Pagen gestattete er, sich einen Augenblick frei zu nehmen und ihnen anzuschließen. Bruder, muskulös und fast 1,80 Meter groß, bewegte sich mit einer Zuversicht, die seinen Begleitern Mut machte. Die Pagen waren ehrfürchtige Bewunderer seiner Fähigkeiten als Langstreckenschwimmer, außerdem hatte Bruder sich mit den Geschichten über seine Abenteuer, in die er während des letzten Sommers am Pazifik geraten war, bei seinen Untergebenen gehörigen Respekt verschafft. Angesichts seines trainierten Körpers und seines allen bekannten Konkurrenzbewusstseins ließ sich nie voraussagen, wie weit hinaus ihr Chef sich diesmal wagen würde.

Längst hatte es sich der Empfangschef zur täglichen Routine gemacht, gemeinsam mit seinen Untergebenen im Atlantik zu schwimmen, doch an diesem 6. Juli war er besonders erpicht auf Augenzeugen, denn am Nachmittag hatten zwei andere Männer seinem Ruhm einen kräftigen Dämpfer versetzt. Robert Dowling und Leonard Hill beherrschten mit ihren Leistungen sämtliche Gespräche im Hotel, und Bruder war sehr daran gelegen, seinen Ruf als Held dieses Strandes aufzupolieren. Außerdem kam es ihm an diesem Tag gerade recht, um endlich beweisen zu können, dass er nicht prahlte, wenn er von seinen furchtlosen Badeausflügen in der Gesellschaft großer Haie vor der Küste Kaliforniens erzählte. Gerade an diesem Morgen hatten die Pagen noch über den Tod von Charles Vansant gesprochen, denn seit die *Asbury Park Press* darüber berichtet hatte, fragte sich jeder, ob es wirklich klug war, im Meer zu schwimmen. Nur Bruder hatte sich mit der ihm eigenen Selbstsicherheit über die Zeitungsberichte mokiert und allen versichert, dass Vansant keinesfalls von einem Hai getötet worden sein konnte. Haie, so hatte er betont, seien zwar riesig und Furcht erregend, aber ganz und gar harmlos.

In der Einschätzung, die Bruder von Haien hatte, spiegelte sich auch die Tatsache, dass Amerikaner 1916, bevor eine Weltpresse entstand und ihr Land ebenso schrumpfen ließ wie den Rest des Erdballs, noch glaubten, dass keine anderen Erfahrungen jenseits ihrer eigenen zählten. Was der Empfangschef wusste, beruhte auf seinen persönlichen Erfahrungen. In jenen Tagen beschränkte sich individuelles Wissen fast immer auf direkt Erlebtes.

Im vergangenen Jahr hatte Bruder in einem Hotel in der Nähe von Los Angeles gearbeitet und seine Freizeit mit Schwimmen vor Catalina Island verbracht, 35 Kilometer vor dem Festland.

Catalina Island war ein Traum für einen jungen Mann, der die See liebte. Das Fischereigewerbe blühte dort 1915 noch, riesige Thun- und Schwertfische wurden an Land gezogen, Schwertwale, Makrelenhaie und Blauhaie kreuzten die Schifffahrtswege, und die neue Freizeitaktivität des Sportfischens war wegen des reichen Vorkommens an Schwarzen Zackenbarschen bereits in vollem Gange. Bruder liebte es zwar, im offenen Meer inmitten von Delphinen durch die weiten Seetangfelder zu schwimmen, aber seine Natur hatte ihn immer wieder nach Big Fisherman's Cove gezogen, dorthin, wo sich ein mutiger junger Mann unter

Haien beweisen konnte. Bei seinen Ausflügen in die von Schwimmern bevorzugten Regionen vor der Insel war Bruder vermutlich nur harmlosen Engelhaien oder kleineren Fischen wie Hornhaien und Kugelfischen begegnet, doch vor Fisherman's Cove gab es in der Tat ganze Schulen von Leopardenhaien, die angesichts ihrer zwei Meter Länge und dunklen Sattelzeichnung oft mit dem gefährlichen Tigerhai, einem gefürchteten Menschenfresser, verwechselt wurden. Bruder pflegte jedenfalls mit charakteristischer Bravour furchtlos zwischen ihnen hindurchzuschwimmen und zur Bewunderung aller Beobachter am Strand ohne einen Kratzer aus dem Wasser zurückzukehren.

Doch Bruder konnte nicht wissen, dass der Leopardenhai als ein ausgesprochen träger Vertreter seiner Gattung gilt, der einem Menschen kaum gefährlich wird, da er Fische, Fischeier, Krustentiere und Würmer bevorzugt; und schon gar nicht ahnte er, dass dieser Hai später im 20. Jahrhundert zu einem beliebten Bewohner der Aquarien in aller Welt werden sollte. Auch dass er vor Catalina Island in einem Wasser geschwommen war, das von Weißen Haien bevorzugt wurde, konnte er nicht wissen. Die Leopardenhaie, an deren Seite Bruder so stolz zu schwimmen pflegte, waren leichte Beute für einen Weißen Hai – meist verschlingt er sie auf einen einzigen Bissen.

Nun, an jenem Nachmittag in Spring Lake, eilte Bruder zu den Badekabinen. Er würde kaum Zeit haben, Dowlings Strecke von sechseinhalb Kilometern zu übertrumpfen, aber wenigstens wollte er, so schnell und weit es ging, hinausschwimmen, bevor er ins Hotel zurückkehren und seinen frühabendlichen Pflichten nachkommen musste.

Rasch schlüpften Bruder, Nolan und die Pagen in die üblichen schwarzen Zweiteiler und rannten zum Wasser. Die Massen hatten sich längst zurückgezogen, um vor den gesellschaftlichen Ereignissen des Abends zu ruhen, aber auch unter den wenigen Gästen, die sich noch am Strand aufhielten, erregte der Schweizer Empfangschef Aufsehen, als er auf das Ufer vor dem südlichen Badepavillon zulief. Der Ruf, immer für eine gute Show im Wasser gut zu sein, eilte ihm voraus.

Bevor er sich in die Wellen stürzte, sprach er noch kurz mit Captain George White und Christopher Anderson von der Bademeisterstation über den Mann aus Philadelphia, der angeblich von einem Hai getötet worden war. Wie der *New York Herald* später berichten sollte, wiederholte Bruder auch ihnen gegenüber, dass »er sich nicht vor Haien fürchtete« und vor Catalina Island in Kalifornien »viele gesehen habe, die Schwimmern stets ausgewichen seien«.

Vielleicht ließen die Pagen am Strand nach ihren Gesprächen über Vansant ein leichtes Zögern erkennen, doch als Bruder mit einem Satz ins Wasser hechtete, fassten auch sie Mut und sprangen mit kameradschaftlichem Gejohle hinterher. Mit flachen, kräftigen Kraulzügen entfernte sich Charles Bruder in gerader Linie vom Ufer, wobei er sich für die gleiche Richtung entschied, in die Dowling der Jüngere an diesem Nachmittag geschwommen war. White und Anderson, die Bademeister vom Südende des Strandes, rührten keinen Finger, als Bruders Kopf verschwand, unter der Sicherheitsleine hindurch- und dann jenseits davon wieder auftauchte. Jeden anderen hätten sie zurückgepfiffen, nicht aber Bruder, den kräftigen Schwimmer, der schon so oft jenseits der Sicherheitsbarriere geschwommen war. Mit überraschender Geschwindigkeit bewältigte er in kürzester Zeit eine Strecke von 350 Metern und veranlasste die Zuschauer am Strand zu erstaunten Kommentaren. Aber selbst nachdem er bereits so weit hinausgeschwommen war, legte er noch ein Tempo vor, als gelte es, einen Rekord zu brechen. Bald war Bruder nur noch ein Punkt am östlichen Horizont. Mit kräftigen Armzügen schob er sich immer weiter hinaus.

Da bereits Ebbe eingesetzt hatte, war das Meer unter ihm überraschend seicht. Es blies nur eine leichte Brise, und die Dünung hatte sich längst wieder beruhigt, nachdem die jüngsten Stürme auf den offenen Atlantik abgewandert waren. Die Strahlen einer milden, hie und da von ziehenden Wolken verhüllten Sonne blitzten auf der Wasseroberfläche auf. Die See umwogte Bruder in einem angenehmen Rhythmus, während er mit gleichmäßigen Bewegungen auf den Horizont zukraulte. Es war einer dieser

Tage, welche ihn an die Erhabenheit Kaliforniens erinnerten. Charles Bruder schwamm glücklich und entspannt weiter.

So elegant Bruder vom Ufer aus auch ausgesehen haben mochte, so linkisch, grobschlächtig, ja geradezu abstoßend unelegant wirkten seine Bewegungen auf ein Geschöpf des Meeres. Hart und flach wie ein Brett klatschten seine Glieder auf die Wasseroberfläche und sendeten dabei unregelmäßige Schallwellen aus. Es war nur natürlich, dass der in der Nähe lauernde Weiße Hai, nachdem seine Sinne durch Robert Dowlings Bewegungen am Nachmittag bereits geschärft worden waren, auf diese Geräusche reagierte. Er jagte durch die dunkler werdende See den Schallwellen entgegen, bis er schließlich nahe genug war, um die Quelle aus fünf Meter Entfernung mit seinen emotionslosen Augen klar und deutlich vor sich zu sehen.

Bruder, der keine Ahnung hatte, dass er nicht mehr allein war, befand sich knapp 400 Meter vor der Küste. Das Wasser an dieser Stelle hätte ihm zwar weit über den Kopf gereicht, war aber jetzt, während der Ebbe, nur etwas über drei Meter tief. Hätte er sich in diesem Moment umgedreht, so wäre ihm ein fantastisches Küstenpanorama geboten worden. 400 Meter hinter dem Strand schienen die Türme des E&S direkt in den Himmel zu wachsen; aber noch beeindruckender war das gewaltige New Monmouth Hotel mit seiner riesigen Kuppel. Die Figuren am Strand waren bereits so winzig, dass die Pagen, die sich fröhlich in den Wellen tummelten, kaum noch zu erkennen waren, und die Bademeister hatten sich nicht von der Stelle gerührt, was Bruder mit Stolz erfüllt hätte, denn praktisch jeder andere Schwimmer so weit draußen im Meer hätte sie dazu veranlasst, in ihr Rettungsboot zu springen.

Gewiss war sich Bruder des eleganten Eindrucks bewusst, den er auf die Zuschauer am Ufer machte, aber ebenso gewiss war ihm unbewusst, als welch seltsam schöne Erscheinung er, von seinen tollpatschigen Bewegungen abgesehen, auf den Beobachter aus der Tiefe wirkte. Vom unteren Ende der Wassersäule betrachtet, bot sein lang gestreckter Körper den Anblick einer komprimierten, kurios verzerrten Gestalt inmitten einer blau-grauen, von glitzernden Sonnenflecken gesprenkelten Welt, umgeben von etwas höchst Erfreulichem, ja geradezu Lieblichem für den Connaisseur aus der Tiefe – von einem wirbelnden Lichtertanz. Die blassen Fußsohlen wurden bei jeder Bewegung im dunkleren Wasser von einer leuchtenden Aureole umstrahlt, die im Kontrast zum gebräunten Rist nur noch heller aufblitzte; die Handteller wirkten ebenfalls wie kleine Lichter, während Bruder die Arme kraulend durch das Wasser zog, sie glichen winzigen Leuchtraketen, die hochschossen und wieder herab und herum, aus dem Wasser heraus und wieder hinein. Und auch die sonnengebräunte Haut auf Bruders Händen und Handgelenken verstärkte den Kontrast zu den blassen Handtellern. Für das menschliche Auge wäre dieser Lichterstrudel kaum wahrnehmbar gewesen, doch die Fähigkeit des Haies, Objekte deutlich vom Hintergrund zu unterscheiden, wurde durch seine Netzhautrezeptoren, die reich an Stäbchen und arm an Zapfen sind, gewaltig verbessert. Aus höchstens vier Meter Entfernung registrierte das Gehirn des Haies diese aufblitzenden Lichter als die Bewegungen eines Fisches.

Nachdem der Weiße Hai näher herangeglitten war und sich unter sein Opfer positioniert hatte, konnte er dessen vollständige Silhouette erkennen, scharf umgrenzt im Sonnenlicht – eine Kontur, die augenblicklich Erregung, aber auch Vorsicht in ihm auslöste, denn nun wusste er, dass es sich nicht um einen Fischschwarm, sondern um ein einzelnes Säugetier handelte. Und nach seinem Kampf gegen Vansant und dessen Retter hatte er allen Grund, diese große, behäbige Kreatur, die offensichtlich die Küstengewässer bewohnte, zu fürchten. Vielleicht hat sich ihm Bruders Gestalt auch als Robbe dargestellt und der Hai deshalb beschlossen, einen Happen zu kosten. Allerdings legen sämtliche zur Verfügung stehenden Nachweise nahe, dass sich dieser junge Weiße Hai, ob nun durch Not getrieben oder tatsächlich im Wahn, bewusst auf die Pirsch nach einer Beute begeben hatte, die ansonsten so wenig begehrt schien, dass er kaum Konkurrenz um sie zu befürchten musste: Menschenfleisch. Man weiß von keinem zweiten Hai in der Geschichte, der so weit wanderte, um so viel Menschenfleisch aufzutreiben und zu verschlingen.

Aber noch etwas anderes muss diesem Hai mächtig an Bruder gefallen haben: Er war allein, nichts und niemand befand sich im Umkreis von mehreren hundert Metern – und das ist bei fast allen Haien die Voraussetzung für einen Angriff auf einen Menschen. Ein einsamer Schwimmer ist besonders hilflos. Im Gegensatz zum Hai, dem die Natur im Überlebenskampf zur Seite steht, indem sie ihm jede Bewegung vorausberechnet, schwimmt der Mensch schutzlos, ohne die Möglichkeiten, sich unsichtbar zu machen, und meist auch ohne die Gefahr zu spüren, die ihm droht. Charles Bruder jedenfalls schwamm dahin, als gehörte das Meer ihm allein, als sei er tatsächlich unsichtbar.

Er sah es nicht kommen. Der Weiße Hai startete seinen Überfall mit brutaler Wucht aus dem Hinterhalt. Die meisten anderen Menschenfresser lassen sich diese Dramatik entgehen. Der grimmige Stierhai zum Beispiel umkreist seine Opfer, bis er schließlich mit weit geringerer Kraft zubeißt als der Weiße Hai. Laut George Burgess erfolgte bei über der Hälfte aller aus Florida verzeichneten Angriffe, an denen kein Weißer Hai beteiligt war, der erste Biss »mit minimalstem Kraftaufwand«, wohingegen über 92 Prozent der Attacken von Weißen Haien auf Menschen »unerwartet und gewaltig« waren.

Als sich der Hai anpirschte, reflektierte seine dunkle Oberfläche keinen einzigen Lichtschein, und die Zähnchen auf seiner Haut sorgten dafür, dass er nicht den geringsten Strömungslaut verursachte, während er, von der Kraft seiner großen, wie eine Sense von Seite zu Seite schwingenden Rückenflosse angetrieben, auftauchte. Wie ein Pfeil schoss der Fisch nach oben.

Charles Bruder fühlte den schwachen Sog wie eine Art Vakuum, hervorgerufen vielleicht durch eine kleine Bewegung des Meeres, er muss ihn für eine leichte Unterwasserströmung oder den Sog einer Welle gehalten haben. Das leise saugende Geräusch knapp unter ihm konnte er nicht hören. Er konnte weder sehen noch hören, was da aus dem dunklen Gewässer mit erstaunlicher Geschwindigkeit auf ihn zuschoss, den Kiefer ausklinkte und das Maul für einen gewaltigen ersten Biss aufriss. Es war der klassische und von keinem anderen Wesen auf Erden nachahmbare Angriff des Weißen Haies – einer Bombe aus der Tiefe.

Da die Grausamkeit der Attacken Weißer Haie von der Welt des Meeres verhüllt wird, ist sie vom Ufer aus meist nicht sichtbar. Doch wie aus den Filmen von A. Peter Klimley ersichtlich wird, vollzieht sich das wahre Drama durchaus auf der Wasseroberfläche. Klimley filmte 129 Angriffe von Weißen Haien auf Fleisch fressende Meeressäugetiere (wie Robben oder Walrosse), auch Flossenfüßer genannt, vor den South Farallon Islands in Kalifornien. Wenn sich plötzlich ein großer roter Fleck ausbreitete, bedeutete das, dass ein Weißer Hai über einen See-Elefanten hergefallen war. Bei Angriffen auf Seelöwen schnellte hingegen eruptionsartig eine Wassersäule von drei bis vier Metern empor, ein untrügliches Zeichen für die gewaltige Kraft, mit der der Weiße Hai seine Beute attackierte.

Was Charles Bruder im Moment des Angriffs fühlte oder dachte, hat die Geschichte nicht überliefert, aber das Meer erzählte, was geschah.

Die noch am Strand befindlichen Gäste des Essex and Sussex sahen plötzlich einen halben Kilometer weit draußen eine gewaltige Fontäne aus dem Meer schießen. Nachdem diese Wasserwand wieder in sich zusammengefallen war, schrie eine Frau am Strand: »Der Mann im roten Kanu ist umgekippt!« Die Bademeister White und Anderson schoben eiligst ihr kleines Rettungsboot ins Wasser und begannen mit aller Kraft in östlicher Richtung zu rudern, hinter sich die erschrockenen Schreie von Steg und Ufer. Als sie sich der anvisierten Stelle näherten, sahen sie, dass das »rote Kanu« eine riesige Blutlache auf der Wasseroberfläche war, die sich immer weiter ausbreitete. In rasender Eile ruderten sie geradewegs darauf zu. Dann, während ihre Blicke das Wasser nach Bruder absuchten, wurden sie Zeugen einer unbeschreiblichen Szene: Der Empfangschef, beziehungsweise das, was von ihm übrig war, drosch mit aller Kraft, seine Arme wie Windmühlenflügel drehend, auf das Wasser ein.

Noch während die Bademeister näher kamen, biss der Fisch erneut zu, und noch einmal. »Er drehte um, nur um wieder vorzuschießen, wie ein Flugzeug, das einen Zeppelin angreift, dann biss der Hai erneut zu und riss ein gähnendes Loch in Bruders Bauch«, berichtete der *Philadelphia Inquirer* später. Schließlich wurde Bruder komplett unter Wasser gezogen. Gerade als White und Anderson mit ihrem Rettungsboot das Meer aus Blut erreichten, gelang es dem Empfangschef irgendwie, den Kopf wieder über Wasser zu bringen und zu keuchen: »Ein Hai hat mich erwischt.« Die Bademeister streckten ihm ein Ruder entgegen und Bruder zog sich mit gewaltiger Anstrengung an der Bootsseite hoch, hielt erschöpft inne, versuchte sich hilflos festzuklammern und begann langsam wieder ins Wasser zu gleiten. Schnell griffen ihm White und Anderson unter die Arme und zogen ihn, ihre Kräfte vom Adrenalinschub verstärkt, in das Rettungsboot. Sie wunderten sich, wie einfach es war, den kräftigen Empfangschef in Sicherheit zu zerren, obwohl ihnen beiden dieser Moment der Gefahr mehr Stärke als sonst verlieh. Vorsichtig legten sie ihn auf die Planken, wo die Ursache für sein leichtes Gewicht mit einem Schlag deutlich wurde: Es war kaum noch etwas von Bruder übrig. Mit einem Blick sahen White und Anderson »den Verlust beider Beine«. Die Lebensretter waren blutverschmiert.

Während einer das Boot zurückruderte, versuchte der andere verzweifelt, die Blutungen aus den Stümpfen zu stoppen. Er riss sich das Hemd vom Leib und wickelte es eilig als provisorische Aderpresse um die Wunden. Doch das Blut floss weiter in Strömen, breitete sich im ganzen Boot aus. Es blieb wenig Zeit, aber noch war Bruder bei Bewusstsein.

Laut dem *New York Herald* schilderte Bruder seinen Rettern den Angriff noch im Boot mit folgenden Worten: »Es war ein großer grauer Kerl, rau wie Sandpapier. Ich sah ihn erst, nachdem er mich das erste Mal angegriffen hatte. Er biss mich hier in die Seite, sein Bauch war so rau, dass er mein Gesicht und meine Arme verschrammte. Das war, als ich zum ersten Mal um Hilfe rief. Ich dachte, er sei weg, aber er hatte nur kehrtgemacht und kam wieder auf mich zugeschossen und… biss mein Bein ab… Er zerrte mich völlig unter Wasser, bevor er wieder von mir abließ… Dann stürzte er sich erneut auf mich… und schüttelte mich wie ein Terrier eine Ratte. Als ich zu schreien begann, ließ er los, dann plötzlich … biss er mein anderes Bein ab. Er ist ein großer Kerl, und schrecklich hungrig.«

Vielleicht war die Geschichte vom *Herald* ausgeschmückt worden – aber was Bruder auch gesagt haben mochte, es raubte White und Anderson die Fassung. Sie ruderten ihren verwundeten Freund ans Ufer, versuchten, so schnell wie möglich voranzukommen und es ihm zugleich so bequem wie möglich zu machen. Noch während das Rettungsboot durch die Wellen schnitt, schloss Charles Bruder seine Augen und verlor das Bewusstsein.

# *Die Grande Dame*

Mrs. George W. Childs aus Philadelphia, geborene Emma Peterson, hatte sich gerade in ihre reizende Suite mit schönem Ausblick aufs Meer hoch oben im Essex and Sussex zurückgezogen. Die Zimmer waren klein und spartanisch, verglichen mit dem Herrenhaus der Childs in der Walnut Street von Philadelphia, wo Emma und ihr verstorbener Mann, der Herausgeber des *Philadelphia Public Ledger*, Persönlichkeiten wie Walt Whitman und Mark Twain oder ihren guten alten Freund Ulysses S. Grant im berühmtesten Salon des goldenen amerikanischen Zeitalters zu unterhalten pflegten. Kein Strandhotel hätte es auch mit den Annehmlichkeiten von Wootton aufnehmen können, ihrem »noblen Landsitz« an der Maine Line von Philadelphia, oder mit ihrem Sommerhaus am Meer im nahe gelegenen Long Branch, wo Emma und George neben Präsident Grant und ihrem engsten Freund, einem Bankier aus Philadelphia namens J. Anthony Drexel, der sie mit seinem jungen und viel versprechenden New Yorker Partner John Pierpont Morgan bekannt gemacht hatte, ihre Sommer verbrachten. Diese strahlenden Zeiten gehörten der Vergangenheit an, doch Mrs. Childs war trotz ihrer 74 Jahre noch immer eine königliche Erscheinung der Gesellschaft von Philadelphia, außerdem eine großzügige Philanthropin und ihrer Nichte eine hingebungsvolle Tante. Als glühende Naturliebhaberin hatte sie dem Staat Pennsylvania große Reservate unberührter Natur aus ihrem Besitz vermacht. Im Moment genoss sie wieder einmal die klare Seeluft an der Küste von Jersey. Im Essex and Sussex, nur wenige Kilometer von ihrem alten Sommerhaus entfernt, logierte sie in diesem Sommer nur, um in der Gesellschaft von vertrauten Gesichtern zu sein und vor allem Zeit mit ihrer geliebten Nichte – dem Kind, das sie nie hatte – zu verbringen, die während ihrer Ferien unweit des Hotels im Örtchen Deal wohnte.

Um halb drei Uhr an diesem Nachmittag hatte es sich die Grande Dame gerade in ihrer Suite bequem gemacht, um sich für die gesellschaftlichen Verpflichtungen des Abends auszuruhen, als plötzlich verstörende Geräusche durch die geöffneten Fenster hereindrangen, die sie ungewöhnlich deutlich für ihr Alter wahrnahm. Sofort bat sie ihr Mädchen, ihr das Fernglas zu reichen, und trat auf den Balkon ihrer Suite. Durch das Glas vor den Augen erkannte sie, dass am Südende des Strandes, weit unter ihr, große Aufregung herrschte. Männer und Frauen rannten panikartig zum Hotel zurück, ihre Schreie vom Wind bis zu Mrs. Childs' Balkon getragen. Sie suchte mit Blicken den Südstrand ab und entdeckte ein kleines Boot, das gerade an Land gezogen wurde. Nun hoben zwei Männer in Badeanzügen, die sie als Surfmen kennzeichneten, einen Mann aus dem Boot und legten ihn am Strand nieder. Sofort entstand ein kleiner Menschenauflauf und versperrte Mrs. Childs teilweise die Sicht, doch einen Moment lang konnte sie zu ihrem großen Erstaunen erkennen, dass der auf dem Sand liegende Mann blutüberströmt war.

Auch wenn Mrs. Childs niemals etwas anderes als Wohlstand und Sicherheit kennen gelernt hatte, war ihr der Gedanke, dass das Leben nicht nur Enttäuschungen und Tragödien, sondern sogar schieres Entsetzen bereithalten konnte, nicht fremd. Ihr Mann hatte das Originalmanuskript von *Der Doppelmord in der Rue Morgue* besessen, dessen Autor Edgar Allan Poe es gewiss verstand, ihr Gänsehaut zu bereiten. Die Gespräche mit den Intellektuellen in ihrem viktorianischen Salon hatten sich oft um den neuen Trend in der Literatur gedreht, den sich in Sicherheit wiegenden Leser mit Furcht erregenden Offenbarungen über die wilde Natur zu verunsichern, etwa so, wie man sich fühlt, wenn man aus dem heimeligen Schutz eines Sommerhauses die stürmische See beobachtet. Doch es scheint höchst unwahrscheinlich, dass Mrs. Childs jemals von einem vergleichbaren Gefühl befallen worden war wie in dem Moment, als sie durch das Fernglas erkannte, dass dem Mann beide Beine fehlten. Mrs. Childs hatte sich in Krisensituationen schon oft als starke Frau bewährt, und auch in diesem Augenblick konnten sie die kleinen Schweißperlen an den Schläfen und der rasende Herzschlag nicht daran hindern, erfahren zu wollen, was dort unten geschehen war. Mütter rannten aufgeschreckt auf beiden Seiten des am Strand liegenden Körpers herum und schrien ihre Kinder aus dem Wasser, als hätte es plötzlich zu kochen begonnen; Frauen fielen in Ohnmacht, und Männer eilten ihnen zu Hilfe. Schließlich hörte die Grande Dame auf ihrem Balkon durch den Wind gedämpfte, aber deutlich verständliche Schreie: »Hai!« Mehr brauchte sie nicht zu wissen.

Mrs. Childs legte ihr Fernglas ab, eilte zum Telefon und wählte die Nummer der Hoteldirektion. F. T. Keating, der stellvertretende Hotelmanager, antwortete und rannte unmittelbar darauf erschrocken zum Hoteldirektor David B. Plumer, der – ohne überhaupt Zeit zu haben, sich der Einzigartigkeit dieser Situation bewusst zu werden – augenblicklich an der gesamten Küste den ersten Hai-Alarm in der Geschichte der Vereinigten Staaten auslöste. Plumer instruierte Keating, sofort jeden Arzt anzurufen, der sich im Hotel oder sonst wo in Spring Lake aufhielt. Dann eilte er zur Telefonvermittlung des E&S und wies die Telefonistinnen an, jede einzelne Telefonzentrale an der nördlichen und mittleren Atlantikküste zu informieren. Die ersten Telefonvermittlungen waren noch ausschließlich mit Männern besetzt gewesen, doch weil sie sich ständig stritten und sich den Kunden gegenüber ungebührlich verhielten, hatten Frauen diese Arbeit übernommen. So kam es, dass nun ausnahmslos Frauen die Nachricht von dem Chaos verbreiteten, das an der Küste ausgebrochen war. Nach nur wenigen Minuten hatten die Telefonistinnen des E&S jedes große Hotel an der Gold Coast von New Jersey erreicht, von den Atlantic Highlands, 25 Kilometer nördlich, bis zu Point Pleasant zehn Kilometer weiter im Süden.

Zum ersten Mal seit Menschengedenken wurde an der Ostküste der Vereinigten Staaten ein friedlicher Ferientag am Strand jäh von Bademeistern unterbrochen, die überall ans Wasser stürzten und wie außer sich die Badegäste ans Ufer zurückwinkten. Und überall eilten Schwimmer auf diese offensichtlich höchst drängenden, aber ganz und gar unklaren Zurufe hin wie verrückt um sich schlagend und stolpernd aus dem Wasser. Innerhalb einer halben Stunde waren Tausende von Schwimmern an sämtlichen Stränden entlang dieses 50 Kilometer langen Küstenstreifens panikartig vor einem Hai geflohen.

Es ist gewiss nicht überraschend, dass dieser erste Weiße Hai, der sich dem 20. Jahrhundert als Menschenfresser präsentierte, allenthalben Erinnerungen an apokryphe Legenden wie die vom heiligen Georg und dem Drachen weckte oder zum Vorbild von künftigen realen wie literarischen Geschichten über den Menschenhai wurde. Denn die Menschen flüchteten aus guten und durchaus sinnvollen Gründen aus dem Wasser, aber sie suchten damit auch einem uralten, tief vergrabenen Albtraum von einem Wesen zu entkommen, das so lange die Mythen beherrscht, zu Schauermärchen veranlasst und unterdrückte Ängste hervorgerufen hatte, um sich nun, da es freigelassen worden war, mit einer Gewalt Bahn zu brechen, die für Vernunft keinen Raum mehr ließ. Ein einfacher und völlig natürlicher Vorgang, der in ein paar Kubikmetern Meereswasser stattgefunden hatte, türmte sich zu bedrohlichen Wolken der Angst, die über die Küste hinweg weit ins Inland zogen. Die Menschen flohen ein Meeresungeheuer, dem die geballte Macht des Bösen zugeschrieben wurde, mit dem geballten Willen zur Vergeltung.

Sofort nachdem sie mit dem stellvertretenden Hotelmanager gesprochen hatte, befahl Mrs. Childs ihrer Dienerschaft, das Automobil startklar zu machen. Sie hatte versucht, ihre Nichte telefonisch zu erreichen, doch niemand hatte geantwortet. Minuten später ließ sie sich eiligst nach Deal Beach chauffieren, elf Kilometer im Norden, um ihre Nichte höchstpersönlich davon abzuhalten, ihr übliches Nachmittagsbad im Meer zu nehmen.

Gleich nördlich vom New Essex and Sussex, an der dem Meer zugewandten Seite des Spring Lake, begann es auch in der Telefonzentrale des New Monmouth Hotel hektisch zu schrillen. Es war jener von einer gewaltigen palladianischen Kuppel gekrönte und von mehreren runden Türmchen flankierte Hotelkomplex, dessen lange Flügel sich parallel zur Küste erstreckten. Ein paar Minuten später wurde das aufwändige Ritual des Nachmittagstees im New Monmouth jäh gestört: Beide Ärzte des Hauses, Doktor William W. Trout und Doktor A. Cornell, sprinteten mit schweren schwarzen Taschen in der Hand durch die Halle.

Sie rannten quer über den Ocean Drive zum südlichen Strandende und zwängten sich durch die kleine Menschenmenge, die sich um den Körper im nassen Sand gebildet hatte. »Gaffer versammelten sich, von morbider Neugier getrieben, um sich die Überreste [des Mannes] zu betrachten«, berichtete die *Asbury Park Evening Press*. Der verstümmelte Empfangschef lag auf dem Rücken in einer riesigen Blutlache, die bereits im Sand zu versickern begann, während das Blut auf seinem Badeanzug schon verkrustete. Trout und Cornell, die ersten Ärzte, die Bruder zu Gesicht bekamen, mussten sich all ihrer Professionalität besinnen, denn bisher hatten sie nur die üblichen Blessuren behandelt, die man sich am Strand holte: leichte Verbrennungen durch Quallen, Krabbenstiche oder Sonnenbrände. Keinem von beiden war in all den Jahren seiner Praxis je eine solche, durch ein Tier zugefügte Verletzung vor Augen gekommen. Bruders linkes Bein war direkt über dem Knie abgebissen worden, sein rechtes fehlte ab knapp unterhalb des Knies. Auch in seinem Oberkörper klaffte ein großes Loch, an den Rändern deutlich sichtbar die Einkerbungen von gewaltigen Zähnen. Der Empfangschef des Essex and Sussex war bereits verblutet. Es gab nichts anderes mehr zu tun, als zu veranlassen, dass sein Körper in die Autopsie geschafft wurde, und die Menge zu beruhigen.

Aller Augen waren fragend auf Trout und Cornell gerichtet, während diese Bruders sterbliche Überreste examinierten, als sei von einem Arzt eine Erklärung zu erwarten gewesen für das, was hier vorgefallen war, oder ein Versprechen, dass Derartiges niemals wieder geschehen werde. Inmitten all der stöhnenden und unterdrückt schluchzenden Menschen um sie herum, angesichts der Mütter, die die entsetzt aufgerissenen Augen ihrer Kinder mit den Händen bedeckten, und der Männer, die einem Zorn Luft machten, welcher nur die andere Seite der Medaille Angst war, sahen Trout und Cornell erleichtert die hoch gewachsene, schlaksige Gestalt von Dr. William G. Schauffler über den Strand auf sie zukommen. Schauffler war der Stabsarzt des Gouverneurs und Chirurg im Dienste der National Guard von New Jersey.

Die Tatsache, dass er bereits im Alter von 25 Jahren der ranghöchste Mediziner des Staates war, machte ihn im Ort zu einer Art Wunderkind. Von großer, breitschultriger Statur und etwas derber, kleinstädtisch-jovialer Art, galt Dr. Schauffler als der geborene Führer. Oft gehörte zu seinem Gefolge ein ganzer Rattenschwanz von Jungen, »die zu allem bereit waren und sich vor nichts fürchteten«, wie sich ein Freund der Familie Schauffler erinnerte. Kaum ein Jahr nachdem er in den Ersten Weltkrieg zog, sollte er zu einem American Hero werden: Er kommandierte im Rang eines Captain die legendäre 90th Aero Squadron unter Brigadegeneral Billy Mitchell. Und in den Dreißigerjahren würde er als Reaktion auf den Absturz der *Hindenburg* in einem schrecklichen Feuerball über Lakehurst, New Jersey, erstmals eine See- und Luftrettungseinheit aufstellen.

Als sich Colonel Schauffler auf den Strand kniete, um Bruders Leichnam zu inspizieren, waren seine jungenhaften Züge von Sorge erfüllt. Es waren 15 Minuten seit dem Zwischenfall vergangen, und noch immer sickerte Blut aus Bruders verstümmelten Gliedern. Die Einschätzung, zu der Schauffler nun kam, war nicht allein den Kenntnissen des Mediziners, sondern auch dem Wissen des Fischers zu verdanken. Denn er vermietete nicht nur sich und sein Boot, das nahebei in Point Pleasant lag, an Gäste, die auf Angeltouren gehen wollten, sondern fand Fische und ihre Gewohnheiten seit jeher unwiderstehlich faszinierend und konnte nie genug über sie erfahren. Er hatte sogar spezielle Leinen für das Hochseefischen entworfen, die er auch selbst verkaufte, und einen vertäubaren Stuhl konstruiert, in dem der Angler besser für den Kampf gegen große Fische wie den Marlin oder Thunfisch gewappnet war, weil er sich darin festschnallen konnte. Während Schauffler nun Bruders verstümmelten Körper betrachtete, die Beine, die in zerfetzten und blutigen Stümpfen endeten, kam er also zu der seiner Meinung nach schlimmstmöglichen Schlussfolgerung: Diese Verletzungen waren ohne Zweifel das Werk eines großen Haies. Später formulierte Schauffler den ersten detaillierten medizinischen Bericht in den Vereinigten Staaten über das Opfer eines Hai-Angriffes: »Der linke Fuß fehlte, ebenso der untere Part der Tibia und Fibula [des Schien- und Wadenbeins]... Der Beinknochen war ab halber Höhe unter dem Knie bar jeden Fleisches. Über dem linken Knie befand sich eine klaffende Wunde, die den Knochen freilegte. Auf der unteren rechten Seite des Abdomens fehlte ein Stück Fleisch von der Größe einer Männerfaust. Es besteht nicht der geringste Zweifel, dass diese Verletzungen durch einen Menschenhai verursacht wurden.«

Schaufflers Bericht war der erste Vorgänger jener klassischen Studie, welche die südafrikanischen Mediziner Davies und Campbell ein halbes Jahrhundert später über die Opfer von Hai-Angriffen veröffentlichen sollten. In der moderneren Terminologie von Davies und Campbell hatte Bruder die schlimmstmögliche Verletzung durch einen Hai erlitten, nämlich eine »Verletzung ersten Grades«. Solche Verletzungen ersten Grades liegen vor, wenn die Oberschenkelarterie auf Höhe des Oberschenkeldreiecks oder mehrere Arterien zugleich verletzt worden sind. Wäre Bruder Anfang des 21. Jahrhunderts auf die gleiche Weise verstümmelt worden, so wäre er ebenfalls nicht mehr zu retten gewesen; er hätte nicht einmal sofortige intensivmedizinische Maßnahmen überlebt. Bei einer Verletzung ersten Grades durch einen Hai, schrieben Davies und Campbell, »stirbt das Opfer normalerweise Minuten nach dem Angriff«.

Als sich Schauffler nach der Untersuchung Bruders vom Sand erhob, wusste er genau, was nun zu tun war. In seinem Kopf nahm der Plan bereits Gestalt an: Eine Patrouille bewaffneter Männer, die über eine Flottille von Booten verfügte, musste die Badegäste schützen und den Hai töten. Denn dieser Hai, davon war er überzeugt, war ein ausgemachter Menschenfresser, ein riesiges, wahnsinniges Monster, das weiterhin Schwimmer bedrohen würde, wenn man es nicht vernichtete.

Die Nachricht, dass der Empfangschef von einem Hai in Stücke gerissen worden war, erreichte das Hotel Essex and Sussex noch vor Dr. Schauffler. Panik schwebte wie Äther in der Luft und lähmte die Gäste in der Lobby. Besorgt standen sie in Gruppen beieinander und diskutierten, während sich Hoteldirektor David Plumer der Aufgabe ausgesetzt sah, Bruders Leichnam fortzuschaffen und die Trauernden zu trösten. »Die Nachricht, dass der Mann von einem Hai getötet worden war, verbreitete sich wie ein Lauffeuer durch das Strandhotel, viele Gäste waren von dem entsetzlichen Tod Bruders so überwältigt, dass sie auf ihre Zimmer geleitet werden mussten«, berichtete die *New York Times*. »Schwimmer eilten aus dem Wasser und hätten durch nichts bewegt werden können, zurückzukehren.« Bei Anbruch der Dämmerung zog es auch die Einwohner des Ortes unwiderstehlich zum Hotel. Auch sie wollten sich einen Reim auf diese Tragödie machen, ihr irgendeinen Sinn abgewinnen, doch längst war jeder Sinn in einem babylonischen Meinungswirrwarr verloren gegangen. Altgediente Fischer beharrten steif und fest auf ihrem Standpunkt, dass der Angriff eines Haies viel zu weit hergeholt und völlig unglaubwürdig war und ein Schwertfisch, eine Riesenmeeresschildkröte oder eine große Makrele sehr viel wahrscheinlicher als Menschenfresser infrage kamen. Seit Pioniere in den 1880er-Jahren ihre Häuser am Strand von Spring Lake gebaut hatten, war noch nie etwas von einem Zwischenfall mit einem Hai bekannt geworden. Allerdings erinnerten sich die Einheimischen noch gut an den Ekel erregenden Anblick eines Haies, den 1913 ein Fischer aus dem Ort gefangen hatte. Im Magen des Fisches hatte sich ein weiblicher Fuß befunden – das Opfer wurde nie identifiziert –, der noch immer in einem modischen Strandschuh steckte. Damals war man jedoch zu dem Schluss gekommen, dass der Hai sich vom Körper einer Ertrunkenen ernährt hatte, denn solche Fische wurden für viel zu scheu angesehen, um über ein lebendes menschliches Wesen herzufallen.

Am Abend, während die dunkle Brandung auf den Strand

rauschte und feuchte Winde durch die hohen Fenster der Lobby bliesen, begann Mrs. Childs mit stiller Würde im weichen Licht der elektrischen Lüster Spenden unter den Hotelgästen für Charles Bruders Mutter in der Schweiz zu sammeln. Frau Bruder, erklärte sie, habe jetzt nur noch einen Sohn, der sie unterstützen könne. Außerdem hoffte sie, genügend Geld zusammenzubringen, um die sterblichen Überreste des Empfangschefs auf die Reise über den Atlantik zu schicken, damit ihn seine Mutter in ihrer Nähe beerdigen konnte.

# *Der Wissenschaftler*

Am späten Nachmittag des Todestages von Charles Bruder schlenderte ein Mann mit beginnender Glatze, so dünn und mit so rosiger Haut, dass er wie eine Rhabarberstange aussah, im untadeligen dunkelblauen Zweireiher, die Pfeife zwischen den Zähnen oder wie ein zerstreuter Professor mit ihr herumspielend, durch die Lobby des Essex and Sussex. Das Jackett glich in seiner Größe und Machart exakt dem, das er ein Jahrzehnt früher bei seiner Abschlussfeier in Harvard getragen hatte. Der Blazer sollte während der nächsten drei Jahrzehnte sein Markenzeichen bleiben.

John Treadwell Nichols, ein Mann mit ungewöhnlich langem Schädel, war so beeindruckend hoch gewachsen, dass er sich eine immer leicht gebeugte Haltung angewöhnt hatte, und von so verschrobener Art, dass er älter wirkte, als es seine 33 Jahre vermuten ließen. Die weit auseinander liegenden Augen und hohen Wangenknochen verliehen ihm ein wenig den Ausdruck eines Fisches, was ganz und gar angemessen schien, da Dr. Nichols einer der anerkanntesten Ichthyologen seiner Zeit war. Dr. Frederic Augustus Lucas, der Direktor des American Museum of Natural History in New York, hatte ihn, den stellvertretenden Kurator des Department of Recent Fishes (neuzeitlicher Fische), aus der Ruhe in seinem mit Spezimina voll gestopften Kellerbüro im Museum aufgestört und damit beauftragt, den Fall dieses ersten Menschen, der nach Meinung eines Arztes durch einen Fisch zu Tode gekommen war, wissenschaftlich zu prüfen. Nichols zählte neben seinem jungen Kollegen Robert Cushman Murphy, dem Ornithologen des Brooklyn Museum, zu den reputiertesten »Hai-Männern« des Landes, was letztlich beide nur ihrem alten Mentor Dr. Lucas zu verdanken hatten.

Denn drei Monate zuvor, im April 1916, hatten Nichols und Murphy gemeinsam einen langen Artikel für das *Brooklyn Museum Science Bulletin* unter dem Titel »Long Island Fauna. IV. The Sharks (Order Selachii)« verfasst. Auf 33 Druckseiten porträtierten sie 19 unterschiedliche Hai-Arten. Doch nachdem sie den Tigerhai, Blauhai, Fuchshai, Dunkelhai, Hammerhai und zehn weitere Spezies vorgestellt hatten, überließen die Autoren, bei Nummer 16, dem »Weißhai: Menschenhai« angelangt, ungewöhnlicherweise das Wort in der eigenen Abhandlung einem anderen Wissenschaftler. Dr. Lucas, erklärten sie, »schrieb für dieses Bulletin freundlicherweise den folgenden Bericht über den Status des Haies als Menschenfresser«. Dr. Lucas'»langjährige Erfahrung, gepaart mit seinen wiederholten kritischen Prüfungen der ›Hai-Geschichten‹, die uns beständig von unserer Küste erreichen, weisen ihn als hervorragend geeignet aus, um ein Thema, das derart vielen Missverständnissen unterliegt, abschließend zu behandeln«.

Als Dr. Nichols nun in Spring Lake aufkreuzte, um die Ursache von Bruders Tod zu ermitteln, war er also ebenso wenig wie Dr. Lucas geneigt, seine Aufgabe als Untersuchung einer Hai-Attacke zu verstehen – Angriffe von Haien waren seiner Meinung nach nicht nur außerordentlich selten, sondern vermutlich überhaupt noch nie erfolgt.

Nichols hatte den schrecklich verstümmelten, zerbissenen Körper von Charles Bruder noch am Nachmittag gesehen, kurz nachdem Dr. Schauffler seine Untersuchung abgeschlossen hatte. Als er sich über den Leichnam gebeugt hatte, war er sehr wahrscheinlich entsetzt und vielleicht sogar von Übelkeit oder Zorn überwältigt gewesen, doch gewiss auch fasziniert von dieser unheimlichen Selbstdarstellung der Natur in ihrer wildesten Form. Um in der Lage zu sein, diese Verletzungen unvoreingenommen als Folgen einer für einen Fisch oder eine Säugetierspezies völlig natürlichen Handlung zu betrachten, musste er jede Art von

Mitleid mit dem jungen Mann unterdrücken. Doch um welchen Fisch oder welches Säugetier konnte es sich gehandelt haben?

John T. Nichols ließ sich nicht so leicht ablenken. Sofort und ohne Umwege nahm er sich des Problems an, denn wie sein viktorianischer Mentor empfand auch er eine zutiefst romantische Liebe zur Natur, wie wild ihre Erscheinungsform auch sein mochte. 1890, im Alter von sieben Jahren, hatte Nichols mit einem Ozeandampfer den Atlantik überquert und war derart bewegt vom Anblick eines Eisbergs gewesen, dass er die ganze Nacht nicht schlafen konnte. »Da war«, schrieb er später, »zum ersten Mal greifbar, eines von vielen weiteren Bildern, die sich mir dauerhaft ins Gedächtnis prägten, da sie die Schönheit und Romantik der weiten, wilden, omnipotenten, ständig neuen und zugleich ewigen See zum Ausdruck brachten.« Nach der Rückkehr von einer Reise um Kap Hoorn notierte Nichols viele Jahre später: »Wieder einmal zurück von der Tiefsee, der guten alten See, tiefblau, da draußen vor den Riffs, schwierig und faszinierend wie immer, so geheimnisvoll wie eh und je. Wieder zurück in der Welt; doch es werden Tage, Wochen, Monate vergehen, bevor mir diese Welt wieder real erscheinen wird… Nein, sie wird nicht wieder real, eines schönen Tages wacht man auf und weiß, dass man sich dieser Welt der Segel und Winde und wogenden Wellen wieder stellen muss.« Doch Dr. Nichols war nicht nur ein romantischer Don Quichotte, sondern auch ein durchaus moderner Mensch, noch geprägt jedoch von der viktorianischen Leidenschaft, alles erforschen zu wollen.

»J. T. Nichols war ein autodidaktischer Ichthyologe der alten Schule«, erinnerte sich ein Kollege. »Ihn begeisterten viele, ganz unterschiedliche Aspekte der Naturgeschichte, nicht nur Fische.«

Wenn Dr. Nichols jemandem erklären wollte, was es hieß, ein Naturforscher alter Schule zu sein, pflegte er die Geschichte des Gentleman zu erzählen, der 1907 ein Abteil der Long Island Rail Road betrat, in der Hand eine kleine Schachtel mit einer Schildkröte. Als der Schaffner kam, um abzukassieren, und fragte, was sich in der Schachtel befand, entspann sich eine kurze Diskussion, ob eine Schildkröte fahrscheinpflichtig sei oder nicht.

Schließlich fällte der Schaffner ein historisches Urteil: »Katzen und Hunde sind Tiere – aber Schildkröten sind Insekten. Und Insekten haben freie Fahrt.« Diese Entscheidung deckte sich voll und ganz mit den Prinzipien des American Museum of Natural History zu der Zeit, als der frisch gebackene Harvard-Absolvent Nichols 1908 seine Arbeit dort aufnahm: Fische gehörten der Abteilung für Insekten an. Erst 1910 sollte ihnen eine eigene Abteilung eingerichtet und Nichols zum stellvertretenden Kurator des Department of Recent Fishes werden.

Er verbrachte die meiste Zeit in seinem großen, voll gestopften Büro im Keller des Museums, tief über seinen Rollschreibtisch gebeugt, die Pfeife zwischen den Zähnen, während er sich Hunderte von Fischen aus dem Spiritus ihrer Gläser griff, um ihre Länge zu messen und Schuppen unter der Lupe zu zählen. (Der Pegel des Konservierungsalkohols, bemerkte er einmal, sei während der Prohibition auf mysteriöse Weise ständig gesunken, es muss wohl jemanden gegeben haben, der hie und da einen kräftigen Schluck nahm.) »Ich erinnere mich, durch die Augen eines kleinen Kindes«, schrieb sein Enkel, der Romancier John Nichols, »welch magischer und chaotischer Ort das Büro meines Großvaters im Museum war, überall stapelweise Bücher und Papiere, Aschenbecher, aus denen abgebrannter Pfeifentabak quoll, und unzählige Flaschen und Gläser mit konservierten Fischen … Und da war Großpapa …, der mir die Mysterien einer geheimnisvollen Natur enthüllte.«

1916 war Nichols bereits zu einem der anerkanntesten Ichthyologen des Landes avanciert. Drei Jahre zuvor hatte er *Copeia* ins Leben gerufen, eine nach dem Naturforscher Edward Drinker Cope aus dem 19. Jahrhundert benannte Fachzeitschrift, die bis ins 21. Jahrhundert als eine angesehene Quelle für Ichthyologen überleben sollte. In diesem Jahr war er gerade mit den berühmten Fischforschern Henry W. Fowler und Dwight Franklin damit befasst, die American Society of Ichthyologists and Herpetologists (ASIH) zu gründen, die erste Gruppe von Wissenschaftlern, die sich ganz dem wissenschaftlichen Studium von Fischen, Amphibien und Reptilien verschrieben hatte und ergründen wollte, wie man diese schützen konnte und welche Rollen sie im natürlichen Gleichgewicht spielten. Nichols' große Leidenschaft aber galt der so genannten Dosenschildkröte, die er auf seinem Besitz auf Long Island drei Jahrzehnte lang mit seinen Initialen zu kennzeichnen pflegte, um sie zum Objekt seiner privaten Habitat-Studien zu machen. Obendrein war er auch noch ein respektierter Ornithologe und Kenner von Wieseln und Fledermäusen. Er legte Vögeln Fußringe an, verfasste eine bedeutende Studie über *Freshwater Fishes of China* und war ein glühender Verehrer und Erforscher von Fliegenden Fischen. Doch großen Haien gegenüber empfand er nicht nur gewaltige Ehrfurcht, sondern schlicht und einfach auch Furcht. Wäre ihm einer der seltenen Weißen Haie jemals vor die Augen bekommen, so hätte er kaum etwas von ihm gewusst, abgesehen davon, dass diesem Fisch seit frühesten Zeiten nachgesagt wurde, er sei ein gefährlicher Menschenfresser.

Nachdem er Bruders Leiche untersucht hatte, hielt Nichols eine kleine Pressekonferenz in Spring Lake ab, um seine Erkenntnisse bekannt zu geben. Zur Überraschung der anwesenden Journalisten erklärte der Ichthyologe, dass nicht ein Hai den jungen Mann getötet habe, sondern am wahrscheinlichsten ein Schwertwal, *Orcinus orca*. Bruders Beinstümpfe wiesen grob gezackte Wunden auf, welche Nichols an die Spuren der stumpfen, kegelförmigen Zähne erinnerten, die der Schwertwal hinterlässt, wenn er anderen Großwalen die Zunge aus dem Maul reißt.

Dass Nichols 1916 zu diesem Resultat gelangt war, ist nicht überraschend. Seit der Antike galt der Schwertwal oder Orka als Menschenfresser, als unersättlicher, unbarmherziger Prädator, der alles tötet, was ihm in die Quere gerät. Spanische Walfänger hatten diese Walart im 18. Jahrhundert als »Killerwal« bezeichnet, nachdem sie Zeuge geworden waren, wie ganze Schwertwalschulen, einem Wolfsrudel gleich, über andere Wale herfielen und diese umbrachten. Erst in den 1960er- und 1970er-Jahren, nachdem Orkas gezähmt und für die Show im Vergnügungspark Sea World abgerichtet worden waren, begann die Wissenschaft zu begreifen, dass sie es hier mit dem intelligentesten Mitglied der

Delphinfamilie zu tun hatte und es keinen einzigen bezeugten Nachweis gab, demzufolge ein Orka jemals einen Menschen getötet hätte.

Der Killerwal, erläuterte Nichols nun den in Spring Lake versammelten Journalisten, erreichte »normalerweise eine Länge von neun Metern« und verfügte über »kurze, stumpfe Zähne, die sehr effizient Gegenstände unter die Wasseroberfläche zerren können«, was auch daran ersichtlich wurde, dass Bruder wiederholt unter Wasser geraten war. Ein Orka sei sogar imstande, den riesigen Blauwal zu töten, das größte Lebewesen auf Erden; daher, betonte Dr. Nichols, sei es ihm natürlich ein Leichtes, nach Belieben auch Menschen zu zerfleischen. »Es ist nicht bewiesen, dass der Killerwal Menschen angreift«, schlussfolgerte die *New York Times*, »doch laut Mr. Nichols gibt es keinen Grund für die Annahme, dass es sich hier nicht ebenso um einen Schwertwal wie um einen Hai gehandelt haben könnte.«

# *Der Menschenfresser naht*

Weitab von der Küste kehrte der Weiße Hai in tiefere Gewässer zurück. In der Literatur über Hai-Angriffe wird der Menschenhai oft als ein Rasender geschildert, der nach schlicht allem in seiner Nähe schnappt – seien es kleine Fische, Angelleinen oder Bojen. Doch im Moment tat dieser Weiße Hai sehr wahrscheinlich nichts anderes als sonst auch: Er schwamm in stetigem Tempo voran, die Schwanzflosse hoch aufgerichtet, und suchte nach seiner nächsten Mahlzeit. Der komplette Charles Bruder hätte ihn sicher satt gemacht, doch da er nur dessen Beine erwischt hatte, war er hungrig geblieben und die ewige Suche nach Nahrung zu einer ziemlich dringlichen Angelegenheit geworden. Wenn ihn die Attacke auf Bruder etwas gelehrt hatte – und er war durchaus in der Lage, grundlegende Dinge in seinem einzigen Studienfach, der Angriffsstrategie, hinzuzulernen –, dann, dass diese Küstensäugetiere zwar verwundbar, aber keine leichte Beute waren.

Das Rettungsboot von White und Anderson hatte bei ihm Furcht ausgelöst. Er muss es für einen größeren Räuber gehalten oder zumindest als ein ihm völlig fremdes Objekt erkannt haben, und so etwas erschreckt einen Hai normalerweise genug, um schnellstens die Flucht zu ergreifen. Wäre der Fisch bereits ausgewachsen gewesen, mindestens sechs Meter lang und drei Tonnen schwer, hätten ihn weder Boote noch Menschen oder Ruder, Gewehrkugeln oder größere Haie daran hindern können, sein Opfer zu verschlingen. Und hätten die Bademeister Bruder nicht abtransportiert, so wäre der Hai vermutlich in fast voller Länge aus dem Wasser geschossen, hätte sich mit weit aufgerissenem Maul auf den Mann herabgestürzt und ihn mit sich in die Tiefe gerissen. Einer Studie zufolge, die A. Peter Klimley in den 1990er-Jahren über die Angriffe des *Carcharodon carcharias* auf Flossenfüßer veröffentlichte, zerren Haie ihre zappelnde Beute bis zu einem halben Kilometer vom Angriffsort fort, damit das Opfer ausblutet, denn erst dann kann sich der Hai ungestört ans Fressen machen.

Nun aber zog der Weiße Hai vor der Küste von Spring Lake zutiefst irritiert und nach Futter lechzend seine Bahnen. Er war in das einzige Gewässer der Welt eingedrungen, in dem eine Population von Weißen Haien existierte, ohne Robben- und Seelöwenkolonien – ihre bevorzugte Nahrungsquelle – neben sich. Der Mensch ist für einen Weißen Hai ein knochiges, unschmackhaftes Gericht mit viel zu wenig Fett und entnervend vielen zähen Muskeln, denn nach Meinung der Wissenschaftler bedarf der Energiehaushalt eines Weißen Haies enorm großer Mengen Fett. Diese Präferenz wird faszinierend deutlich, wenn man zum Beispiel beobachtet, wie umsichtig ein Weißer Hai, der sich am Kadaver eines Wals gütlich tut, die tranigsten Schichten abreißt.

Im offenen Meer auf Höhe der mittleren Ostküste der USA zu überleben, erwies sich für einen jungen Weißen Hai als äußert schwierig. Ohne die fette Beute, die es an der Westküste in Hülle und Fülle gab – Seelöwen, See-Elefanten –, sah er sich gezwungen, größere Meerestiere wie den Trommelfisch, die Scholle oder den Roten Umberfisch zu jagen. Erst wenn er zu einer Länge von mehr als vier Metern herangewachsen wäre, hätte ihm der Atlantik in dieser Region auch noch Tümmler, Meeresschildkröten und Seehunde zu bieten gehabt (in der ersten Hälfte des 20. Jahrhunderts bevölkerten sie noch die Küstengewässer von New Jersey). Doch im Moment war große, tranige Beute noch eine Seltenheit für ihn. Selbst wenn er das Glück gehabt hätte, auf den Kadaver eines Wals zu stoßen, wäre der junge Weiße Hai von älteren und größeren Exemplaren seiner Art vertrieben worden.

In Ermangelung seiner üblichen Nahrungsquellen musste er sich also mit dem begnügen, was ihm vor das Maul geriet, um seinen Hunger zu stillen. Das Geheimnis, was ein Weißer Hai in der Not zu fressen bereit ist, wurde von Ichthyologen erst nach jahrzehntelanger Forschungsarbeit im späten 20. Jahrhundert geklärt: Er schnappt sich das, was er sieht oder wonach ihm ist. Der Riesenfisch verschlingt Lebendiges wie Totes oder Gegenstände: Flaschen, Blechdosen, Kuckucksuhren, Lastwagenreifen, ein komplettes Schaf, einen ganzen Neufundländer mitsamt Halsband – all das wurde in den Mägen von Weißen Haien gefunden. Und zu Zeiten, als man Tierkadaver noch einfach ins Meer zu werfen pflegte, landeten auch ganze Eber, Sauen, Pferdeköpfe oder komplette Pferde in den Mägen von Weißen Haien. Einmal kam sogar eine vollständige Büffelhaut aus dem Bauch eines Haies zum Vorschein. Es gibt so gut wie nichts, das von einem Maul, das 50 Pfund auf einmal abbeißen kann, nicht geschluckt werden könnte. In einem Exemplar wurde einmal ein 500 Pfund schwerer Brocken von einem See-Elefantenbullen gefunden, der deutlich mit einem einzigen Bissen herausgerissen worden war – ein gewaltiger Happen, wenn man bedenkt, dass ein ausgewachsener Bulle 1500 Pfund wiegt. Der Weiße Hai ist der »natürliche Leichenbestatter« des Meeres – ohne ihn wären die Ozeane von verwesenden Kadavern übersät.

Dass der Weiße Hai Flossenfüßer, Fische und andere Meerestiere jedem menschlichen Fleisch vorzieht, ist dokumentiert. Burgess' Studie über die Angriffe von Weißen Haien auf Menschen in aller Welt bewies, dass der Fisch seine menschlichen Opfer bei den meisten der 179 verzeichneten Attacken – in 56,8 Prozent aller Fälle – nur ein einziges Mal »angebissen« und dann das Fleisch wieder »ausgespuckt« hatte. Manche auf Haie spezialisierte Biologen glauben, dass dieser Fisch Menschen für Robben hält, bevor er zuschnappt, und sie wieder ausspuckt, sobald der Irrtum deutlich wird; andere meinen, dass er Menschenfleisch grundsätzlich verabscheut, weil es viel zu wenig Fett enthält. Burgess stimmt beidem nicht zu. Bei einem Drittel der von ihm verzeichneten Zwischenfälle in aller Welt wurden die menschlichen Opfer mehrfach gebissen, was eindeutig beweist, dass der Hai ihr Fleisch fressen *wollte*. In fast allen Fällen des mehrfachen Zubeißens »wurde das Opfer auch vollständig gefressen«, schreibt Burgess und fügt hinzu, dass offenbar »nicht alle Menschen gleichermaßen ungenießbar sind«.

Burgess interpretiert dieses Verhalten des Haies – zuzubeißen und den Brocken wieder auszuspucken – ganz anders: Die Angriffsstrategie, die ein Weißer Hai bei Menschen verfolgt, ähnelt derjenigen, die er bei Meerestieren anwendet; das heißt, er schlägt einmal zu, umkreist das Opfer dann und wartet, dass es ausblutet.

George Burgess zufolge spuckt ein Weißer Hai das ergatterte Fleisch also nicht wieder aus, weil ihm sein menschliches Opfer ungenießbar erscheint, sondern weil er seinen Angriff aus irgendeinem Grund abbrechen musste.

»Er bekam keine Gelegenheit für einen zweiten Biss. Das Dossier der Hai-Angriffe verzeichnet genügend Fälle von Tötungen mit anschließendem vollständigen Verzehr, um uns zu verdeutlichen, dass ein Weißer Hai einen Menschen durchaus lustvoll konsumiert, wenn ihm danach ist. Nur, dank unseres Denkvermögens und unserer Sozialstruktur haben wir Menschen, wenn wir von einem Weißen Hai angefallen werden, eine gute Chance, uns auf ein Boot oder Surfboard retten, oder mit der Hilfe eines Kameraden im Wasser zu fliehen. Der arme Seelöwe verfügt nicht über solche Vorzüge. Wenn der Mensch wirklich ungenießbar wäre, gäbe es keine Fälle von nie wieder aufgetauchten, weil gefressenen menschlichen Körpern.«

Im grauen Licht der Morgendämmerung kam die Flut und holte sich einen breiten Sandstreifen zurück. Die Lichtkegel der Straßenlaternen verschmolzen mit dem anbrechenden Tageslicht. Schon in aller Frühe am Freitag, dem 7. Juli, noch bevor im Hotel Essex and Sussex damit begonnen wurde, Kaffee zu servieren und Zeitungen zu verteilen, traten mehrere Herren forschen Schrittes ihren Gesundheitsspaziergang an, Gentlemen in blauen Blazern, Stohhut auf dem Kopf, das Kinn energisch der Morgenbrise entgegengereckt, die sich durch nichts und niemandem aus dem Tritt zu bringen lassen gedachten. Etwas später folgten ein paar unerschrockene junge Männer, die diesen Tag viel zu schön fanden, um ihn nicht zum Schwimmen zu nutzen, vor allem angesichts des für Samstag vorhergesagten Regens. Als die Sonnenstrahlen anfingen, das seichte Wasser zu erwärmen, und die ersten Roadster die Küstenstraße entlangfuhren, sprangen sie in die Fluten.

Kaum war die Sonne vollständig aus dem Meer vor Spring Lake aufgetaucht, rauschte eine kleine Bootsflotte mit dröhnenden Motoren durch die Wellen, hinter sich eine wässrige Blutsspur herziehend. Auf dem Bug eines jeden Bootes standen Männer mit entschlossenem Gesichtsausdruck, den Blick auf das Wasser gerichtet, während sich ihre Gewehre und langen Harpunen scharf in den zartblauen Himmel bohrten. Die Boote zogen große Fleischklumpen von einem Lamm, das am Morgen vom Metzger als Köder für den Menschenfresser geschlachtet worden war, hinter sich her. Schauffler hatte diese Patrouille aufgestellt. Sie sollte den Hai fangen und töten, damit die Badegäste geschützt waren und wieder nach Belieben und unbesorgt im Meer schwimmen konnten. Doch sobald die ersten Sonnenstrahlen das Hotel erreichten, kletterten die mutigen jungen Männer einer nach dem anderen wieder aus dem Meer und kehrten zum Hotel oder an den Pool des Bath and Tennis Club zurück, der von der See, auf die er blickte, gespeist wurde. Bald rollten die langen, blau-grünen Brecher wieder ungestört an den Strand, und die Möwen drehten mit schrillen Schreien ihre waghalsigen Pirouetten im weiten Himmel. Zum ersten Mal seit vielen Jahren war der Strand an einem so schönen Sommertag still und menschenleer, abgesehen von den Männern mit ihren Gewehren und dem metallischen Geruch von Benzin und Tierblut.

Durch die Lobby des Essex and Sussex sah man an diesem Morgen entschlossenen Schrittes die weißhaarige Gestalt von Mrs. George W. Childs die Menge passieren und die Arrangements für das Begräbnis des Empfangschefs bekannt geben. Ihr Plan, die sterblichen Überreste des jungen Mannes über den Atlantik in die Heimat zurückzuschicken, war vom Schweizer Gesandten als zu gefährlich in diesen Kriegszeiten abgelehnt worden, da überall feindliche U-Boote unter den Schifffahrtswegen lauerten. Der Empfangschef sollte daher am nächsten Vormittag im nahe gelegenen Manasquan beerdigt werden, und die Direktion des E&S würde alle Kosten dafür tragen – als könnte diese Tragödie bei den Gästen des Hotels vergessen gemacht werden, indem sich das Management schnellstens »korrekt« verhielt. Trotzdem sah sich Direktor David Plumer, als er an diesem Morgen, vom Dröhnen der Motorboote auf dem Meer begleitet, durch die Lobby streifte, der Situation ausgesetzt, beruhigend auf seine Gäste einwirken und sie zum Bleiben überreden zu müssen. Vor der Rezeption hatte sich bereits eine kurze Schlange von Sommergästen gebildet, die ihren Aufenthalt im Hotel abkürzen wollten und stattdessen den Rest der Ferien in den Bergen zu verbringen gedachten. Denn inzwischen hatte das Hotel auch die Nachricht erreicht, dass Asbury Park und sämtliche anderen Orte entlang der Küste Barrikaden gegen den Menschenfresser vor ihren Stränden errichteten, nur Spring Lake nicht. Verleugnung war schon immer Teil der Geschichte von der Begegnung zwischen Mensch und Hai gewesen, daher war es letztlich nicht verwunderlich, vielleicht sogar unvermeidlich, dass sich die Behörden von Spring Lake gegen eine solch übertriebene Vorkehrung ausgesprochen hatten.

Oliver Hush Brown, der Bürgermeister von Spring Lake und Präsident der First National Bank, hatte eine Menge Gründe beruflicher wie privater Art, dafür zu beten, dass dieses ganze Gerede von einem Hai ad absurdum geführt werden würde. In seiner 32-jährigen Amtszeit als Bürgermeister hatte er immer für Bewegung im Ort gesorgt. Er war es gewesen, der dem Comeback von Spring Lake nach dem verheerenden Feuer im Jahr 1900, dem ganze Straßenzüge mit Geschäften zum Opfer gefallen waren, nachgeholfen und den Ort als touristisches Sommerparadies »für gebildete und kultivierte Menschen« wieder aufleben lassen hatte. Inzwischen besaß er dort ein eigenes Geschäft, den O. H. Brown Variety Store, in dem er geschmackvolle Dekorationsstücke anbot, die er auf seinen Einkaufsreisen in Europa erstanden hatte: Teppiche in allen Variationen, Porzellan und diversen

Nippes, mit denen die Reichen ihre Sommerhäuser und die Hotels ihre Räumlichkeiten schmücken konnten. Und die Lobby des E&S war nicht nur mit Möbeln aus O. H. Browns Geschäft bestückt, sondern der Bürgermeister war 1914, als das neue E&S eröffnete, auch Aktionär des Hotels geworden.

Im Laufe des Vormittags begann sich immer mehr Unruhe in der Empfangshalle des E&S auszubreiten, je mehr Sommergäste sich um die Ausgaben der *New York Times* von diesem Tag drängten und sie dann mit druckschwarzen Fingern weiterreichten. »Hai tötet Schwimmer vor New Jersey Beach«, verkündete der Aufmacher der Titelseite: »Beißt jungem Schwimmer beide Beine ab. Strandwächter finden ihn sterbend vor. Frauen in Panik, als verstümmelter Körper an Land gebracht wird.« Nicht einmal der sonst so zurückhaltenden *Times* war es gelungen, ohne reißerische Schlagzeilen über das Auftauchen des Menschenhaies zu berichten. Offenbar ließ sich eine solche Geschichte nicht anders verbreiten. Ob Mann oder Frau, alle hielten beim Lesen dieses Artikels hörbar entsetzt die Luft an. Die Berichte der *Times*-Korrespondenten von der Schlacht an der Somme, von der russischen Front oder über die Tatsache, dass die Briten 21 deutsche Schiffe versenkt hatten, schienen im Vergleich geradezu harmlos und wie aus einer anderen Welt. Als Folge genau dieser Berichterstattung in der *Times* vom 7. Juli 1916 wurde der Weiße Hai schließlich für die gesamte amerikanische Gesellschaft zu einem Quell der Angst, zu *dem* Meeresungeheuer des 20. Jahrhunderts. Und für die Gäste des E&S, die diese Zeilen gelesen hatten, löste sich Nichols' kühne Behauptung des Vorabends, dass Bruder nicht von einem Hai getötet worden sein konnte, in Luft auf. Einige zogen sich sofort auf ihre Zimmer zurück, andere begannen ganz einfach ihre Koffer zu packen. Es war, als ließe sich das schreckliche Geschehen des Vortages nun, da es schwarz auf weiß in der Zeitung zu lesen war, nicht mehr verleugnen.

Viele Einwohner und Fischer von Spring Lake blieben jedoch nach wie vor bei ihrer Meinung, dass es sehr viel wahrscheinlichere Menschenfresser als den Hai gab. Sie brachten Geschichten von gigantischen Makrelen und riesigen, geschickten Schwertfischen in Umlauf, die einen Menschen mit ihren langen, stahlharten Schwertern problemlos durchbohren konnten. Doch welche Bestie nach Meinung der Menschen da draußen in den Wellen auch ihr Unwesen treiben mochte – sie sorgte jedenfalls zum ersten Mal in der amerikanischen Geschichte dafür, dass sie sich en masse vom Strand fern hielten. Die 400 bis 500 Badegäste, die sich noch am Donnerstag im Wasser vor dem »South Pavilion« vergnügt hatten, waren am Freitag auf ein halbes Dutzend Mutige geschrumpft. Und nachdem auch sie das Wasser verlassen hatten, war der Strand menschenleer.

Wer sich von den Gästen des Essex and Sussex zum Bleiben entschlossen hatte, musste spätestens am Nachmittag an seiner Entscheidung gezweifelt haben. Denn plötzlich drangen die Geräusche gedämpfter Schüsse ins Hotel, gefolgt von aufgeregten Berichten der Bademeister vom South Pavilion: Ein riesiger Hai war gefährlich nahe am Ufer gesichtet worden. Die Männer der bewaffneten Patrouille hatten mit ihren Gewehren auf die große Flosse gefeuert. Doch der Fisch entkam dem Kugelhagel und verschwand, ganz offensichtlich verängstigt, in Richtung Tiefsee. Schwimmer waren von keiner verirrten Kugel getroffen worden, denn weit und breit war niemand mehr im Wasser. Am Nachmittag platzte der Pool im Bath and Tennis Club aus allen Nähten. So viele Menschen tummelten sich darin, dass er in den kommenden Tagen aus hygienischen Gründen mehrmals vollständig entleert und neu gefüllt werden musste. Schließlich reichte der Club bei der Stadtverwaltung den dringlichen Antrag auf die Verlegung eines größeren Zuflussrohrs vom Meer in das Schwimmbad ein. Niemand wagte sich in die See zurück.

# *Uralte Mythen*

70 Kilometer nördlich von Spring Lake erstreckte sich das Häusermeer von New York City, aus dem, wie Henry James einmal schrieb, Wolkenkratzer wie Nadeln aus einem übervollen Nadelkissen hervorstachen.* Über dem Broadway ragte das höchste Gebäude der Welt auf, das 58-stöckige Woolworth Building, die neue Kathedrale des Kapitalismus und ein Symbol jenes kühnen Manövers, mit dem das moderne New York die französische Metropole Paris überholt und sich nach London als zweitgrößte Stadt der Welt etabliert hatte. 1916 wirkte alles in New York neu und modern – zwei Begriffe, deren revolutionärer Geist durch die Straßen der Stadt wehte. Penn und Grand Central Station, Gimbel's und Ebbets Field, alle waren dem fiebrigen Tatendrang des ersten Jahrzehnts im 20. Jahrhundert zu verdanken. Am Biograph Theater rief D. W. Griffith die Filmindustrie ins Leben; Picasso, Matisse und Picabia stellten den Amerikanern in der Armory Show moderne Kunst vor; und ob Emma Goldman oder John Reed, ob die Anarchisten oder die Feministinnen von »New Women« in Greewich Village, alle schwemmten sie die sexuelle Prüderie der viktorianischen Zeit mit einer Flut von freier Rede und freier Liebe hinweg. Margaret Sanger gründete 1916 eine erste Familienberatungsstelle und Klinik für Geburtenkontrolle in New York, nachdem sie wegen ihrer Schriften zu diesem Thema bereits im Gefängnis gesessen hatte. Die *Lusitania* kehrte

* Anm. d. Übers.: Siehe Henry James, »New York Revisited«, in: *The American Scene*, London 1907.

nie wieder in den Hafen von New York zurück, und die *Titanic* sollte nie dort ankommen. Doch die Faszination an allem, was modern und neu war, konnten diese beiden Ozeanriesen nicht mit sich in die Tiefe reißen.

Auch das American Museum of Natural History, das wie ein Schloss über der Upper West Side thronte, war eine Ikone des Neuen. Unter seinem riesigen Dach wurde der gewissenhafteste Versuch in der modernen Welt unternommen, Mythen aus dem Schatten uralter Zeiten im Lichte wissenschaftlicher Erkenntnisse zu erhellen. Zum ersten Mal in der Menschheitsgeschichte hatte man es sich zur Aufgabe gemacht, wissenschaftlich dokumentierte Informationen über Tiere, Pflanzen und Mineralien unseres Planeten zu sammeln und der Allgemeinheit zur Verfügung zu stellen.

An einem Spätnachmittag im Juli dieses Jahres harrten mehrere Pressevertreter mit der ihnen eigenen Hartnäckigkeit so lange vor dem Haupteingang dieses Museums am Central Park West aus, bis sie schließlich, vorbei an einer Galerie von Marmorbüsten – Benjamin Franklin, Alexander von Humboldt, Louis Agassiz, John James Audubon, Edward Drinker Cope, Robert E. Peary – eiligst zum Büro des Museumsdirektors und Leiters des wissenschaftlichen Stabes, Dr. Frederic Augustus Lucas, geführt wurden.

Dr. Lucas galt als einer der hervorragendsten Naturforscher der Welt und war ein typischer »Museumsmann«, eine Autorität auf den Gebieten der Taxidermie (Präparation), Osteologie (Knochenlehre), Geologie und vergleichenden Anatomie. Der 64-jährige Neuengländer, einstmals ein drahtiger Clipper-Segler, hatte sich längst jene Korpulenz zugelegt, welche für Spätviktorianer gleich bedeutend war mit Macht. Die weiße Haarmähne und der auffällige Walrossbart, gepaart mit dem ewig formellen dunklen Anzug, verliehen dem Wissenschaftler allerdings eher das Aussehen eines Bankiers aus dem 19. Jahrhundert. Der Blick der ungewöhnlich großen, melancholisch dunklen Augen in dem erschlafften Gesicht verrieten den Humanisten. Lucas war einer der ersten großen Museumsforscher des Landes und betrachtete die Aufgabe, der Öffentlichkeit die »rationale Erbaulichkeit« von Wissenschaft nahe zu bringen, als sein Herzensanliegen.

Lucas war am Höhepunkt seiner Karriere angelangt. Nach zwei Jahrzehnten als Kurator am Smithsonian in Washington, D.C., wo er sich regelmäßig mit Alexander Graham Bell beriet, war er 1911 vom Kuratorium des American Museum – zu dem neben anderen Theodore Roosevelt sowie der Industriemagnat Henry C. Frick und der Bankier J. P. Morgan, beide berühmte Kunstsammler und Mäzene, zählten – zu dessen Direktor ernannt worden. Unter Lucas' Ägide organisierte das Museum Expeditionen von weltberühmten Botanikern, Anthropologen und Forschungsreisenden aus aller Welt, beispielsweise Carl E. Akeleys und Roosevelts Reise nach Afrika sowie Pearys Expedition zum Nordpol. Im Laufe jener fünf Jahrzehnte, in welchen sich aus verborgenen Sammlungen, die kaum je der Öffentlichkeit zugänglich waren, riesige Museen mit dem Auftrag entwickelten, zu bilden und zu unterhalten, leitete Dr. Lucas mit dem American, dem Smithsonian und dem Brooklyn Museum einige der bedeutendsten Institutionen. Und er betrieb unter allen Museumsleitern der Welt den gewiss größten Aufwand, um der Öffentlichkeit Tierarten und Menschenstämme in ihren »natürlichen« Lebensräumen hinter Glas zu präsentieren.

Mit seiner professoralen, aber geistsprühenden und leidenschaftlichen Art gelang es Lucas wie kaum einem anderen in der Zeit vor dem Radio und Fernsehen, die Natur populärwissenschaftlich aufzubereiten. Er war sozusagen ein Carl Sagan aus der Ära der Lichtbildervorträge und überfüllten Vortragssäle, ein auch bei den großen Enzyklopädieverlagen viel gefragter Experte naturgeschichtlicher Themen, so etwa für Beiträge zur *Encyclopedia Americana.* Sogar unter der allgemeinen Leserschaft war er seit seinem kurzen Bestseller über Fossilien, *Animals of the Past: An Account of Some of the Creatures of the Ancient World* – in dem er seine Kunst unter Beweis stellte, selbst trockenste Wissenschaft lebendig zu vermitteln –, sehr populär. Dabei entschuldigte er die Verwendung wissenschaftlich gebräuchlicher lateinischer Bezeichnungen wie folgt: »Vielleicht kann der Leser jene alte

Dame verstehen, welche einmal sagte, dass sie weniger von der Entdeckung all dieser seltsamen Tiere an sich als von der Tatsache überrascht sei, dass man ihre Namen kannte, als man sie fand.« Standhaft weigerte er sich, das Alter von Fossilien anzugeben, da die wissenschaftlichen Schätzungen für die Zeit des Jura – »als die Dinosaurier Karneval feierten« – ungewöhnlich weit divergierten: Die einen datierten diese Periode auf sechs, die anderen auf 50 Millionen Jahre zurück. »Es scheint in der Tat kaum Sinn zu machen, Zahlen zu nennen... Deshalb wird die Frage des Alters der Einschätzung des geneigten Lesers überlassen.« Bei Lucas waren Dinosaurier einfach nur »sehr alt«. Jedes Kapitel eröffnete er mit einem selbst geschmiedeten Vers, das Kapitel »Rulers of the Ancient Seas« zum Beispiel mit den Worten: *There rolling monsters armed in scaly pride / Flounce in the billows, and dash around tide / There huge leviathan unwieldly moves / And through the waves a living island roves.*

Seine unterhaltsame Studie über einige der damals jüngst entdeckten ausgestorbenen Räuber – Mammut, Mastodon, *Tyrannosaurus rex* – machte ihn in den Augen der Öffentlichkeit zu einem der bedeutendsten Wissenschaftler des Landes.

Doch die Presseleute waren aus einem ganz anderen Grund auf ein Interview mit Dr. Lucas erpicht: Jahrelang hatte er das Angriffsverhalten von Haien studiert und sich damit in der Wissenschaftlergemeinde den Ruf des führenden Hai-Experten erworben. Zudem hatte er bereits John T. Nichols, einen seiner besten Assistenten, nach Spring Lake geschickt, um den Tod von Charles Bruder zu untersuchen. Doch Nichols hatte sich auf einen Schwertwal festgelegt, wohingegen die Journalisten, nicht anders als der Rest der Öffentlichkeit, von der Idee beherrscht wurden, dass es sich um einen Menschenhai gehandelt habe – und das war ein Thema, zu dem zum Leidwesen der Presse außer Lucas scheinbar kein Wissenschaftler etwas beizutragen vermochte. Keine geringere Autorität als die *New York Times* – schon damals das Presseorgan mit dem unbestritten besten Ruf bei der Behandlung von wissenschaftlichen Fragen – hatte Frederic Augustus Lucas zum »größten Hai-Experten dieses Jahrhunderts«

erklärt (und dabei unterschlagen, dass er keineswegs Ichthyologe war).

In Frederic Augustus Lucas vereinten sich eine umfassende wissenschaftliche Ausbildung und die Liebe des viktorianischen Forschers zur Natur. Auf fast kindliche Weise konnte er sich begeistern, wenn plötzlich riesige Zähne aus einer dunklen Ecke in einem der gewaltigen Säle des Museums aufblitzten und dann ein gigantisches prähistorisches Skelett sichtbar wurde, das bis an die Kuppeldecke reichte. Dieser brillante Popularisator der Naturwissenschaft zu Beginn des neuen Jahrhunderts hatte einfach einen untrüglichen Instinkt, wie man die Natur in ihren gewaltigsten Formen auf das Spektakulärste präsentieren konnte. Ein 25 Meter langer Blauwal schwamm zum Beispiel täuschend echt hinter einer verdunkelten Glasscheibe, den Kopf von den Fangarmen eines Riesenkraken umschlungen. Um den Dinosauriersaal beneidete ihn die ganze Welt, vor allem um das Skelett des Tyrannosaurus – »des mächtigsten aller Tiere, die jemals auf dieser Erde wandelten«, wie Dr. Lucas schrieb, »denn ganz augenscheinlich gab es nichts, was einem Angriff dieser monströsen Raubbestie hätte standhalten können«.

Doch an diesem Nachmittag streifte Dr. Lucas ungewöhnlich nervös durch die domartigen Hallen. Er fragte sich, ob er nicht viel zu viel Zeit damit verbracht hatte, die hysterischen Vorstellungen der Öffentlichkeit von Meeresungeheuern mit dem kühlen Licht von Wissenschaft und Vernunft zu erhellen. Die Aufregung, die gerade wegen eines Mannes herrschte, der in Spring Lake angeblich von einem Hai getötet worden war, erinnerte ihn an die Hysterie, die in aller Welt um sich gegriffen hatte, nachdem das »Meeresungeheuer von Florida« im November 1896 an der Küste von Anastasia Island angeschwemmt worden war. Auch damals war Dr. Lucas, zu dieser Zeit noch Kurator der Smithsonian Institution, um Aufklärungsarbeit gebeten worden, und wieder einmal hatte er die Öffentlichkeit anhand wissenschaftlicher Fakten enttäuschen müssen, weil er festgestellt hatte, dass es sich bei diesem »Ungeheuer« um nichts anderes als um einen Klumpen verwesten Walspecks, Blubber, gehandelt hatte.

Solche Aufregungen behinderten ihn nur bei seiner eigentlichen Arbeit, der umsichtigen und liebevollen Gestaltung des Museums, bei seinen Forschungen, Aufzeichnungen, Studien und Aktivitäten zur Förderung von Nachwuchswissenschaftlern.

Diese neuerliche Hysterie wegen des Haies drohte ihn nun wieder einmal in die Pflicht zu nehmen, doch Dr. Lucas fühlte sich dem anstehenden Arbeitspensum nicht mehr wie früher gewachsen. »Die Gedanken kommen nicht mehr so schnell und fließen nicht mehr so bereitwillig in die Feder wie einst«, klagte er im Vorwort zur 7. Ausgabe seines Werks *Animals of the Past*. »Am unerfreulichsten ist, dass sich das Gehirn mit den Gewerkschaften verbunden hat, nun einen Achtstundentag fordert und sich jeder Nachtschicht verweigert.«

Vieles, was die moderne Welt mit sich brachte, überforderte den eingeschworenen viktorianischen Gentleman Frederic Lucas. Und als ihn die Presseleute in dieser Woche ständig mit Fragen zum angeblichen Hai-Angriff in Spring Lake belagerten, wurde der ansonsten so disziplinierte und ordnungsliebende Mann immer verdrossener. Um welche Art von Hai hatte es sich gehandelt? Sind alle Haie Menschenfresser? Sollten sich Schwimmer in Acht nehmen? Die Namen und Gesichter der Reporter von der *Post*, *Times*, dem *Herald*, der *World*, dem *Journal*, *Inquirer* oder *Bulletin* unterschieden sich, aber die endlosen Fragen waren immer die gleichen. Schließlich setzte sich Dr. Lucas mit seinem geschätzten Kollegen Hugh M. Smith, dem Direktor des U. S. Bureau of Fisheries in Washington – dem obersten Fischfachmann des Landes also –, wegen dieses Vorfalls in Verbindung. Dr. Smith schien darüber ebenso erstaunt zu sein und teilte ausdrücklich den Wunsch von Dr. Lucas, dass sich diese ganze Angelegenheit möglichst schnell klären ließe.

Lucas, der immer für eine pedantisch genaue Aufklärung der Öffentlichkeit eintrat, war wenig begeistert von der Art, wie die Presse wissenschaftliche Themen behandelte. Er erinnerte sich nur allzu gut an die jämmerlichen Zeitungsberichte, nachdem ein Kollege entdeckt haben wollte, dass das Gehirn bei prähistorischen Tieren in der Gegend des Beckens angesiedelt gewesen sei – Dinosaurier, die mit dem Hinterteil dachten! Einmal, nachdem von Zeitungen aus Georgia die Entdeckung einer »riesigen Cliffdweller*-Mumie« herausposaunt worden war, hatte Dr. Lucas sofort einen Assistenten nach Atlanta entsandt, um festzustellen, ob sein Museum sie für sich erwerben konnte. Was dieser dann jedoch im Büro des Sheriffs zu Gesicht bekam, war eine »Mumie« mit einer Haut aus Papier und den Zähnen einer Kuh.

Der Museumsleiter fand nur wenige Mythen so archaisch und in die Irre führend wie das Märchen vom Meeresungeheuer, ganz zu schweigen von dem seiner Meinung nach geradezu schwachsinnigen Glauben, dass es Haie gebe, die Menschen fressen. Dass man das glaubte, bewies ihm nur, wie hysterisch die Reaktionen auf uralte Mythen sein konnten; ein solcher Hai existierte ganz einfach nicht, soweit Dr. Lucas dies nach drei Jahrzehnte langen privaten Forschungsarbeiten sagen konnte, jedenfalls mit an Sicherheit grenzender Wahrscheinlichkeit nicht in den Gewässern um New York oder New Jersey.

Von der Presse aufgefordert, Bruders Tod zu kommentieren, erklärte Dr. Lucas schließlich: »Kein Hai hätte ein menschliches Bein wie eine Karotte abbeißen können, denn seine Kiefer sind nicht stark genug, um Verletzungen zu verursachen, wie sie von Colonel Schauffler beschrieben wurden.« Der hoch geschätzte Wissenschaftler war sich seiner Sache sogar so sicher, um »abschließend« zu äußern, dass Haie ganz einfach nicht in der Lage seien, einem Menschen ernsthafte Verletzungen zuzufügen.

Dr. Lucas' Expertise zum Thema Haie wurde, davon war man überzeugt, durch seine lebenslangen Forschungen untermauert. Frederic August Lucas war einer der letzten großen viktorianischen Naturforscher, die sich allein auf ihre Beziehung zur Natur verließen und die direkte Exploration jedem angelernten Wissen vorzogen. Ausgestattet mit einem Empfehlungsschreiben seines Vaters, eines Kapitäns – »Haben Sie irgendeine Verwendung für

---

* Anm. d. Übers.: Vorfahre der heutigen nordamerikanischen Puebloindianer.

einen Jungen, der an nichts anderem interessiert zu sein scheint als daran, Schnecken zu häuten?« –, hatte er im 19. Jahrhundert am Natural Science Establishment in Rochester, New York, studiert und dort als einer der Letzten die umfangreiche Ausbildung des »Allround-Naturforschers« alten Stils erhalten. Was ihm an der modernen Welt am meisten abstieß, war die wissenschaftliche »Spezialisierung«, die er für engstirnig und unmännlich hielt. Er würde nie verstehen, wieso moderne Wissenschaftler *keine* Skelette reinigten, Tierpräparate anfertigten und Stück für Stück, wie Zimmerleute, am Aufbau einer eigenen Ausstellung arbeiteten, so wie einst er es getan hatte.

Der Mangel an Leidenschaft, den die jungen »Museumsmänner« an den Tag legten, besorgte ihn: »Oldtimer wie Hornaday, Akeley und ich können die Hilflosigkeit des modernen Präparators nur ebenso beklagen wie die Sorgen, die er sich wegen möglicher Überstunden macht…, oder seine Bereitschaft, Zuspätkommen durch frühes Nachhausegehen wieder wettzumachen. Wir arbeiteten ein Dutzend Stunden am Tag und gingen dann nach Hause, um im eigenen Interesse weiterzuforschen, wenn wir nicht unsere Liebste ins Theater ausführten. Wir hatten in jenen Tagen noch nie etwas von einem künstlerischen Temperament gehört – dafür umso mehr von Faulheit oder sturem Desinteresse.«

Dr. Lucas' Wissen spannte einen Bogen über das gesamte Tierreich. Im Laufe seiner 50-jährigen Karriere schrieb er 365 Artikel für wissenschaftliche Fachzeitschriften – viele noch mit der Hand, bis die Schreibmaschine erfunden wurde –, deren Bandbreite »nach altmodischer Art von den Insekten über die Dinosaurier, die ganze Skala der Fische, Amphibien, Reptilien, Vögel bis hin zu den Säugetieren« reichte.

Sein Interesse für Haie hatte eingesetzt, als er mit seinem Vater über die Weltmeere zu segeln begann. Im Alter von 18 Jahren war Lucas bereits nach Europa, Asien und um das Kap der Guten Hoffnung gereist. Der beharrliche Mythos eines menschenfressenden Haies war immer schon auf sein Misstrauen gestoßen, denn nirgendwo auf der Welt hatte er einen dokumentierten

Nachweis für einen solchen Fisch finden können. Auf Lucas traf das Gleiche zu, was man später über William Beebe sagen würde, den »Vater der Ozeanographie«, den Lucas in jungen Jahren eingestellt hatte und der sich später in der ersten Taucherglocke in die Tiefen wagen sollte: »Er war nicht bereit, irgendjemandem irgendwas zu glauben. Er musste es mit eigenen Augen sehen.« Daher fuhr Lucas unbeirrt fort, auch nachdem er in den 1880er-Jahren seine Arbeit am United States Museum (später umbenannt in Smithsonian), anschließend am Brooklyn und schließlich am American Museum aufgenommen hatte, persönlich Forschungen an der Atlantikküste zu betreiben.

Immer wieder bestätigten seine Recherchen nach den Berichten über menschenfressende Haie an der Ostküste, dass solche Geschichten reine Hirngespinste waren und es sich bei den infrage kommenden Tieren nur um große, aber harmlose Meeresbewohner gehandelt hatte. Lucas gab zwar zu, dass »zwei wahrhaft gefährliche Spezies, der Weiße Hai und der Blauhai« aus tropischen Gewässern einzuwandern pflegten, betonte aber immer, dass es jedoch »keinerlei Nachweise gibt, dass jemals ein ausgewachsenes Individuum im Umkreis von mehreren hundert Meilen um New York entdeckt wurde«. Hinzu kam, dass »ein Hai normalerweise ein sehr vorsichtiges Tier ist und es ausgesprochen schwierig wäre, ein großes Exemplar dazu zu bewegen, sich einer Beute zu bemächtigen, an die es nicht gewöhnt ist«. Für ihn war die Gefahr, an der Atlantikküste von einem Hai angefallen zu werden, »unendlich viel geringer, als vom Blitz getroffen zu werden«.

Als anerkannter Fachmann wurde Lucas häufig gebeten, eine Geschichte zu berichtigen. Im vergangenen Sommer hatte er eine Weile lang aus der Entfernung eine Debatte über Haie verfolgt, die sich in der *New York Times* entwickelt hatte, und dabei schockiert festgestellt, wie viele unbegründete Ängste sich noch immer hinter dieser Welle von Horrorgeschichten über Haie verbargen. Als die *Times* am 2. August 1915 in ihrem Leitartikel »Let Us Do Justice to Sharks« schließlich erklärte, dass Hermann Oelrichs Recht gehabt habe und gefährliche Haie in diesem Teil der

Welt offensichtlich nicht vorkämen, konnte Lucas seine Freude nicht verhehlen. Doch als die Redaktion der *Times* dann prompt mit Leserbriefen aus aller Welt bombardiert wurde, deren Verfasser sämtlich vorgaben, grauenvolle Hai-Angriffe bezeugen zu können, konnte Dr. Lucas nicht mehr an sich halten und musste diesen seiner Meinung nach völlig unwissenschaftlichen und aus der Luft gegriffenen Anekdoten und Gerüchten energisch entgegentreten. Seit er 1905 als Herausgeber der *Young Folks Cyclopaedia of Natural History* den Weißen Hai *Carcharodon carcharias* unter seinem populärwissenschaftlichen Namen »Menschenhai« klassifiziert hatte, war er nicht von seiner Ansicht gewichen: »Über diesen gefräßigsten Hai von allen sagt man, er zögere nicht, Menschen anzugreifen, doch sind nur wenige beziehungsweise gar keine authentischen Fälle verzeichnet, die dies bestätigen könnten.«

Daher war der Museumsdirektor verständlicherweise auch höchst irritiert, als der amerikanische Diplomat J. T. Du Bois am 15. August 1915 in einem Leserbrief an die *Times* die Flut von Gegendarstellungen mit einer grausigen Geschichte über den Menschenhai eröffnete. Sogar den unbekümmertsten Schwimmern aus New York und New Jersey muss ein Schauer über den Rücken gelaufen sein, als sie den Bericht des amerikanischen Generalkonsuls aus der damaligen britischen Kronkolonie Singapur über die Kollision und den Untergang eines französischen und britischen Passagierdampfers im November 1907 in der Straße von Rhio lasen. »Die verzweifelten Passagiere sprangen ins Wasser und wurden augenblicklich von Menschenhaien angegriffen, bis das Wasser rot von diesem Schlachtfest war. Etwa 90 Menschen verloren das Leben. Nachdem die Nachricht von dieser Katastrophe die Vereinigten Staaten erreicht hatte, erhielt ich mehrere Briefe, in denen ich gefragt wurde, ob es stimme, dass es menschenfressende Haie gibt.«

Fasziniert von so viel Unwissenheit, verschickte Du Bois sofort eine Depesche an 50 Diplomaten in aller Welt, von den Philippinen bis zum Roten Meer, und bat »um verifizierte Berichte über Vorfälle, die das Werk des Menschenhaies waren«. Die Reaktionen erstaunten sogar ihn: »Ich erhielt 16 eidesstattliche Erklärungen von amerikanischen Konsuln, philippinischen Beamten sowie einem Vertreter Indiens über den Wahrheitsgehalt von einigen höchst interessanten Fällen, bei denen Menschen von einem Menschenhai angefallen, verletzt, getötet oder verschlungen worden waren.« So hatte man ihm beispielsweise die Fotografie eines Tomali-Jungen geschickt, auf der zu erkennen war, wie dieser, als er gerade am Golf von Aden nach Münzen tauchte, »von einem Menschenhai ergriffen und unter Wasser gezogen wird, um niemals wieder aufzutauchen«.

Acht Tage nach dem Leserbrief des Diplomaten traf bei der *Times* ein weiteres Schreiben ein, geheimnisvoll mit »N.S.W.« gezeichnet, was offenbar für die australische Provinz New South Wales stand. Auf überzeugende Weise schilderte der Verfasser grausige Einzelheiten von drei Hai-Angriffen auf Menschen und schloss mit den Worten: »Wer bezweifelt, dass Haie in angenehm temperierten Gewässern Menschen angreifen, sollte Sydney, N.S.W., besuchen..., wo... er schnell eines Besseren belehrt werden wird.« Derselbe Leserbriefschreiber berichtete auch über den Fall eines Jungen, der in Ryde, dort, wo der Parramatta in den Hafen von Sydney mündet, die Beine von einem Kai baumeln ließ, als plötzlich »ein Hai hochschnellte, nach einem Fuß schnappte und mit dem Jungen, dessen Körper nie wieder auftauchte, verschwand«. Am nächsten Tag veröffentlichte die *Times* den Leserbrief des ursprünglich aus Sydney stammenden Herbert MacKenzie, der sich an die drei von »N.S.W.« geschilderten Vorkommnisse erinnerte und diese im Detail bestätigte. »Als Mann, der in dieser wunderschönen Stadt geboren wurde, kann ich diese Aussagen nur entschieden bestätigen... und weiß von weiteren Fällen, bei welchen im herrlichen Hafengewässer Menschen durch die Existenz dieser Meeresungeheuer das Leben oder Glieder verloren.« MacKenzie erinnerte sich zum Beispiel noch genau an einen jungen Mann, der in den 1880er-Jahren »zuerst einen Arm verlor und dann, gerade als Rettung nahte, mit dem ganzen Körper verschwand, nur noch eine Blutspur war im Wasser zu sehen. Dies geschah in der Rushcutters Bay.«

Die von solchen Berichten beunruhigten Leser der *Times* mussten Dr. Lucas' heftigen Widerspruch sehr erleichtert zur Kenntnis genommen haben, denn immerhin war er der berühmte Fachmann, der seit 40 Jahren alle angeblichen Zwischenfälle mit Haien an der Ostküste akribisch untersucht und keinen einzigen für authentisch erklärt hatte. Unter der Überschrift »The Shark Slander« verkündete Dr. Lucas in seinem Leserbrief, dass ihm nur »zwei einigermaßen verlässliche Nachweise für solche Fälle« aus der ganzen Welt vorlägen – einer aus Bombay, bei dem ein Mann ein Bein verlor, und der andere von den Hawaiischen Inseln, bei dem ein lebender Mensch vom Hai angefallen, aber nur mit den Fleischabfällen verwechselt worden sei, die dort üblicherweise ins Meer gekippt wurden.

Wer glaube, dass Charles Bruder von einem Hai getötet worden sei, so Lucas weiter, unterliege einem der häufigsten Irrtümer bei diesem Thema: nämlich »dass der Hai das Bein eines Menschen abbeißen könnte, als handelte es sich um eine Karotte«. Eine solche Fähigkeit sei ein Ding der Unmöglichkeit, betonte Lucas; und dass dies überhaupt jemand behaupten könne, »beweist nur, dass der Erfinder oder Berichterstatter [dieser Geschichte] wenig über die Kraft des Apparates wusste, welche nötig wäre, um eine solche Amputation durchzuführen«. Bereits in seinem Beitrag zu der Abhandlung, die Nichols und Murphy drei Monate vor Bruders Tod für das *Brooklyn Museum Science Bulletin* verfasst hatten, hatte Lucas erklärt, dass, wie jedermann selber feststellen könne, allein gesunder Menschenverstand seine Theorie bestätige: »Das nächste Mal, wenn der Leser eine Lammkeule tranchiert, möge er sich überlegen, welche Kraft vonnöten ist, um diesen Knochen mit einem Schlag zu durchtrennen – und dabei sind die Knochen eines Lammes um ein Vielfaches zerbrechlicher als die des Menschen. Hinzu kommt, dass ein Hai im Gegensatz zur allgemeinen Vorstellung über keine besonderen Kiemenkräfte verfügt.«

Zum Beweis führte Dr. Lucas an, dass sein Protegé Robert Cushman Murphy während einer Expedition vor South Georgia Island mit eigenen Augen gesehen habe, »wie schwer es Haien fällt, Fleisch vom Kadaver eines Wals zu reißen«. Auch seine eigene Enttäuschung führte er zu Felde, als er einmal mit ansehen musste, »unter welchen Mühen ein fünf Meter langer Hai ein Stück aus einem Seelöwen herausbiss. Der Seelöwe war bereits seit einer Woche tot und sein Fleisch insofern zart, dennoch zerrte und zog der Hai daran und machte großes Aufhebens um jeden einzelnen Bissen.«

Angesichts der geringen Kräfte, über die sogar der Kiefer des größten Haies verfüge, räsonierte Lucas, dass ein Mensch nur dann ein Bein verlieren könne, »wenn ein Hai von neun oder noch mehr Meter Länge den Menschen zufällig genau am Kniegelenk erwischt, dort, wo ein Durchtrennen des Knochens nicht nötig ist«. Da ein Hai also nicht imstande sei, problemlos einen Knochen zu durchbeißen, könne auch Charles Bruder nicht von einem Hai angefallen worden sein, da dessen Bein unterhalb des Knies durchtrennt worden war. Das Werk welches anderen Tieres dies gewesen sein konnte, wusste auch Lucas nicht zu sagen, »doch gewiss hätte kein Hai, von dem bekannt ist, dass er jemals in dieses Gewässer eindrang, einen solchen Akt begehen können«. Der beste wissenschaftliche Anhaltspunkt und Beweis, dass es keine Hai-Angriffe an der Ostküste gab, war für Lucas immer noch der Fakt, dass der Wetteinsatz, den Hermann Oelrichs 1891 ausgesetzt hatte, nach wie vor nicht eingelöst worden war. Bereits 25 Jahre lang wartete man vergeblich darauf, ergo schlussfolgerte Lucas, dass sich die Ansichten des Schiffsmagnaten bewahrheitet hatten: »Die Gefahr eines Angriffs … vor unseren Küsten … ist praktisch null.«

# *Der bösartige Langstreckenschwimmer*

Während die Motorboote vor der Küste von Spring Lake mit den Fleischbrocken im Schlepp durch das Wasser rumpelten und sich die Wellen immer blutiger färbten, wurde der Hai ganz in ihrer Nähe zunehmend unruhiger. Nie weiter als einen Kilometer von der Küste entfernt, drehte er mal nach Norden, mal nach Süden ab, glitt in Richtung Ufer, pirschte den drei Kilometer langen Sandstreifen von Spring Lake entlang und schwamm dann wieder nördlich in Richtung des Küstenstreifens von Asbury Park. Der Hai vibrierte vor Spannung. Er hatte bereits einmal erfolgreich gejagt, und nun spürte er mit seinen zahllosen elektrosensorischen und olfaktorischen Sinnessystemen, dass es zum Greifen nah Nahrung in Hülle und Fülle geben musste. Doch weil er gelernt hatte, sich vor Booten und Rudern in Acht zu nehmen, verfolgte er diese Beute zuerst einmal aus sicherer Entfernung; dank seiner Sinne war er ja auch nicht gezwungen, sich dafür näher an die Küste heranzuwagen. Die Kanälchen längs seines Körpers registrierten die entfernten Vibrationen der Bootsmotoren – Benzinmotoren für Boote waren eine neue Erfindung, von der kein Mensch ahnen konnte, welchen Choral über Raum und Zeit hinweg sie für Haie sangen. Mit der Leichtigkeit eines modernen Unterseeboots, das die verschlüsselten Signale eines veralteten Marinesystems dechiffriert, empfing der Hai auch die Schallwellen, die von den Schwimmern jenseits der Bootsblockade ausgestrahlt und unter dieser hinweg im Wasser verbreitet wurden. Kilometerweit mit der Strömung getragene Blutmoleküle flossen in seine Nasenöffnungen und veranlassten die Nervenzellen im Kleinhirn zu erhöhter Aktivität, woraufhin sich die Flossen sofort neu adjustierten. Während der Hai an diesem Nachmittag also vor der Küste umherstreifte, waren die Männer von New Jersey nervös genug geworden, um auf alles zu schießen, was sich im Wasser rührte. Sehr wahrscheinlich könnte dabei einmal auch dieser bösartige Einzelgänger ins Visier der Patrouille aus Spring Lake geraten sein. Alle Nachweise sprechen dafür, dass er sich ständig in diesem Gebiet herumtrieb, nachdem er Bruder getötet hatte. Aber er war inzwischen zumindest ebenso nervös geworden wie seine Verfolger und begann deshalb gleichfalls alles zu attackieren, was sich vor ihm bewegte, und seien es Ruder oder Boote.

Der Wissenschaft liegen bis heute nur wenige Daten über bösartige Einzelgänger unter Haien vor, also über Individuen, die sich gezielt an Menschen heranpirschen. Es überwiegt jedoch die Skepsis, ob es solche Exemplare überhaupt gibt. Da der Mensch nicht zur regulären Beute von Haien zählt, müsste ein solchermaßen »spezialisierter« Hai, vergleichbar einem gemeingefährlichen Löwen oder Elefanten, verletzt oder wahnsinnig, also die Ausnahme von der Regel sein. Hinzu kommt, dass es schier unmöglich ist, einen solchen ozeanischen »Serienkiller« zu eliminieren. Seine Taten finden im Verborgenen statt, ihre Spuren verlieren sich im Meer. Dennoch verfolgte der verstorbene Dr. Sir Victor Coppleson, ein hervorragender australischer Chirurg, den die britische Königin in den Adelsstand erhoben hatte, jahrzehntelang die Spuren von bösartigen Einzelgängern in der ganzen Welt, seit er 1922 als junger Arzt am Saint Vincent's Hospital in Sydney zum ersten Mal Verletzungen behandelt hatte, die Menschen von Haien zugefügt worden waren. 1933 hatte er im *Medical Journal of Australia* erstmals den Begriff Bösartigkeit auf einen Hai angewandt. »Ein bösartiger Einzelgänger unter Haien«, schrieb er, »ist, sofern die Theorie stimmt, und alle Nachweise sprechen deutlich dafür, vergleichbar dem Menschenfresser unter Tigern, ein Killer, der, nachdem er einmal einen Menschen tötete oder verstümmelte, Blut geleckt hat und sich immer wieder auf die Suche nach entsprechender Beute begeben wird. Die Theorie wird vom ähnlichen Muster und von der Häufigkeit solcher Angriffe gestützt.«

Angriffe von bösartigen Einzelgängern begannen Copplesons Meinung zufolge erst, als es um die Jahrhundertwende immer populärer geworden war, die Freizeit am Strand zu verbringen. Der Ausgangspunkt für Copplesons Nachforschungen war Sydney, wo Attacken von Haien auf Menschen völlig unbekannt gewesen waren, bis 1919 das Surfen erfunden wurde. Am 4. Februar 1922 wollte der Surfer Milton Coughlan gerade ein paar Wellen am Coogee Beach »cracken«, als ein großer Hai »mit solcher Gewalt zuschlug, dass es ihn aus dem Wasser hob«. Danach sah die Menge am Strand, wie ein riesiges, weit aufgerissenes Maul nach Coughlans Arm schnappte und zubiss. Coughlan starb kurz darauf in einem Krankenhaus in der Nähe. Als knapp einen Monat später der 21-jährige Mervyn Gannon am selben Strand angegriffen und getötet wurde, begann Coppleson ein bestimmtes Muster hinter diesen Attacken zu vermuten. Innerhalb der nächsten drei Jahre verlor in derselben Region zuerst die Verkäuferin Nita Derritt beide Beine bei einem Hai-Angriff, etwas später wurde dann dem 16-jährigen Jack Dagworthy ein Bein von einem Hai abgerissen, der mit weit aufgerissenem Maul durch das Wasser auf ihn zugeschossen war. Coppleson kam zu dem Schluss, dass die einzig logische Erklärung für diese Vorfälle die Existenz eines einzelnen gestörten Haies war. Die Vorstellung, dass plötzlich ein ganzes Rudel menschenfressender Haie in ein von Schwimmern frequentiertes Gebiet einfallen könnte – in dem es jahrzehntelang zu keinem einzigen vergleichbaren Vorfall gekommen war –, dann ebenso unvermittelt wieder verschwand und jahrelang keine weiteren Angriffe dort stattfanden, schien ihm einfach zu absurd. Häufig endete eine solche Angriffsserie – nachdem sie tage- oder auch jahrelang Schrecken verbreitet hatte – schlagartig, wenn ein einzelner Menschenhai getötet worden war.

Hier schien es ein Muster zu geben, das auf unheimliche Weise an die Attacken der Weißen Haie gegen Seelöwen in Kalifornien erinnerte. Denn auf ganz ähnliche Art und Weise, wie sie mit ihren Opfern verfuhren, verhielten sich auch die bösartigen Einzelgänger in Australien gegenüber ihrer menschlichen Beute – die Geschichte wiederholte sich oft in genau demselben Gebiet und im Abstand von ziemlich genau einem Jahr. Die laut Coppleson »furchterregendsten Angriffe in den Gewässern um Sydney« ließen sich alle in das Muster von »Jahrestagen« einordnen. Die 28-jährige Zita Steadman war im Januar 1942 mit Freunden an die Bantry Bay zum Baden gefahren und stand gerade bis zur Hüfte im Wasser, als sie ihr Freund Burns warnte, nicht weiter hinauszugehen. Zita drehte sich um und wollte gerade ans Ufer zurück, als man sie plötzlich einen Schrei ausstoßen hörte und ein riesiger Hai, deutlich sichtbar für ihre Freunde, nach der jungen Frau schnappte. Burns griff nach dem Ruder eines Bootes und drosch auf den Angreifer ein, doch ohne Erfolg. Dann rammte er den Hai sogar, doch der drängte das Boot einfach weg und fiel weiter über sein Opfer her. Er griff Zita Steadman »mit einer solchen Wucht an, dass er selbst sich dabei in die Luft erhob«. Schließlich begann er seine Beute in tieferes Wasser zu zerren. Verzweifelt versuchte Burns die junge Frau dem Hai zu entreißen, indem er sie an ihren langen dunklen Haaren packte. Doch sie war bereits in zwei Hälften zerbissen worden. Knapp ein Jahr später wurde die 15-jährige Denise Burch, während sie in derselben Bucht im Wasser stand, von einem Hai in Stücke gerissen. Coppleson war sich sicher, dass es sich um dasselbe Tier handelte, das auch Zita Steadman getötet hatte.

Ein Vierteljahrhundert lang verfolgte Coppleson die Aktionen von Haien, die als bösartig galten, in der ganzen Welt. Im Dezember 1957 wurden im südafrikanischen Durban im Laufe von nur drei Wochen – seither sprach man nur noch vom »schwarzen Dezember« – drei Schwimmer getötet, einer schwer verstümmelt und einem anderen ein Bein abgerissen. In den Zwanzigerjahren hatte Coppleson in San Juan, Puerto Rico, fünf Angriffe am selben Strand innerhalb von drei Jahren untersucht. Ein Opfer war eine amerikanische Lehrerin gewesen, die fast unmittelbar starb, nachdem ihr der Hai mit einem einzigen Biss das gesamte Bein ab Hüfte mit sämtlichen zugehörigen Knochen herausgerissen hatte;

ein anderes Opfer war ein gewisser Professor Winslow, der mit beinahe vollständig abgerissenen Armen und Beinen gefunden wurde, seine Hände fehlten ganz. In den Fünfzigerjahren schließlich wurde Copplesons Theorie in Afrika und Australien von Leuten aufgegriffen, die versuchten, solche Hai-Angriffe zu ergründen; und das wiederum führte dazu, dass man im Wasser Netze zur Abwehr von bösartigen Haien zu spannen begann. Nur in den Vereinigten Staaten, wo die Fachliteratur seit Jahren, wie Coppleson schrieb, »fast alle Geschichten über die Angriffe von Haien als ›Seemannsgarn‹ abtat, blieb die Wissenschaft skeptisch«. Er empfand das als ziemlich ironisch, weil die USA nach seinen Untersuchungen hinter Australien und Afrika an dritter Stelle standen, was die Häufigkeit von Hai-Angriffen betraf, und 1916 »eine der bemerkenswertesten Serien von Hai-Angriffen in der Weltgeschichte« an der Ostküste der USA vor New Jersey stattgefunden hatte, welche Coppleson dann gemeinsam mit einer Reihe von anderen Fällen zur Untermauerung seiner These diente, dass ein einziger bösartiger Einzelgänger, »so unwahrscheinlich das auch klingt«, binnen weniger Tage oder Wochen in einem Areal von 90 bis 130 Kilometern mehrmals angreift. Der Hai von New Jersey schien ihm »das klassische Beispiel eines bösartigen einzelgängerischen Langstreckenschwimmers« zu sein.

Coppleson hielt sich inzwischen für versiert genug, um nicht nur Profile von bösartigen Einzelgängern und ihren tendenziellen Vorhaben zu erstellen, sondern sogar Tage im Voraus prognostizieren zu können, wann ein Menschenhai wieder zuschlagen würde. Einmal bedauerte er besonders, nicht rechtzeitig einen Leserbrief an den *Sydney Morning Herald* geschrieben und gewarnt zu haben, dass der Hai, über den diese Zeitung Anfang Januar 1940 berichtet hatte, nachdem er mehrmals in der Nähe der Botany Bay Hunde angefallen hatte, genau dem Profil eines bösartigen Einzelgängers entsprach. Ein großer Hai, der in höchst aktiver Manier unweit eines Strandes oder eines Hafens auftaucht, »sich wie ein Wilder gebärdet, Fische vom Angelhaken reißt, Netze zerreißt und Hunde attackiert«, der Boote rammt und über alles herfällt, was ihm in die Quere kommt, befand sich für ihn eindeutig im Anfangsstadium der Verwandlung zum Menschenfresser. Kurz darauf, am 23. Januar, wurde der 13-jährige Maxwell Farrin in der Nähe der Botany Bay von einem Hai getötet. Am nächsten Tag veröffentlichte die Zeitung Copplesons Leserbrief, in dem er dringend forderte, den Hai unschädlich zu machen, und er alle Schwimmer zur Vorsicht mahnte, weil dieses Tier »nach der Theorie vom bösartigen Einzelgänger wieder zuschlagen wird«. John William Eke, 55 Jahre alt, missachtete die Warnung. Elf Tage später riss ihn ein Hai nur 90 Meter von der Stelle entfernt, an der Farrin angegriffen worden war, in den Tod.

1916 war der Wissenschaft Copplesons Theorie (sie wurde erst vier Jahrzehnte später veröffentlicht) noch unbekannt, und die Forscher des 21. Jahrhunderts halten sie fast alle für falsch. Doch Mitte des 20. Jahrhunderts bot sie den Menschen an den von Haien aufgesuchten Küsten wenigstens ansatzweise eine Möglichkeit, sich auf diesen Spitzenprädator einzulassen. Heute erklärt man sich solche kurz aufeinander folgenden Angriffe mit den typischen Temperaturschwankungen in Küstenregionen, welche Haie dann zu den Ufern und Badestränden locken. 1916 verfügte man über dieses Wissen nicht. Als der Hai am 7. Juli 1916 vor der Küste von Spring Lake und Asbury Park seine Bahnen zog, konnte niemand ahnen, dass er im Begriff war, eine Serie von Attacken zu starten, die in den 2000 Jahren, seit es Hinweise auf Menschen angreifende Haie gibt, ihresgleichen suchte. Viele Jahre später sollte Coppleson in seiner umfassenden, wenngleich notgedrungen oft auf Hörensagen beruhenden Studie überrascht zu dem Schluss kommen, dass kein einziger jener sagenhaften »White Pointers« (Australischen Weißhaie) jemals so weit gewandert war, um mit solcher »Grausamkeit so viele Menschen zu töten wie der ›verrückte Hai‹ von New Jersey im Juli 1916«.

# *Kaum noch Schwimmer im Wasser*

Seinen breiten Rücken der Sonne zugewandt, tauchte Benjamin Everingham die Ruder des kleinen Bootes in die träge graue See und zog sie durch. Das Boot glitt ein paar Meter vorwärts, klatschte mit dem Bug gegen die Wellen und verlangsamte die Fahrt wieder. Everingham holte tief Luft und zog die Ruder erneut durch. Er befand sich 15 Meter jenseits der Sicherheitsleine vor dem Strand von Asbury Avenue und ruderte parallel zum Ufer. Am Himmel schwebten ein paar lang gestreckte Wolken. Schlag für Schlag zog das Boot dahin, während er mit zusammengekniffenen Augen die Umgebung nach einer Flosse absuchte. Er entdeckte nichts, senkte den Kopf und legte sich erneut in die Riemen. Es war kurz nach elf Uhr vormittags und entgegen den Prognosen überraschend schönes Wetter, weshalb die Sommergäste aus den Hotels und Strandhäusern dieses unerwartete Geschenk auch auskosten wollten und schon früh an diesem Samstag zu den Badestränden strömten.

Mehr als 100 Menschen tummelten sich zusammengepfercht im gesicherten Badeareal von Asbury Avenue. Hunderte weitere drängten sich am Strand unter den mattfarben grünen, blauen und rostroten Sonnenschirmen. An den Stränden der Fourth Avenue und Seventh Avenue sah das Bild nicht anders aus, denn die *Asbury Park Press* war mit dem beruhigenden Aufmacher erschienen: »Garantieren Badegästen absolute Sicherheit… Alle Strandbereiche von Asbury Park werden mit Drahtnetzen geschützt.« Tatsächlich war der Fourth Avenue Beach am Vortag vom Meeresboden bis auf Fluthöhe mit einem engmaschigen

Drahtnetz umzäunt worden, wie es sonst in der Fischerei verwendet wurde und das man für stark genug hielt, um Haie fern zu halten. Nur am Strand von Asbury Avenue hatte man mit dieser Sicherheitsmaßnahme noch nicht begonnen, doch weil er vor offener See lag, war zumindest Everingham damit betraut worden, von einem Ruderboot aus nach Haien Ausschau zu halten.

Everingham war der Captain der Bademeister an diesem Strand. Doch seinen Auftrag an diesem Tag nahm er allem Anschein nach nicht sonderlich ernst. Den Berichten, dass ein Hai am Donnerstag in Spring Lake, nur vier Kilometer südlich, einen Menschen getötet haben sollte, hatte er wenig Glauben geschenkt. Auch die Fischer aus Asbury Park behaupteten, dass es sich um eine ausgeflippte Riesenmakrele oder einen Schwertfisch gehandelt haben musste, außerdem glaubte jeder, was ein alter Seebär gegenüber der *Press* geäußert hatte: »So ein Unfall wird wohl in tausend Jahren nicht mehr passieren.« Man hatte Everingham angewiesen, zum Schutz der Schwimmer ein Gewehr und eine Axt mit auf die Hai-Patrouille zu nehmen, aber das war ihm offenbar lächerlich vorgekommen.

Everinghams Fehlurteil sollte die offiziellen Vertreter des Badeorts später zutiefst erstaunen. Asbury Park war ein legendäres Sommerparadies aus dem goldenen amerikanischen Zeitalter, mit breiten Boulevards nach Pariser Art, Grandhotels und Herrenhäusern, eines davon für John D. Rockefeller erbaut. 1916 galt Asbury Park als absolut »flossy«, wie man neuerdings jemanden oder etwas von Klasse bezeichnete. Im Musikpavillon würde eine Sousaband im Laufe des Sommers eine Reihe von Konzerten geben; eine im ganzen Land berühmte »Babyparade« würde wie alljährlich wieder über den Promenadensteg am Strand watscheln; und sogar ein elektrisches Straßenbahnsystem, das zweite in den Vereinigten Staaten, führte direkt bis ans Meer.

Gerade an diesem Samstag hatte Bürgermeister Laughlin Hetrick das Motto der kommenden Babyparade ausgegeben: Sie sollte zu »einer Demonstration der nationalen Bereitschaft für den Schutz von Mutter und Kind« werden. Viele Gäste, die soeben über den Promenadesteg schlenderten, waren auch aus gesundheitlichen Gründen nach Asbury Park gekommen, zum Beispiel um mit »Lenox Water« zu kuren, welches »Erleichterung bei rheumatischen Beschwerden, nervöser Erschöpfung und Mattheit« sowie eine »Wiederherstellung der Nervenkräfte« versprach, obwohl das erst kürzlich erlassene Nahrungsmittelreinheitsgebot bereits viele solcher Heilwässer vom Markt verbannt hatte. Am Strand sah man an diesem Morgen eine Menge junger Frauen in den neuen Badeanzügen mit den farbenfrohen Karos und Streifen, offensichtlich erleichtert über die Entfernung des Schildes an den Badekabinen, welches bis dahin gemahnt hatte: »Eine dezente Erscheinung ist einer Dame im Badekostüm ebenso angemessen wie einer Dame, die in Seide und Satin gewandet ist. Ein deutliches Wort sollte hier genügen.«

Um Viertel vor zwölf ruderte Benjamin Everingham noch immer parallel zum Ufer. Vielleicht war er von den schicken neuen Badeanzügen abgelenkt, vielleicht war er es auch nur müde, ständig auf das endlose Meer zu starren, und glaubte deshalb, seine Augen spielten ihm einen Streich, als er beim nächsten Blick auf den Horizont etwas durch die niedrigen Wellen schneiden sah, das wie eine graue Flosse wirkte. Einen Moment später erkannte er einen großen Hai von rund drei Meter Länge, der direkt auf sein Boot zuglitt. Für den Bruchteil einer Sekunde muss Everingham bedauert haben, dass er weder Gewehr noch Axt mit ins Boot genommen hatte. Als der Hai ansetzte, das Boot zu rammen, erhob sich der Bademeister flink, »riss eines der Ruder aus seiner Verankerung und begann grimmig auf das schleimige Meeresungeheuer einzudreschen«. Angeschlagen drehte die Kreatur seitlich ab, als wollte sie fliehen, woraufhin Everingham das Ruder noch einmal hoch in die Luft schwang und damit erneut den großen Fisch prügelte. Nach dieser Attacke »verschwand er in einem Wasserstrudel aufs offene Meer hinaus«.

Am Strand und vom nahe gelegenen Angelpier aus hatten die Leute verwirrt beobachtet, wie Everingham plötzlich in seinem Boot aufgesprungen war und mit einem Ruder die Wasseroberfläche aufzuwühlen begonnen hatte. Doch sein merkwürdiges Tun war bald erklärt, denn wie besessen ruderte er ans Ufer und brüllte wie am Spieß, dass er einen Hai gesehen habe. Diese Warnung, welcher sich sofort der Befehl an seine Bademeister anschloss, alle Menschen aus dem Wasser zu beordern, genügte, um sofort beträchtliche Aufregung auszulösen. Unter großem Geschrei begannen hunderte Männer, Frauen und Kinder aus dem Wasser vor Asbury Avenue Beach zu fliehen. Es hatte nicht viel Drängens seitens der Bademeister bedurft, im Nu war das Meer menschenleer.

Der Captain versuchte die entsetzten Menschen zu beruhigen und erklärte allen, die noch zuhörten, dass er den Hai, wenn er mit einer Axt oder Harpune bewaffnet gewesen wäre, bestimmt hätte töten oder zumindest ernsthaft verletzen können. So aber sahen sich die Behörden von Asbury Park gezwungen, kaum dass Everingham diese Nachricht an seine Vorgesetzten weitergegeben hatte, den Strand zu schließen und das Schwimmen zu verbieten, auch am Seventh Avenue Beach. Der von Drahtnetzen geschützte Fourth Avenue Beach blieb an diesem Nachmittag noch geöffnet, dennoch entschieden sich viele Badegäste sicherheitshalber dafür, das Wasser zu meiden, setzten sich eng aneinander gerückt auf den Strand und beobachteten die bewaffneten Männer, die in ihren Booten jenseits des Netzes die Küste absuchten.

Der Hai weckte in den Menschen nicht nur uralte Ängste und einen uralten Zorn, sondern auch Blutdurst. Am Nachmittag kehrte Bürgermeister Hetrick von einem Angeltrip auf seiner Luxusjacht *Tuna* zurück und musste feststellen, dass Ben Everinghams Kampf mit dem Hai *das* Gesprächsthema in Asbury Park war. Augenblicklich befahl er, sein Schiff mit Haifischhaken auszurüsten, und verkündete, dass die *Tuna* von nun an nur noch Haie fischen und diese von der Bevölkerung fern halten werde. Die Besatzung der *Tuna* hatte in der Tat allen Grund, sich an dieser Jagd zu beteiligen, denn wie der Kapitän berichtete, waren ihre Passagiere an diesem Tag bereits durch das Erscheinen einiger Blauhaie an einer Boje anderthalb Kilometer vor Asbury Park höchst alarmiert gewesen. Der Bürgermeister hatte schon oft Blauhaie in größerer Entfernung von der Küste erspäht, doch im Gegensatz zu ihm hatten sich seine zahlenden Passagiere durch den geschäftsschädigenden Anblick der Rückenflossen, die ständig aus der Tiefe auftauchten und wieder in südlicher Richtung ins Ungewisse verschwanden, äußerst erschrocken und verängstigt gebärdet. Sein Kapitän A. A. Thompson, beteuerte der Bürgermeister, habe bereits Erfahrung mit Haien in südlicheren Gewässern gesammelt, was dieser zum Beweis seiner Bereitschaft sofort dröhnend kommentierte: »Sollten diese Ungeheuer aus der Tiefe in dieser Gegend bleiben, werden sie feststellen müssen, dass sich ihre Reihen drastisch lichten.«

Am Nachmittag schloss sich Harold Phillips, Mitglied im Asbury Park Fishing Club, der Initiative des Bürgermeisters im Geiste an und gab bekannt, dass er Kadaver von Pferden und Kühen ans Schlepptau nehmen und in eine abgelegene Region etwa einen halben Kilometer vor Sandy Hook ziehen werde. »Die Idee dabei ist, sämtliche Haie an diese Stelle zu locken und dann kurzen Prozess mit ihnen zu machen.« Damit löste er im Club wahre Begeisterungsstürme aus. Es mangelte nicht an Sportfischern, die darauf brannten, mitzumachen. Die Kadaver würden »mehr Haie zusammentreiben, als man je auf einem Fleck sieht«, versprach Phillips, während er den anderen seinen Plan im Detail unterbreitete. Die Männer vom Asbury Park Gun Club brauchten dann nur noch ihre Gewehre abzufeuern. Es würde zweifellos »die aufregendste Großfischjagd aller Zeiten« werden.

Doch die Repräsentanten von Asbury Park waren von der Realisierung des Plans, sämtliche Menschenfresser des Meeres auszulöschen, nicht überzeugt. Am Abend verkündeten sie, dass die Strände vor Asbury Avenue und Seventh Avenue aufgrund der bestehenden »Hai-Gefahr« so lange geschlossen bleiben würden, bis sie mit Drahtnetzen eingezäunt seien. In den Hotels an der Grand Avenue und in der Straßenbahnlinie 32, die vom Depot zum Strand fuhr, war der »Killerhai« Tagesgespräch. Ob das Tier, das Everingham angegriffen hatte, nun dasselbe gewesen war wie dasjenige, dem Bruder zum Opfer gefallen war, schien niemanden zu interessieren. Angst breitet sich an der Küste immer in dem Maße aus, in dem Vernunft von Hysterie verdrängt wird. Ein einziger Hai musste plötzlich für sämtliche Haie herhalten, ob weiß oder blau, ob in der Küstenregion oder im offenen Meer. Zwei Tage nachdem Charles Bruder in Spring Lake getötet worden war, konstatierte die *Asbury Park Press*: »Dass es Grund zur Angst vor dem Hai gibt, hat sich in Asbury Park bewahrheitet.«

Am späten Abend schickte eine junge Frau, die gerade ihre Flitterwochen in Asbury Park verbrachte, eine Postkarte an ihre Freundin in Ludlow, Massachusetts, ab, darauf abgebildet eine »Bathing Scene, Asbury Park, N.J.« – jede Menge Schwimmer innerhalb eines von Rettungsseilen umgrenzten Areals im Wasser und ein Strand voller Sonnenschirme und Sonnenanbeter. In winziger Palmer-Schrift*, um den Platz auf Rückseite der Postkarte bestmöglich zu nutzen, berichtete die junge Frau, Mona war ihr Name: »Diese Karte zeigt den Strand, an den wir immer schwimmen gehen. Sie haben ihn umzäunt und patrouillieren das Meer mit Booten, seit sich jedermann vor dem Hai fürchtet, der am gestrigen Morgen ein paar Strände weiter oben einem Mann die Beine abgebissen hat. Der Mann ist gestorben. Nun sind kaum noch Schwimmer im Wasser.«

Die Nachricht von Bruders Tod verbreitete sich von Manasquan über Massachusetts nach Virginia und immer weiter entlang dieses Küstenstreifens. Sie beherrschte die Gespräche in sämtlichen Billardsälen, Rauchsalons und Zugwaggons, bis die Menschen auf das Meer hinausblickten und die Rückenflossen, die sie dort Sommer für Sommer gelassen zur Kenntnis genommen hatten, schließlich mit ganz neuen Augen betrachteten. Mit einem Mal sahen sie nur noch einen Furcht erregenden Feind. Jeder an der Küste dachte im Sommer 1916 an Haie – die matronenhafte eduardische Mutter, die die ersten Schwimmversuche ihres Kindes überwachte; der Mann, der die Zeitung nach dem Sportteil durchblätterte und dem plötzlich die Schlagzeile »Beide Beine knapp unter Knie abgerissen« entgegensprang; oder die

---

* Anm. d. Übers.: Von Austin Norman Palmer Ende des 19. Jahrhunderts entwickelte Schreibschrift, die seither an amerikanischen Schulen gelehrt wurde.

Leute, die am Strand Picknick machten, während aus dem Reisegrammophon Irving Berlins »When I Lost You« krächzte. Ob als Mundpropaganda oder durch die Presse verbreitet – immer nahm diese Geschichte den kürzesten Weg zum verängstigten Herzen. Es war eines der ältesten Horrorszenarios der Welt: Mensch von Bestie getötet. Und diese einst wahrste Geschichte von allen mochte vielleicht vergessen oder verdrängt worden sein, oder von strahlenden zivilisatorischen Metaphern aufpoliert, doch verschwunden war sie nie; stets hatte sie sprungbereit im Gedächtnis des modernen Menschen gelauert, urtümlich, vorsintflutlich, real. »Killed by Shark« stand in der *Press*; »Boy, Legs Bitten Off by Shark« posaunte Pulitzers *World;* »Dies on Beach … Precautions to Safeguard Bathers«.

Aber niemals zuvor war dieses uralte Bild des Schreckens so schnell soweit übermittelt und immer wieder so genüsslich neu in Szene gesetzt worden wie von Adolph Ochs' *Times*, William Randolph Hearsts *Journal*, Joseph Pulitzers und Frank Cobbs *World* oder von jenem »Riesenkraken«, dieser »gewaltigsten Machtmaschine der Welt«: der Nachrichtenagentur Associated Press. Die Titanen der Boulevardpresse kannten den direkten Weg zum furchtsamen Gemüt sehr genau. Cobb stellte frische College-Absolventen ein, die mit Sophokles' *Ajax* vertraut waren; Hearst setzte auf das Skandalträchtige; und auch Ochs kannte natürlich den Thrill, welchen Mord, Totschlag und Hai-Angriffe boten, auch wenn er behauptete: »Boulevardblätter sehen diese Geschichten nur als Gelegenheit zur Sensationsberichterstattung; wenn die *Times* solchen Geschichten Raum gibt, dann handelt es sich um authentische soziologische Dokumente.« Doch auf welche Weise diese Geschichte auch erzählt wurde, die Menschen kannten sie ohnedies bereits auswendig und wussten, ohne nachzulesen, wie sie ausging. Ihrer Angst und ihres Zorns bemächtigten sich nun entschlossene Männer an der gesamten Ostküste.

Am Samstag, dem 8. Juli, sieben Tage nach dem Tod von Vansant, zwei Tage nach Bruders Unfall und am selben Tag, an dem

Ben Everingham sich mit dem Ruder eines angreifenden Haies im Wasser vor Asbury Park erwehrte, badete eine Hundertschaft kleiner Jungen und Mädchen in der Nähe des Robbins Reef Yacht Club von Bayonne in der Bucht von New York, als plötzlich mehrere von ihnen einen Hai in der Nähe des Stegs, der vom Clubhaus zum Meer führte, auftauchen sahen, ein großes, rund drei Meter langes Tier. Sie erkannten nur, dass sich ihnen etwas Schwarzes näherte, und begannen ängstlich ans Ufer zurückzueilen. Jemand schrie: »Ein Hai!«, und sofort rannten alle kreischend zur Badeanstalt.

Im Hof hinter der Badeanstalt baute der Polizist Dennis Colohan gerade mit dem Oberaufseher des städtischen Wasserwerks, Amos Harker, und zwei weiteren Polizisten einen neuen Motor in das Boot von Harker ein, als die Männer die Schreie hörten. Sie blickten gerade noch rechtzeitig auf, um zu erkennen, wie ein Hai nur ein kleines Stück von der Stelle entfernt, an der die Kinder im Wasser gespielt hatten, seinen Schädel aus den Wellen erhob.

Lieutenant Colohan, der seinen Revolver trug, rannte, hinter sich die anderen Männer, zum Ende des Stegs. Der Hai schwamm noch immer auf das Ufer zu. Colohan wartete, bis der große Fisch sich bis auf etwa sechs Meter genähert hatte, und als er dann sah, dass allein die Rückenflosse einen Meter hoch aus dem Wasser ragte, drückte er ab. Ein paar Schüsse trafen direkt den Kopf des Haies, trotzdem kam er weiter auf sie zu. Colohan schoss erneut, leerte schließlich sein ganzes Magazin. Der Hai »schien für einen Moment erstaunt zu sein, dann peitschte er seinen Schwanz hin und her, drehte schnell ab und verschwand in Richtung des Leuchtturms von Robbins Reef«, berichtete Colohan.

Rasend schnell verbreitete sich die Nachricht am Strand. »Viele Schwimmer entlang der Küste beschlossen, das Wasser zu verlassen«, berichtete die *New York World*. Die Polizei gab eine Warnung an die Badegäste heraus, nicht zu weit in die Bucht hinauszuschwimmen. Und ein alter Fischer aus der Bucht erzählte: »Dieser Hai war nach vielen Jahren der erste in der New York Bay, aber der allererste überhaupt, der so nahe am Ufer gesichtet wurde.« Lieutenant Colohan wartete gemeinsam mit den anderen Männern noch eine halbe Stunde, nachdem der Hai auf Höhe des Leuchtturms außer Sicht geraten war, auf seine Rückkehr. Er war der Held des Tages und wurde von der *World* prompt auf das Podest neben Everingham gestellt: »Zwei weitere Haie gesichtet und ernstlich verletzt ins Meer zurückgejagt.«

Auch an der rund 300 Kilometer weiter südlich gelegenen Küste von Maryland und Virginia beobachteten die Schwimmer und Bootsfahrer die offene See oder das Meer in der Chesapeake Bay wie etwas bedrohlich Fremdes. Der *Washington Star* forderte alle Strandurlauber auf, sich vor dem Wesen, das bereits zwei Männer in New Jersey getötet hatte, in Acht zu nehmen. Hunderttausende von Menschen entlang der Atlantikküste wagten sich nicht mehr ins Wasser, und das, wie der *Star* betonte, aus gutem Grund.

Sogar ein weltbekannter Stummfilmstar, die Schönheit Annette Kellerman, die 1914 mit *Neptune's Daughter* Furore gemacht hatte und seinerzeit gerade als Meerjungfrau in *A Daughter of the Gods* in den Kinos zu sehen war, fühlte sich zu einer Warnung bemüßigt. »Ob ... Bruder nun von dem gefürchteten Hai oder irgendeinem anderen großen Fisch getötet wurde«, schrieb sie in einem langen Artikel für die *Washington Post*, »fest steht, dass ihn irgendwas im Wasser ..., das wir nicht kennen, angegriffen und die Glieder vom Leib gerissen hat.«

Kellermans Meinung war von großer Bedeutung bei der Entwicklung, welche die Einstellung der Amerikaner zu Haien nun nehmen sollte. Die weltberühmteste weibliche Schwimmerin ihrer Tage – Esther Williams verkörperte sie 1952 in dem Film *Die goldene Nixe* – war 1907 einmal verhaftet worden, weil sie einen einteiligen Badeanzug getragen hatte, wie er von den Suffragetten mit ihrem Ruf nach einer androgynen Bademode gefordert worden war, um die Frauen von den selbst im Wasser zu tragenden Handschuhen, Hüten, Strümpfen und Pumps zu befreien, die das Schwimmen natürlich unmöglich machten. Aber Kellerman hatte auch als eine der Ersten das Schwimmen als eine sichere, demokratische und ganz und gar sportliche Angelegenheit propagiert. Doch jetzt, im Juli 1916, drängte sie ihre Landsleute, sich der Gefahren, die beim Schwimmen im Meer lauerten, bewusst zu werden. Jeder sollte den Hai fürchten lernen und auch den Kindern Respekt vor ihm beibringen, ganz besonders vor dem Weißen Hai, der, wie die Australier wohl wüssten, »demjenigen am nächsten kommt, was wir als einen Menschenfresser bezeichnen«. Denn er »greift mit entsetzlicher Wildheit an, und nichts wird ihn davon abhalten, sein Ziel zu erreichen ... Was ihm auch vor Augen kommt, er wird es sich greifen, auch einen Menschen, den er auf einen Bissen verschlingen kann.« In Australien »wird einem Kind vom ersten Augenblick, an dem es zu begreifen beginnt, mit aller Drastik die Angst vor dem Hai eingeimpft. Für ein australisches Kind ist ein Hai das, was einem amerikanischen Kind der schwarze Mann ist.«

Sie schloss ihren Artikel mit einer düsteren Prophezeiung: »Der Hai, der Bruder getötet hat, wird weiter seine Bahnen um diese Stelle ziehen, und vielleicht werden sich ihm noch andere anschließen. Dann werden wir einer Schreckensherrschaft unterliegen, welche die Öffentlichkeit von den Stränden fern halten und die Eigner der Strandbäder in den Ruin treiben wird. Möge dies jedem eine rechtzeitige Warnung sein. Wir dürfen nicht zulassen, dass es zu noch mehr derart schockierenden Vorfällen wie jenem kommt, welcher sich am Strand von Spring Lake zugetragen hat.«

Am Morgen desselben Tages wurden die sterblichen Überreste von Charles Bruder dem ewigen Leben übergeben. Die Begräbnisfeierlichkeiten in der Saint Andrew's Methodist Church begannen, sobald sich die Reihen mit den Angestellten des Essex and Sussex, New Monmouth und aus den anderen Hotels gefüllt hatten. Die Kirchenfenster gaben den Blick auf die Patrouillenboote frei, die durch den dunstigen Sommermorgen an der Küste dröhnten, auch auf die Ruderboote, besetzt mit bewaffneten Männern, die vor dem Süd- und dem Nordpavillon Wache schoben. Trotz der Hitze waren die Strände nahezu leer, vor allem am Südpavillon, vor dem Bruder attackiert worden war, was, wie eine Lokalzeitung fand, »als Anzeichen der Furcht unserer Sommergäste« gewertet werden konnte. Nur wenige wagten sich trotz allem scheinbar furchtlos in die Fluten.

Auch im nahe gelegenen Manasquan hatte sich Angst breit gemacht. E. E. Sweeting, Besitzer des Sweeting's Bathing Pavilion, versuchte seinen Gästen zwar einzureden, dass es nichts gab, wovor sie sich fürchten mussten, da er Captain Charles Bentz von den Surfmen dazu auserkoren hatte, vor dem Strand zu patrouillieren, »bewaffnet mit einem Marlin-Speer, einer Axt und anderen Gegenständen, die dem Hai ganz und gar nicht gefallen werden, falls er sich in die Nähe wagt«. Doch die Badegäste waren nicht sehr überzeugt. Nur wenige wollten den Tag am Strand verbringen.

Nach dem Gottesdienst zog die Trauerprozession zum Atlantic-View-Friedhof von Manasquan, um den Empfangschef in einem Grab nahe dem Meer zur letzten Ruhe zu betten und noch einmal für seinen ewigen Frieden zu beten. Doch es war, als sei durch die Beerdigung Bruders die Außerordentlichkeit seines Todes erst richtig deutlich geworden, als hätte man mit diesem Loch in der Erde, das den Mann aufnehmen sollte, der von einem Hai getötet worden war, den Ängsten vor dieser unheimlichen Bedrohung erst wirklich den Weg nach draußen geöffnet. John Anderson, ein angesehener Fischer aus Manasquan, machte fast im selben Moment, in dem der Sarg herabgelassen wurde, in acht Kilometer Entfernung von der Küste eine für ihn erschütternde Erfahrung, wie er später jedem an Land anvertraute. Von seinem Boot aus sah er, wie sich »Schulen von Haien und Tümmlern mit anderen Meeresbewohnern, es könnten Wale gewesen sein, in den Wellen vergnügten«. In all den Jahren, die er zur See fuhr, war Anderson schon vielen Haien begegnet, und immer hatte er furchtlos in ihrer Gegenwart gefischt, doch diesmal packte ihn gewaltige Angst und er drehte augenblicklich zur Küste ab, »nicht geneigt, sich auch nur in der Nähe dieser Meeresungeheuer aufzuhalten«.

# *Ein Badevergnügen in herrlicher Brandung*

Am nächsten Morgen, es war Sonntag, der 9. Juli, versammelten sich die Sommergäste von Asbury Park in den Hotels und Ferienhäusern zum Frühstück hinter den Ostfenstern, um, wie es die lokalen Zeitungen empfohlen hatten, den therapeutischen Effekt des gesunden Morgenlichts am Meer zu nutzen. Im Anschluss daran machten sie sich auf den Weg zur Kirche, wo Solisten »Eye Hath Not Seen« für sie sangen, und schlenderten paarweise über die Strandboulevards. In der Tram Nr. 32 drängten sich bereits wieder die Strandbesucher, denn wie die *Asbury Park Press* frohgemut verkündet hatte, hatten die »Besucher und Hotelgäste ihre Zuversicht vollständig zurückgewonnen«.

Man unterhielt sich über die Pracht eines riesigen Diamanten im Wert von 18 000 Dollar und fragte sich, weshalb das Saint Claire eine Stellenanzeige für »farbige Kellnerinnen« aufgegeben hatte und das Surf House »zwei erfahrene weiße Zimmermädchen« suchte. In Asbury Park war wieder »Normalität« eingezogen – im ursprünglichen Sinne des Wortes, bevor es Präsident Harding seiner neuen Bestimmung als Bezeichnung für die heiteren Tage vor der großen Desillusion nach dem Ersten Weltkrieg zuführte –, die Normalität von Tagen wie diesem eben.

Die Strände waren überfüllt, und tausende tummelten sich im Wasser, offenbar keinen Gedanken mehr an den Tod von Charles Vansant oder Charles Bruder verschwendend. Verdrängung war wieder zum treuen Begleiter des Haies geworden. Was hätte dort, wo es nichts Schrecklicheres gab als die Vorstellung, von einem monströsen Fisch verschlungen zu werden, auch erlösender sein können als das Vergessen?

Ganz abgesehen davon brauchte man sich ja nun um Haie keine Sorgen mehr zu machen. Einen Tag nachdem Asbury Park von hysterischen Ängsten überschwemmt worden war, war »die Furcht vor dem Hai... praktisch ausgestorben«, wie die *Press* jubelte, »obwohl es nach wie vor irgendwo im Meer Haie gibt und übrigens auch Wale. Doch die Badestrände von Asbury Park sind frei von Haien, und zwar aus dem einfachen Grund, weil keiner in sie eindringen kann.« Alle Strände waren mittlerweile von Drahtnetzen in U-Form umspannt, und wo man gestern noch gezögert hatte, machte sich heute »wieder Badevergnügen in herrlicher Brandung breit, ohne die geringsten Anzeichen einer Gefahr«.

Auch in Ocean Grove, gleich nördlich von Asbury Park, hatte der Ratsvorsitzende der Stadt, Frank B. Smith, angekündigt, dass ein Vertrag für die Errichtung eines Schutznetzes um den Strand unterzeichnet worden sei, obwohl man so etwas gar nicht nötig habe. Nicht ahnend, dass Haie sehr viel eher in seichtem Gewässer angreifen, hob Smith insbesondere hervor, dass das Meer vor Ocean Grove bei weitem nicht so tief war wie vor Beach Haven und Spring Lake und diese »andere Charakteristik... die Gefahr, von einem Hai aufgesucht zu werden, gewaltig verringert«. Sogar in Spring Lake begann sich an diesem dritten Tag nach Bruders Tod der Strand wieder zu füllen. Zwar »zögerten die Badegäste noch, weiter hinauszuschwimmen«, berichtete die *Press*, »doch schon Anfang kommender Woche wird man gewiss feststellen können, dass das Schwimmen wieder en vogue ist«.

Außerdem fühlten sich die Badegäste durch die Versicherung beruhigt, die der Direktor der amerikanischen Fischereibehörde, Hugh Smith, gerade abgegeben hatte: Niemand brauche »über die Maßen besorgt« zu sein oder »sich gar vom Schwimmen abhalten zu lassen«, denn »Haie sind nicht bösartig«. Der 51-jährige Smith, ein weltweit respektierter Meeresbiologe, war um die Jahrhundertwende Direktor des Marine Biological Laboratory von Woods Hole in Massachusetts gewesen und 1907 bis 1910

Leiter der von der Regierung finanzierten Expedition der *Albatross*, bei der man 400 000 Fische und andere Wassertiere gesammelt hatte, um eine der weltweit größten und vielfältigsten meeresbiologischen Sammlungen zusammenzustellen. An Bord der *Albatross* hatte er sich mit international berühmten Wissenschaftlern angefreundet, darunter auch mit Frederic Lucas. Und wie Lucas war auch Smith, der ebenfalls jahrelang Haie studiert hatte, der Ansicht, dass weder Bruder noch Vansant von einem Hai getötet worden sein konnte.

Smith hielt den kapitalen Atlantischen Schwertfisch *Xiphias gladius* für den Täter in beiden Fällen, da dieser über eine ebenso hohe Rückenflosse wie ein Hai verfügte, was für ihn auch erklären konnte, dass während beider Attacken eine solche Flosse gesichtet worden war. Der enorm große Schwertfisch – er wird bis zu fünf Meter lang und kann bis zu 1000 Pfund wiegen – erreicht ebenfalls hohe Geschwindigkeiten; und Smith behauptete auch, von Fällen zu wissen, bei denen Menschen von dem langen, flachen Schwert dieses Tieres einfach durchbohrt worden waren.

»Wenn wir bedenken, dass jährlich Hunderttausende von Schwimmern an unserer Ostküste baden und dennoch bis zu diesen beiden jüngsten Vorfällen seit Menschengedenken kein Einziger gebissen wurde, dann meine ich, dass dies eine Aussage zugunsten der Haie ist«, erklärte Smith. »Unsere Haustiere, ob Pferde, Hunde oder andere Arten, haben keinen auch nur annähernd vergleichbaren Leumund.«

# TEIL III

## *Auf dass er kein Unwesen mehr treiben kann*

# *Auf dem Weg in die Welt des Menschen*

Als die Sonne im Meer versank und sich die Konturen der Küste vertieften, tauchte der Hai auf zehn, fünfzehn Meter Tiefe ab, richtete sich neu aus und glitt über die Kiesellandschaft am Meeresboden. Viele Fische suchten gerade nach einem Platz, an dem sie ein weniger gutes Ziel abgeben würden und ihnen die Nacht Schutz vor Räubern bieten konnte. Der Hai verschmolz mit dem Meeresgrund, machte sich unsichtbar und begann mithilfe seiner riesigen Schwanzflosse durch das dämmrige Licht zu manövrieren.

Vor seinen schwarzen, jeden Lichtschein absorbierenden Augen zeichneten sich im Trüben die gewaltigen verrosteten Dampfkessel und Maschinen von gesunkenen Dampfern ab. Schwärme von großen Butterfischen und Lippfischen schwammen wie toll zwischen den Wrackteilen herum, jedoch immer irgendwie außer Reichweite des Haies. Er glitt weiter durch diese unheimliche Welt toter Formen, vorbei an den Wracks, die überall verstreut lagen, als sei dies der Friedhof der Kolosse, vorbei an dem Gerippe der *Western World*, eines Clippers, der 60 Jahre zuvor mit 300 Passagieren an Bord gekentert war, und an der *Malta*, einem 75 Meter langen Dampfer, der 1885 gesunken war. Der Hai suchte den Meeresboden nach Lebendem wie Totem ab, nach allem, das nicht fliehen konnte. Er zog über Jungfernblöcke, Bolzen, Decklichter, blaue Glasflaschen, Senfgläser, Reitersporen, Whiskeyflaschen, Tintengläser und Schiffsglocken hinweg, alles Gegenstände aus dem vergangenen Jahrhundert. Er glitt über Zinnbecher, aus denen bei der Henkersmahlzeit getrunken worden war, und über noch immer volle Gingerbierflaschen, Pfeifen und Parfümflakons aus den Siebzigerjahren des 19. Jahrhunderts, auch über eine ganze Ladung von Gewehren, die auf dem Weg in den Bürgerkrieg gewesen waren und seither in ihren Kisten moderten.

Verunsichert schoss er auf Schwärme von Umberfischen und Sonnenbarschen, Roten Gabeldorschen, Seeteufeln und Menhaden zu, aber es gelang ihm einfach nicht, sich einen zu schnappen. Die Fische im mittleren Atlantik waren straff in Klassen organisiert – hier die Räuber, dort die Beute –, eine natürliche Struktur, aus der sich der Hai durch Krankheit oder Unfähigkeit selbst ausgeschlossen hatte. Die brutal mitleidlose Choreographie der Natur hatte keinen angemessenen Part mehr für ihn vorgesehen. Das tiefe Wasser war hier viel undurchdringlicher, als er es aus den Tropen gewöhnt war, denn das schwächere nördliche Licht drang nicht so weit hinab, dafür war es von wesentlich mehr Fischen, wenn auch in geringerer Artenvielfalt bevölkert als das südlichere Meer – lebende Wolken, die ihn flohen, stumme Zeugen seiner entkräfteten Überlebensversuche.

Die erfahrenen Fischer von der südlichen und mittleren Küste New Jerseys waren überzeugt, dass der Menschenfresser – um welches Tier es sich auch gehandelt haben mochte – mit der Küstenströmung gen Norden weitergezogen war. Es herrschte zwar noch immer großes Rätselraten über dessen Verhalten, doch diese Schlussfolgerung erwies sich als genau richtig. Die hämmernden Hiebe des Ruders vor Asbury Park und die peitschenden Schüsse vor Spring Lake hatte der Hai als ihm überlegene Räuber erlebt und war deshalb mit der Strömung in Richtung Norden geflohen, direkt in eine Welt, die nicht für ihn geschaffen war. Sein Hunger – oder sein Wahnsinn – begann einen höchst kritischen Punkt zu erreichen.

Doch der Hai war auf eine Weise fähig, Hungerkrisen zu meistern, von der sich die Menschen im Jahr 1916 keine Vorstellung machen konnten und die zu verstehen man sich sogar Jahrzehnte später noch mühen sollte. Inzwischen ist nachgewiesen, dass ein Hai, ähnlich einem Kamel, Nahrung im Magen für den späteren

Verbrauch aufsparen kann. Sehr wahrscheinlich waren daher auch bei diesem Hai die Bein- und Knochenteile und die Fleischbrocken aus dem Torso von Charles Bruder noch im Magen enthalten. In Hai-Mägen wurden nicht nur hochglänzende, gänzlich unverdaute, vollständig erhaltene Delphine und Makrelen gefunden, so frisch, als hätten sie beim Fischhändler auf Eis gelegen, sondern sogar nach wie vor gut lesbare Dokumente aus Papier. Der bisher überzeugendste Beweis für diese kamelartige Fähigkeit des Haies, Krisen zu überstehen, wurde am 17. April 1935 erbracht, nachdem Albert Hobston einen vier Meter langen Tigerhai vor Sydney in Australien gefangen und lebend zum Coogee Aquarium geschleppt hatte. Acht Tage später, während der Hai in Gefangenschaft mit dem Tode rang, spuckte er einen Vogel, eine Ratte und, bereits unheimlich aus einem Schwall von Schlick herausragend, einen kräftigen menschlichen Unterarm aus, der so gut erhalten war, dass man deutlich die Tätowierung zweier Boxer darauf erkennen konnte. Nachdem ein Foto dieser Tätowierung in einer Zeitung von Syndney veröffentlicht worden war, konnte ein Mann diesen Arm als den seines 45-jährigen Bruders James Smith identifizieren. Er war sogar so gut erhalten, dass er schließlich sogar auf die Spur und zur Verhaftung des Mannes führte, der Smith ermordet, seine Leiche verstümmelt und anschließend versucht hatte, sie im Meer loszuwerden.

Inzwischen kursieren zwar die wildesten Mutmaßungen über diese mysteriöse »Konservierungsfähigkeit« des Haies, aber die Geschichte des jungen Weißen Haies im Juli 1916 ist letztlich gar nicht so geheimnisvoll: In dem während jener Woche abgekühlten Küstengewässer begann die Körpertemperatur des großen Fisches zu sinken und sich sein Verdauungsprozess zu verlangsamen, das heißt, er verdaute das Fleisch zweier menschlicher Beine nur sehr allmählich und gelangte durch diese langsame Nahrungszufuhr wieder zu Kräften. Die unverdaulichen Knochen spuckte er später wieder aus, wie er es mit Schildkrötenpanzern und Tümmlerknochen zu tun pflegte, nicht anders als ein Hund, wenn er Hühnerknochen auswürgt.

Doch Charles Bruders Körperteile konnten den Hai nicht lange ernähren. Man vermag sich kaum vorzustellen, dass ein junger Weißer Hai in seiner natürlichen Umwelt derart in Schwierigkeiten geraten kann beziehungsweise dass auch Meerestiere in Freiheit, ohne vom Menschen dazu getrieben worden zu sein, Fehler begehen und sich in Situationen zu manövrieren imstande sind, aus denen es scheinbar kein Entrinnen gibt. Vor allem dem Weißen Hai hängt das Image von Perfektion an, er ist unsichtbar, unbesiegbar und frei. Unvollkommen ist hingegen der Mensch. Doch die Evolution pflegt Überstunden einzulegen, um etwas zu korrigieren.

Bei Morgengrauen schraubte sich der Hai wieder aus der Tiefe hoch. Schnell durchquerte er die gefährlicheren mittleren Meereshöhen, um wieder an die Oberfläche zu gelangen, dorthin, wo sich sein weißer Bauch perfekt in das Spiel der Lichter einpassen konnte. Als die Sonnenstrahlen dann direkt auf die Wasseroberfläche trafen und in die Tiefe eindrangen, tausendfach zurückgestrahlt und gebrochen, wurde der auf den Wellen dahingleitende Hai noch unsichtbarer. Acht Meter unter ihm wurden die Langwellen des Rotlichts vom Wasser verschluckt, verschwanden ganz einfach. Der Hai schwamm in einem Äther aus matten Brauntönen, für den Blick von unten kaum wahrnehmbarer als die Konturen der Strömungen. Der Fisch war perfekt vor den Augen seiner Beute geschützt und für die Jagd gerüstet. Obwohl einsam und hungrig, hatte dieser Spitzenprädator der Meere noch nichts von seiner Gefährlichkeit eingebüßt. Doch aus seinem gewohnten Lebensraum vertrieben und auf dem Weg in die Welt des Menschen, war er ein Fremder.

# *Das von allen geliebte Herz der Stadt*

30 Kilometer landeinwärts von Asbury Park lag am Ufer des Matawan Creek ein kleines Städtchen, wie es am Anfang des 20. Jahrhunderts typisch für die Vereinigten Staaten war. Die Main Street zog sich schnurgerade durch die Ortsmitte, parallel zum Wasserlauf, auf dem kiellose, mit Tomaten aus den umliegenden Farmen beladene Boote drifteten. Ein paar weiße Kirchtürme ragten hoch über die Geschäfte und gepflegten Häuser, die sich die Main Street entlang unter den Ulmen und Platanen aneinander drängten, bis die Bebauung ausdünnte und nur noch vereinzelte Scheunen hinter langen, grauen Zäunen zu sehen waren, die sich über braune Felder zogen und zwischen den Reihen der dahinter liegenden Gemüsebeete hindurchschlängelten.

Matawan hatte schon lange als ein Knotenpunkt dieser Kornkammer des mittleren Nordens von New Jersey fungiert. Die Luft war noch sauber, abgesehen vom Rauch aus den bienenemsigen Ziegelbrennöfen entlang des Creek, und die Ruhe noch ungestört, mit Ausnahme der rhythmischen Geräusche des Zuges, der sich hin und wieder von hier aus mit Ziegeln für den Bau der U-Bahn unter der Eighth Avenue auf den Weg nach New York City machte. Natürlich war er nicht das Einzige, das aus der Außenwelt in die Kleinstädte des neuen Jahrhunderts Einzug hielt und wieder verschwand, doch in Matawan machte kaum etwas Halt, und kaum etwas davon veränderte die schottisch-irischen Farmerfamilien und Kaufleute, altes, selbstgenügsames Blut. Es waren dies die Jahre, in denen sich die Kleinstädte vor dem Wandel verbarrikadierten und deshalb langsam, mit einem wehmütigen Lied auf den Lippen, zu sterben begannen; es war die Zeit, die einen Norman Rockwell hervorbrachte, welcher damals, gerade 20 Jahre alt, sein erstes Cover für die *Saturday Evening Post* illustrierte, oder einen Thornton Wilder, dem als 19-Jährigem bereits das literarisch-bittersüße Schicksal von *Eine kleine Stadt* vorschwebte. Wenn es in jenen Jahren überhaupt einen spürbaren Wandel gab, dann höchstens, dass Güter, Menschen und Ideen inzwischen mit dem Zug, per Automobil oder durch den Telegrafendraht in dieses Städtchen Einzug hielten und Matawan nicht mehr, wie seit Generationen, hart gesottene Schiffskapitäne und Fischer hervorbrachte. Gerade begann das Städtchen seine alte Nabelschnur zu kappen: den Creek, der es über die Raritan Bay und die Lower New York Bay mit dem 25 Kilometer entfernten Atlantik verband. Das merkantile Herz der Stadt hatte sich von der See in die Main Street verlagert.

Nicht alle waren glücklich über diese gravierenden Veränderungen. Die Alteingesessenen fanden es jammerschade, dass Kapitän Watson Fishers Sohn, der einzig männliche Nachkomme des ehrenwerten pensionierten Kommandanten der Savannah Steamship Line, im Alter von 24 Jahren beschlossen hatte, Schneider zu werden. Sie empfanden es als eine gewaltige Vergeudung, wenn sie den muskulösen W. Stanley Fisher – mit seiner Größe von 1,85 Meter und einem Gewicht von 210 Pfund der beste Sportler der Stadt, ein Riese von einem Mann für die damalige Zeit und obendrein ein hübscher Flachskopf – im Cecil-Anzug und steifen Kragen, die sanften Augen hinter einer Drahtbrille versteckt, über Nadel und Faden gebeugt sahen. Doch Stanley Fisher gehörte einer neuen amerikanischen Generation an, der ersten, für die Automobil und Massenproduktion bereits etwas Normales waren. Er war ein Bursche, der sich die Freiheit nahm, zu tun und lassen, was er wollte, und zu gehen, wohin es ihn beliebte. Er konnte die kleine Stadt, in der er zur Welt gekommen war, einfach verlassen. Zur großen Betrübnis seines Vaters hatte Stanley Matawan tatsächlich schon als Jugendlicher den Rücken gekehrt, um sein Glück in Minnesota zu suchen, wo seine Schwester lebte. Doch Kapitän Fishers Gram verwandelte sich in Freude, weil Stanley wieder heimkam und, nach einer Lehre als Tuchpresser, eine Schneiderei an der Main Street eröffnete. Der kräftigste junge Mann der Stadt war nicht zum verlorenen Sohn geworden. Mit auffälligen Anzeigen warb er nun im wöchentlich erscheinenden *Matawan Journal* für sein neues Geschäft und hatte sich völlig in das neue, gemeinschaftsorientierte Kleinstadtleben integriert – er war diversen Clubs beigetreten, schleppte bei der freiwilligen Feuerwehr Wassereimer, forderte als Mitglied mehrerer Teams seinen Status als Star unter den Sportlern der Stadt zurück und sang jeden Sonntagmorgen im Kirchenchor. Sobald er das richtige Mädchen finden würde, wollte Stanley Fisher heiraten und Kinder haben. Den Männern, die ihr ganzes Leben auf See verbracht hatten, mochte eine solche Existenz eng und klein erscheinen, doch für ihn gab es Kompensationen, von denen sich die ältere Generation eher eingeschüchtert fühlte – Automobile, modische Kleidung, Telefon, all die vielen neuen Dinge, die scheinbar so leicht zu bekommen waren und schon bald einen Namen erhalten sollten: »The American Dream«.

Die Älteren unter den Einheimischen fühlten sich ein wenig irritiert von den aggressiven Anzeigen, die der junge Stanley Fisher regelmäßig im *Matawan Journal* erscheinen ließ. Im vergangenen Jahrhundert war Reklame eine unziemliche oder doch zumindest unnötige Sache gewesen, denn es hatte ohnedies ein jeder seinen angestammten Platz, weshalb Anzeigen bestenfalls Bekanntgaben der Lagerbestände in den Läden gewesen waren. Was den Leuten befremdlich erschien, war nicht die Veröffentlichung von relevanter Information, sondern dass damit zum Kauf gedrängt wurde. Um die vorhandene Konkurrenz in der Stadt auszustechen, hatte Stanley Fisher seine Anzeige durch die Zeichnung eines Mannes im neuesten Anzug des Schneiders ergänzt, dem so genannten Cecil, den er zum Preis von zwischen 16 und 38 Dollar anfertigte – im eleganten »New-York-Look«, dem »topmodischsten Stil«, maßgeschneidert »für *Sie*… zu Ihrer *absoluten* Zufriedenheit, aus jedem der hundert wunderbaren Stoffe in meinem Geschäft«.

Auch das Firmenschild war hypermodern. Stanley Fisher war kein Mann, der einfach seinen eigenen Namen herausgehängt hätte, nein, an seinem Laden prangte das Schild »The Royal Tailors, Chicago – New York«. Natürlich dachte dabei jeder sofort an den glanzvollen Stil der wohlhabenden Müßiggänger, von denen man damals das britische Imperium bevölkert glaubte. Unter dem Firmennamen ruhte auf einer Stelle ein geschmeidiger Königstiger mit aufgerissenem Maul. Doch die Alteingesessenen, die sich nie so recht für die neuen Kleidungskombinationen der Reichen erwärmen konnten, machte dieses Schild eher etwas nervös. Stanley war nicht einfach nur ein Schneider, sondern auch ein »authorized resident dealer«, der Einzige am Ort also, von dem man wirklich etwas erwarten durfte.

Mit der Übereifrigkeit des jungen Mannes, der sich einen Platz in der Gesellschaft sichern will, verkündete er: »Unsere Dienste sind *vorzüglich*, was am besten die Kunden bestätigen können, die immer wieder kommen, um neue Aufträge zu erteilen – eine gewiss vorzügliche Empfehlung.« Allenthalben in der Stadt bekannt war jedoch, dass Stanley, nicht anders als jeder andere neue Händler vor Ort, um einen Kundenstamm kämpfen musste. In der vorigen Woche hatte er einen Tauschhandel gemacht, den seine Freunde, als er ihnen davon erzählte, ungläubig staunend belächelten: Stanley Fisher, jung und lebensprühend, wie er war, hatte einen neuen Maßanzug gegen eine Lebensversicherung im Auszahlungswert von 10 000 Dollar getauscht. Die alten Seefahrer schüttelten den Kopf über ein derart weites Vorausdenken und die Tatsache, dass ein junger Mann solche Vorsicht an den Tag legte. Sogar Stanleys junge Freunde waren erstaunt. »Eine Lebensversicherung?!«, rief einer von ihnen ungläubig, womit er nichts anderes ausdrücken wollte, als dass Stanley doch lieber sein Leben genießen sollte, anstatt sich über spätere Zeiten Gedanken oder gar Sorgen zu machen. »Spinnst du? Du bist 24!« Der hoch gewachsene, gutmütige Schneider lächelte nur.

Am Morgen des Dienstags, des 11. Juli, als das Geschäftsleben in der Main Street gerade erst zu erwachen begann, öffnete Stanley Fisher seine »Royal Tailors« früher als sonst, um für einen neuen Anzug Maß zu nehmen, während seine Hilfskraft im Laden bereits einen Kunden bediente. Old Dobbin, das große braune Zugpferd, klapperte die Main Street herunter, hinter sich den Wagen von Springdale Dairy herziehend, der die Kundschaft mit Wooley's Aerated Milk* in Glasflaschen belieferte. Die Straße war noch unbefestigt, abgesehen von den Holzbohlen, weshalb Old Dobbins auch eine Menge Staub aufwirbelte; außerdem trug er ein Netz, um die Bremsen fern zu halten, deren Stiche das große Pferd ansonsten zu einem Dauergalopp veranlasst hätten, der angesichts des herrschenden Verkehrs äußerst gefährlich gewesen wäre. Ford-Ts, deren Motoren per Hand angekurbelt werden mussten, knatterten lautstark hinter den Staubwolken der Pferdekarren her, die Weizen zum Bahnhof brachten. Der Geruch von Pferdemist und Benzin waberte über der Straße, doch die eduardischen Bürger verzogen wegen solcher Umstände keine Miene, wenn sie die drei Blocks der Main Street entlangschlenderten. Dies hier war kein Schlag, der Aufhebens von den Dingen machte, dies waren beherzte Menschen, die mit allem zurechtkamen.

Für einen Mann wie Stanley Fisher war es höchst ungewöhnlich, sich den Luxus eines einzigen Berufes leisten zu können. Martin Weber war ebenfalls Schneider, aber mit 50 Cent pro maßgeschneidertem Anzug hatte er nicht einmal in den alten Tagen genug Geld zum Leben, also eröffnete er im selben Haus, Main Street Nr. 263, Weber's Grocery Store, in dem er Mehl und Getreide in großen Mengen für seine Kundinnen in Säcke schaufelte und Bestellungen von Frauen im Umkreis von mehreren Kilometern eintütete. Auch John Wright, der Bartender vom Aberdeen Inn gegenüber vom Eisenbahndepot, wechselte seine Arbeit am Ausschank mit dem Job als Leiter der städtischen Telefonzentrale ab, die sich gleich hinter der Bar befand; Harvey Johnson führte die Farmer's and Merchant's Bank in der einen Hälfte des Hauses in der Main Street, deren andere er mit Frau und Kindern bewohnte; und John Mulsoff, der Barbier von der Main Street,

* Anm. d. Übers.: Milch, der mittels eines speziellen Durchlüftungsverfahrens der Geruch entzogen wurde.

verdoppelte sein Einkommen als Schutzmann der Stadt. Es mag stimmen, dass einem die Kleinstadt mit ihrer Engstirnigkeit und erzwungenen Nachbarschaftlichkeit die Luft abdrehen konnte, wie es Sinclair Lewis dem amerikanischen Bewusstsein bald mit seinen Bestsellern *Die Hauptstraße* und *Babbitt* vor Augen führen sollte, doch zweifellos erachteten es diese Männer durchaus als Vorteil, jedem bekannt zu sein und von allen gebraucht zu werden.

Obwohl sie die Traditionen wahrten, empfanden sich die Bürger von Matawan als modern und weltoffen, denn sie hatten – die meisten endlich befreit vom Pflügen und Pflanzen – Zeit für Freizeit, weshalb sich Matawan auch fröhlich der fast schon hysterischen Vorliebe des neuen Amerika für Sport, Clubs und Vergnügungen aller Art anschließen konnte. 13 Jahre sollte es noch dauern, bis das Rivoli-Theater durch den neuen Tonfilm zum Gipfel des Amüsements aufsteigen würde. Im Moment war noch das Dominoturnier *das* Ereignis in der Stadt: Am 4. Juli traten Männer in langer, viktorianischer Damenkleidung, breitkrempige, blumengeschmückte Hüte auf den Köpfen, gegen das Baseballteam der Frauen an – und zwar ausnahmslos alle, abgesehen vom Bürgermeister, der sich als Uncle Sam verkleidet hatte. Die Leute waren stolz auf die Stadtbücherei, die sich des Besitzes von über 3000 Büchern rühmen durfte. Wer sich nicht für James Joyces neuestes Werk *Dubliner* oder Joyce Kilmers neues Gedicht »Trees« erwärmte, der konnte sich auch Groschenromane und Wildwest-Geschichten ausleihen oder die neue Zeitschrift *Detective Story* und jede Menge Schund, von *Argosy* bis *All-Story*, deren Herausgeber dröhnten, dass sie »dem normalen Mann geben, was er will«, also »Action, Aufregung, Blut, Liebe, ein bisschen Humor, einen Hauch Sex, eine gehörige Portion Leidenschaft und eine Menge Entspannung«. Der letzte Hit von *All-Story* war »Tarzan of the Apes«.

Die Fabriken, die den Männern und Frauen von Matawan das Geld und die Zeit für so viel Freizeit boten – dies war nicht nur die Stadt der Ziegel, hier wurden auch Streichhölzer, Schokolade, Klaviere, Eisenkörbe, Flaschen, Wachse, Asphalt und Kupfergusswaren hergestellt –, sollten den Creek im Laufe der Jahre immer mehr verbauen und immer tiefer ins Land jenseits der Main Street eindringen und die Luft verschmutzen. Doch 1916 gab es erst vereinzelte Produktionsstätten am Creek, noch plätscherte er idyllisch durch das hohe Schilf zwischen einer friedlichen, ausgedehnten Prärie unter einem weiten, klaren Himmel. Allerdings stimmte er die Städter bereits damals sentimental, wurde er schon zu dieser Zeit als das romantische Verbindungsglied mit der ländlichen Vergangenheit empfunden, als ein Flecken Erde, wohin sich der »überzivilisierte Mensch«, wie Roosevelt die Massen auf dem Weg in die Urbanität genannt hatte, in besinnlichere Welten zurückziehen konnte, wo ein Mann einer Frau noch in der Kulisse heiler Natur den Hof machen oder seine letzte Chance ergreifen konnte, noch einmal Kind zu sein oder sich wenigstens daran zu erinnern, wie es einst gewesen war, zum Beispiel an der Stelle hinter der Main Street, 20 Meter hügelabwärts unter der morastigen Uferböschung, wo die Jungen des Städtchens seit Generationen angelten und Suppenschildkröten fingen. Sogar das *Matawan Journal* war bereits voller Oden an den Creek und pflegte schon damals Erinnerungen an die gute alte Zeit, als man sich noch mit Freunden am Ufer des leise plätschernden Gewässers zum Picknick traf und sich Verliebte im Mondenschein in kleinen Kanus darauf treiben ließen. Der Creek war das von allen geliebte Herz der Stadt.

An diesem Nachmittag des 11. Juli, die Sonne brannte heiß vom Himmel, verließ Rensselaer »Renny« Cartan junior, ein dunkelhaariger, ungewöhnlich athletischer und breitschultriger Junge für seine 14 Jahre, die Cartan Lumber and Coal Company seines Vaters und lief die Straße hinunter, um seinen Cousin Johnson Cartan zu suchen. Der kleinere, stillere Johnson, 13 Jahre alt, füllte gerade die Regale in Cartan's Department Store in der Main Street Nr. 92 auf, der Rennys Onkel A. J. Cartan gehörte. Die Cartans zählten zu den prominentesten Familien der Stadt. A. J. Cartan war Telegrafenbeamter gewesen, bevor er sein Geschäft eröffnete – »A. J. Cartan's Furniture, Dry Goods, Shoes, Groceries, Hats und Western Union Telegraph Service« –, in dem man praktisch alles bekam, was das Herz begehrte. Erst ein paar

Jahre zuvor hatte er den Telegrafendienst geschlossen und dafür eines der neuen Telefone angeschafft, das seither der ganzen Stadt zur Verfügung stand.

Renny und sein Cousin Johnson nahmen eine Abkürzung zum Creek, einen Trampelpfad durch das hohe Schilf, der hinunter zur Badestelle am Fluss führte. Dass Jungen nackt in das alte Wasserloch sprangen, war seit Generationen Tradition in Matawan, und alle Geschäftsleute der Main Street entließen ihre Söhne und Lehrlinge am Nachmittag aus der Pflicht, damit sie sich dort abkühlen konnten. Gleich hinter den Häusern der Main Street verlief von der Scheune ein schmaler Pfad zum alten Kalkwerk am Flussufer, in dem kurze Zeit zuvor noch Austernschalen zu Kalk verrieben worden waren, bis es schließen musste, weil die Fabriken entlang der Lower Bay von New York sämtliche Austern und damit auch das Gewerbe der Austernhändler vernichtet hatten. Doch das alte Lagerhaus warf noch immer seinen breiten Schatten über die liebliche, weite Biegung, die der Creek an dieser Stelle machte. In seinem Schutz, eingerahmt von dicht stehenden Bäumen und auf der anderen Seite vom alten Wyckoff-Dock, lag eine kleine, natürliche Bucht, die zur beliebtesten Badestelle des Ortes geworden war.

Die Jungen kletterten auf die Bohlen des Piers, warfen lachend und johlend ihre Kleidung ab und genossen mit großem Radau dieses tägliche Ritual wie etwas, das ihr natürliches Recht war. Renny Cartan stand nackt auf einem Holzpfahl des Docks und alberte mit seinem Cousin und seinen Freunden herum, als er das Gleichgewicht verlor. Der Creek war an dieser Stelle neun Meter breit, flach und durch die jüngsten Regengüsse viel aufgewühlter und trüber als sonst, weshalb Renny nicht bis auf den Grund sehen und erkennen konnte, worauf er nach dem Sturz prallen würde. Doch was hätte ein nackter Junge am Rand eines Wasserlochs inmitten des idyllischen Farmlands im letzten Friedenssommer schon zu befürchten gehabt?

Renny Carter gab der Schwerkraft und dem Vergnügen dieses Moments nach und ließ sich mit einem Jauchzer in den Creek fallen.

# *Fremde Welt*

Der knapp zweijährige Hai begann einen heroischen Wachstumsspurt. Mit seinen eben einmal zweieinhalb Meter Länge und 400 Pfund Gewicht war er erst eine Miniaturausgabe dessen, was einmal aus ihm werden würde. Wie groß Weiße Haie werden können, ist nicht bekannt; der größte, den man jemals entdeckte, war knapp sechs Meter lang und mehrere Tonnen schwer. Aber es gibt unzählige Berichte über noch weit größere Exemplare – bis hin zu neun Meter Länge und fünf Tonnen Gewicht. Einige Forscher glauben sogar, dass es Giganten von zehn und noch mehr Metern da draußen gibt, so groß, dass keine von Menschenhand gefertigte Apparatur und kein Fischerboot sie je an Land ziehen könnten. Ein junger Hai wie dieser wächst einfach immer weiter, solange er lebt, und kein Mensch weiß, zu welch riesigen Ausmaßen er sich entwickeln kann. Seine Lebenserwartung ist hoch, ein halbes Jahrhundert oder länger, und er wird bemerkenswert abgehärtet sein. Er wird weder unter Krebs noch unter Infektionen oder Gefäßkrankheiten zu leiden haben, ebenso wenig wie unter irgendeiner Konkurrenz. Seine Wunden werden von allein abheilen, und zwar in einer Geschwindigkeit, die dem Menschen wie Science-Fiction vorkäme. Wenn es denn ein Naturgesetz ist, dass ewiger Konkurrenzkampf herrscht, dann steht der Hai über dem Gesetz. Und doch sind auch der Macht des Weißen Haies Grenzen gesetzt. Der halbstarke Hai im Juli 1916 verhielt sich geradeso, als versuchte er mit allen Kräften diese Grenzen zu überwinden.

Nachdem er tagelang vor der Küste in Richtung Norden unterwegs gewesen war, erreichte er schließlich die nördlichste Spitze von Jersey, die Halbinsel Sandy Hook, die, nur zehn Kilometer von den Rockaways und Coney Island entfernt, im Norden der Lower Bay von New York das Tor des Hafens zum Meer bildete.

Der Hai passierte False Channel an der Spitze der Halbinsel. Im Osten lag die offene See vor der fruchtbaren Südküste von Long Island, wo sich – den Menschen der damaligen Zeit unbekannt – einige der größten Weißen Haie der Welt herumtreiben, weil dort jede Menge fette Beute für sie vorhanden ist. Ozeandampfer pflügten sich durch die Engen nach Ellis Island, vorbei an der Freiheitsstatue und ihrer leuchtenden Fackel, die 1916 zum ersten Mal elektrisch gezündet wurde. Der Hai folgte seinem Instinkt. Er zog, die Küste nie aus den Augen lassend, an der Spitze von Sandy Hook vorbei. Das offene Meer ließ er endgültig hinter sich, als er in die Sandy Hook Bay hineinglitt. Aus den Strömungen in den sauberen Tiefen des Atlantiks war der große Fisch nun in das nur anderthalb bis drei Meter tiefe Becken der Bucht eingedrungen, entfernte sich immer weiter vom Meer und schwamm auf ein Küstengewässer zu, in das sich jede Menge Brackwasser ergoss.

Unter den über 400 Hai-Arten sind nur wenige in der Lage, aus Salzwasser in Süßwasser zu wechseln, und nur eine einzige Art davon ist ein großer Raubfisch, nämlich der Stierhai *Carcharhinus leucas*, der mit dem Tigerhai und dem Weißen Hai jene »unheilige Dreifaltigkeit« der Menschenhaie bildet. Unter den 980 im internationalen Hai-Dossier für den Zeitraum zwischen dem Jahr 1580 und Oktober 2000 verzeichneten Angriffen gegen Menschen wird über die Hälfte davon diesen drei Hai-Arten zugeschrieben – dem Weißen Hai 348, dem Tigerhai 116 und dem Stierhai 82. Doch nur der Stierhai verfügt über die einzigartige Fähigkeit, problemlos das salzige Wasser des Meeres mit dem von Flüssen und Seen zu tauschen. Man fand ihn in Alton, Illinois, 2800 Kilometer von der Mündung des Mississippi entfernt, und 4000 Kilometer stromaufwärts im peruanischen Amazonas. Er holt sich sogar Leichen, die im heiligen Fluss Indiens, dem

Ganges, treiben. Der Weiße Hai hingegen kann in Süßwasser gar nicht und im Brackwasser nur eine gewisse Zeit überleben. Es ist eine der wenigen Grenzen, die der Spitzenprädator nicht zu überwinden vermag, und daher eine von anderen Spezies besetzte natürliche Nische. Im Brackwasser beginnt der Salzhaushalt seines Körpers, der nur im Meerwasser ausgeglichen ist, in Unordnung zu geraten. Um dieses Gleichgewicht wieder herzustellen, beginnt der Weiße Hai langsam Salz aus dem eigenen Organismus an das umgebende Brackwasser abzugeben und seine physiologischen Grundfunktionen allmählich einzustellen. Für kurze Zeit wird der Hai somit allein durch seine gewaltige Körpermasse von den todbringenden Effekten des Brackwassers verschont.

Der junge Weiße Hai änderte nach Westen, schwamm an den Mündungen von Bächen und Flüssen vorbei und glitt durch die Hafengewässer, stets dem gewundenen Küstenstreifen folgend, immer weiter vom Leben spendenden Meer entfernt. Alle ihm vertrauten Beutetiere waren verschwunden, er wurde zunehmend schwächer. Seine Trägheit alarmierte ihn, er musste schnell etwas zu fressen finden. Verwirrtheit und Trägheit bedeuteten den sicheren Tod.

Der Hai war weder das erste noch das letzte Meerestier, das sich im Labyrinth von Sandy Hook Bay verirrte. 78 Sommer später, im Jahr 1994, sollte ein Schwarm Delphine die atlantische Seite von Sandy Hook genau an derselben Stelle wie der Hai verlassen und in die Bucht von Sandy Hook eindringen, wo sie dann instinktiv der Küstenlinie folgten und schließlich den Shrewsbury River hinaufschwammen. Den ganzen Sommer über tummelten sie sich im seichten Fluss, doch als dann im Januar die Temperaturen unter den Gefrierpunkt fielen und der Shrewsbury zufror, saßen drei von ihnen in der Falle und versuchten verzweifelt, mit ihren glatten Körpern die Eisdecke zu durchstoßen, um Luft zu bekommen. Schließlich gelang es der Küstenwache, sie mit einem Boot drei Kilometer weiter bis zur Flussmündung in die Bucht zu locken, von wo aus sie ins Meer und in die Freiheit hätten gelangen können. Doch die Delphine schwammen verwirrt im Kreis und dabei instinktiv immer wieder Richtung Süden, wo sie dann erneut in den vereisten Fluss eindrangen und schließlich zugrunde gingen.

Der Weiße Hai hielt sich in Richtung Westen und versuchte ebenfalls instinktiv den Weg zurück ins Meer zu finden, während er sich in Wirklichkeit immer weiter davon entfernte. Er passierte den Shrewsbury River, der den Delphinen zum Verhängnis geworden war, und dann den Ware Creek. In Belford Harbor erreichte er schließlich die Stelle, an der der Pewes Creek aus dem Ried in die Bucht mündete. Die sumpfige Küste war still und verlassen und nur in vereinzelten Ortschaften wie Atlantic Highlands, Port Monmouth und Keansburg besiedelt. 60 Meter über Meereshöhe blinkten die beiden Lichter des »Twin Light of Navesink« in Atlantic Highlands auf, des höchsten Leuchtturms des Landes, dessen Strahlen mehr als 20 Seemeilen Bucht erhellten.

Am Vorsprung von Point Comfort drehte der Hai nach Süden in das breite, natürliche, von windumtostem Marschland umgebene Hafenbecken ab, schwamm weiter, nördlich aus dem Becken an den Einflüssen des Flat Creek und East Creek vorbei, umkurvte dann eine andere Landzunge namens Conaskonk Point und gelangte dort schließlich in die Raritan Bay. Conaskonk Point öffnete sich zur beinahe einen Kilometer breiten Bucht von Keypoint Harbor. Der Hai folgte der Küstenlinie des Hafens in südlicher Richtung, vorbei am Ort Keypoint, immer weiter am Ufer entlang. Doch diese Küstenlinie führte nicht im geschlossenen Kreis zur Raritan Bay zurück, sondern verengte sich an einer Stelle trichterartig zu einem 230 Meter breiten Einschnitt, der sich wiederum zur 60 Meter breiten Mündung eines Wasserlaufs verengte, der von den Gezeiten abhängig war und den man Matawan Creek nannte. Der Creek war also breit genug, damit ihn ein Fisch, der der Küstenlinie folgte, für das Meeresufer halten konnte. Und so kam es, dass der Weiße Hai, der sich immer an der Küstenlinie orientiert hatte, an diesem Morgen in den Creek einbog, ohne zu merken, dass er die Raritan Bay verlassen hatte.

Die Flut spülte den großen Fisch auf einem Schwall Salzwasser in den Creek hinein. Doch schon kurz hinter der Mündung begann sich der Wasserlauf drastisch zu verengen, wie ein umgedrehtes Teleskop. Aus einer Breite von 60 Metern wurden 30, dann 15 und schließlich kaum noch fünf Meter. Mit ein paar Schlägen seiner mächtigen Schwanzflosse drang der große Fisch in eine immer engere, trübere und von immer mehr Süßwasser durchzogene Welt ein. Seine Nervosität steigerte sich.

Der Hai sah sich gezwungen, im tieferen, engen, aber noch navigierbaren Mittelkanal zu schwimmen, der ihm jedoch immer mehr zur Falle wurde. Bei Flut war der Creek zweieinhalb Meter tief, aber bei Ebbe, wenn die Farmer und Fischer aus der Umgebung zum Muschelsuchen kamen, höchstens einen knappen halben Meter. Mit einer solchen Situation hatte es der Hai noch nie zu tun gehabt. Die Welt, in die er geboren worden war, hatte keine Wände oder Kanten. Die See war unendlich. Sie kannte nur zwei Grenzen: das Ufer und den Grund. Vielleicht empfand der Hai so etwas wie Klaustrophobie, als ihm nun in diesem Brackwasser der Grund und die Böschungen immer näher rückten, jedenfalls nehmen das die Forscher an. Doch als er sich seines Fehlers bewusst wurde, konnte er dem engen Wasserkanal bereits nicht mehr entfliehen. Vielleicht versuchte er es, scheiterte aber immer wieder und wurde zunehmend aufgeregter. In einer fremden Umgebung werden Haie von Schwäche, Verzweiflung und gefährlicher Erregung zugleich befallen.

Der südafrikanische Forscher Campbell nannte »vermutlich durch Umweltbedingungen herbeigeführte Verdrossenheit« die Hauptursache von Hai-Angriffen. Doch diese Theorie bezieht sich auf normale Haie unter Stress. Der große Fisch, der sich in den Matawan Creek verirrt hatte, war jedoch schon lange, bevor er in dieser Falle saß, massiv gestört gewesen und hatte bereits eine sogar innerhalb seiner Spezies sehr seltene, explosive Gewaltbereitschaft entwickelt – »wie ein Mensch«, sagt der Ichthyologe George Burgess, »der plötzlich rotsieht und um sich zu schießen beginnt«. Doch während sein Schwanz bereits immer schlapper hin und her schwang, empfing er auf einmal über seine lateralen Kanälchen Signale durch das trübe Gewässer – höchst interessante Signale. Zuerst begannen Schallwellen auf ihn einzuhämmern, dann olfaktorische Botschaften einzutreffen. Schließlich explodierten die Signale geradezu: Beute! Zwei Kilometer vor ihm, hinter den S-förmigen Schleifen des gemächlich durch das Schilfried mäandernden Creek, lag das Städtchen Matawan.

# *Der Creek*

Im erfrischenden Schatten des kühlen Wasserlochs sprangen nun auch die anderen Jungen in den Creek. Die Sonne stand hoch, eine sanfte, warme Brise streifte durch das Riedgras am anderen Ufer und wehte einen fauligen Geruch herüber. Die Beine der Jungen verschwanden im dunklen Wasser, der Schlamm auf dem Grund quetschte sich kühl durch ihre Zehen. Silberne Fische schwänzelten im aufgewirbelten Schlick umher, und die Jungen empfanden wieder dieses aufregende, unvergleichliche Gefühl, als gehörte ihnen der Creek ganz allein. Nur vereinzelt blitzte ein Sonnenstrahl zwischen dem dichten Blattwerk der Bäume auf, die nackten Jungen waren ganz unter sich, während sie um sich spritzten und johlten und den Wänden des alten Kalkwerks Echos entlockten. Einen kurzen Moment lang übertönte ihr fröhliches Gejohle den schrillen, lang gezogenen Schrei, der sofort vom Schilf am anderen Ufer verschluckt wurde.

Nur Momente nachdem Rensselaer Cartan in den Matawan Creek gesprungen war, hinterging ihn dieser vertraute Freund. Er stand fast bis zum Hals im Wasser, als das angenehm erfrischende Gefühl plötzlich von einem brennenden Schmerz quer über der Brust abgelöst wurde. Er verstand nicht, was geschehen war, eine solche Empfindung hatte er in seinen ganzen 14 Lebensjahren noch nicht gehabt. Er blutete und wusste nicht, was da im Wasser war, was an ihm vorbeischrammte, und sein Schreck löste sich in einem langen, spitzen Schrei.

Wie ein Blitz war der im aufgewühlten Wasser unsichtbare Hai an Cartan heran- und dann einem Torpedo gleich an ihm vorbeigeschossen. Die plätschernden Geräusche von der Badestelle, nur anderthalb Kilometer von der Mündung des Creek entfernt, hatten ihn zu Nachforschungen veranlasst. Im Creek wimmelte es nur so von Leben, aber nichts davon erwies sich als groß genug, um den Hai satt zu machen. Dann sah er unter Wasser die schlenkernden Glieder des Jungen, weiß wie Porzellan, und schrammte an dem zugehörigen Körper in höchster Erregung vorbei. Nach Ansicht der Biologen will ein Hai meist erst einmal testen, um welche Art von Beute es sich handelt, nur manchmal treibt er auch eine Art Spiel. Es liegen unzählige Berichte über Haie vor, die Surfbretter oder Surfer anrempelten, ohne anschließend anzugreifen – ein ziemlich einseitiger Spaß, den höchstens der Spitzenprädator unterhaltsam findet. Was auch die wahren Beweggründe des Haies an diesem Nachmittag gewesen sein mögen – sie waren jedenfalls verhängnisvoll. Die Haut eines Haies ist derart scheuernd, dass Zimmerleute dieses so genannte Chagrinleder früher sogar zum Polieren von härtestem Holz verwendet haben. Aber auch bevor sie wirklich zuschlagen, rempeln Haie Menschen häufig erst einmal an und verursachen damit schwere Schürfwunden. Offenbar bezwecken sie damit tatsächlich, die Größe und Stärke der potenziellen Beute zu ermitteln.

Renny Cartan hatte keine Ahnung, dass ein Weißer Hai an ihm vorbeigeschrammt war. Er wusste nur, dass etwas, das zuerst gar nicht wehgetan hatte, plötzlich wie glühende Nadeln zu brennen begann. Aber fast noch gewaltiger als dieser Schmerz war das Gefühl vom Verlust jeglicher Kontrolle, nicht zu wissen, was mit ihm geschah. Erst in diesem Moment bemerkte er die Bewegung von etwas Schwarzem im Wasser, etwas, das größer war als jeder Fisch, den er in seinem Leben gesehen hatte. Doch schon war es wieder verschwunden. Das Wasser schwappte gegen seine Brust, was den Schmerz überraschend intensivierte.

Renny Cartan kletterte schreiend aus dem Wasser. Seine Brust blutete wie von scharfen Messerspitzen geritzt. Die schlammverschmierten Jungen umringten ihn und versuchten ihn zu beruhigen. Aber Cartan war nicht zu beruhigen. Er sagte, dass er von irgendwas Riesigem im Creek angegriffen und verletzt worden sei. Keinem der anderen Jungen war etwas aufgefallen. Rennys Verletzungen sahen schmerzhaft, aber nicht gefährlich aus, als habe er sich an Ästen aufgeschrammt. Seine Freunde hörten ihm zu, aber eben nur so lange, wie Jungen zuzuhören bereit sind, die mitten im Spiel unterbrochen wurden und endlich weiterspielen wollen. Gleich darauf rannten Rennys Cousin Johnson und die anderen wieder zum Dock und sprangen ins Wasser.

Bevor Renny Cartan nach Hause lief, um seine Wunden behandeln zu lassen, rief er seinen Freunden noch einmal zu, dass sie aus dem Wasser kommen sollten, aber seine Warnungen stießen auf taube Ohren. Kaum war er weg, schwamm Johnson Carter schon wieder fröhlich auf seine Freunde zu. Sie krakeelten und planschten herum, sprangen immer wieder vom Dock, nicht ahnend, dass sie damit Schallwellen verursachten, die sich vielfach an den Uferwällen des schmalen Creek brachen und auf einen Weißen Hai einhämmerten, welcher diese lärmenden Säugetiere längst taxiert hatte und nun höchst stimuliert durch das brackige Wasser zischte.

Am nächsten Tag, Mittwoch, dem 12. Juli, als in der Frühe die Besankutter und kiellosen Boote wieder langsam den Creek herabdrifteten, machte sich Thomas V. Cottrell, ein pensionierter Kapitän, von seinem Haus an der Mündung des Creek zu seinem täglichen Morgenspaziergang auf.

Kapitän Cottrell marschierte mit erstaunlichem Elan für seine 58 Jahre und legte ein Tempo vor, um das ihn seine Kumpel, die sich ebenfalls noch oberhalb des Meeresspiegels aufhielten, beneideten. An diesem Morgen war er ein wenig aufgeregter als sonst, und Aufregung tat ihm überhaupt nicht gut. Der alte Seebär – ein unverbesserlicher Geschichtenerzähler und Spaßvogel, ein Mann der hundert Freunde und tausend Legenden – hätte seine Frau oder sieben Kinder niemals mit seinen Herzproblemen belästigt. Man wusste, dass es ihm nicht besonders gut ging, doch niemand zweifelte daran, dass der Kapitän noch viele Jahre vor sich hatte, und er behielt seine gesundheitlichen Probleme für sich. Er verfügte über die Ehrfurcht gebietenden Kräfte eines

Mannes, der wusste, dass ihm ein jeder Freund und er ein beliebter Bürger seiner Gemeinde war.

Während der Kapitän an diesem Morgen unter der schon kräftigen Sonne den Creek entlangspazierte, dessen Wasser sanft an die Uferböschungen schwappte, realisierte er plötzlich, dass er intensiver als sonst in den bräunlichen Fluss starrte. Er hatte von dem Jungen gehört, der sich am Tag zuvor die Seele aus dem Leib gebrüllt hatte – seine Frau Sarah Cottrell Johnson war die Tante des Jungen –, nachdem er von irgendwas im Wasser gebissen oder gekratzt worden war, und bedauerte ihn, hätte aber auch zu gern gewusst, mit welcher Art von Fisch Renny Cartan aneinander geraten war.

Niemand beobachtete den Wasserlauf so wie Kapitän Cottrell. Er lebte in Brown's Point, im hübschen alten Hafenstädtchen Keyport an der Mündung des Creek, dessen viktorianische Häuser die Bucht überblickten. Seine Spaziergänge führten ihn immer aus der Stadt hinaus über die Hügel und Weiden und staubigen, von Holzzäunen gerahmten Wege, vorbei an Silos, Pferden und Kühen. Er ging mit langen Schritten, als sei die Welt zu eng und klein für ihn, als könne er sich nach all den Jahren, die er auf Clippern über die sieben Weltmeere gesegelt war, des Drangs, seine Beine zu strecken, nicht erwehren. Dabei pfiff er sein Lieblingslied »Beautiful Island of Somewhere«:

*Somewhere the day is longer,*
*Somewhere the task is done;*
*Somewhere the heart is stronger,*
*Somewhere the guardian won.*

Doch immer wieder endeten seine Spaziergänge am Creek. Als der Kapitän 1857 in Matawan geboren worden war, hatte man das Städtchen noch Middletown genannt, wegen seiner genau in der Mitte des Creek angesiedelten Lage, und der Wasserlauf war noch von Dampfschiffen wie Paddelbooten befahren worden. Erst als junger Mann war er nach Brown's Point an der Mündung des Creek gezogen, wo der Cottrell-Clan, eine stolze Seefahrerfamilie, als Erster in der Bucht Boote zu bauen begann. Und falls dort einem alten Seebären einmal die Legenden ausgingen, konnte Thomas Cottrell sofort einspringen. Nun aber, bei seinem Morgenspaziergang auf der Zugbrücke angelangt, über die man neuerdings den Matawan Creek überqueren konnte, sah er etwas, auf das ihn weder Gott noch die Gezeiten oder Orkane vorbereitet hatten.

Eine große, dunkelgraue Gestalt kräuselte das trübe Wasser und kam, die kräftige Rückenflosse hoch aufgerichtet, auf die Brücke zugeschwommen. Nach einem kurzen Moment des Schreckens und Unglaubens wusste Kapitän Cottrell, dass es sich um einen Hai handelte, einen großen Hai, kein bisschen kleiner als die vielen, die er im Pazifik, Atlantik und Indischen Ozean gesehen hatte. Er glitt gemächlich den durch die Flut angeschwollenen Creek hinauf, vorbei an Hafer- und Gerstefeldern, Hühnern und Milchkühen.

Je näher der Hai kam, desto bedrohlicher sah er aus. Es war ein riesiges, graubraunes Exemplar, vielleicht zweieinhalb bis drei Meter lang. Da war er auch schon direkt unter Cottrell auf der Brücke hindurchgeschlüpft. Der Kapitän rannte auf die andere Seite und beobachtete die Rückenflosse, bis sie weit oben im Creek verschwand. Mit ungläubigem Schaudern wurde ihm klar, dass der Hai stetig auf die Stadt zuhielt.

Bis dahin hatte der pensionierte Kapitän nur verwundert den Kopf über die Schürfwunden geschüttelt, die sich der kleine Cartan zugezogen hatte, doch jetzt kam er in die Gänge. Die Stadt Matawan hätte sich keinen besseren Wächter als Thomas V. Cottrell in einem Moment wie diesem wünschen können. In seinen Adern floss Meerwasser, und er war es gewöhnt, unter Druck schnelle Entscheidungen zu treffen. Außerdem hatte auch er die jüngsten Gerüchte über zwei Todesfälle durch Hai-Angriffe an der Küste von Jersey in den Zeitungen gelesen und fragte sich nun, ob es sich hier womöglich um dasselbe Tier handelte. Kapitän Cottrell gehörte zu den Seefahrern, die die Legenden über Haie sehr ernst nahmen. Er hatte mit eigenen Augen gesehen, wie sie Lebewesen zurichten konnten, warum also nicht auch einen

Menschen? Hinzu kam, dass er sich nur zu gut an seine eigene Kindheit nach dem Bürgerkrieg erinnerte und wusste, welchen Spaß es machte, an heißen Sommertagen im Matawan Creek zu toben. Also pumpte der alternde Seemann sämtliche verbliebenen Energien in seine Beine, machte auf der Brücke kehrt und rannte in Richtung Matawan los, schwer atmend und inständig hoffend, dass er die Stadt vor dem Hai erreichen würde.

Es dauerte eine Weile, bis er die Böschung vom Creek hochgeklettert und in der Main Street angekommen war. Mit weit aufgerissenen Augen und rotem Gesicht, sein Blutdruck gefährlich angestiegen, rannte er an den Automobilen und Pferdewagen vorbei die alte, koloniale Häuserzeile entlang, ständig hoffend, dass sein heftig pochendes Herz sich der Dringlichkeit dieses Moments bewusst war, vorbei an all den Männern, die er gut kannte, weil er seine Botschaft für den Einzigen aufbewahren wollte, der zählte. An das kleine Postamt in der Main Street Nr. 129 – in dem der Postbote auch an diesem Morgen seine Tasche mit Briefen gefüllt hatte, die ohne Straßennamen adressiert waren – grenzte ein kleines weißes Haus mit einem rot-weiß geringelten Mast davor. Thomas Cottrell stieß die Tür zu John Mulsoffs Barbershop auf. Das Gespräch unter den anwesenden Männern erstarb beim Anblick des alten Kapitäns, der nach Luft japste und einen irren Ausdruck im puterroten Gesicht hatte.

Der beleibte, deutschstämmige Mulsoff war nicht nur der Barbier, sondern im Nebenberuf auch der Schutzmann und außerdem einer der beliebtesten Männer der Stadt. Er war von einnehmendem Wesen, aber ein gestrenger Cop, der bei seinen Kontrollgängen auf der Main Street Respekt heischte und nicht mit sich scherzen ließ, wie sich ein alter Bewohner der Stadt erinnert. Mulsoff muss in der Tat ein Mann von Autorität gewesen sein, wenn ihm als Deutschamerikaner in einer amerikanischen Kleinstadt im Jahr 1916, als sich das Land gerade mit England gegen den deutschen Kaiser verbündet hatte, so viel Achtung erwiesen wurde. Er stand sogar in so hohem Ansehen, dass die jungen Männer aus Matawan, die 1917 gegen Deutschland in den Krieg zogen, ihre Landserpost zu Händen von John Mulsoff in die

Main Street schickten. Dann pflegten sich die Einwohner in seinem Laden zu versammeln und Mulsoff mit seinem deutschen Akzent die Briefe von den Söhnen an der Front auf so umsichtige Art vorzulesen, dass die Mütter und Väter, Ehefrauen und Freunde die Hoffnung nie verloren.

Sofort ließ der korpulente Schutzmann sein kompetentes Auge nachsichtig auf Cottrell ruhen. Die Geschichte, die der alte Seebär gerade zum Besten gegeben hatte – über einen Hai, der aus dem Ozean gekommen war, um den Creek in Richtung Stadt hinaufzuschwimmen –, klang vollkommen verrückt. John Mulsoff brauchte einen Moment, um das Gehörte zu verdauen, warf dann den Kopf zurück und brach in schallendes Gelächter aus, auch die anderen Männern im Barbershop begannen ungläubig zu kichern. Rot vor Zorn und Pein stolperte Cottrell aus dem Laden und schilderte sein Erlebnis in immer dringlicherem Ton den Händlern, die sich inzwischen auf dem Bürgersteig versammelt hatten, ihm aber mit ebenso skeptischen und verwirrten Blicken zuhörten. Ein Hai im Creek? Old Cottrell muss einen Nordoster zu viel abbekommen haben! Verzweifelt versuchte der Kapitän irgendwo auf der Main Street ein offenes Ohr für seine Geschichte zu finden, lief immer weiter auf der Suche nach Männern, die er von der Dringlichkeit der Situation überzeugen konnte. Sie kannten ihn alle seit Jahren und hatten seinen Seefahrererzählungen immer begeistert gelauscht, doch »wo er auch hinkam, lachte man den Kapitän aus«, schrieb die *New York Times* später. Eine solche Story nahm einfach niemand so bereitwillig hin wie seine Geschichten über nächtliche Sturmfahrten durch zehn Meter hohe Wellen. »Wie sollte ein Hai auch 15 Kilometer vom Meer entfernt die Raritan Bay durchschwommen und dann in einen flachen Creek eingedrungen sein, der an der tiefsten Stelle maximal fünf Meter Wasser führte und nirgends breiter als zehn Meter war?«, meinte die *Times*. »Das fragten sich die Bewohner, und dann pilgerten Erwachsene und Kinder wie jeden Tag zum Creek, um sich beim Schwimmen zu vergnügen.«

Thomas Cottrell hatte nicht vier Jahrzehnte auf See überlebt, um nun seinen Instinkten zu misstrauen. Ohne Rücksicht auf seinen keuchenden Atem und sein rasendes Herz eilte er zu den Docks am Creek und kletterte in sein kleines Motorboot, die *Skud*. Kaum hatte er den stotternden Motor in Schwung gebracht, düste er ab. Gleich darauf sah man ihn den Creek hinunterknattern, das Boot stets in der Flussmitte manövrierend, so wie sonst, wenn er sich ganz als Herr der Lage und in seinem Element, aber sicher niemals so hilflos wie jetzt gefühlt hatte. Schützend die Hand über die Augen gelegt, suchte er das Wasser, soweit er blicken konnte, nach einer Rückenflosse und den Köpfen von schwimmenden Kindern ab, ständig Warnungen vor dem Hai brüllend, dass er bald heiser war. Es war drückend schwül und sein Kragen nass vom herabrinnenden Schweiß. Bald war nichts anderes mehr in der Mittagshitze zu hören als die keuchenden Rufe des alten Mannes und das laute, zittrige Knattern des Motors.

# *Vollmond*

Die hohe Rückenflosse durchschnitt die Mitte des braunen Wasserlaufs, als der Hai langsam und ungesehen am Schilfried und an verlassenen Flussbänken vorbei weiterzog. Es war heiß und die Luft erfüllt vom schwefelartigen Verwesungsgeruch des Marschlandes. Allmählich schwoll das Wasser unter dem Hai an, und er begann sich der neuen Umwelt anzupassen, ließ sich auch nicht mehr von den wechselnden Wassertemperaturen irritieren. Die steigende Flut sorgte nun für ausreichend Salz in seinem Körper.

Ebenso unsichtbar wie der Hai an diesem strahlenden Nachmittag im Wasser, wanderte der Mond am Himmel auf seiner Kreisbahn, die ihn zwei Tage später in den Schatten der Erde bringen würde. Für die damaligen Astronomen war die kommende Mondfinsternis vom 14. Juli 1916 kaum von Interesse, doch für einen Hai spielten die Mondphasen eine entscheidende Rolle. In drei Tagen würde Vollmond sein und der Erdtrabant seine maximale Anziehungskraft auf den Globus ausüben. Der Hai reagierte auf das Anwachsen dieser Kräfte mit Erregung und Unruhe. In aller Welt begannen die Fluten der Ozeane zu steigen. Auch der Matawan Creek schwoll bereits an, überflutete die Bänke und umgab den Hai mit Leben spendendem Meerwasser.

Er glitt flussaufwärts im Tempo eines gemächlich wandernden Menschen, schwang seinen Körper von einer Seite zur anderen, nahm die Düfte im Wasser auf und verarbeitete geschwind die eintreffenden Informationen. Der riesige Riechlappen seiner

Großhirnrinde evaluierte alle eintreffenden Gerüche, sein elektrosensorischer Sinn lokalisierte jede potenzielle Beute.

Mit immer heftigeren Schwanzschlägen bewegte sich der große Fisch flussaufwärts, bis er schließlich ein solches Tempo aufgenommen hatte, dass das Wasser in Querwellen ans Ufer klatschte. Niemand sah, wie er vorwärtsschoss. Niemand hätte die Kräfte verstanden, die vom versteckten Mond auf den Rachen des Haies einwirkten, obwohl auch ein Mensch den Ablauf merkwürdiger Veränderungen in seinem Innern spüren mochte.

Allerdings hätten die Einwohner von Matawan im Jahr 1916 gewiss nicht über die Vorstellung gelacht, dass der Mond einen mächtigen Einfluss auf Menschen, Pflanzen und Tiere ausübt. Jedermann damals wusste, dass Menschen, vor allem wenn sie in Gefängnissen oder Irrenhäusern einsaßen, bei Vollmond von einem seltsamen Wahn ergriffen wurden. Auch die alten Volksglauben der Einwohner von Matawan, die deutscher, französischer und schottischer Abstammung waren, erzählten von etwas Bösem, das den Menschen bei Vollmond packt. In der 1916 aufstrebenden modernen Unterhaltungsliteratur (*Dracula* war gerade ein populärer Roman) wurde der Glaube an die Zauberkräfte des Mondes gerade ausgiebig strapaziert, doch »Moon farming«, eine Landwirtschaft, die bei Saat wie Ernte den Mondzyklus berücksichtigte, war in Matawan seit jeher gang und gäbe, und Mythen über den Einfluss des Mondes hatten allenthalben Konjunktur: Mondlicht schadet der Gesundheit, hieß es in den Altweibergeschichten, die zu glauben man weder alt noch Weib sein musste; Schafswolle ist leichter, wenn die Tiere bei abnehmendem Mond geschoren wurden; das Fleisch von Schweinen, die bei Neumond geschlachtet wurden, zieht sich beim Kochen zusammen; Zäune, die im Licht des abnehmenden Mondes errichtet werden, sinken in die Erde ein; Holz, das bei zunehmendem Mond geschlagen wurde, ist saftig; Fische beißen besser in einer Vollmondnacht.

Die Wissenschaftler versuchten verzweifelt gegen die Macht solcher Volksweisheiten anzukämpfen. »Die Forscher widmen einen bedauernswert großen Teil ihrer Zeit, um Antaios in Gestalt dieses oder jenes unbezähmbaren Aberglaubens zu bezwingen«, schrieb Charles Fitzhugh Talman 1913 im *Scientific American*. »Doch ob diese riesenhafte Sagengestalt nun als Äquinoktialsturm oder als Unglückszahl Dreizehn auftritt, als klimatologisch impotenter Golfstrom oder als Über-Mond – der Herakles ward noch nicht geboren, der ihn endgültig in der Luft erdrücken könnte.«

Für die Wissenschaft des frühen 20. Jahrhunderts barg der Mond kaum Geheimnisse. Auch wenn der Himmelskörper nach wie vor studiert wurde, es ging dabei doch immer nur um quantitative Fragen: Wie weit ist er von der Erde entfernt, welche Stärke hat das reflektierte Licht und welche Größe der Erdtrabant? Die Forscher glaubten den Mond längst erkundet zu haben, und jedes neue Experiment diente nur dazu, bereits etablierte Vorstellungen zu bestätigen. Während der Mondfinsternis am 14. Juli 1916 stiegen Tausende von New Yorkern auf Dächer und Aussichtstürme, um fasziniert zu beobachten, wie der Erdschatten über die Mondoberfläche zog; es war eine der klarsten Eklipsen seit Jahren. Doch wie Professor Harold Jacobi vom Fachbereich Astronomie an der New Yorker Columbia-Universität erklärte: »Sie war von keinerlei materiellem Interesse für die Wissenschaft, da sie nichts enthüllen konnte, was nicht längst zum Grundwissen gehörte.«

Später sollten Wissenschaftler herausfinden, dass Haie während der sehr hohen Flutphasen, die durch die Anziehungskraft des Vollmonds entstehen, häufiger angreifen. Auch eine noch nicht abgeschlossene Studie der am Internationalen Hai-Dossier beteiligten Forscher stellt eine weltweite Korrelation zwischen »den Mondphasen, der Fluthöhe und der Häufigkeit von Hai-Attacken« fest. Wie George Burgess betont, erforschen die Wissenschaftler dieses Phänomen vor allem aus »praktischen Gesichtspunkten«, nämlich »um die Zahl von Angriffen zu verringern, indem man die Menschen vor dem höheren Risiko warnt«. Es gibt noch keinen schlüssigen Beweis, dass auch Weiße Haie diesem Muster unterliegen, doch zumindest »eine Studie über Weiße Haie vor Südafrika weist nach, dass ihre Angriffe während des Höhepunkts der Flut ebenfalls einen Höhepunkt erreichen«.

Es gibt mehrere mögliche Erklärungen für den Anstieg von Hai-Attacken bei Vollmond, und auch die Volksweisheiten bezüglich der Auswirkungen der Mondphasen auf Tiere können stimmen. »Es besteht gar kein Zweifel, dass ein Tier je nach Mondphase unruhiger oder aktiver auf Futtersuche sein kann«, schreibt Burgess. Haie könnten außerdem auch auf die Auswirkungen reagieren, die der Mond auf andere Meerestiere hat. Wir wissen, dass die Fortpflanzungsphasen von Korallen und vielen Fischarten dem Mondzyklus unterliegen. Außerdem verringern hohe Fluten den Platz am Ufer und treiben einerseits Beutetiere wie Robben ins Wasser und andererseits Räuber wie Haie näher an die Küste.

Was die Gründe in diesem Fall letztlich auch gewesen sein mögen – der halbstarke Weiße Hai schoss jedenfalls bei nachlassender Sonne und zunehmendem Mond durch das trübe Gewässer des Matawan Creek. Und dessen Pegel stieg. Es war fast zwei Uhr nachmittags an diesem 12. Juli 1916. Der Mond würde seine strahlendste Phase bald erreicht haben und der Creek auf den höchsten Wasserstand in diesem Monat anschwellen.

# *Wie eine Katze die Maus beutelt*

Im trüben Licht der Fabrikhalle neben den Eisenbahngleisen schlug der Hammer zu, als wollte er den eigenen Funken hinterherjagen. Kaum eine Minute später hielt William Stilwell einen grazilen, aber robusten runden Eisenkorb in seinen schwieligen Händen. Schnell hämmerte er den nächsten Korb zurecht und stapelte ihn auf die anderen. Die schwüle Luft war erfüllt von den Rufen des Schichtleiters und den dumpfen Hammerschlägen der Männer und Jungen an den Werkbänken. Von Bill Stilwells Brust und Armen tropfte der Schweiß, aber der Schichtleiter zahlte 50 Cents für 100 Körbe, und Stilwell schuftete mit dem Tempo eines Mannes, der eine junge Frau und fünf kleine Kinder zu ernähren hatte und mindestens drei Dollar pro Tag nach Hause bringen musste.

Es gab schlimmere Jobs am Creek, als Eisenkörbe herzustellen, zum Beispiel Ziegel und Ton in der kochenden Hitze der Ziegelei schleppen zu müssen; die Dämpfe von Farben und Lacken einzuatmen oder bei der Herstellung von Reisflocken, einer Erfindung aus Matawan, den brennenden Rauch in Kauf zu nehmen. Zu der Eisenkorbfabrik der Anderson's Building Materials & Baskets gehörten eine lange Reihe von niedrigen Holzhütten, die als Warenlager dienten, sowie eine Sägemühle, deren bedrohlich großes Sägeblatt die Stämme zerkleinerte, die nach Chesapeake geflößt wurden. Die Herstellung der Körbe war demgegenüber noch relativ ungefährlich und gut bezahlt. Gelegentlich ließ sich Frank Anderson sogar höchstpersönlich in seiner Fabrik blicken, was die Männer immer erfreute, weil er, wie zum Beispiel bei seinem letzten Besuch am Höhepunkt des Sommerverkaufs, den Lohn spontan auf 70 Cents pro 100 Körbe heraufsetzte. Elegante Städterinnen rissen sich um diese Körbe, um darin ihre Sommerbouquets zu präsentieren, und viele New Yorker benutzten sie, um frische Pfirsiche und Tomaten vom Land nach Hause zu transportieren.

Bill Stilwells Job war nicht leicht, gleichwohl wurde der brave, ehrliche Malocher unverdrossen weiter romantisiert, ganz gleich, wie hart seine Arbeitsbedingungen noch immer waren. »William Stilwell ist der Typ des kernigen, typisch amerikanischen Arbeiters«, schrieb der *New York Herald*, »der eine große, glückliche Familie und ein von einem hübschen Garten umgebenes Häuschen sein Eigen nennt.«

Manchmal beobachtete Stilwell seinen ältesten Sohn Russell, der mit seinen 16 Jahren gerade anfing, gewisse Dinge zu hinterfragen, und ließ die Augen dann zu der Werkbank wandern, an der sein Jüngster namens Lester arbeitete. Wenn er sah, wie zart und unsicher der Kleine war, konnte er nur hoffen, dass er sich nicht einmal bei einem seiner Anfälle verletzen würde. Wegen Lester machte sich Bill große Sorgen. Zwar war der Junge gut in der Schule und ehrgeizig – er fertigte nicht nur »Peach Baskets«, sondern sorgte als »Subskriptionsagent« auch für den Verkauf eines Wochenmagazins, wodurch er genug Geld ansparen konnte, um ein Jahr lang seine Kleidung und Bücher selbst zu bezahlen. Aber er war schwächlich und litt unter epileptischen Anfällen, gegen die Doc Reynolds nicht viel ausrichten konnte. Auch dass Präsident Wilson das Mindestalter für körperliche Arbeit per Gesetz auf 14 Jahre heraufsetzen wollte, stimmte Stilwell nicht gerade fröhlicher, denn was sollten die Stilwell-Kinder tun, wenn sie keine Peach Baskets mehr herstellen durften?

Als die Sonnenstrahlen den Creek erreichten und Bill Stilwell bereits ein paar hundert Körbe fabriziert hatte, sah er den Schichtführer nicken und gleich darauf, wie die Jungen ihre Hämmer weglegten und zum Tor eilten, darunter auch Lester. Für Bill war es nicht gerade angenehm, dem Geld hinterherzutrauern, das der Junge noch hätte verdienen können, aber Lester hatte bereits Peach Baskets im Gegenwert von 75 Cents an diesem Vormittag produziert, abgesehen davon war es schrecklich heiß und ganz einfach Tradition, die Jungen an Sommertagen zum Creek laufen zu lassen. Bill Stilwell war selber vor drei Jahrzehnten an vielen schönen Sommernachmittagen froh über diese Möglichkeit der Abkühlung gewesen. Lester lief noch schnell zu seinem Vater, um sich brav von ihm zu verabschieden, und Bill ermahnte ihn, vorsichtig zu sein und lieber in der Nähe des Docks zu bleiben, für den Fall, dass ein Anfall drohte.

Kurz vor zwei Uhr rannte Lester Stilwell in seinen von Hosenträgern gehaltenen Knickerbockern, die er auch in der Schule trug, und mit einer Schiebermütze auf den kurz geschorenen Haaren erleichtert über die Main Street. Er war einer der Jüngsten und Ärmsten unter den Jungen, die am Creek zu spielen pflegten, doch bald würden ohnedies alle Grenzen und Unterschiede fallen. Lester Stilwell, schrieb der *New York Herald*, war nur einer der vielen gleichaltrigen Jungen am Creek »die ihre Schulferien nach bester amerikanischer Art vormittags mit Arbeit in einer Eisenkorbfabrik und nachmittags beim Spiel verbrachten«. In der Nähe der kleinen Bibliothek traf Lester auf den elfjährigen Albert O'Hara und den zwei Jahre älteren Anthony Bublin, deren ältere Brüder ebenfalls in der Korbfabrik arbeiteten. Kurz darauf stieß noch der 13-jährige Charles E. Van Brunt junior dazu.

Auf der Main Street schloss sich ihnen des Weiteren ein älterer Junge an, der 19-jährige Frank Clowes, der sich eine Pause von der Arbeit in der Tankstelle seines Vaters gönnte, der ersten in der Gegend. Frank war bereits als Mechaniker und Zimmermann ausgebildet und stolzierte entsprechend großspurig daher.

Auch der junge Johnson Cartan kam aus Cartan's Department Store angelaufen und gesellte sich zu der Gruppe. Sie beeilten sich, denn nicht alle Väter und Bosse gaben den ganzen Nachmittag frei. Falls Johnson nach seinem Erlebnis am Vortag nun Angst vor dem Wasser hatte, so zeigte er es den anderen Jungen zumindest nicht, denn jeder hielt seinen Cousin Renny mit seiner Geschichte für zumindest ebenso verrückt wie den alten Kapitän

Cottrell, dessen Warnungen vor einem Hai im Creek die Stadt wie ein Lauffeuer durchflogen hatten.

Die sechs Jungen eilten die Main Street hinunter und bogen hinter der Scheune zum Creek ab. Es war ein strahlend heißer Tag. Schnell rissen sie sich die Kleider vom Leib und sprangen von den baufälligen Bohlen des alten Wyckoff-Landungsstegs ins Wasser. Einer nach dem anderen, zuerst Clowes, der ältere Junge, dann Cartan, O'Hara und Stilwell, tauchten unter, schwammen bis zur Flussmitte, dann wieder zurück zum Dock, sprangen erneut und tauchten wieder ab – ein endloser Ringelpiez.

Ungefähr zwei Stunden zuvor war, was die Jungen nicht wussten, Kapitän Cottrell erneut auf dem Fluss durch Matawan gefahren und hatte den Leuten zugerufen, dass er einen Hai gesichtet habe. Ein paar Schwimmer konnte er damit tatsächlich vertreiben, aber das war während der Mittagszeit gewesen, als die meisten Leute entlang des Creek gerade ihren Lunch zu sich nahmen. Kapitän Cottrells Warnungen hatten zwar nicht die erwünschte Wirkung erzielt, ihn jedoch davon überzeugt, dass Matawan nun sicher war. Folglich war er weitergezogen, um auch andere zu warnen.

Während die Jungen also ins Wasser sprangen und ständig hin- und herplanschten, hatte Albert O'Hara die Führung bei diesem Ringelpiez übernommen und schwamm vor Johnson Cartan, Frank Clowes und Lester Stilwell zum Dock zurück, um erneut zu springen. Er wollte gerade aus dem Wasser klettern, als Lester Stilwell rief: »Schaut, Jungs, ich schwebe!« Dann streckte er seinen Körper vorsichtig auf der Wasseroberfläche aus, ließ sich treiben und genoss das wundervolle Gefühl, zu schweben, ein stolzer Moment für ihn, denn der Junge war so schwach, dass er normalerweise Probleme hatte, sich überhaupt über Wasser zu halten. Eine Sekunde später bemerkte Charlie Van Brunt, wie »der größte, schwärzeste Fisch«, der ihm je zu Gesicht gekommen war, unter Wasser auf Lester zuschoss. Lester schrie auf, und Charlie sah, wie der Hai das Maul aufriss und zubiss, sich dabei drehte und rollte und seinen grellweißen Bauch und die blitzenden Zähne zeigte. Der Anblick machte Johnson Cartan so sprachlos, dass er erst viel später Worte dafür fand. Etwas Riesiges, etwas, das »einem alten, schwarz verwitterten Brett« glich, erhob sich hoch über dem kleinen Lester Stilwell aus dem Wasser. Entsetzt sahen die Jungen, dass Lesters Arm aus dem Maul des Haies hing, dann, wie Lester zuerst »geschüttelt wurde, wie eine Katze die Maus beutelt, und anschließend versank, Kopf zuerst«. Beide, Lester wie der Hai, waren verschwunden. Doch plötzlich zerrte der Fisch mit einem derart heftigen Schlag seiner Schwanzflosse an dem Jungen unter Wasser, dass Albert O'Hara von ihr getroffen und gegen die Pfeiler unter dem Pier geschleudert wurde. Viel zu geschockt, um die schmerzhafte Schürfwunde zu spüren, starrte O'Hara auf den roten Kreis im Wasser, der sich immer weiter ausbreitete, und schrie: »Oh, Lester ist weg!« Eine schauderhafte Sekunde lang erschien Lester Stilwells Kopf noch einmal über Wasser, schreiend, mit den Armen wild in der Luft fuchtelnd. Gleich darauf wurde er wieder unter Wasser gezogen und verschwand endgültig.

Nur noch ein paar kleine Kräuselwellen waren zu sehen, dann begann sich das Wasser in der Badestelle wieder zu glätten; lediglich dort, wo noch einen Moment zuvor Lester gewesen war, färbte es sich blutrot. Die Jungen fingen an zu schreien: »O Gott, er ist weg!«, und schwammen, stolperten, robbten aus dem Wasser und die morastige Uferböschung hinauf, ständig »Hai! Hai!« kreischend. Splitternackt rannten die fünf Jungen an ihrem Kleiderhaufen vorbei die Dock Road hinauf und dann rechts in die Main Street, Frank Clowes als Ältester immer vorneweg. Tropfnass und mit entsetzt aufgerissenen Augen stolperten sie mitten ins Herz der Stadt und schrien, dass Lester Stilwell von einem Hai gefressen worden sei.

# *Ein strahlender Held jungmännlicher Tapferkeit*

In der drückenden Schwüle dieses heißen Mittwochnachmittags arrangierte Asher Wooley unter der gestreiften Markise seines neuen Eisenwarenladens an der Main Street Nr. 116 gerade Gießkannen, Samenpäckchen und Fliegenklatschen für potenzielle Käufer. Ein paar Türen weiter, Nummer 120, waren die Metzger der neuen Bell Beef Company in ihren weißen Schürzen durch das große Tafelglas zu sehen. Noch ein Stück weiter wählten ein paar Frauen im Schatten des Sonnensegels über Cartan's Department Store Obst und Gemüse aus den vor dem Laden gestapelten Kästen aus, während drinnen, im lang gestreckten, schmalen, nur von ein paar Hängelampen spärlich beleuchteten Geschäft ein halbes Dutzend Cartans und Angestellte Waren aus den mit Tuchballen und Schuhen, Teekesseln und Emaillewaschbecken bestückten offenen Regalen nahmen.

Plötzlich, mit einer Panik, an die man sich noch jahrelang erinnern würde, kamen Charlie Van Brunt, Johnson Cartan, Frank Clowes, Albert O'Hara und Anthony Bublin die Main Street entlanggespurtet, nackt bis auf ein paar Grashalme, die an ihren schlammverschmierten Körpern klebten, und brüllten wie verrückt Unverständliches von einem Hai und Lester Stilwell. Zu »keiner Zeit in den vergangenen Jahren herrschte in dieser Gegend so anhaltende Aufregung wie an diesem Mittwoch«, sollte die *Keyport Weekly* berichten, nicht ohne zu erwähnen, dass die Jungen in ihrem Schreck sogar vergessen hatten, sich anzukleiden, bevor sie in die Stadt rannten.

Die Kinder kreischten jedem zu, der ihnen in den Weg kam:

»Hai! Ein Hai hat Lester geschnappt!« Bald waren sie von Leuten umringt, die sie zu beruhigen versuchten. Constable Mulsoff, der aus seinem Barbershop zu der aufgeregten Menge lief, hatte ganz offensichtlich eine Krise zu bewältigen. Schnell breitete sich Panik aus. Ein paar Männer liefen los, um sich ein Boot zu suchen und »den Menschenfresser zu finden«, andere Freunde der Stilwells, die gerade in der Nähe gewesen waren, rannten bereits hektisch am Ufer des Creek entlang und riefen ständig »Lester! Lester!« Mulsoff fand es zwar etwas unheimlich, dass Stilwell nur so kurz, nachdem Kapitän Cottrell seine verrückte Warnung herausgekeucht hatte, verschwunden war, doch der Schutzmann war ein rational denkender Mann, den nichts so leicht erschüttern konnte. Deshalb schenkte er der Behauptung der Jungen auch wenig Glauben. Nun ging es vor allem erst einmal darum, wieder für Ruhe und Ordnung zu sorgen.

Schnell griff sich der Constable ein paar Männer und marschierte mit ihnen zum Creek, um den Jungen zu retten oder, was ihm wahrscheinlicher schien, seinen ertrunkenen Körper zu bergen. Der arme Lester Stilwell, fürchtete er, musste einen seiner epileptischen Anfälle gehabt haben, vielleicht durch einen plötzlichen Krampf ausgelöst, und dann untergegangen sein. Unter den Rettern waren sämtliche Männer aus den Cartan- und Van-Brunt-Familien, erleichtert, dass ihren Söhnen nichts zugestoßen war, aber auch Bill Stilwell. Er war mit seinem ältesten Sohn Russell aus der Korbfabrik in die Stadt geeilt, wo er seine Frau Luella in einem Zustand vorgefunden hatte, der befürchten ließ, dass sie jeden Moment vor Schmerz ohnmächtig würde. Trotzdem bestand sie darauf, ihren Mann zum Creek zu begleiten, die jüngeren Schwestern von Lester, Mary, Anna und Jennie, im Schlepptau.

Immer aufgeregter, weil niemand ihrer Geschichte vom Hai Glauben schenkte, rannten die Jungen die Main Street herunter bis zur Tür der Royal Tailors, hinter der Stanley Fisher gerade einen Maßanzug nähte. Einige Einwohner »glaubten, die Jungen spielten ihnen einen Streich, doch dann konnten sie Stanley Fisher überzeugen«, berichtete der *New York Herald*. »Sie wussten, dass er ein kräftiger Schwimmer war … und den Jungen der Stadt allen ein Freund.« Mit offensichtlichem Stolz würde die *Keyport Weekly* Fisher später als »einen strahlenden Held jungmännlicher Tapferkeit mit einer Menge Freunde« glorifizieren.

Geschult durch seinen Vater, den Hochseekapitän, in allem, was es über Gewässer zu wissen gab, und sich durchaus nicht unwohl in seiner Führungsrolle fühlend, die ihm durch die Reputation seiner Familie, seine Körpergröße und seine sportlichen Talente wie selbstverständlich zufiel, entschied Fisher sofort, das Kommando in dieser Krisensituation zu übernehmen. Er legte sein Nadelwerk ab, gab seinem Assistenten für den Rest des Tages frei und schloss seinen Laden, nicht ohne zuvor im Hinterzimmer rasch in einen Badeanzug geschlüpft zu sein.

Draußen auf der Main Street stieß der Schneider auf George Burlew, seinen alten Freund aus Kindertagen. Der 23-jährige Burlew war zwar inzwischen als Dienstmann zu einer »Landratte« geworden, sehnte sich aber nach wie vor nach der See und nahm deshalb Arbeit als Fischer an, wann immer er konnte. Sein Traum war es, Großfischjäger auf einem eigenen Schiff zu werden, das er mit sich als Kapitän verchartern wollte. Die Vorstellung, dass ein Hai in der Nähe sein sollte, fand er aufregend, obgleich auch er am Wahrheitsgehalt dieser Nachricht zweifelte. Als Stanley Fisher ihm nun zurief, er solle sich sofort seinen Badedress anziehen, fühlte er, wie sein Herz zu klopfen begann, obwohl Burlew diese Gelegenheit nicht nur nutzen wollte, um einem Hai zu begegnen, sondern auch, um sich zu vergewissern, dass Charlie Van Brunt, sein Nachbar in der Main Street, okay war.

Am Dock und entlang der Ufer des Matawan Creek hatte sich bereits eine große Menschenmenge aus der Stadt versammelt. Unter ständigen »Lester!«-Rufen suchten die Männer in ihren Ruderbooten mit ernsten Gesichtern die Ufer ab und stocherten im trüben Wasser. Bill und Luella Stilwell standen neben ihrem Sohn und ihren Töchtern und starrten unverwandt auf die Stelle, an der Lester verschwunden war. Die Ankunft von Stanley Fisher gab den Menschen neue Hoffnung. Nicht umsonst galt der Schneider als stärkster Mann der Stadt.

Er nahm jetzt die Dinge in die Hand. Gemeinsam mit Burlew kletterte er in ein Ruderboot und spannte zuerst einmal einen mit Steinen beschwerten Hühnerdraht über eine schmalere, sechs Meter breite Stelle flussabwärts von Ufer zu Ufer, »damit die Flut den Körper nicht wegschwemmen konnte«, erklärte Burlew später. Dann schlossen sich Fisher und Burlew den Männern in den anderen Booten an und stocherten nach dem Körper des Jungen. Nachdem sie eine Stunde lang unermüdlich, aber erfolglos gesucht hatten und auch die Menschen an den Ufern pausenlos mit langen Stecken den Wasserlauf abgegangen waren, sprangen Fisher und Burlew kurz entschlossen vom Boot ins Wasser.

Sofort rief man ihnen von den Ufern zu, sich vor dem Hai in Acht zu nehmen, aber die beiden Männer ignorierten die Warnungen und begannen in den tieferen Mittelkanal des Flussbetts zu tauchen, wohin die Stangen nicht reichten und wo Fishers Meinung nach Stilwells Körper abgesunken sein musste.

Das heißt, sie versuchten auf den Grund des Creek zu gelangen, denn sie verschwanden immer wieder für eine Weile, tauchten dann aber jedes Mal schnell nach Luft schnappend wieder auf. Der Creek sei so schlammig, sagten sie, dass sie nicht das Geringste sehen könnten, und der Grund in der Mitte sei einfach zu tief, um ihn zu erreichen. Nach fast einer halben Stunde kraftraubender Tauchversuche kletterten sie ans gegenüberliegende Ufer, wo sie eine Rast einlegten und ihre weitere Vorgehensweise diskutierten. Aber sie kamen zu dem Ergebnis, dass es nichts mehr gab, was sie oder ihre Mitbürger jetzt noch tun konnten, außer auf Ebbe zu warten und dann erneut nach Lester Stilwells Leiche zu suchen. Erschöpft schwammen Fisher und Burlew zu der Menschenmenge am gegenüberliegenden Ufer zurück.

In der Mitte des Creek angelangt, entschied Fisher spontan, doch noch einen Versuch zu unternehmen. Er klappte seinen Körper zusammen und verschwand unter Wasser. Wieder tauchte er unverrichteter Dinge auf und ignorierte abermals alle Rufe, die Suche einzustellen, um erneut abzutauchen. George Burlew war bereits in der Nähe des Docks angelangt, als er hörte, wie sein

Freund an die Oberfläche stieß und schrie: »Ich hab' ihn!« Die Menschen am Ufer brachen in Jubelschreie aus: Fisher hatte Lester Stilwell gefunden!

Angefeuert von den begeisterten Zurufen der Leute, ruderten zwei Männer schnell zur Mitte des Creek, um Fisher zu helfen, den Körper zu bergen. Auch George Burlew schwamm seinem Freund entgegen. Plötzlich spürte er einen heftigen Strudel und begann erschrocken Wasser zu treten. Was er dann inmitten des Creek sah, würde ihm für den Rest seines Lebens stets im Gedächtnis bleiben.

Stanley Fisher rief: »Er hat mich erwischt!« Schreiend und um sein Leben kämpfend steckte er bereits im Maul eines Haies. Viel später, als George Burlew längst ein weltbekannter Großfischjäger war und einen Weltrekord im Marlin-Fang aufgestellt hatte, erzählte er mit dem Abstand der Jahre noch einmal, was er damals bezeugt hatte. »Den ganzen Fisch habe ich nie gesehen«, erinnerte er sich, »doch aufgrund der gewaltig emporschwingenden, riesigen Rückenflosse, die regelrecht durch die Luft peitschte, muss es ein sehr großer gewesen sein.« Was die Zuschauer damals nicht wussten, war, dass ein solches »gewaltiges Emporschwingen«, eine solche Plötzlichkeit und Wildheit beim Angriff, typische Kennzeichen eines Weißen Haies sind.

Burlew war überwältigt von Fishers Mut. »Stanley war ein großer Mann und wehrte sich tapfer gegen den Hai, drosch mit seinen Fäusten auf ihn ein..., kämpfte verzweifelt, um sich loszureißen, schlug ihn und hämmerte mit all seinen Kräften immer wieder auf ihn ein. Drei- oder viermal zog ihn der Hai während dieses Kampfes unter Wasser, aber jedes Mal schaffte Stanley es, wieder an die Oberfläche zu kommen. Er hielt sich wirklich tapfer, aber es war ein reichlich ungleicher Kampf. Der Hai war im Wasser zu Hause – Stanley nicht.«

Fisher gelang es schließlich, seinen Kopf noch einmal über Wasser zu bringen, dann »wurde er wieder hinabgezogen, und die Männer im Boot sahen den schmutzig weißen Bauch des Haies, als er sich drehte und in der Tiefe verschwand. Das Wasser färbte sich blutrot, und der Fleck breitete sich immer weiter aus. Als Fisher wieder an die Oberfläche kam, war er so erschöpft, dass er kaum noch etwas von sich geben konnte.«

Die Einwohner der Stadt standen vor Schreck und Angst wie festgefroren am Ufer, auch George Burlew im Wasser war wie gelähmt. Dann, anstatt seinem Freund zu Hilfe eilen, machte er kehrt und begann hektisch in Richtung Dock zu schwimmen. Später sagte er, dass er diese Reaktion nicht einmal wirklich bereuen konnte, denn das blanke Entsetzen habe ihn einfach jeder Fähigkeit zu einer bewussten Entscheidung beraubt. »Ich weiß nicht, wie ich überhaupt ans Ufer zurückkam; ich erinnere mich nur an meine schreckliche Angst, dass der Hai direkt hinter mir sei und mich als nächstes Opfer anpeilte.«

Allein gelassen in seinem Kampf gegen den Fisch, gelang es Fisher jedoch unglaublicherweise, sich freizukämpfen und mit erstaunlicher Geschwindigkeit auf das Ufer zuzuschwimmen. Die entsetzte Menge sah, dass er einen Arm um die Überreste von Lester Stilwell geschlungen hatte. Drei Freunde wollten ihm sofort zu Hilfe eilen, doch der Motor ihres Bootes sprang nicht an, weshalb sie wie rasend mit ihren Händen paddeln mussten, um Fisher zu erreichen, während es ein paar anderen Männern gelang, nahe an ihn heranzurudern und mit ihren Booten eine schützende Barriere um ihn zu bilden. Mit den Rudern droschen sie auf die Wasseroberfläche ein, um den Hai abzuschrecken.

Fisher war schon beinahe am Ufer angelangt, als man ihn einen furchtbaren Schrei ausstoßen hörte und nur noch sah, wie er seine Arme in die Luft warf. Zuerst glitt Stilwells Körper ins Wasser zurück, dann, nach einem neuerlichen verzweifelten Schrei, wurde Fisher hinterhergezogen und verschwand.

»Der Hai! Der Hai!«, schrien die Menschen am Ufer. Wieder ruderten ihm die Männer im Boot wie rasend zu Hilfe, doch wieder hatte es Fisher mit schier übermenschlichen Kräften allein geschafft und begann sich bereits auf die Uferböschung zuzuquälen. Stilwells Körper war verschwunden, offensichtlich war der Hai mit ihm abgezogen. Fisher gelang es, den Kopf über Wasser zu halten, aber als ihn die Männer mit den Ruderbooten erreichten, sahen sie, dass zwischen der Hüfte und dem Knie seines rechten Beines nur noch ein paar Fleischfetzen hingen. Stanley Fisher hatte beinahe sein Leben bei diesem heroischen Bergungsversuch verloren und dann auch noch mit eigener Kraft das Monster in die Flucht geschlagen – er hätte wahrlich Jubel verdient, und Arme, die ihn aus dem Wasser zogen und in Empfang nahmen.

Stattdessen hallten gequälte Aufschreie und entsetzte Rufe durch die nachmittägliche Luft. »Ungefähr 200 bis 300 Menschen«, schrieb das *Matawan Journal*, »sahen den, um es milde auszudrücken, Ekel erregenden Anblick von Mr. Fisher, als dieser schließlich an Land gezogen wurde.«

Erst als Stanley Fisher versuchte, die Uferböschung zu erklimmen, realisierte er, was geschehen war. Er hob sein Bein leicht an, um es sich anzusehen, rief: »O mein Gott!«, und glitt ins Wasser zurück. »Etwa die Hälfte des Oberschenkels fehlte«, erinnerte sich Burlew. »Dieser einzige Biss vom Knie bis zum Hüftknochen musste von einem riesigen Gebiss stammen. Mehrere Frauen fielen in Ohnmacht, und es hätte nicht viel gefehlt, dass auch ich umgekippt wäre.« Unter den entsetzten Blicken seiner Mitbürger wurde Fisher von ein paar Männern ans Ufer gezogen, wo er dann in einer sich rapide ausbreitenden Blutlache lag. Um das Blut zu stillen, band man so hoch wie möglich ein Seil um das abscheulich verstümmelte Bein. Durch die Main Street schallten die Rufe nach dem Doktor.

Während Blut aus den zerfetzten Gliedern sickerte und Stanley Fisher unter zunehmenden Schmerzen stöhnte, versuchte er noch, George Burlew irgendwas Dringendes mitzuteilen. Ein paar Männer und Frauen rannten vom Dock in die Stadt hinauf und zu Doc Jacksons großem viktorianischen Haus in der Main Street Nr. 209, in dem er auch seine Praxis hatte, aber der Arzt war nicht in der Stadt. Auch Dr. George L. Reynolds, dem das eindrucksvollste Haus in der Main Street gehörte, die Nummer 94, war nicht zu Hause. Der Nächste auf der Liste war Dr. Straughn, doch er hatte ebenfalls die Stadt am Vortag verlassen, um zu einem Ärztekongress in Atlantic Highlands zu reisen. Eine halbe Stunde lang lag Fisher mit der provisorischen Aderpresse um das Bein gewickelt am Ufer des Creek, bis endlich Dr. Reynolds aufgetrieben und an den Ort des Geschehens gebracht werden konnte.

Eine solche Verletzung hatte Reynolds sein Lebtag noch nicht gesehen. Eine einzige klaffende Wunde erstreckte sich 45 Zentimeter lang vom Hüftknochen bis knapp über das Knie. Das Fleisch an den Rändern des, wie es schien, riesigen Bisses, oder einer Reihe von Bissen, war vollkommen zerfasert, als habe man, wie es Reynolds später schilderte, faustgroße Brocken mit »stumpfen Messern« herausgerissen. Der Oberschenkelknochen war zwar angekratzt, aber nicht durchbissen, doch die Oberschenkelarterie war vollständig zerstört und dort sickerte auch unablässig Blut heraus. Trotz der Schwere seiner Verletzung war Stanley Fisher noch immer bei Bewusstsein und schilderte Dr. Reynolds, während dieser die gewaltige Bisswunde verband, dass er gesehen hatte, wie der Hai an Lester Stilwells Körper fraß; erst nachdem er ihm den Körper des Jungen zu entreißen versucht hatte, ließ er davon ab, um ihn anzugreifen.

Nachdem Dr. Reynolds die Wunde, so gut es ihm möglich war, verbunden hatte, wies er die Männer an, eine Trage zu bauen. Schnell zimmerten sie ein paar Holzbretter zusammen und schleppten den 210 Pfund schweren Fisher, obwohl zu mehreren, unter ziemlichen Anstrengungen den Hügel hinauf und quer durch die Stadtmitte bis zur Bahnstation. Das nächstgelegene Krankenhaus war das Monmouth Memorial 16 Kilometer östlich in Long Branch. Der Doktor glaubte offenbar nicht, dass Fisher den Transport in einem Automobil überleben würde. Am Bahnsteig setzten die Männer die Trage ab, und der Doktor fragte, wer Fisher freiwillig auf der Fahrt begleiten würde. Der nächste Zug verließ Matawan um 17.06 Uhr und würde erst um 19.45 in Monmouth ankommen.

Nach der Einstufung, die die beiden Hai-Spezialisten Davies und Campbell in den 1960er-Jahren vornahmen, hatte Fisher eine Verletzung zweiten Grades erlitten – eine schwere Verletzung, die man überleben kann, wenn sofort notfallmedizinische Maßnahmen eingeleitet werden. Doch an diesem Nachmittag im

Jahr 1916 lag die nächste medizinische Behandlungsmöglichkeit zwei Stunden und 39 Minuten entfernt. Dr. Reynolds drängte nicht zur Eile, denn er glaubte sicher, dass Fishers Verletzungen tödlich waren, obendrein fürchtete er wie andere Mediziner seiner Zeit, dass Haie Gift absondern. Mit dem Arzt an seiner Seite und, wie es ihm erschienen sein muss, einer Ewigkeit voller Schmerzen vor ihm, lag Fisher auf seiner provisorischen Trage, kämpfte gegen die Ohnmacht an und wartete auf den Zug.

Weiter flussabwärts ballten sich dunkle Rauchschwaden im klaren Himmel über dem Schilfried und zogen über den Creek in Richtung der Bucht ab. Rauchsäulen stiegen aus den Schloten der Brennöfen in den Backsteinfabriken und Ziegeleien auf, verpesteten die Luft und verrußten das Ried. Die höchsten Schlote gehörten zum Fabrik- und Lagerhäuserkomplex der New Jersey Brick Company, eines führenden amerikanischen Ziegelsteinproduzenten. Das Flussbett und umgebende Land waren reich an Tonablagerungen, weshalb sich Matawan in jenen Tagen darauf spezialisiert hatte, den wachsenden Bedarf der Landesbevölkerung an Steingutgefäßen zu decken: Krüge, Kannen, Butterfässer, Einmachtöpfe, Spucknäpfe. Die Schüler von Matawan lernten rechnen und zählen anhand von Ziegeln unterschiedlicher Farben und Größen, ließen Ziegelstücke statt Steine über das Wasser im Creek hüpfen und spielten zwischen den aufgestapelten Trockenbrettern im Hof der Ziegelei Verstecken. Auch die Docks der Fabriken am Creek waren beliebte Spielplätze. Am späten Nachmittag des 12. Juli nahmen der zwölfjährige Joseph Dunn, sein Bruder Michael, 14, und ihr gemeinsamer Freund Jerry Hollohan die Abkürzung durch die Höfe zum Dock der Ziegelei am Creek.

Joseph und Michael Dunn, die Söhne von John Dunn, wohnhaft East 128th Street in New York City, verbrachten den Sommer mit ihrer Mutter in Cliffwood, einen halben Kilometer flussabwärts von Matawan. Cliffwood bot ihnen nicht nur aufregende Ferien am Meer, sondern auch jede Menge unheimliche Geschichten über Piraten und im Creek vergrabene Schätze. Sogar Captain

Kidd, hieß es, sei einmal über die Raritan Bay hierher gesegelt, und auch Blackbeard habe sich den Creek hinaufgewagt, um die Farmer und Dorfbewohner auszurauben.

An diesem heißen Mittwochnachmittag suchten die Jungen allerdings nur Abkühlung. Joseph Dunn, der Jüngste, rannte voran, um als Erster im Wasser zu sein. Weder Joseph noch sein Bruder oder ihr Freund wussten, dass Lester Stilwell und Stanley Fisher eine halbe Stunde zuvor und nur etwa einen Kilometer weiter oben am Fluss von einem Hai angegriffen worden waren. Hätte Joseph flussaufwärts geguckt, so wäre ihm vielleicht aufgefallen, wie sich eine hohe Rückenflosse dem Dock näherte. »Der Hai war, nachdem er sich am jungen Stilwell und … Fishers Fleisch gütlich getan hatte, auf dem Weg zurück ins Meer und noch immer hungrig«, schrieb der *New York Herald*. »Offenbar hatte der Hai das Mahl, bei dem er im Flussbett des Matawan gestört worden war, inzwischen beendet und sich auf den Rückweg in die tieferen Gewässer der Bucht begeben, auf irgendeine geheimnisvolle Weise wissend, wie es solche Geschöpfe eben zu wissen pflegen, dass sich die Flut zurückzuziehen begann.«

Einen halben Kilometer entfernt quirlte die kleine Schiffsschraube der *Skud* Schaumkronen in das angeschwollene Wasser, während Kapitän Cottrell die Flussbiegungen entlangfuhr und jedem, der ihm an den Ufern oder im Wasser begegnete, eine Warnung zurief. Doch über lange Strecken lag der Creek einsam und verlassen da, und er kam nur langsam voran, deshalb hatte er zunehmend das Gefühl, einen Wettlauf gegen den Hai auszutragen. Nach dem Angriff auf Lester Stilwell hatte sich ihm eine kleine Armada angeschlossen. In Keyport, an der Mündung des Creek, rund zwei Kilometer vor Matawan, waren A. A. Van Burskisk, der Gemeindeschreiber, und William O'Brien, mit Pistolen und einem Gewehr bewaffnet, in ein Motorboot gesprungen und flussaufwärts losgefahren, allzeit bereit, Schwimmer zu retten und »jeden Hai zu erschießen, der sich zeigt«. Als sich der Zwischenfall mit Stanley Fisher ereignete, war bereits ein halbes Dutzend Motorboote auf dem Fluss unterwegs, um den Hai zu finden und die Menschen zu alarmieren.

»Man möchte meinen, dass kaum ein Mensch diese Warnung überhören konnte«, setzte der *New York Herald* später seinen Bericht fort, doch Joseph Dunn und seine Begleiter gehörten offenbar zu diesen Ausnahmen. Dunn blickte auf die trübe, braune Wasseroberfläche und sah nichts als sein eigenes verzerrtes Spiegelbild. Es war vier Uhr nachmittags, als er sprang.

Er schwamm zur Mitte des Creek. Sein Bruder Michael sprang als Nächster und schwamm ebenfalls los, dann folgte Jerry Hollohan. Momente später erreichte die Warnung schließlich auch die Jungen vor den Docks der Ziegelei. Ein Mann rannte zum Creek und schrie, dass ein Hai im Wasser sei, woraufhin sie eiligst zum Steg zurückschwammen. Hollohan und Michael Dunn kletterten auf einer Leiter aus dem Wasser, während Joseph ihnen, so schnell er konnte, folgte. Im selben Moment stieß etwas Riesiges, Hartes und »sehr Raues« gegen ihn, schrammte seine Haut auf und verursachte dabei eine schmerzhafte Schürfwunde.

»Ich war ungefähr drei Meter vom Ufer entfernt und blickte um mich, da sah ich etwas Dunkles... Bevor er mich das erste Mal anrempelte, hatte ich ihn nicht bemerkt... Dann drehte er um, kam zurück und schnappte sich mein Bein.« Das gewaltige Maul des Haies schloss sich um Dunns Bein und begann den Jungen in die tiefere Mitte des Flussbetts zu zerren. Doch der Fisch hatte große Mühe, seinen riesigen Körper in dem seichten Wasser zu wenden und mit seiner Beute zu fliehen. »Plötzlich fühlte ich einen Ruck, als habe sich eine riesige Schere um mein Bein geschlossen, etwas zerrte mich unter Wasser... Die Zähne des Haies schlugen sich offenbar immer tiefer in mein Fleisch, und ich dachte, das Bein sei ab. Es fühlte sich so an, als ob mein Bein weg sei.« Tatsächlich rissen die scharfen Zähne des Haies an Dunns Bein, während er versuchte, den Jungen in die tiefere Mitte zu zerren, wo er zum letzten Schlag ausholen und ihn ungestört verschlingen wollte. Unglaublicherweise fühlte auch Dunn kaum Schmerz. Seine entsetzten Schreie entsprangen eher einer grässlichen Vorstellung: »Ich dachte, der Fisch versucht..., mein Bein ganz in sein Maul zu ziehen... Ich dachte, er bringt mich um … Ich dachte, jetzt verschluckt er mich gleich mit Haut und Haaren.«

Der Überfall eines Haies auf einen Menschen entwickelt sich wie der Absturz eines modernen Passagierflugzeugs immer aus einer ungewöhnlichen Sequenz höchst selten zusammentreffender Ereignisse. Aber auch Rettungsversuche werden meistens von einer Kette außergewöhnlicher Umstände beherrscht. Zufällig war ein Rechtsanwalt aus Matawan, der 31-jährige Jacob Lefferts, einer der prominentesten Männer der Stadt, gerade in seinem Motorboot flussabwärts unterwegs, um ebenfalls vor dem Hai zu warnen, als er Zeuge des Angriffs auf Dunn wurde. Und nur in kurzem Abstand hinter ihm folgte Kapitän Cottrell auf der *Skud*.

Lefferts sprang voll bekleidet ins Wasser und schwamm auf den angreifenden Hai zu, auch Michael Dunn eilte bereits seinem Bruder zu Hilfe. Der Mann und der Junge packten Joseph Dunn und versuchten ihn aus dem Maul des Haies herauszuzerren, doch dieser schloss sein Gebiss nur noch fester. Irgendwie schafften es die Retter trotzdem, Joseph bis zur Leiter am Dock zu ziehen. »Als er sich gerade auf den Pier der Ziegelei hochhangeln wollte und nur noch sein linkes Bein im Wasser hing, schnappte der Hai zu«, berichtete die *New York Times*. »Seine Zähne schlossen sich um das Bein oberhalb und unterhalb des Knies und rissen fast das gesamte Fleisch heraus.«

Endlich ließ der Hai von Dunn ab. Die Retter hievten den schreienden Jungen auf den Pier. Die Verletzungen sahen schrecklich aus. Nach hastigen Versuchen, die Blutung notdürftig zu stillen, ließen Lefferts, Kapitän Cottrell und Michael Dunn den verwundeten Jungen zu Cottrells Motorboot herab.

Während die *Skud* den Rettungstrupp flussaufwärts anführte, fiel Kapitän Cottrell auf, wie weit sich die Flut bereits zurückgezogen hatte. Nur weil das Wasser um die Docks der Ziegelei so flach gewesen war, dachte er, hatte man den Hai daran hindern können, kurzen Prozess mit Joseph Dunn zwischen seinen Zähnen zu machen. Und reines Glück war es auch gewesen, dass er selbst gerade noch rechtzeitig bei dem Jungen eingetroffen war.

Früher, als noch große Schiffe bis nach Matawan hinauffuhren, bevor der Creek versandete, hätte der Hai einen freien Rückweg bis zur Bucht vorgefunden. Als Thomas Cottrell nun die S-fömigen Kurven des Creek entlangtuckerte und sich den geschundenen und blutenden Körper des kleinen Jungen in seinem Boot betrachtete, fragte er sich jedoch, ob so viel Glück hier überhaupt noch eine Rolle spielen würde.

# *Flucht aus der Gefahrenzone*

Der Hai war den Blicken der Menschen entschwunden, getarnt im dunklen Wasser des Creek, nichts ließ mehr auf seine Anwesenheit schließen, abgesehen von den entfernten Warnrufen der Männer und einer schmalen Blasenspur im Wasser, aus der verwaschenes Blut an die Ufer gespült wurde. Seine Lebensgeister waren durch die gewaltigen Energien, die er während seiner Raserei freigesetzt hatte, wieder erwacht, und er floh aus der Gefahrenzone. Angst kannte er nicht, aber er reagierte auf Gefahr, und die drohte von den Männern und Booten im Creek gewiss.

Was er bei seinen Attacken auf Stanley Fisher und Lester Stilwell ergattert hatte, konnte ihn nicht lange sättigen; etwas über zehn Pfund Menschenfleisch waren für ihn ein karges Mahl. Um sich ausreichend zu ernähren, brauchte er zehn, 20, 40 Pfund Fisch auf einmal und musste ständig nach mehr Ausschau halten, nie wissend, wann ihm die nächste Mahlzeit in die Quere geraten würde. Das Einzige, was sich verändert hatte, war, dass nun auch der Mensch auf seiner Speisekarte stand. Das Brackwasser hatte ihn geschwächt, und durch die eng beieinander liegenden Ufer des Creek war sein Orientierungssinn durcheinander geraten. Einen Wasserstrudel hinter sich herziehend, eilte der große Fisch nun flussabwärts und suchte den Rückweg in eine Welt ohne Grenzen, in seine Welt des Meeres.

Doch wo er in dieser engen Welt des Creek auch, von Hunger getrieben, vorbeikam, überall vernahm er den Lockruf von Beute. Von irgendwo weit vor ihm erreichte ihn eine Vielfalt an Impulsen durch das Wasser, Geräusche und Gerüche, die so schnell bei ihm eintrafen, dass die Schlagdistanz sogleich verringert wurde. Droben am tiefblauen Himmel wanderte der Mond nicht nur einer Eklipse, sondern auch seiner hellsten Phase entgegen. Er übte seine Kräfte auf Gezeiten, Fische und die räuberischen Instinkte des Haies aus, der nun eine Reihe von geringfügigen Adjustierungen an seinen Brustflossen und der Schwungrichtung seines Schwanzes vornahm. Sein Jagdtrieb hatte ein frenetisches Stadium erreicht.

# *Die Summe aller Vernichtungsmittel*

Um 16.30 Uhr war der Himmel in ein rötliches Goldgelb getaucht, strahlte aber noch immer mit der Intensität langer Sommertage. Die Schatten der Männer, die, Gewehr im Anschlag, im hohen Riedgras Position bezogen hatten, begannen länger zu werden. Schutzmann Mulsoff, der mit einem Polizeibeamten aus Keyport zum Fluss heruntergelaufen war, nickte den Männern einmal kurz zu, woraufhin die Gruppe den alten Docks den Rücken kehrte und die Böschung hinaufkletterte, um sich in der Main Street wieder zu versammeln.

Auf den Holzbohlen der Straße unter den Ulmen und Platanen war an diesem Spätnachmittag ein unentwegtes Rattern von Automobilen und Klappern von Pferdehufen zu hören. Hausfrauen und Hausangestellte eilten für ein paar späte Besorgungen zu den Geschäften, vor denen die Kaufleute bereits die Markisen einholten. Es war ein typisch diesiger, schwüler Spätnachmittag, jedenfalls bis die Männer vom Creek in den langen Schatten der Main Street auftauchten. Ihre Gesichter hatten einen grimmigen Ausdruck, und ihre Kleidung trug die Spuren von Schweiß und dem Schlamm aus dem Riedgras, das einem Mann bis zur Brust reichte. Ihre Hosenbeine waren nass, weil sie mit ihren Stecken durch das seichte Gewässer gewatet waren, und rochen nach den fauligen Ausdünstungen des Rieds. Die Einwohner machten ihnen achtungsvoll Platz. Wie Gespenster einer kollektiv verdrängten Erinnerung marschierten sie an den Läden und Kirchen vorbei.

Sie hatten Stanley Fishers zerfetzten Körper gesehen und zwei

Stunden nach der Leiche von Lester Stilwell gesucht. Als sie nun die Tür zu Asher Wooleys Laden in der Main Street Nr. 116 aufstießen, stand ihnen der Sinn nicht nach seinem üblichen Warenangebot. Wooley verkaufte im Hinterzimmer Dynamitstangen, und von denen ließen sich die Männer nun den gesamten Bestand aushändigen.

Als sie sich schwer bepackt mit Dynamit auf den Rückweg zum Creek machten, war es mit der friedlichen Gelassenheit des Hochsommertags dahin. Wo sie vorbeikamen, lag Hochspannung in der Luft. Der bedrohliche Hauch von Vergeltung waberte über der Stadt, denn der Drang, Rache zu üben, war ihnen ebenso angeboren wie dem Hai die Reaktion auf Reize. Nach dem Tod von Lester Stilwell und der Verstümmelung von Stanley Fisher »hatte sich die Nachricht verbreitet, dass sich ein Hai, vielleicht sogar mehrere Haie, im Matawan Creek an Schwimmern gütlich taten«, berichtete der *New York Herald*. Sofort waren »die Bürger der Stadt, darunter Hunderte aus den Fabriken, zum Fluss geeilt«.

In jedem Haus der Main Street und bald auch in jeder Farm auf den Feldern griffen Männer über die Kamine oder in die Ecken der Scheunen und holten sich Revolver, Gewehre und Harpunen vom Haken. Junge Männer mit Fischermützen, dunklen Hosen und die Ärmel der weißen Hemden aufgerollt, marschierten vorneweg, gefolgt von Kaufleuten, noch in ihren dunklen Anzügen, gestreiften Hemden und Strohhüten. Kleine Jungen, die kurzen Hosen von Hosenträgern gehalten und das Gesicht unter Baseballkappen versteckt, lugten ängstlich hinter ihren grimmig dreinblickenden Vätern hervor. Auch Frauen in langen Sommergewändern versammelten sich flussaufwärts und flussabwärts an beiden Ufern des Creek.

Gerade machte dort das Gerücht die Runde, dass der Hai in der Falle sitze, weil Drahtnetze über die schmaleren Stellen des Creek vor Keyport – kurz vor der Stelle, an der er in die Bucht mündet – gespannt worden seien, um ihm den Fluchtweg zu versperren. Als A. B. Henderson, der gerade das Amt des Bürgermeister von Matawan innehatte, auch noch verkündete, dass die

Gemeinde 100 Dollar Belohnung als Kopfgeld an die Person zahlen würde, »die den Hai tötet, sofern es sich nur um einen einzelnen handelt, und für jeden, falls es mehrere sind«, ging ein Raunen durch die Menge.

Gegen 17 Uhr signalisierte der Constable allen Booten, den Creek zu räumen. Die Männer, den Finger abzugsbereit am Gewehr, begannen nach Bewegungen im Wasser Ausschau zu halten. Kaum kräuselte irgendein Fisch irgendwo die Wasseroberfläche, schrie sofort jeder: »Da! Da!« Doch den Schützen war befohlen worden, nicht zu feuern, solange man am Ufer noch vorsichtig mit dem Dynamit hantierte. Und das dauerte, denn die Arbeit wurde ständig von neuen Aufschreien unterbrochen. Die Einwohner von Matawan wussten nichts über die Stärken und Schwächen eines Haies, nur dass er ein Menschenfresser war und er Kräfte besaß, denen man höchstens mit dem gesamten Munitionsvorrat der Stadt etwas entgegenzusetzen hatte. Dem Vernichter konnte nur mit der Summe aller Vernichtungsmittel begegnet werden.

Auch Bill und Luella Stilwell beobachteten die Vorbereitungen vom Ufer aus und beteten, dass nun wenigstens Lesters Leiche geborgen werden konnte, falls er wirklich tot war, damit sie ihrem Sohn ein würdiges christliches Begräbnis geben konnten. Die Jäger fürchteten jedoch insgeheim, dass der Hai den Jungen mit Haut und Haaren gefressen hatte, weshalb sie auch überzeugt waren, dass nur dann Hoffnung auf die Bergung von Lesters sterblichen Überresten bestand, wenn sie den Hai mithilfe des Dynamits töten und seiner habhaft werden konnten. Einige Fischer hatten dem Bezirksstaatsanwalt erklärt, dass »der Explosionsschock den Hai betäuben wird oder seine Schwimmblase zerplatzen lässt, was ihn dann an die Oberfläche treibt«. Was weder sie noch die Hai-Jäger wussten, war, dass der Weiße Hai gar keine Schwimmblase besitzt und deshalb zu kräftigen Schwimmbewegungen gezwungen ist, wenn sein mächtiger Körper im leichteren Wasser nicht der Schwerkraft zum Opfer fallen soll. Im Gegensatz zu anderen Fischen sinkt der Hai, wenn er stirbt.

Gerade als die erste Ladung Dynamit gezündet werden sollte, tauchte ein Motorboot flussabwärts auf. Als das Tuckern näher kam, erkannte man Kapitän Cottrell am Steuer der *Skud*, der Jacob Lefferts an Bord hatte. Bereits beim Näherkommen rief Lefferts: »Ein Hai hat ihn erwischt!«, und deutete auf Joseph Dunn, der, sein Bein in blutdurchtränkte Bandagen gewickelt, auf den Planken lag. Die Männer legten ihre Waffen ab und gingen zum Boot, um den Jungen – im selben Alter wie Lester Stilwell – auf das Dock zu heben.

Dr. Herbert Cooley aus Keyport hatte bereits zu spät auf den Ruf reagiert, Lester Stilwell und Stanley Fisher zu helfen, aber dass schon innerhalb der nächsten Stunde ein weiteres Opfer des Haies seiner notfallmedizinischen Hilfe bedürfen würde, hatte er sich gewiss nicht vorgestellt. Wie zuvor schon Dr. Reynolds zögerte nun auch Cooley, die ausgefaserten Verletzungen zu berühren, weil auch er fürchtete, dass Haie ihre Opfer vergiften. Doch schließlich riss sich der Arzt zusammen und säuberte sie unter den Schmerzensschreien des halb bewusstlosen Kindes. »Der Wadenmuskel war erheblich verletzt«, schrieb der Doktor später in seinem Bericht, »der vordere und der seitliche Teil des linken Unterschenkels waren vom Knie bis zum Knöchel in Fetzen gerissen.« Die gute Nachricht war, dass »die Knochen nicht zersplittert und die Hauptschlagadern im Wadenbein nicht durchtrennt« waren. Aus der Perspektive der australischen Mediziner Davies und Campbell ein halbes Jahrhundert später hatte Dunn eine Verletzung dritten Grades erlitten, die häufigste Art nach einem Hai-Angriff, bei der geringstmögliche Schäden an den Arterien, dem Abdomen und den Gliedern vorliegen. In solchen Fällen ist davon auszugehen, dass das Opfer überlebt, sofern es sofort behandelt wird.

Nachdem Dr. Cooley die Wunde frisch verbunden hatte, bat er einen Umstehenden, ihn mit dem Jungen sofort ins Krankenhaus zu fahren, denn er wiederum glaubte, schnell handeln zu müssen, gerade weil er es hier mit einer tödlichen Verletzung zu tun hatte. Während der Roadster zum 16 Kilometer nördlich gelegenen Saint Peter's Hospital in New Brunswick knatterte, haderte der Arzt jedoch mit der Gewissheit, dass der Junge bald, vom Gift in seinem Körper überwältigt, sterben würde.

Pfiffe schrillten durch Matawan und Keyport zum Zeichen, dass der Tag auf den Feldern beendet war, auch wenn an diesem Abend kaum noch jemand dort arbeitete. Noch mehr Männer mit Gewehren und noch mehr neugierige Frauen mit Kindern am Rockzipfel strömten durch das hohe Gras zum Creek, um sich der Suche nach dem Hai anzuschließen.

Inzwischen waren wieder alle Boote aufgefordert worden, den Fluss zu verlassen. Auf Constable Mulsoffs Signal hin peitschten Warnschüsse über den Creek, und die Erschütterung einer gewaltigen Dynamitexplosion ließ einen Geysir schlammigen Wassers hoch über die Menge aufspritzen.

Kurz nach acht Uhr abends, gerade als die Dunkelheit über den Creek herbeibrach, erreichte die Menschen an den Ufern die Nachricht, dass Stanley Fisher gestorben war. Er war um 17.05 Uhr nach über einer Stunde des Wartens und bei vollem Bewusstsein auf der Trage in den Zug nach Long Beach hinaufgereicht worden und lag ungefähr zweieinhalb Stunden später auf dem Operationstisch im Monmouth Memorial, wo er, noch immer bei Bewusstsein, den Chirurgen erklärte, dass er Stilwells Leiche direkt dem Maul des Haies entrissen hatte. Fünf Minuten später starb Stanley Fisher am hämorrhagischen Schock. Er hatte zu viel Blut verloren.

Als die Bewohner von Matawan davon erfuhren, breitete sich ein Gefühl von Machtlosigkeit und Entsetzen in der ständig anwachsenden Menge aus, eine gewaltige Angst vor dem Unbekannten, dem Fremden, Tödlichen, das auf die Menschen im Creek lauerte. »Heute Abend wird die ganze Stadt von sehr persönlichen Gefühlen bewegt«, berichtete die *New York Times*, »es sind Empfindungen gegenüber einem Fisch, die sich vermutlich nicht von den Gefühlen unterscheiden, die man gegen einen Menschen hegt, der das Leben eines Jungen und eines jungen Mannes auf dem Gewissen hat und einen weiteren Jungendlichen schwer, ja vielleicht sogar tödlich verletzte.«

Noch mehr bewaffnete Männer verließen ihre Häuser und versammelten sich am Creek. Da niemand etwas über Haie wusste, konnte sich die Angst auch nicht anders Bahn brechen als in dem Wunsch nach Rache, und den verspürte mittlerweile jeder hier. Entlang den Ufern legten Männer ihre Gewehre an und ließen Kugeln durch das Wasser peitschen. Jedes Mal bevor eine neue Ladung Dynamit hochging, drängten sich die Umstehenden schützend zusammen, und wenn die Explosionen dann dröhnten, war es, als sei eine Urgewalt freigesetzt worden. Überall auf dem Wasser trieben zerfetzte kleine Fische.

Jeweils zwischen den Explosionen stocherten die Männer von ihren Booten aus im dunklen Creek – eine Laternenprozession der unheimlicheren Art. Austernschleppnetze wurden über den Grund gezogen und mit langen Stöcken nach Stilwells Leiche getastet, doch sie wirbelten immer nur Schlick nach oben. Über 100 bewaffnete Männer suchten in diesen Sprengpausen den Creek nach irgendwelchen Anzeichen für die Gegenwart des Menschenfressers ab. Reporter, die Notizblöcke immer bereit, drängten sich an den Ufern zwischen die Einwohner und schilderten, wie eine kleine Stadt aussieht, die von einem Meeresungeheuer bedroht wird. Aber trotz des hellen Lichts des fast vollen Mondes und der vielen Laternen war weit und breit kein Hai zu sehen. Doch das konnte die Männer nicht beirren. Sie beschossen und sprengten alles, was sich bewegte. »Alle wollten nur das eine«, schrieb die *New York Times*, »nämlich den Hai erwischen, töten und zusehen, wie sein Kadaver ans Ufer gezogen wird, damit sich jeder mit eigenen Augen vergewissern kann, dass er kein Unwesen mehr treibt.«

Die Straßen durch Jersey waren reine Schotterwege, entsprechend durchgerüttelt fühlte sich John Nichols in seinem Roadster, während dieser frustrierend langsam dahinkroch. Durch New York war er mit 50 Stundenkilometern geprescht, aber hier auf dem Land, wo er eigentlich freie Fahrt gehabt hätte, schaffte er nur 25. Einigermaßen besänftigt jedoch durch den schönen Anblick der breiten Bucht zu seiner Linken, ratterte er in seinem Vehikel weiter die Küstenstraße entlang. Dann begann es zu regnen.

Der Regen hielt ihm wenigstens den Staub vom Leib, verlangsamte sein Schneckentempo aber noch mehr. Als er endlich die kleine Brücke überquert hatte und dem geschlängelten Weg bis nach Keyport gefolgt war, war es schon sechs Uhr. Der eigentliche Ort lag noch einen Kilometer weiter. Als er auf der Front Street die Bucht erreichte und in die Broad Street einbog, lagen die Häuserzeile und Läden im Dunkeln.

Im zitternden Lichtkegel der Scheinwerfer erschien Keyport wie eine Geisterstadt, aber das überraschte Nichols nicht, denn er konnte sich denken, dass die Leute im zwei Kilometer entfernten Matawan waren, wo das Tier zugeschlagen hatte. Er wollte zuerst die Mündung des Creek begutachten, die Stelle, an der es eingedrungen war, um herauszufinden, um welches Tier es sich handeln konnte, und es womöglich sogar beim Versuch zu stellen, den Creek wieder zu verlassen. Er parkte, stieg aus dem Roadster aus, stellte sich in seinem langen Regenmantel an den erhöhten, regennassen Straßenrand und blickte über die Bucht und die Mündung des Creek.

Die Angriffe auf Lester Stilwell und Stanley Fisher, nur 35 Kilometer von New York City entfernt, hatten den Ichthyologen veranlasst, gleich am nächsten Tag den Creek aufzusuchen. Wenn jemand das Geheimnis des Angreifers lüften konnte, dann, da war sich John Nichols sicher, war er das. Deshalb hatte er sich auch vorgenommen, »an Ort und Stelle zu sein, wenn das Raubtier gefangen wird«, denn was immer da angeschwommen kommen würde, könnte – angesichts seines außergewöhnlichen Auftauchens in diesem Wasserlauf und seines bisherigen Verhaltens – einen Durchbruch für die relativ junge Wissenschaft der Ichthyologie bedeuten. Außerdem beunruhigte ihn, dass sich diese Kreatur seiner Meinung nach geradewegs auf den Weg in die Buchten und vor die Strände von New York City machen würde, wo sich zu dieser Jahreszeit Tausende von Menschen im Wasser vergnügten. Sie musste unbedingt rechtzeitig gestoppt werden.

Der Naturforscher war in seinem feuchten, mit Fischgläsern voll gestopften Büro im Keller des American Museum of Natural History gewesen, als ihn das Klingeln des Telefons aus seinen Überlegungen und Aufzeichnungen aufgeschreckt hatte. Erst kurz zuvor hatte er in sein Arbeitsbuch notiert, dass er sich nicht mehr um die umstrittenen Todesfälle der letzten beiden Wochen, um die Umstände des Todes von Charles Bruder in der Vorwoche und von Vansant in der Woche davor, kümmern wollte. Wie sein Mentor Dr. Frederic Lucas hatte auch er gehofft, dass die See dieses Problem ganz von allein löst.

Doch die Tatsache einer dritten und vierten Attacke innerhalb von nur zwei Wochen hatte Nichols denn doch erstaunt, und er musste an etwas denken, das er, ein Dichter unter der Patina des Wissenschaftlers, selbst einmal formuliert hatte: »*I want to see the wisps of hail / go drifting through the morn / And meet my match mid broken men / that scorn the ocean's scorn.*« Eiligen Schrittes suchte er Frederic Lucas auf, der sofort einwilligte, seinen Protegé nach Matawan reisen zu lassen, um diese Angelegenheit zu untersuchen, denn allmählich begannen diese Attacken zu mehr als nur einem Ärgernis für ihn auszuarten, es bahnte sich eine Krisensituation an, und der inzwischen beinahe 70-jährige Museumsleiter hatte einfach keinen Nerv mehr für Krisen. Außerdem war er ohnedies überzeugt, dass es keinen geeigneteren Mann und besseren Fischforscher für diesen Job gab als John Nichols, der ja ebenso wenig wie er an menschenfressende Haie glaubte und daher überzeugt war, dass weder Vansant noch Bruder von einem solchen Fisch getötet worden sein konnten, was obendrein durch die Attacken auf Stilwell und Fisher eindeutig bestätigt schien – denn wer hatte je gehört, dass ein Hai in einen Creek einbiegen und dann landeinwärts schwimmen würde? Dafür tummelten sich Nichols' Hauptverdächtige ausgesprochen gern in solch schmalen Zuflüssen. Nichols sah sich schon als gefeierter Detektiv, denn er hatte gar keinen Zweifel, was er am Matawan Creek vorfinden würde – nämlich eindeutige Hinweise auf den Killerwal *Orcinus orca.*

Auf seinem Weg durch das dunkle Hafenstädtchen begegnete der hoch gewachsene Wissenschaftler, während der Regen auf seinen Mantel trommelte und den Pegelstand des Creek und der Bucht erhöhte, dem Bürgermeister und einigen weiteren Vertretern der Stadt, welche die Jagd auf den Hai inzwischen koordinierten, denn dass es sich um einen Hai handelte, stand für diese Männer außer Frage. Aber auch ihnen gegenüber wiederholte Nichols, dass es, ganz egal, was sie zu sehen geglaubt hatten, in der ganzen Menschheitsgeschichte keinen einzigen verlässlichen Nachweis für den unprovozierten Angriff eines Haies auf einen Menschen gab – und schon gar nicht für drei Attacken an einem einzigen Nachmittag.

»Sagt es denn nicht eine Menge aus, wenn sogar der größte Hai-Experte dieses Landes, Dr. Frederic A. Lucas..., stärkste Vorbehalte äußert?«, fragte Nichols die Vertreter von Keyport. »Er hat jahrelang versucht, etwas zu finden, das beweisen könnte, dass von normalen Haien tatsächlich Gefahr ausgeht. Ob Haie überhaupt Menschen fressen oder nicht, sei dahingestellt. Ich persönlich würde nur ungern den Beweis dafür antreten. Es gibt aber ganz einfach keinen einzigen authentischen Beleg, dass ein Hai jemals einen Menschen angegriffen hätte, es sei denn, er war in einem Netz gefangen.«

Doch als der Ichthyologe dann in Begleitung der Stadtvertreter im strömenden Regen zur Mündung des Matawan Creek hinunterging, wo sie ihn mit den Fischern des kleinen Hafenstädtchens bekannt machten, entdeckte er etwas, das seine Theorie ins Wanken brachte, auch wenn er es lieber noch für sich behielt. Als er den Blick über den schmalen Creek bei Keyport schweifen ließ, wurde ihm sonnenklar, dass ein ausgewachsener Killerwal von neun Meter Länge und einem Gewicht von 10 000 Pfund mächtige Schwierigkeiten gehabt hätte, sich in diese enge Mündung hineinzuzwängen, vor allem bei Ebbe, wenn das Wasser im Creek gerade einmal einen halben Meter hoch war. Auch die Zeugenaussagen machten seine Killerwal-Theorie zunichte, denn ein Orka war erstens viel größer als das von diesen Leuten beschriebene Tier, und zweitens hatte niemand gesehen, wovon Nichols sicher zu hören erwartet hatte: nämlich die charakteristische Wasserfontäne, die ein Wal in Bewegung ausstößt. Dafür konnten einige Zeugen zu Nichols' Überraschung das Tier, das sie im Creek gesehen hatten, in allen Einzelheiten beschreiben. Und im

Gegensatz zu den verwirrten und unsicheren Augenzeugen von Spring Lake und Beach Haven schworen sie hier alle Stein und Bein, dass es ein Hai gewesen war.

Ein paar der erfahrenen Fischer, die Nichols nun befragte, meinten, dass es sich nicht um einen einzelnen Fisch, sondern um mehrere Haie gehandelt haben musste, weil ein Hai »niemals als Einzelgänger auftaucht«; doch die Mehrheit der Zeugen »glaubte, dass es sich nur um einen einzigen, riesigen, hungrigen Kerl« handelte. Allmählich dämmerte Nichols, mit welcher Kreatur er es hier tatsächlich zu tun hatte. Der 19-jährige Jerry Hollohan, der sich gerade in der Nähe von John Dunn im Wasser befunden hatte, als der Fisch angriff, hatte von einem großen »Hai, vielleicht drei Meter lang und mindestens 250 Pfund schwer, wenn nicht schwerer« berichtet. Und George Burlew erinnerte sich, dass der Hai, dem Stanley Fisher zum Opfer gefallen war, ein »zweieinhalb bis drei Meter langes« Tier mit »einer riesigen Schwanzflosse« war, was letztlich genau der Beschreibung entsprach, die Kapitän Cottrell von dem Fisch abgegeben hatte, den er am Tag zuvor den Creek flussaufwärts hatte schwimmen sehen. Auch die Männer, die gerade auf der Zugbrücke über den Creek bei Keyport gearbeitet hatten, sprachen vom »großen, stumpfweißen Körper« eines Haies, der flussaufwärts geglitten war. Und die Jungen, die mit Lester Stilwell im Creek gebadet hatten, erzählten von einem riesigen schwarzen Fisch »mit dem weißen Bauch und den blitzenden Zähnen eines Haies«.

Diese Augenzeugenberichte weckten natürlich Nichols' wissenschaftliche Neugier, doch angesichts all der Menschen um ihn, die gerade eine traumatische Tragödie durchlitten, wusste er seine Begeisterung im Zaum zu halten. Er ging jedenfalls davon aus, dass diese Angriffe das Werk eines einzelnen Tieres gewesen waren, denn es entbehrte einfach jeder Logik, dass plötzlich mehrere Fische gleichzeitig über Menschen herfallen sollten. Zum ersten Mal erwog er ernsthaft die Möglichkeit, dass es sich bei diesem Menschenfresser um einen Hai handeln konnte. Als er in sein Automobil kletterte, um flussaufwärts nach Matawan zu fahren, nagten jedoch bereits wieder Zweifel an dem Ichthyologen. Immerhin zählte er sich zu den »vielen Forschern, die den Legenden von der Grausamkeit [der Haie] gegenüber Menschen immer misstrauten«.

Nichols folgte einer Rechtskurve des Schotterwegs und fuhr den Creek entlang, bis er bei der Bahnstation von Matawan über die Schienen holperte und auf der Main Street anlangte. Es regnete noch immer, als er das alte Hotel Matawan House erreichte, einen dreistöckigen Holzbau, der vom Licht der Gaslaternen hell erleuchtet war. Auf der langen Veranda unter dem handgemalten Schild TREFZ FINE LAGER BEER drängten sich zahlreiche Männer, in der einen Hand ein Bier, in der anderen das Gewehr, und ließen sich interviewen. Aufgeregt diskutierten sie mit Reportern und Pressefotografen, so laut, dass Nichols ein paar Wortfetzen von wildesten Geschichten über Meeresungeheuer aufschnappen konnte. Auch mehrere bewaffnete Kopfgeldjäger streiften zwischen den Fischern und Kaufleuten aus der Stadt und den Freunden und Familien der Opfer durch die Empfangshalle. Und einige gingen herum und erklärten allen in einem Ton, der keinen Widerspruch duldete, dass ein Hai im Creek »schlicht und ergreifend ein Märchen« sei. Denn am Nachmittag hatte das U.S. Weather Bureau mit folgender Meldung für große Aufregung gesorgt: Der Menschenfresser sei acht Kilometer weiter oben an der Küste gefangen worden. Ein Fischer aus Keansburg hatte einen dreieinhalb Meter langen und 300 Pfund schweren Hai getötet und in seinem Magen die Überreste von Fisher und Stilwell gefunden. Diese Nachricht entpuppte sich allerdings als Ente.

Der Wind fuhr in die Hotelveranda und rüttelte heftig an den inzwischen unbesetzten Schaukelstühlen, der Regen peitschte so stark, dass die Männer längst Deckung gesucht hatten. Nichols sah, dass sich ein regelrechter Sturm zusammenbraute. Tief über der Main Street hingen schwarze Gewitterwolken, wie über der ganzen Küste von Jersey und Long Island. Die gesamte Region wurde von schweren Unwettern heimgesucht. Die Gewitter sollten in dieser Nacht Bäume fällen, Häuser in Brand setzen und zwei Pferde und drei Männer töten, die meilenweit entfernt an Eisenbahngleisen gearbeitet hatten. Tief geduckt gegen den Sturm ankämpfend, lief Nichols im Stockdunkeln durch den Regen und die heftigen Donnerschläge in Richtung der Rufe, die vom Creek kamen. Die morastige Uferböschung erzitterte unter dem Donner des Himmels und des Dynamits. Beim Aufleuchten der Blitze sah Nichols die schemenhaften Umrisse der Männer und ihrer Gewehre am Creek und lauschte eingeschüchtert ihren Schreien und den folgenden Explosionen.

Weit und breit war kein Hai gesichtet worden, trotzdem fuhren die Männer fort, alles zu töten, was sich bewegte. Kaum rief jemand: »Hai!«, schon folgte eine Detonation. Und sobald irgendwo Luftblasen auf dem Wasser trieben und fälschlicherweise für Anzeichen eines Haies unter Wasser gehalten wurden, ertönten neuerliche Rufe: »Hai!«, und wieder ging eine Dynamitladung hoch, so lange, bis sich die Aufregung schließlich in Hysterie verwandelt hatte und die Leute »nach jeder Detonation glaubten, die Bewegung von Haien auszumachen«, wie die *New York Times* schrieb. Nichols wanderte zwischen den Männern umher und erklärte ihnen geduldig, dass man den Menschenfresser mit Dynamit niemals kriegen würde. Und was die Gewehrkugeln anbelangte, so würde »die dicke, widerstandsfähige Haut des Haies von ein paar Schrotkugeln kaum zu beeindrucken sein, sogar die Kaliber-32-Geschosse werden an ihr vermutlich nur abprallen«. Außerdem warnte er, dass der Fisch, wenn man ihn im Creek tötete, andere Haie dorthin ziehen konnte. Doch die Männer machten unbeirrt weiter, als sei Nichols unsichtbar.

Mühsam bahnte sich John Nichols seinen Weg zur Stadt zurück und ging auf sein Zimmer im Matawan House. Er hatte auf mehr Kooperation bei seinen Nachforschungen gehofft. Doch er sollte seine Bestätigung als grimmiger Prophet noch bekommen, später, am nächsten Nachmittag. Jetzt kam zunächst noch Ralph Gall daher, einer der Jäger, die in Motorbooten flussabwärts patrouillierten, und behauptete, nicht nur einen, sondern gleich vier große Haie gesehen zu haben, die gerade flussaufwärts nach

Matawan unterwegs waren. Mit lautem Geschrei und wilden Warnschüssen rauschte Gall flussaufwärts, um die Leute zu alarmieren, doch als er die Stadt erreichte, war von den Haien nichts als der leise Spott von Phantomen übrig. Sein Alarm hatte jedoch am ganzen Creek Panik ausgelöst. Nun erblickte man allüberall Haie. Drei riesige Exemplare, hieß es, wurden in der Nähe der alten Docks gesichtet. Sofort senkten die Männer schwere Drahtgitter ins Wasser, um sie in der Falle zu haben, und die wilden Schießereien begannen aufs Neue. Doch die Kugeln trafen nichts als Wasser und Wellen.

Um 5.30 Uhr morgens hatte sich der Sturm gelegt, und die ersten Sonnenstrahlen begannen das stille Wasser des Matawan Creek zu erwärmen. Der Morast an den Böschungen trocknete bereits, und die Flut verwischte alle Spuren. Es war, als seien Männer wie Himmel des Tobens müde geworden oder als habe das alles überhaupt nie stattgefunden. Einer nach dem anderen waren die Hai-Jäger zu Dutzenden abgezogen; sogar William Stilwell hatte letztendlich aufgegeben. Auch Edward Craven stolperte gerade todmüde den Creek entlang, das Gewehr gekrümmt über den schlaffen Arm gehängt – er wollte nur noch nach Hause und ein paar Stunden schlafen –, da sah er die Bewegung von etwas Großem im Creek, direkt hinter der alten Sackfabrik. Es musste gerade erst aufgetaucht sein, denn die anderen Hai-Jäger waren ja erst kurz zuvor auf dem Heimweg hier vorbeigekommen und hatten offenbar nichts gesehen.

Craven umklammerte sein Gewehr und lief los, spürte, wie ein Adrenalinschub seinen Körper aktivierte. Er war einer der letzten bewaffneten Männer, die die ganze Nacht hindurch gesucht hatten, ohne auch nur den Hauch eines Ungeheuers zu bemerken. Der Druck, eine Heldentat zu begehen, muss in diesem Moment gewaltig gewesen sein. Wenn dies der Hai war, dann wollte ihm Ed Craven so viele Kugeln verpassen, dass es ihn aus dem Wasser heben würde. Doch das Ding im Creek schaukelte schlaff auf den Wellen der einströmenden Flut. Wenn das ein Fisch war, dann ein riesiger, aber bereits toter, und wenn es der Hai war, dann waren die Sorgen des Städtchens endlich vorbei – aber er würde es sein, der die gute Nachricht überbrachte. Er kletterte die schlammige Uferböschung herab, um sich die auf dem Wasser schaukelnde Masse näher zu betrachten. Der Schreck durchfuhr seine Glieder – das Ding war eine menschliche Leiche.

Weil es ihn davor ekelte, den Körper zu berühren, rannte Craven zu Constable Mulsoff, der sofort den Leichenbeschauer der Gemeinde Monmouth in Freehold verständigte. Kurz darauf wurde die Leiche auf das verrottete Dock gehoben, von dem Lester Stilwell zwei Tage zuvor gesprungen war. Das schmale Gesicht war entsetzlich aufgequollen, aber unverletzt und deutlich als das des Jungen zu erkennen. Doch der Körper konnte kaum noch als solcher bezeichnet werden. Die linke Hälfte des Oberkörpers, die linke Schulter und die rechte Brusthälfte waren vollständig abgefressen. Das Fleisch um die linke Fessel und zwischen Hüftknochen und Oberschenkel war abgefetzt und der Bauch wie von Riesenklauen aufgerissen. Die Behördenvertreter beschlossen, die sterblichen Überreste des Jungen zu Arrowsmiths Bestattungsunternehmen nach Matawan zu bringen. Doch zuerst trugen sie Lester Stilwell zur Identifizierung zum Haus seiner Eltern in der Church Street. Bill Stilwell muss nach der langen Nacht am Creek tief geschlafen haben, denn es öffnete seine Frau Luella. Als sie sah, was die Männer ihr brachten, stieß sie einen Schrei aus und brach zusammen. »Der Körper war schrecklich zugerichtet worden von dem Seewolf«, schrieb die *Asbury Park Evening Press*. »Nachdem er zum Haus der Stilwells getragen worden war, brach die Mutter des Jungen zusammen. Man brachte sie wieder zu sich, nur um sie erneut in Ohnmacht fallen zu sehen.«

Sobald Arrowsmith Lester Stilwells Leiche in Empfang genommen hatte, machte sich der Bestatter, entsetzt über ihren »schrecklichen Zustand«, eiligst daran, sie für die Beerdigung vorzubereiten, die noch am Nachmittag, nach einem kurzen Gedenken im Haus der Stilwells, stattfinden sollte.

Am selben Nachmittag versammelte sich fast die ganze Stadt am Rose-Hill-Friedhof, um W. Stanley Fisher das letzte Geleit zu geben. Neben dem offenen Grab pries Reverend Chamberlain den Schneider als Helden, der »sich unsterblich gemacht hat«. Die *Shore Press* schrieb: »Kaum ein Auge blieb trocken. Die ganze Stadt trauerte, denn der junge Fisher war fast jedem bekannt, Mann, Frau oder Kind, und bei jedem in Matawan beliebt.«

Dumpf vor Schmerz kehrten die Hai-Jäger noch am selben Tag, wie auch am folgenden, mit ihren Booten, Gewehren und Haken zum Creek zurück und suchten beharrlich weiter nach dem Menschenfresser. Am dritten Tag wurde die Szenerie zum Spektakel. Extra dicke Dynamitbündel wurden hochgejagt, um für die Pressefotografen besonders hohe Fontänen über den Creek aufschießen zu lassen. Es war ein schöner, klarer Tag, perfekt für Fotos, und angesichts der vielen Pressefotografen entlang der Ufer starrten die jungen Hai-Jäger, Zigarette zwischen den Lippen, mit zornigen Blicken in die Kameras anstatt ins Wasser. Auch die Frauen in ihren langen Alltagsgewändern posierten lächelnd für die Fotografen, das Gewehr locker auf die Zehen anstatt aufs Wasser gerichtet. »Man kann nur hoffen, dass sie dieses Gewehr nicht auslöste, solange sie es in dieser Position hielt«, stand unter einem Foto in der Zeitung. Die Hai-Jäger mit ihren grimmigen Gesichtern wirkten auf die Massen der Gaffer wie ein zu allem entschlossener Haufe. Von meilenweit her waren sie gekommen, um das schlagzeilenträchtige Leid, das der Hai über die kleine Stadt gebracht hatte, mit eigenen Augen zu sehen. »Die Gesellschaft wandte sich der Hai-Jagd zu, als sei es die neueste Kurzweil des Sommers«, berichtete der *Philadelphia Inquirer*. »Fast 100 Automobile parkten heute am Ufer des Creek, junge wie ältere Frauen waren in hochmodischer Kleidung aus den Strandbädern von Jersey angereist und tippelten nun an die Uferböschungen, um die Hai-Jäger bei der Arbeit zu beobachten.«

Am Nachmittag, während Stilwell und Fisher zur letzten Ruhe gebettet wurden, kam ein Zeitungsmann aus New York City in einem Motorboot in die Raritan Bay gerauscht, um sich an der Mündung des Creek die Drahtnetze zu betrachten, mit denen dem Hai der Rückweg versperrt werden sollte. Kurz darauf berichtete er, dass Matawan seine Schlacht gegen das Meeresungeheuer verloren hatte. Denn in das Netz war ein großes Loch gebissen worden, und die Fleischbrocken, die man als Köder daran befestigt hatte, waren verschwunden.

# *In höchster Not*

Der Weiße Hai glitt unbehelligt durch das weite Rund der Bucht zwischen New Jersey und Staten Island. Der Matawan Creek lag Kilometer hinter ihm.

Entgegen allen Erwartungen der Männer am Creek hatte er ihnen die Stirn geboten. Er hatte die Schlacht gegen den Menschen gewonnen und war dem brackigen, flachen Creek in die Freiheit des Meeres entflohen. Aber nun war er noch schwächer als zu dem Zeitpunkt, an dem er versehentlich in den Fluss eingedrungen war; außerdem hatte ihn das bisschen Menschenfleisch kaum satt gemacht.

Die Buchten vor New York City waren ein riesiger »Melting Pot« der Lebewesen im Atlantik. An der Kontinentalplatte, die sich von Georges Bank um Cape Cod und Long Island schlängelt, vermischten sich Süßwasser und industrielle Abwässer mit dem Meereswasser. Die riesige Trichtermündung, die durch die Buchten von Raritan und Sandy Hook gebildet wird, versorgte die gesamte Küste vom Gulf of Maine bis zur Chesapeake Bay mit über 100 unterschiedlichen Arten von Meeresgetier, vom Dornhai bis zur Muräne.

Doch dieser Schoß des Meeres war für den Hai ein feindlicher Lebensraum, denn er unterlag extremen Temperaturschwankungen, einem ständig wechselnden Salzgehalt und einer ebenso profunden chemischen Zersetzung wie alle anderen Trichtermündungen in der Welt. In dieser zerstörten Umwelt gelang es dem Weißen Hai wieder einmal nicht, sich von den reichlich vorhandenen Beständen seiner üblichen Beutetiere zu ernähren. Mit

Menschenfleisch im Magen folgte er weiter dem Kurs seines außergewöhnlichen Irrwegs.

Auf diesem Weg lagen auch die Lower Bays von New York, und die waren inzwischen zu einer echten Gefahr für jeden Hai geworden. Überall lauerten an diesem Tag bewaffnete Männer und töteten Haie in nie gekannter Zahl. Unzählige Boote mit blutigen Fleisch- und Fischködern im Schlepptau und vom Rumpf baumelnden Hai-Haken zogen durch die Buchten. In der Raritan Bay, etwa 16 Kilometer von der Mündung des Matawan Creek entfernt, hatte ein fast drei Meter langer Hai nach einem solchen Köder geschnappt und war nach einer »schrecklichen Schlacht«, wie eine Zeitung schrieb, von einer Anglergruppe aus New York getötet worden.

Weil er so ein riesiges Maul und so gewaltige Zähne hatte, glaubten die Angler, dass es sich um den Menschenfresser handelte, der sich Stilwell und Fisher geschnappt hatte. Aufgeregt zogen sie ihn nach Belford zurück, 13 Kilometer von Matawan entfernt. Journalisten aus New York und Philadelphia drängten sich neben den Einwohnern des Ortes an den Docks, um zuzusehen, wie die Jäger den Bauch des Haies aufschlitzten, in der Hoffnung, die ausgesetzte Belohnung in Anspruch nehmen zu können. In der Tat handelte es sich um einen Menschenhai, um einen Stierhai *Carcharhinus leucas*. Doch auf die Männer, die ihn nun ausnahmen, wartete eine Überraschung – zwölf tote Junge, ein jedes 45 Zentimeter lang und die perfekte Miniaturausgabe eines ausgewachsenen *Carcharhinus leucas*, wurden herausgeschwemmt. Der Fang eines trächtigen Haies war zwar eine Seltenheit, doch für die Kopfgeldjäger ohne jeden Wert.

Den Weißen Hai, der sich nun in den Lower Bays von New York herumtrieb, zog es zu ganz anderen Ködern. Fischerboote, Segelboote und Jachten, Einmannruderboote und Frachter, Trawler und Passagierdampfer kreuzten auf den Schifffahrtswegen zum Hafen. Wahrscheinlich hatte sich der Hai noch nie das Wasser mit so vielen Schiffen und Booten geteilt, mit so vielen dieser riesigen Schatten, deren Schallwellen und Duftsignale ihn provozierten. Wissenschaftler glauben, dass vor allem die elektromagnetischen

Impulse der Schiffstechnik Haie anziehen, beispielsweise das metallische Dreschen der Schiffsschrauben oder das Quietschen von Rudern in ihren Scharnieren. Auch Boote pflegen Haie zu Testzwecken zuerst einmal anzurempeln; und Fischköder oder frisch gefangene Fische finden sie natürlich höchst interessant. Aus jüngster Zeit liegt ein Bericht über einen zweieinhalb Meter langen Blauhai vor, der mit einem Satz aus dem Wasser sprang und mit vollem Gewicht auf einem dösenden jungen Hobbyfischer landete, der gerade an Deck eines Bootes seine Seekrankheit ausschlief, während seine Freunde hinter Haien her waren. Der junge Mann erwachte höchst erstaunt, fiel vor Schreck sofort in Ohnmacht, erholte sich aber schnell und half seinen Freunden dann nach Kräften, den Hai totzuschlagen.

Von allen Hai-Arten ist der Weiße Hai die bei weitem gefürchtetste unter Seefahrern, und zwar hauptsächlich wegen seiner Attacken gegen Boote, denn angesichts seiner Größe und potenziellen Aggressivität verfügt er über Kräfte, unter denen ganze Bootswände splittern können. Der Hai-Forscher Xavier Maniguet bezieht sich im Wesentlichen auf den Weißen Hai, wenn er schreibt: »Es ist klar, dass ein Hai, selbst wenn er sich nur mit geringem Tempo nähert, den Rumpf eines Bootes wie eine Walnuss knacken kann. Kein Rumpf, sei er aus Holz oder Plastik, vermag einem solchen ›Stupser‹ mit der Schnauze standzuhalten.«

Vor allem die Australier haben langjährige Erfahrung mit Haien, die klaffende Löcher in Schiffsrümpfe beißen und sogar ganze Teile aus Booten reißen oder zumindest die Einkerbungen ihrer riesigen Zähne im Rumpf hinterlassen. Große Bekanntheit erlangte ein Fall, der sich im April 1946 zugetragen hatte. Ein Mann angelte mit seinem Sohn vor der Küste von New South Wales, als ein sechs Meter langer Hai nach der Leine schnappte und dann aus unerfindlichen Gründen das Boot anzugreifen begann. Wie die Angler später berichteten, riss der Hai mit solcher Heftigkeit das Ruder ab, dass es hoch in die Luft wirbelte, dann »beutelte er es wie ein verrückter Hund«. Schließlich machte er sich in einem gewaltigen Wasserwirbel mit dem Ruder zwischen den Zähnen auf und davon.

Viele Bootsfahrer hatten weniger Glück. Im Juni 1923 fischten vier Bergarbeiter vor einem Riff an der Südküste von New South Wales, als ein Rudel Haie unter dem Boot hindurchtauchte. »Das Boot erzitterte, und im nächsten Moment klaffte ein riesiges Leck im Boden«, erinnerte sich der einzige Überlebende. Es neigte sich, füllte sich mit Wasser und kippte. Die Männer klammerten sich an den Seiten des Rumpfes fest, bis sich schließlich einer der Bergarbeiter entschloss, die anderthalb Kilometer ans Ufer zu schwimmen und Hilfe zu holen. Er kam knapp 20 Meter weit, schrie einmal auf und verschwand.

Am späten Abend des 14. Juli 1916 kehrte ein Fischer aus der Bucht mit einem zerschmetterten Boot und einer unheimlichen Geschichte an Land zurück. Das Boot hatte friedlich im Meer gedümpelt, als es ein großer Hai angriff und versuchte, es zu versenken. Nach langem Kampf war es dem Fischer gelungen, dem Hai zu entkommen, nicht aber ohne ihn zuvor aus nächster Nähe gesehen zu haben – einen riesigen, dunklen Fisch von ungefähr zweieinhalb Meter Länge.

Der Weiße Hai, der aus dem Matawan Creek fliehen konnte, nachdem er über insgesamt fünf Menschen mit nie gesehener Wildheit hergefallen war, dürfte mit an Sicherheit grenzender Wahrscheinlichkeit – soweit man im Meer von irgendwas sicher sein kann – derselbe große Fisch gewesen sein, der auch dieses Boot angriff, aber bewiesen werden kann es nicht. Was wir wissen, ist, dass an jenem Freitag der Mond fast voll und der Hai in höchster Not war und dass er auf seinem Weg durch die Raritan Bay von einem reichhaltigen Cocktail aus Düften und Schallwellen von Schiffen und Säugetieren empfangen wurde.

Nordöstlich lagen sämtliche Buchten, Häfen und Strände von New York City.

# *Der Krieg gegen die Haie*

Sie war groß, üppig, und aller Männer Augen folgten ihr, als sie an diesem Morgen über den Strand schlenderte. Der Atlantik breitete sich in einem klaren, kalten Blau unter weitem Himmel aus, wellenförmig verlief sich die Gischt im Sand. Doch wo sie auftauchte, sahen die Männer nur noch ihre Formen, die fein gebogene Nase, hohen Wangenknochen und die Kaskade von Haar, die sich über die Schultern des Varietéstars Gertrude Hoffman ergoss. Es hieß, es habe eine Aura des Geheimnisvollen, Unwiderstehlichen, Männermordenden die geschmeidige Gestalt der Hoffman umgeben. Zu Beginn des Jahrhunderts hatte sie den Tanz der Salome berühmt gemacht und damit dem Striptease, Bauchtanz und dem »Tanz der sieben Schleier« den Weg bereitet. Man hatte sie verhaftet wegen ihrer unzüchtigen Darbietungen (was allerdings, wie sich herausstellte, aus Publicitygründen von ihrem Produzenten William Hammerstein eingefädelt worden war) und sie dazu verdonnert, ein knöchellanges Trikot zu tragen. Doch die Zeiten der Perlen und Federn waren vorbei, hier bot sich Gertrude Hoffman den Blicken nicht im verhüllenden Bühnenkostüm, sondern im Badeanzug.

Am späten Vormittag trat die Tänzerin zierlich ans Wasser und begann mit vorsichtigen Schritten hineinzuwaten. Tausende von Badegästen an den Stränden von Coney Island, Brighton und der Küstenlinie von Brooklyn teilten sich gerade dieses Vergnügen mit Gertrude Hoffman. Am Mittwoch war das Thermometer auf 32 Grad geklettert, der heißeste Tag dieses Sommers, bis am Donnerstag »das Quecksilber auf 35 Grad hinaufflog«, wie sich der Wettermann geäußert hatte. Am Freitag, dem 14. Juli, war es wieder glutheiß, und das Wetteramt in Washington verkündete, dass kein Ende der Hitzewelle in Sicht sei.

Die New Yorker waren schon früh an diesem Tag an die Strände geflohen. Der Sea-Beach-Zug und die elektrischen Straßenbahnen rumpelten ohne Unterlass den ganzen Morgen aus den Wohnvierteln heran, und die Dampfschiffe aus Manhattan spuckten Massen von Passagieren am Dreamland Pier von Coney Island aus. Nur am Strand war die Hitze, der bereits acht New Yorker zum Opfer gefallen waren, für die Bewohner der Stadt einigermaßen erträglich. Im Illusion Palace oder im Village of Midgets und dem Upside-Down House (in dem die Möbel von der Decke hingen) konnten Eltern außerdem vielleicht noch am ehesten die Kinderlähmungsepidemie vergessen, die am Vortag erneut 17 Leben gefordert hatte.

In den entfernten Türmen von Coney Island war die Welt auf ein erträgliches Maß verkleinert worden. Mithilfe von tausenderlei Fantasien konnten die Besucher dort ihre Ängste vor der modernen Zivilisation ausleben und vielleicht sogar überwinden. Man sagte: »Wenn Paris Frankreich ist, dann ist Coney Island zwischen Juni und September die Welt.« Im Zeitalter vor dem Fernsehen und dem alles beherrschenden Kino strömten Amerikaner nach Coney Island, um Zeuge von Ereignissen zu werden, die sie sich bis dahin kaum hatten ausmalen können.

Doch nichts, was sich die Macher von Coney Island ausgedacht hatten oder die amerikanischen Realitäten dort in Miniaturform wiedergab, bereitete die Besucher auf die Ereignisse vor, die sie an diesem Freitagvormittag am Strand erwarteten. Gertrude watete ein Stück weiter ins Wasser, dann tauchte sie ein und begann mit eleganten Bewegungen ihrer grazilen Arme zu schwimmen. Sie befand sich vielleicht 100 Meter vor der West Thirty-first Street, als ihr der Schreck durch die Glieder fuhr. Eine große, dunkle Flosse tauchte in den Wellen auf und hielt schnell auf sie zu. Die Tänzerin war sich sicher, im nächsten Moment vom Menschenfresser aus New Jersey verschlungen zu werden.

Glücklicherweise, berichtete die *New York Times*, besaß Hoffman »die Geistesgegenwart, sich zu erinnern, was sie erst jüngst in der *Times* gelesen hatte, nämlich dass ein Schwimmer einen Hai verscheuchen kann, indem er um sich schlägt. Also begann sie wild auf das Wasser einzudreschen.« Die große Flosse verschwand, und Hoffman schwamm zum Strand zurück, wo sich ihr rasendes Herz allmählich beruhigte. Später, als sich die Tänzerin wieder ganz in der Gewalt hatte, war sie nicht mehr so überzeugt, ob sie wirklich einen Hai gesehen hatte oder ob das Ganze nur eine Fata Morgana gewesen war, was nach all den Schlagzeilen in den Morgenzeitungen nicht verwunderlich gewesen wäre. Die *Times* schrieb, dass sie »unsicher war ..., ob sie sich ganz umsonst Sorgen gemacht hatte oder tatsächlich knapp dem Tod entronnen war«. Jedenfalls gedachte sie nicht, sich noch einmal ins Wasser zu wagen.

Gertrude Hoffmans Erlebnis vor Coney Island mochte zwar haarsträubend gewesen sein, aber ungewöhnlich war es nicht. Es gab laufend Berichte über Haie, die sich dem Ufer näherten. Über den Küsten von New York und New Jersey lastete eine in der amerikanischen Geschichte einmalige Furcht vor Haien. Ob durch das Telefon oder mittels Telegrammen, ob in Briefen oder auf Postkarten, überall wurde von Begegnungen mit Haien berichtet. Und die gleiche Macht, die einst das Sinken der *Maine* in einen Krieg verwandelt hatte, nämlich die Presse, hatte auch nun nicht die geringsten Probleme, Alarm an der ganzen Küste auszulösen und einen einzigen halbstarken *Carcharodon carcharias* in ein Meeresungeheuer zu verwandeln. Zeitungsjungen jagten den Menschen auf den Straßen hinterher, hielten ihnen die Schlagzeilen unter die Nase und schrien vorbeifahrenden Automobilen, Pferdedroschken oder auch nur den Steintürmen von Manhattan in sich überschlagenden Stimmen mit irischem, italienischem oder polnischem Akzent lauthals entgegen:

»Riesige wilde Haie plagen die Küste!«

»Hai tötet zwei Schwimmer, verstümmelt einen vor New York!«

»Ganze Küste von Jersey von menschenfressenden Ungeheuern verseucht!«

»Zehn Pfund Menschenfleisch von Meeresungeheuer abgefetzt!«

Die marktschreierische Schlagzeile auf der Titelseite des *New York Herald* lief über sechs Spalten, eine Größenordnung, die sonst nur Kriegen oder »der Wiederkunft Christi« vorbehalten war: »Hai schwimmt seichten Fluss hinauf, tötet Jungen und Mann und reißt weiteren Schwimmer in Stücke!«

»Ungeheuer bahnt sich seinen Weg durch die Raritan Bay einen Kilometer flussaufwärts!«

»Erstes Opfer nur zwölf Jahre alt!«

»Mann stirbt, nachdem er bei Rettungsversuch dem Maul des Ungeheuers entrissen wurde!«

Der durchschnittliche New Yorker wusste im Jahr 1916 über Kriege nicht viel mehr als das, was man ihm bei den Nachbildungen der Burenkriege oder der Seeschlacht im »War of Worlds« des Luna Park auf Coney Island vorführte. Daher konnte der *Herald* seinen Lesern auch ungestraft versichern, dass »niemals ein spektakulärerer Angriff auf das Landesinnere oder unser Küstengewässer stattgefunden hat«.

Am selben Vormittag, an dem Gertrude Hoffman ihr ungeklärtes Erlebnis hatte, badete Thomas Richard, stellvertretender Küchenmeister des Hotels Beau Rivage auf Coney Island, in der Sheepshead Bay vor der Emmons Avenue von Brooklyn, mit Blick auf die gegenüberliegende Insel. Auf einmal begannen 50 Menschen, die gerade auf der Hotelterrasse frühstückten, wie aus einer Kehle zu schreien: »Hai!« Ein paar Schwimmer eilten sofort kreischend aus dem Wasser, nur Richard war zu weit draußen, um schnell ans Ufer zurückschwimmen zu können. Da sah er auch schon eine Flosse auf sich zukommen, kraulte, so schnell er konnte, zu einem Motorboot in der Nähe und hechtete mit einem Satz hinauf. Es gelang ihm, seine Beine nur den Bruchteil einer Sekunde, bevor sich das Wasser unter ihm kräuselte, in Sicherheit zu ziehen.

Panik griff in den Buchten von New York um sich, von der Gravesend Bay über Great Kills Harbor bis zu den Rockaways. An den Stränden von Staten Island war ein merklicher Besucherrückgang zu verzeichnen, und es sollten noch weniger Gäste kommen, nachdem Angestellte des Mount Loretto Home in der Princess Bay eine Flosse gesichtet und nach einem kurzen Kampf den blutigen Kadaver eines fast drei Meter langen Haies an den Strand gezogen hatten. In Keansburg an der Raritan Bay und in Atlantic Highlands an der Sandy Hook Bay – beide am selben Küstenstrich wie die Mündung des Matawan Creek – wagte sich kein Mensch mehr ins Wasser. Lieber schmolzen die Badegäste in der Sonne dahin. Am Samstag, dem 15. Juli, standen die Geschäfte der Strandbadbesitzer von Coney Island und Brighton vor der Pleite. Nach Schätzungen der Polizei waren 50 000 Menschen auf Coney Island den Badestränden aus Angst vor dem Menschenfresser fern geblieben. »Panik vor Haien nagelt eine Million Badegäste an der Küste fest«, schrieb die *New York World*.

Die wenigen, die sich noch in die Brandung wagten, fühlten sich vermutlich kaum bestärkt von den neuen Nachbarn, die ihnen nun Gesellschaft leisteten. Anstatt der fröhlichen Menschenmengen, die sich sonst im Wasser tummelten oder im Schatten der Sonnenschirme ruhten, patrouillierten nun jede Menge mit Fischhaken und Speeren, Gewehren und Harpunen bewaffnete Männer die langen, verlassenen Strände – Männer mit echtem Sportsgeist ebenso wie solche, die mit grimmigen Gesichtern auf die Belohnung aus waren. »Das Baden an der Küste von Jersey ist fast vollständig zum Erliegen gekommen«, berichtete die *New York Times*, »insbesondere in den Regionen, in denen der Menschenfresser bereits zugeschlagen hat. Dafür kam ein neuer Sport in Mode, für den die Behörden sogar einen eigenen Dienst eingerichtet haben: die Jagd auf den Hai.« Ein Seemann entsetzte die Umstehenden an einem Dock von Long Island, als er einen monströsen, über fünf Meter langen Hai ans Ufer schleppte. Erst als er ihn aufschlitzte, realisierte er, dass es sich um einen Planktonfresser handelte. Im seichten Gewässer vor Eldred's Bar, in der Nähe von Rockaway Point vor Brooklyn, entdeckten acht Männer, die gerade nach Sandwürmern gruben, einen Hai, der einen Schwarm Umberfische vor sich her der Küste zutrieb – »der Hai tat nichts anderes, als das, was Haie alljährlich zu der Zeit tun, wenn Umberfische auftauchen«, schrieb der Hai-Forscher Thomas B. Allen. Wütend malträtierten die Männer das Tier so lange mit Rudern, Speeren, Spaten und Aalzangen, bis es tot war.

Und so geschah es, dass eine der schändlichsten Jagdsaisonen auf Haie in der Geschichte der Vereinigten Staaten entlang der gesamten Küste eröffnet war. Fischer erschlugen Dutzende von angeblichen Menschenfressern und zogen stolz deren blutige Kadaver ans Ufer, wo die Leute dann zusehen konnten, wie man den Tieren die riesigen Bäuche aufschlitzte. Doch es quoll nichts als massenweise Fisch heraus, nie das, wonach die Kopfgeldjäger suchten: Menschenfleisch.

Auch die Badegäste in der Chesapeake Bay fürchteten sich an diesem Freitag wegen des Menschenfressers schwimmen zu gehen. Sogar die *Washington Post* brachte die neuesten Nachrichten über ihn auf der Titelseite, gleichrangig mit den letzten Neuigkeiten über die Offensive der Briten gegen die Deutschen an der Somme. In allen Zeitungen waren Schlagzeilen über den Hai größer als die über den Aufstand in Mexiko, den Angriff der Italiener auf die Österreicher in Lagarina, den Run der Amerikaner zur Armee oder über Präsident Wilsons Kandidaten für das Richteramt am Obersten Bundesgericht, als Nachfolger von Charles Evans Hughes. Die *Post* tönte: »Haie verursachen Panik. Menschenfresser an unzähligen Stellen entlang der Atlantikküste gesichtet. Die Küsten von New York und New Jersey von bewaffneten Patrouillen bewacht.« Sofort traf der Schwimmclub von Baltimore die Entscheidung, eine Hai-Patrouille für die Zeit des Wettschwimmens am kommenden Sonntag in der Chesapeake Bay anzufordern; und vom Schoner der Maryland State Police, *May Brown*, kam die Bestätigung, dass man »große Meeresungeheuer« im Hafen von Annapolis gesichtet habe. Die *Baltimore Sun* schrieb: »Angst vor Haien … ergriff die vielen Menschen …, welche die nahe gelegenen Strände in der Chesapeake Bay und von Seven Rivers zum Schwimmen aufgesucht hatten.«

Hysterie breitete sich unter Arm wie Reich aus. Ein einziger Hai hatte es bewerkstelligt, dass sich kein Mensch entlang der über 2300 Kilometer langen Ostküste zwischen New England und Florida noch zum Schwimmen ins Meer wagte. Die Fischer vor Connecticut steuerten nur noch einen Kurs an, der sie nicht in Gefahr brachte, den »Ungeheuern des Atlantiks« zu begegnen; ein Bootsmann aus Tampa, Florida, hatte vor den vielen Menschenfressern im Golf solchen Bammel bekommen, dass er lieber gleich zum Hafen zurückgekehrt war. Ein Nachbar von Teddy Roosevelt erzählte diesem, dass er einen Hai in der Oyster Bay, Long Island, gesichtet habe, und verlangte von ihm, augenblicklich etwas gegen ihn zu unternehmen.

Der Hai wurde zu einer Cause célèbre in den ganzen USA. Riesige, zähnebleckende Haie grinsten von den Titelseiten; auf den Frauenseiten prangten lächerliche Karikaturen von Haien, die sich gerade an ihren menschlichen Opfern zu schaffen machten; und in den Leitartikeln wurde über den Tod des Mythos vom harmlosen Hai sinniert.

Die Leute meldeten sich zu speziellen Schwimmkursen an, um sich beibringen zu lassen, wie man Haie überlisten konnte. Der Rat, den ihnen die Starschwimmerin Annette Kellerman sowohl in der *New York Times* als auch der *Washington Post* gab, war, einfach nur die Augen offen zu halten, denn »Sie können sie immer rechtzeitig sehen und brauchen nur unter ihnen wegzutauchen, sobald sie auf Sie zukommen«. Da Haie »verkehrt herum« angreifen würden und sich daher erst drehen müssten, »haben Sie eine gute Chance, zu entkommen, wenn die Entfernung zum Ufer … nicht zu groß ist«. Ein Kapitän aus Key West, Florida, der später auch Ernest Hemingway zum Hochseefischer ausbilden sollte, bot an, den Hai ganz umsonst zu töten. Der Vizepräsident der Autocar Company von der Main Line in Philadelphia meldete sich aus Zane Greys Anglercamp in Long Key, Florida, mit der Behauptung zu Wort, dass Haie »keine besonders schlauen Fische« und daher leicht zu fangen seien, man brauchte nur alle paar hundert Meter Fässer mit Ködern darin im Wasser zu verankern. Leserbriefe an diverse Zeitungen forderten von der Regierung, die gesamte Unterseeflotte der Vereinigten Staaten auszuschicken, um den Hai zu töten; einer schlug vor, eine Puppe wie

Lester Stilwell zu bekleiden und mit Sprengstoff zu füllen. Frank Claret, Kapitän des Atlantic-Transport-Linienschiffs *Minnehaha*, erklärte, gerade aus London zurückgekehrt, dass man sogar die größten Menschenfresser leicht in die Flucht schlagen könnte, »wenn man so laut wie möglich brüllt und mit Füßen und Händen auf das Wasser eindrischt«. Außerdem, meinte er, eröffnete sich hier eine ganz neue kulinarische Möglichkeit, wozu er auch gleich einige Rezepte anbot, denn Hai »schmeckt nicht schlecht, wenn man genug würzt«. Der Spirituosenhersteller »Moroney's Army and Navy Whiskey« schaltete Anzeigen in den Zeitungen, in denen er warnte: »Halte dich fern von den Haien in Atlantic City, den Nachtclubbesitzern, die immer ›gerade mal eben‹ draußen sind, wenn du einen Highball von Moroney's bestellen willst...« Und das *Philadelphia Evening Bulletin* erinnerte, dass Hermann Oelrichs' berühmte Wette endlich eingelöst werden könnte, da ja nun »der Beweis vorliegt, dass Haie zubeißen«.

Der Hai mochte zwar den typisch amerikanischen Impuls ausgelöst haben, aus einer Tragödie Entertainment zu machen, damals ein ganz neuer Trend, dem auch das jüngste Vergnügungsangebot im Luna Park auf Coney Island zu verdanken war – dort konnten die Besucher das Erdbeben von San Francisco in drei Teilen nacherleben –, doch sein Einfluss auf New Jersey war höchst real.

Bis Mitte Juli waren tausende Telegramme, Briefe und Telefonanrufe von Bürgern aus New Jersey in Trenton und Washington eingegangen und jede Menge Leitartikel erschienen, die von der amerikanischen Regierung und den Behörden New Jerseys forderten, endlich einzuschreiten. Auch direkt im Weißen Haus waren Dutzende Briefe von Menschen eingetroffen, die Präsident Wilson anflehten, Maßnahmen zu ergreifen, um die Küste von den Ungeheuern zu befreien. Hunderte von Einwohnern des Staates New Jersey telegrafierten Gouverneur Tom Fielder, um ihn kollektiv wachzurütteln.

Die Wirtschaft an der Küste von Jersey durchlebte eine Krise. Die Touristen, die noch gar nicht so recht Zeit gehabt hatten,

Charles Vansant und Charles Bruder zu betrauern, oder überhaupt zu begreifen, wie diese zu Tode gekommen waren, reagierten auf die schnell folgenden Berichte über neue Attacken des Haies auf einen weiteren jungen Mann und einen Jungen in den Gewässern von New Jersey, indem sie die Koffer packten, um nach Hause zu fahren oder in die Berge auszuweichen. Im Verlauf der zweiten Juliwoche verzeichneten alle Grandhotels, Ferienhäuser und Pensionen von Cape May bis Spring Lake einen Besucherrückgang von 75 Prozent während der besten Strandtage im Jahr. Die bedrohliche Vorstellung, dass ein Hai vor der Küste sein Unwesen trieb, kostete die Hoteliers von Jersey eine Viertelmillion Dollar an entgangenen Reservierungen in einer einzigen Woche. Und angesichts der Tatsache, dass wegen der Kinderlähmungsepidemie ohnedies Angst vor großen Menschenansammlungen in den Hotels, an den Stränden und öffentlichen Plätzen um sich griff, stand die Wirtschaft in einem Dutzend Strandbadeorten vor dem Ruin.

Betriebsausflüge an die Küste in der Stärke von 28 Waggonladungen waren in den letzten Tagen abgesagt worden. Und das ausgebuchte Asbury Park Hotel hatte alle Gäste wegen eines infizierten Kindes nach Hause schicken und schließen müssen. Ohne die Dollars der Touristen würden viele Gemeinden Probleme haben, den Winter zu überstehen. An jenem Vormittag, an welchem Gertrude Hoffman ihr Erlebnis in der Bucht hatte, wurde der Gouverneur von New Jersey von den flehentlichen Bitten der Bürger bombardiert, den Hai endlich zu töten.

Gouverneur James Fairman Fielder, Nachfolger von Präsident Wilson in diesem Amt und 49 Jahre alt, ein großer, kräftig gebauter Mann, beschloss, sich an diesem Freitagmorgen vor seinem Sommersitz in Sea Girt der Presse aus New York, Trenton und Asbury Park zu stellen. Der Gouverneur war einer der herausragendsten Protagonisten dieser neuen, progressiven Zeit, überzeugt davon, dass der Mensch, nachdem er sich das Reich der Tiere untertan gemacht hatte, nun bald auch die Menschheit selbst perfektioniert haben würde und dass eine Regierung auf schlicht alles Einfluss nehmen könne.

Fielder hatte diese Pressekonferenz einberufen, um eine Erklärung über die herrschende Notlage wegen des Haies abzugeben. Er war ein Mann, der Krisen bewältigen konnte, ein Abkömmling mehrerer Generationen holländisch-englischer Politiker und Kirchenmänner, der seines unerschütterlichen Wesens wegen bewundert wurde und nach Aussage seines Vorgängers Woodrow Wilson »von bewiesener Charakterstärke, Leistungsfähigkeit, Pflichttreue und Hingabe im Dienst am Vaterland« war.

Der Staat, verkündete er nun jedoch den Reportern, stehe vor einer Krise, auf die niemand eine Antwort wisse. Aufgrund des Todes von drei Männern und einem Jungen aus New Jersey halte er es für sehr wahrscheinlich, dass nicht nur ein einzelnes Meeresungeheuer, sondern gleich mehrere vor der Küste des Staates auf der Pirsch und zur fortwährenden Bedrohung der Menschen geworden seien. Doch »es gibt nichts, was der Staat unternehmen kann, um diese Gefahr zu bannen«. Der Gouverneur gestand seine Hilflosigkeit ein, vor allem da sich weder erfahrene Fischer noch Wissenschaftler darauf hätten einigen können, um welche Art von Ungeheuer es sich hier handle, ganz zu schweigen davon, dass sie einen Aktionsplan angeboten hätten. Fielder hatte eine groß angelegte Jagd an der ganzen langen Küste des Staates erwogen, doch die Einbindung von Sicherheitskräften in Expeditionsstärke hätte der Bewilligung der Legislative bedurft, und die war in der Sommerpause. Aber selbst »wenn man die Legislative einberufen könnte«, erklärte er, wären noch immer »die Kosten untragbar«. Der Gouverneur appellierte daher an alle Küstenstädte von New Jersey, Hai-Netze zu spannen. Falls ihm die Ironie dieser Szenerie bewusst geworden war – ein progressiver Gouverneur im Zeitalter der Moderne, der an echte Männer appellierte und sie aufforderte, vorzutreten und ein Meeresungeheuer niederzumetzeln –, so ließ er es sich zumindest nicht anmerken. Was hier und heute gefragt gewesen wäre, war weder eine Armada noch ein strahlender Ritter, sondern ein Experte. Am Ende seiner kurzen Ansprache ermahnte Gouverneur Fielder »die Schwimmer..., vorsichtig zu sein«, und erklärte, er bete, dass jemand »auftaucht, der weiß, wie man Haie vertreibt«.

Am Freitagmorgen war Woodrow Wilson schon vor Sonnenaufgang wach und saß bereits um fünf Uhr mit seiner Gattin beim Frühstück. An sich zog es der Präsident, dem mit seinen 60 Jahren so manches gesundheitliche Problem zu schaffen machte, vor, später aufzustehen und nur drei bis vier Stunden am Tag zu arbeiten, doch der Krieg in Europa und die anstehende Wahl zwangen ihn, wie er der First Lady erklärte, sich schon in aller Frühe, »noch im Dunkeln gegen sie zu wappnen«.

Nach dem Frühstück zog er sich eine Stunde zur Erledigung seiner Korrespondenz und einiger Diktate zurück und besprach sich kurz mit seinen wichtigsten Beratern. Um elf Uhr erschien der hoch gewachsene und ergraute Präsident im schwarzen Maßanzug in einer Kabinettssitzung, um über »den grauenvollen Hai, der die Küste von New Jersey in Angst und Schrecken versetzt« und die Flut von Bittschriften aus der Bevölkerung, dem Menschenfresser endlich den Garaus zu machen, zu diskutieren.

Im Capitol brachte der Kongressabgeordnete Isaac Bacharach aus Atlantic City an diesem Morgen einen Gesetzesentwurf ein, demzufolge der Bundesfischereibehörde 5000 Dollar für die Kooperation bei der Lösung dieses Hai-Problems gewährt werden sollten, um »die Ausrottung der Menschenhaie, die zurzeit das atlantische Gewässer entlang der Küste von New Jersey verpesten« zu gewährleisten.

Joseph P. Tumulty, ein Anwalt aus Jersey City und Wilsons engster Berater seit 1913, drängte den Präsidenten zum unerschrockenen und rigorosen Handeln in dieser Sache. Etwas früher an diesem Morgen hatte Tumulty bereits dem Herausgeber der *Asbury Park Press,* J. Lyle Kinmonth, ein Telegramm geschickt, in dem er versprach, dass Wilson »alles in seiner Macht Stehende tun wird…, um die Küste von Jersey von der Hai-Gefahr zu befreien«.

Doch was der Präsident gegen einen bösartigen Hai überhaupt unternehmen konnte, war eine ganz andere Frage. Handelsminister William Redfield, der aus seinem Büro einen ständigen Blick über Leuchttürme und Fischereigebiete hatte, erklärte dem Kabinett, dass sich die Fischereibehörde, ungeachtet des Vorschlags von Congressman Bacharach, »nicht in der Lage sah, irgendeine wissenschaftliche Erklärung für diese bisher einmalige Serie von Angriffen gegen Menschen anzubieten«. Die Experten der Behörde »sahen sich zögernd zu der Schlussfolgerung gezwungen, dass es keine wirklich wirksame Präventivmaßnahme gibt, die man empfehlen kann«. Ihr einziger Rat bestand darin, dass man »eine Aktion zum Einfangen des Haies« in Gang setzen und die Badegäste aufrufen solle, sich nur im flachen Gewässer aufzuhalten.

Der Präsident wandte sich an Finanzminister William Gibbs McAdoo, sein nicht nur fähigstes Kabinettsmitglied, sondern auch Schwiegersohn, und beauftragte ihn, den »Krieg gegen die Haie« zu leiten. Kurz nach Beendigung der Kabinettssitzung berief McAdoo eine Pressekonferenz ein, bei der er den Journalisten aus Washington mitteilte, dass die Küstenwache der USA und die Fischereibehörde ihre Kräfte bündeln würden, um »den Schrecken der Meere zu vertreiben«. Der Kutter *Mohawk* von der Küstenwache werde sofort losgeschickt, um alle Killerhaie vor der Küste von Jersey zu töten, die vier Toten zu rächen und die Badesaison zu retten.

In den Samstagsausgaben der *Washington Post* und sämtlichen Zeitungen von New York, Philadelphia und Chicago sorgte der »Krieg der USA gegen die Haie« an diesem 15. Juli für Schlagzeilen, sogar am anderen Ende der Welt, in London, wurde darüber berichtet. »Wilson und Kabinett machen Pläne, um weitere Tragödien zu verhindern«, hieß es in der *Post.* »Küstenwache in Hai-Jäger verwandelt … Auch den Kuttern der Bundesbehörden wurde angeordnet, nach den Ungeheuern zu fischen.«

An die Küstenwache »erging Order, ihr Möglichstes zu tun, um die Küste von dem gefährlichen Fisch zu befreien und dem Verlust weiteren Lebens zuvorzukommen«. Auch sämtliche offiziellen Lebensrettungsstationen entlang der Ostküste wurden auf Anweisung des Finanzministeriums in die Jagd eingebunden. Laut *Washington Post* wurde zwar »kein definitiver Aktionsplan ausgearbeitet, doch soll der Dienst jeweils vor Ort bei der Lokalisierung [von Haien] helfen und die Strandbäder möglichst rechtzeitig von ihrer Entfernung zum Ufer in Kenntnis setzen«. Auf der Titelseite des *Washington Evening Star* prangte eine Karikatur von »Uncle Sam's letztem Kreuzzug«, ein grimmiger Uncle Sam auf einem Patrouillenboot, Maschinengewehr im Anschlag, dazu eine flatternde Fahne mit dem Text »Tod den Haien«.

Doch die *Mohawk* lag die ganze Nacht über im Hafen von New York vor Anker und sollte sich von dort auch nicht wegrühren. Denn in den folgenden Tagen wurde die Ausrottung aller Haie entlang der gesamten, langen Küste von Jersey als »undurchführbar« beurteilt und die ganze Kampagne abgeblasen.

Der abschließende Rat der Bundesregierung an den Staat New Jersey und dessen Bürger wie Besucher lautete nicht anders als der, den bereits Gouverneur Fielder anzubieten hatte: Spannt Drahtnetze und bleibt im Seichten. John Cole, der Leiter sämtlicher Lebensrettungsstationen entlang der Küste von New Jersey, ergänzte diese Empfehlung mit den Worten: »Und wo es keine Netze gibt, verhindert man am besten, gebissen zu werden, indem man nicht ins Wasser geht. Ich jedenfalls würde nicht schwimmen gehen.«

# *Etwas seltsam Unheimliches*

Die beiden Männer machten sich auf den Weg, um ihr Mittagessen und vielleicht auch gleich etwas zum Abendessen in der Bucht zu angeln, falls die Fische gut beißen würden. In diesen frühen Stunden am Freitag, dem 14. Juli, war der Himmel noch leicht bedeckt und die Bucht unbewegt, ein herrlicher Morgen, um auf das Meer hinauszufahren. Die zwei Freunde schlenderten über den kleinen Kai des alten Hafenstädtchens South Amboy, und Michael Schleisser, der Kleinere, entdeckte ein Stück von einem alten Ruder an der Anlegestelle. Es war in der Mitte durchgebrochen, und das Blatt fehlte – angeschwemmtes Treibholz eines lang vergessenen Tages oder fernen Abenteuers. Schleisser hob es auf und steckte es zu seiner Angelausrüstung.

»Was willst denn damit?«, fragte John Murphy seinen Freund.

»Ach, zu irgendwas wird es schon nütze sein«, antwortete Schleisser.

Michael Schleisser hatte geschickte Hände und konnte in der Tat aus nichts etwas machen. Der 40-jährige, 1,70 Meter große, drahtige Mann mit einer hohen Stirn, einem langen, spitz zulaufenden Gesicht, das von einem Hängeschnauzer geziert wurde, war 15 Jahre zuvor aus Serbien in die USA eingewandert und mit seiner handwerklichen Begabung zu einem der bedeutendsten Taxidermisten in der neuen Heimat geworden, spezialisiert auf die Präparation beeindruckender Trophäen von Jägern und Anglern. Außerdem zähmte er Tiere und war ein bekannter Großwildjäger, der schon die ganze Welt bereist und sich im afrikanischen Busch herumgetrieben hatte. Im Hinterhof seines Hauses in Harlem hielt er sich einen Schwarzbären in Ketten, einen grauen Wolf, einen Rotfuchs und ein Opossum, mehrere Alligatoren in einem Becken, große Schildkröten, ein Taubenhaus, einen Käfig voller weißer Ratten und noch diverse andere Tiere. Im zweiten Stock hing eine Sammlung seltener Schmetterlinge, daneben reihten sich Regale mit Waffen, Tierköpfen und ausgestopften Tieren aus Asien, Afrika und Südamerika. Michael Schleisser hatte bereits alles, was sich bewegt, gezähmt oder getötet und fürchtete sich vor nichts.

Der 28-jährige John Murphy aus der Bronx kannte sich dafür mit Booten aus. Er war Arbeiter bei einer Dampfschifffahrtsgesellschaft. Die beiden Männer liebten es, gemeinsam in der Raritan Bay zu fischen.

Ihr Kahn war ein kleines, nur zweieinhalb Meter langes hölzernes Motorboot, ideal für zwei Hobbyfischer. Sie manövrierten an Staten Island vorbei durch den Outerbridge Reach in den Laurence Harbor und erreichten schließlich die Raritan Bay unterhalb von Staten Island. Dort warfen sie ein zwei Meter langes Netz achterschiffs aus und begannen es durch die Bucht zu schleppen, um Köderfische wie Thunine oder Menhaden zu fangen. Gemächlich schaukelte das Boot auf der Dünung, das Netz in etwa zwei Meter Tiefe hinter sich herziehend. Nach einer Stunde schipperten sie bereits am unteren Ende der Raritan Bay, weit vom Kai in Amboy entfernt, ungefähr sechseinhalb Kilometer vor der Mündung des Matawan Creek.

Es war kurz vor Mittag, als das Boot plötzlich ruckartig zum Stehen kam. Schleisser und Murphy stürzten auf die Planken, die Hände ausgestreckt, um sich vor dem Aufprall zu schützen. Das Ganze war mit einer solchen Wucht geschehen, dass der Motor zu stottern begann und gleich darauf abstarb. Aber die Männer wussten, dass sie keine Probleme mit dem Motor hatten. Als sie sich aufrichteten, sahen sie, dass sich etwas in ihrem Netz verfangen hatte, etwas sehr Großes. Das Boot begann rückwärts zu rucken und Heck voran gegen die Wellen zu schlagen. Wasser lief über das Schandeck. Immer schneller wurde es rückwärts geschleppt. Nur noch einen Moment, und es würde unter Wasser gezogen werden.

Schleisser, der über die Gabe großer Besonnenheit in Krisensituationen verfügte, fühlte sein Herz rasen. Doch er konzentrierte seinen Blick ganz ruhig auf eine Stelle hinter dem Boot. Was er dort im Netz entdeckte, sollte er später als einen »großen, gegabelten Schwanz« beschreiben, der »aus dem Wasser peitschte«. Er drehte sich zu Murphy und rief: »Mein Gott, wir haben einen Hai!« Immer schneller bewegte sich das kleine Boot rückwärts. Die wilden Verrenkungen des Haies ließen den Bug hoch in die Luft schießen und zunehmend Wasser ins Boot schwappen. Murphy warf sich nach vorne, um zu verhindern, dass das Heck unter Wasser gezogen wurde, während Schleisser nach irgendeiner Waffe im Boot suchte. Doch da war nichts außer ihren Angelruten, Haken und einem zerbrochenen Stück Ruder. Hätten sie vorgehabt, den bösartigen Hai zu jagen, so wären sie nicht nur in ein viel größeres Boot gestiegen, sondern auch mit Harpunen, Gewehren und Messern losgezogen. Schleisser packte das Ruderstück und hangelte sich zum Heck.

Zu seinem Erstaunen schnellte der Hai mitsamt Netz aus dem Wasser und stürzte sich mit weit aufgerissenem Maul auf das Heck. Mit einem Ruck wurde es nach unten gedrückt, und Schleisser hatte Mühe, sein Gleichgewicht zu halten. Er sah die dunkle Oberseite und den weißlichen Bauch des Fisches – und die Größe seiner Zähne. Vielleicht konnte nur ein solch erfahrener Jäger wie Schleisser in diesem Moment den Angreifer so genau betrachten, ohne gleich in Panik zu verfallen. Das aufgerissene Maul, dem er sich gerade so nahe am Schandeck gegenüber sah, war groß genug, um ihn mit Haut und Haaren zu verschlingen. Seine Kenntnisse hatten vermutlich ausgereicht, um schnell zu begreifen, dass es sich um einen Weißen Hai handelte, vielleicht sogar um den die Schlagzeilen beherrschenden Menschenfresser. Das Boot wurde mächtig durchgerüttelt, als der Hai seinen gewaltigen Schwanz mit aller Wucht hin und her peitschte. »Der Meerestiger schlug das Meer zu Schaum«, erzählte er später.

Doch Schleisser hatte ganz und gar nicht die Absicht, sich widerstandslos in sein Schicksal zu fügen, denn eines war klar: Die Beute waren er und Murphy. Der Weiße Hai machte sich erneut daran, mit weit aufgerissenem Maul über den Bootsrand hinweg die beiden Männer anzufallen. Hin und her geworfen auf den schlingernden Planken, bemühte Schleisser sich um einen festen Stand, um für einen Schlag auf den Kopf des Tieres auszuholen, doch jedes Mal, wenn er zum Schwung mit dem abgebrochenen Ruder ansetzte, »wurde er vom Schaukeln des Bootes umgeworfen«.

Schleissers Absicht war riskant. Wahrscheinlich wusste er von der Angewohnheit vieler Haie, sich in Rudern zu verbeißen oder bei Konfrontationen mit Fischern in aller Welt mit äußerster Wildheit um ihr Leben zu kämpfen.

Endlich fand er eine Sekunde lang festen Halt und schlug sofort mit aller Kraft zu. Der erste Schlag landete auf der Schnauze des Haies, der zweite über den Kiemen. Der Fisch reagierte wütend und schoss direkt auf Schleissers Arm zu. Das Riesenmaul verpasste sein Ziel, doch der gewaltige Kopf stieß heftig gegen Schleissers Unterarm und schrammte mit seiner sandpapierenen Haut das Handgelenk blutig. Jetzt war Blut im Wasser. Der Hai zappelte noch verrückter und verfing sich dabei immer mehr in den Maschen des Netzes. In einem verzweifelten Aufbäumen schnellte er aus dem Wasser, quer über das Heck direkt auf die beiden Männer zu. Schleisser sah seine letzte Gelegenheit gekommen und drosch noch einmal mit allem, was er noch an Kraft hatte, auf die Schnauze ein. Einen Moment lang war der Hai wie betäubt und lag benommen über dem Heck. Da schlug Schleisser zu, immer wieder, auf die Kiemen und auf den Kopf, bis der Fisch schließlich zusammensackte und langsam in das Netz zurückglitt. Schleisser und Murphy ließen sich völlig erschöpft, dem Kollaps nahe, ins Boot fallen. Der Hai war tot. Sie hatten ihn besiegt.

Fassungslos saßen die Männer da, unfähig, sich zu rühren oder auch nur ein Wort zu sagen. Das Boot dümpelte sanft auf den Wellen. Mit schwerfälligen Bewegungen brachten sie den Motor wieder in Gang und knatterten nach Amboy zurück, im Schlepptau den toten Hai.

Als sie den Kai von South Amboy erreichten, begrüßte sie das übliche Durcheinander aus Fischern und Schaulustigen, die stets herbeikamen, sobald sich ein Boot mit einem ungewöhnlich großen Fisch im Schlepp näherte. An diesem Tag steigerte sich das sonst übliche neugierige Gemurmel jedoch schon bald zu aufgeregten Rufen, und es war auch schnell nicht mehr nur von den eindrucksvollen Dimensionen des Fisches die Rede. Denn hier kam Michael Schleisser, dem sein Ruf als Großfischjäger vorauseilte, und der Fisch, den er mitbrachte, war keine gewöhnliche Trophäe, sondern ein Hai, ein großer Hai.

Als Michael Schleisser und John Murphy abgekämpft, wie sie waren, auf den Landungssteg kletterten, sah man ihnen an, dass sie alles gegeben hatten. Erschöpft schilderte Schleisser den Kampf mit dem Hai, der nach Aussage des erfahrenen Großwildjägers sich wesentlich wütender gegen seinen Tod gewehrt hatte als jeder afrikanische Löwe oder Grizzlybär, dem er jemals begegnet war. Es war, sagte er, »der härteste Kampf, den ich je ums nackte Leben ausgefochten habe«.

Eifrig packten ein paar Gaffer mit an, um Schleisser und Murphy zu helfen, den Riesenfisch aus dem Schleppnetz zu zerren. Es bedurfte eines halben Dutzends Männer, um ihn zu tragen. Michael Schleisser wollte sich mit seiner Beute fotografieren lassen, deshalb wurde der gewaltige Körper des Haies erst einmal auf ein paar Holzböcke im Abstand von rund zweieinhalb Metern gehievt. Der Taxidermist stellte sich ohne die Spur eines Lächelns hinter seine Trophäe, den Oberkörper fast vollständig von der Rückenflosse verdeckt. Die dunklen, blinden Augen des Fisches hatten sogar noch jetzt, als sie ins Leere starrten, einen fast wütenden Ausdruck, das Maul war so weit aufgerissen, dass ein ausgewachsener Mann seinen Kopf hineinstecken konnte. Erst nachdem die Fotografen ihre Aufnahmen gemacht hatten, bemerkten Schleisser und die umstehenden Fischer, dass dem Hai die typischen Haftorgane der männlichen Begattungsglieder fehlten. Der Fisch war zwar noch zu jung, um trächtig zu sein, aber eindeutig ein Weibchen.

Die Fischer waren sprachlos, denn sie hatten immer angenommen, dass alle Menschenfresser männlichen Geschlechts waren. Wie man heute weiß, können in Wirklichkeit beide Geschlechter Menschen angreifen, Weibchen dabei aber in so mancher Hinsicht sich noch wesentlich wilder verhalten, und da sie zum Schutz der Embryonen um einiges umfangreicher sind, werden sie sogar noch größer als die Männchen.

Seit erstmals ein großer Hai gefangen wurde, warteten Menschen mit morbider Neugier darauf, dass den Fischen der Bauch aufgeschlitzt wurde, um zu sehen, ob sich menschliche Überreste darin befanden. Die Zeugen an diesem Tag waren jedoch mehr als nur neugierig, denn jeder, der die Ankunft von Schleissers Boot miterlebte, hoffte, dass der Menschenfresser vom Matawan Creek dem Tierpräparator ins Netz gegangen war.

In den folgenden Tagen, während Michael Schleisser die Wahrheit über seine Trophäe herauszufinden versuchte, beschlossen John T. Nichols und Robert Cushman Murphy, selbst mit der Suche nach dem Hai zu beginnen. Unter den wenigen Menschen, die die Identität des Haies erkannt hatten, der die Küste von New Jersey terrorisierte, und seine wahre Natur verstanden, waren nur Nichols und Murphy bereit, ihn persönlich aufzutreiben und zu töten. Am 20. Juli, es war ein Mittwoch, machten sich die beiden Forscher in einem kleinen Kutter auf den Weg in die Jamaica Bay, weil sie annahmen, dass ein Hai, dessen Attacken auf eine leichte Tendenz in Richtung Norden hindeuteten, am ehesten in dieser Bucht anzutreffen wäre, sofern er sich nicht längst ins offene Meer abgesetzt hatte. Murphy, ein schlaksiger, 1,90 Meter großer Mann, stand am Bugspriet, die Harpune in der Hand, und John Nichols suchte mit den Augen die Wasseroberfläche vom Steuer aus nach einer Schwanzflosse ab, dem Kennzeichen des Weißen Haies, denn mittlerweile hatten beide Männer keinen Zweifel mehr, dass er das Tier war, hinter dem sie her waren. Sie erwarteten ein riesiges Exemplar zu finden, neun, womöglich sogar zehn oder zwölf Meter lang, das sich jedoch höchstens in Form einer langen Furche an der Wasseroberfläche abzeichnen würde. Nichols glaubte inzwischen selbst, dass es sich bei dem

Fisch, der vier Menschen aus New Jersey getötet und einen verstümmelt hatte, um den »einzig wahren Menschenhai« handelte, um ebenjene Spezies »wie der Leviathan, der Jonas verschlang«, so wie er es bei seinen Forschungen »nach Linnaeus« nachzuweisen versucht hatte. Dass diese biblische Geschichte, so apokryph sie auch sein mochte, Hand und Fuß hatte, beeindruckte Nichols.

Nichols und Murphy waren darüber informiert, dass die Jagd, welche die US-Küstenwache auf Haie veranstalten sollte, vernünftigerweise abgeblasen worden war. Und wie Hugh Smith von der Fischereibehörde gingen mittlerweile auch sie davon aus, dass ausschließlich ein einzelner Weißer Hai diese Todesfälle verursacht hatte.

Keiner der beiden Männer war von seiner Natur her prädestiniert, die Verfolgung des größten und grausamsten Prädators der Meere aufzunehmen, um ihn zu töten. Denn beide empfanden leidenschaftliche Liebe für die See und ihre Organismen. Doch als Nichols nun auf der Suche nach dem einsamen Wesen seine Augen über das Wasser schweifen ließ, verspürte er keinerlei Zuneigung, eher eine Mischung aus Ehrfurcht und Angst. In der Abhandlung, die Nichols und Murphy im April gemeinsam für das *Brooklyn Museum Science Bulletin* verfasst hatten, schrieben sie:

»Es ist etwas seltsam Unheimliches an der Natur des Haies. Der Anblick seiner dunklen, schlanken Rückenflosse, wenn sie an einem schönen Sommertag gemächlich im Zickzackkurs durch das stille, glitzernde Meer schneidet und dann plötzlich aus dem Blickfeld verschwindet, um nie wieder zu erscheinen, lässt auf einen hinterlistigen Charakter schließen. Der tückische Ausdruck seines kinnlosen Gesichts, sein großes Maul mit den Reihen von messerscharfen Zähnen darin, die er nur zu gut an der Ausrüstung des Fischers einzusetzen weiß, die unermüdliche Wildheit, mit der er sich, wenn seine letzte Stunde geschlagen hat, noch an Deck aufbäumt und nach seinen Feinden schnappt, seine Unnachgiebigkeit, seine brutal unerschöpfliche Vitalität und Unempfindlichkeit gegenüber physischen Verletzungen lösen in einem nicht die Bewunderung aus, die man beim Anblick eines dahinjagenden, brillant destruktiven und bei Feinschmeckern so beliebten Blaufischs, Thunfischs oder Lachses empfindet.«

Murphy sollte später ein Pionier der Umweltschutzbewegung werden, eine Inspiration für Rachel Carlson und ihr klassisches Werk *Silent Spring*. Denn wie der »Ancient Mariner«* hatte auch er erkannt, wie kostbar ein jedes Leben für das Gleichgewicht in der Natur ist:

*And I had done a hellish thing*
*And it would work 'em woe:*
*For all averred, I had killed the bird*
*That made the breeze blow.*

Doch die Vorstellung, einen Hai zu töten, bereitete ihm offenbar nicht die geringsten Schwierigkeiten, nicht einmal wenn es sich um den seltenen *Carcharodon carcharias* handelte. Während einer Walfischjagd im Südpazifik war Murphy der ungemein große Hass aufgefallen, den die Walfänger gegenüber Haien empfanden, und er hatte gelernt, ihre Gründe zu respektieren. Einmal, als einer der Walfänger starb, erschienen drei Blauhaie unter dem Bug, jeder ungefähr zwei Meter lang, »und die alte Seefahrerlegende, dass diese verhassten Untiere ausdrücklich kamen, um sich die Leiche zu holen, wurde auf dem ganzen Schiff wieder zum Leben erweckt… Haie werden von Seefahrern als Freiwild betrachtet, an dem man den ganzen Barbarismus der erfinderischen menschlichen Natur auslassen kann«, schrieb er. »Man darf in der Tat bezweifeln, dass es ein zweites Geschöpf gibt, welches der Mensch mit größerem Vergnügen tötet.«

Beide Männer fanden außerdem, dass es eine geradezu historische Leistung sei, einen Weißen Hai in der Gegend von New York zu fangen, denn »soweit uns bekannt, ist [der Weiße Hai]

---

* Anm. d. Übers.: Gemeint ist der alte Seemann aus *The Rime of the Ancient Mariner: In Seven Parts* von Samuel Taylor Coleridge. Die Urfassung erschien in den *Lyrical Ballads* 1798, eine überarbeitete Version 1800. Das obige Zitat stammt aus »Part the Second«.

in seinem weltweiten Aktionsradius in wärmeren Gewässern nur selten anzutreffen. Gelegentlich findet man ihn an der Atlantikküste der Vereinigten Staaten so weit nördlich wie Cape Cod, doch für Long Island liegt uns kein definitiver Nachweis vor.« Und praktisch gar keine Belege gab es bislang dafür, dass ein Weißer Hai jemals einen Menschen an der Ostküste angefallen hätte – doch nur wenn das zweifelsfrei zu beweisen war, wollten sich Nichols wie Dr. Lucas geschlagen geben und glauben, dass die jüngsten Zwischenfälle vor New Jersey wirklich einem Hai angelastet und dieser deshalb getötet werden musste.

Wie Frederic Lucas hatten weder Murphy noch Nichols akzeptieren können, dass ein Hai, irgendein Hai, bewusst einen Menschen anfallen würde. Doch seit den letzten 36 Stunden fühlten sie sich nicht mehr so sicher. Vier Tage zuvor hatte sich Nichols in Matawan von Stanley Fishers Vater Watson, dem pensionierten Kapitän der Savannah Steamship Line, beeinflussen lassen, weil er ihm ein intelligenter, vernünftiger Mann zu sein schien und obendrein die Ansichten von Dr. Lucas über Haie teilte. Er hatte ausdrücklich betont, dass er in seinen 56 Jahren auf See weder jemals mit eigenen Augen gesehen habe, dass ein Hai einen Menschen attackierte, noch je ein authentischer Bericht über einen solchen Vorfall bei ihm eingegangen sei. Dennoch hatte er mehrfach gegenüber Nichols geäußert, dass sein Sohn nur von einem Hai getötet worden sein könne.

Unmittelbar danach hatte Nichols sich in die Tiefen des American Museum of Natural History in New York begeben und Haufen alter Dokumente durchforstet. In der wissenschaftlichen Literatur aus dem 19. Jahrhundert fand er schließlich den Beweis, nach dem er gesucht hatte: den dokumentierten Fall eines Weißen Haies, der in wärmere Gewässer eingedrungen und dort über Menschen hergefallen war. Es war in den 1880er-Jahren gewesen, vor der Küste von Massachusetts. Der Weiße Hai hatte zuerst ein Fischerboot attackiert, dann zerstört und fast die gesamte Besatzung verschlungen. Obwohl sich dieser Vorfall weit entfernt von der Küste ereignet hatte, beantwortete er Nichols auf überzeugende Weise die Frage, ob ein Weißer Hai überhaupt in die Gewässer nördlicherer Breitengrade eindringen würde. Und diese Entdeckung machte ihm nicht nur klar, dass Frederic Lucas mit seiner Ansicht falsch lag, sondern auch, dass die Versicherungen, die Wissenschaftler wie Regierungsmitglieder ständig über die Harmlosigkeit von Haien abgaben, sowohl unkundig als auch gefährlich waren. New Jersey hatte recht getan, »das Schwimmen zu verbieten«, erklärte er der *New York Times* daraufhin, und nun sei es »an der Zeit, dass auch die New Yorker die Warnungen ernst nehmen. Der Abfall, der in die Bucht von New York eingeleitet wird und die Chancen erhöht, dass es einen ahnungslosen Schwimmer erwischt, lockt diese Tiger des Meeres ganz ohne Zweifel in die Gewässer um New York.

Es ist der Weiße Hai, der hier aktiv wurde, und es ist das zweite Mal in der Geschichte, dass diese Spezies nördlich von Cape Hatteras gesichtet wurde«, fuhr Nichols fort. »Ich glaube, dass diesem Einzelgänger … alle vier Schwimmer zum Opfer gefallen sind … und dass die Attacken aufhören werden, sobald man ihn getötet hat.«

Nach seiner Rückkehr aus Matawan vertrat Nichols seine neue Theorie mit einer solchen Vehemenz, dass er schließlich sogar Frederic Lucas überzeugte, dass die Opfer in allen vier Fällen höchstwahrscheinlich von einem Hai getötet worden waren. Kurz darauf wurde Dr. Lucas auf der Titelseite der *New York Times* in einem für ihn ziemlich demütigenden, wenn nicht gar rufschädigenden Artikel zitiert. Er gestand ein, in dieser Frage Unrecht gehabt zu haben.

Unter der Schlagzeile »Wissenschaftler gibt Fehler zu. Keine Zweifel mehr, dass große Fische Menschen angreifen«, berichtete die *Times*: »Die oberste Autorität in diesem Lande auf dem Gebiet der Haie hatte bezweifelt, dass irgendeine Art von Hai jemals Menschen angreifen würde. Diese Zweifel äußerte er auch öffentlich, doch die jüngsten Fälle zwangen ihn, seine Ansicht zu revidieren.«

Und so kam es, dass Nichols und Murphy nun in einem Boot, das für die Jagd auf den großen Hai gerüstet war, in die Jamaica Bucht hinausfuhren. Dabei entdeckten sie nebenbei zu ihrem Entsetzen, dass sämtliche Umberfische und Flundern aus der Bucht verschwunden waren. Die Fabrikanlagen in Queens und Brooklyn leiteten tagtäglich Millionen Gallonen an Abwässern in die Bucht und waren auf bestem Wege, alle Muscheln und Austern zu vergiften. 1921 sollte das Gesundheitsministerium den Muschelfang in der Jamaica Bay schließlich verbieten; doch 1916 war es vermutlich genau dieser ständige Strom von organischen Abfällen gewesen, der den Hai anlockte.

Sie hatten sich mit mehreren Harpunen für die Begegnung mit dem großen Fisch gewappnet. Auch Gewehre und Messer waren für den Notfall an Bord, sofern sie dann überhaupt noch eingesetzt werden konnten. Denn die Wissenschaftler machten sich keine Illusionen über ihre Chancen bei einem Kampf gegen einen *Carcharodon carcharias*, jedenfalls wenn er die volle Größe eines ausgewachsenen Exemplars haben würde.

Schlaf hatten sie aufgegeben. Immer weiter kreuzten sie über den tiefsten Stellen von Rockaway Inlet. Bei Tageslicht konnte Nichols sogar Details tief unter Wasser erkennen und nahm sich vor, insbesondere auf die Sandbarren zu achten, gegen die sich seine Beute im Sonnenlicht deutlich abheben würde. Doch während sich der Gemeine Grundhai, der häufigste Hai auf dem Breitengrad von New York, nach üblicher Art der in Küstenzonen angesiedelten Litoralfauna tief unter der Wasseroberfläche aufhielt, weshalb seine Schwanzflosse auch nur selten zu entdecken war – es sei denn, er kreuzte gerade eine dieser von Nichols beobachteten Sandbarren unter Wasser –, hielten sich die in freien Gewässern angesiedelten Spezies der Pelagialfauna, zu denen auch der Weiße Hai zählt, immer knapp unter der Wasseroberfläche auf und kündigten ihre Anwesenheit wie auftauchende U-Boote an.

Plötzlich, am zweiten Tag, fühlte Nichols sein Herz heftiger als gewöhnlich gegen den Brustkorb hämmern. Er hatte einen Hai erblickt, der gerade über dem Rand einer Barre dahinglitt. Vorsichtig steuerte er die Schaluppe in seine Richtung und folgte, alle Untiefen umfahrend, dem gewundenen Kurs des Fisches. Murphy beobachtete mit zusammengekniffenen Augen das Wasser, während das Boot bei jedem Kreuzen auf die Wellen schlug. Schließlich entdeckte er den fliehenden Schatten ein paar Bootslängen voraus. Das Licht im Wasser vollbrachte die reinsten Kunststückchen mit diesem Schatten, blies ihn immer wieder zu monströser Größe auf. Doch dann entwischte er zu weit nach vorne, und Murphy konnte den zugehörigen Körper nicht erkennen. Er umklammerte die Harpune fester und fragte sich, ob dieses bisschen Metall einen Weißen Hai wirklich irritieren konnte. Während seiner Walfangtouren im Südatlantik hatte ihn die Kraft der anderthalb bis zwei Meter langen Blauhaie immer wieder in Erstaunen versetzt. »Einmal sahen wir einen, der bereits am Haken hing, von mehreren Gewehrschüssen voller Blei gepumpt und dann harpuniert worden war. Aber sogar nachdem man ihn auf Deck gehievt und aufgeschlitzt hatte, war er noch eine lange Zeit höchst lebendig und wachsam, warf seinen Schwanz mit Wucht hin und her und blinzelte mit seinen irren, emotionslosen Augen.«

Der riesige Schatten glitt mit hoher Geschwindigkeit voran, und Murphy stellte sich breitbeinig ins Boot, darauf gefasst, dass der Fisch plötzlich wenden und unter den Bug abtauchen könnte. Er brauchte wenigstens den Bruchteil einer Sekunde Vorsprung, um treffen zu können. Murphy wusste, was nach einem schlechten Schuss mit der Harpune passierte – er hatte selbst gesehen, wie der Metallstab einen Fisch streifte und dann »hin und her schwingend im Sand steckte, während der Hai in die Tiefen schoss und verschwand«. Ob er auch die Konsequenzen eines guten Schusses kannte, war er sich nicht so sicher, denn bis dahin war es bei den Haien in dieser Region immer gleich abgelaufen: Man schoss, »und ab zischt der Hai. Das Seil wickelt sich rasend schnell ab, und der Kahn wird wie der Blitz übers Wasser gezogen.« Was war eine Harpune denn auch schon für einen wütenden, 3000 Pfund schweren Fisch? Eine lästige Nadel? Sollte er beten, dass er nahe genug an ihn herankam, um Gewehre und Messer einsetzen zu können, oder lieber, dass das nicht geschah?

Als der Hai in Schlagdistanz war, machte Murphy mit heftig

klopfendem Herzen einen Satz nach vorne zum Bug, entsicherte die Harpune und zog sie schussbereit hoch. Doch da entpuppte sich der Furcht erregende Schatten, wie Nichols und Murphy sofort erkannten, als ein Sandhai *Carcharias taurus*, von heutigen Biologen auch Sandtigerhai genannt, der ein in dieser Region verbreiteter, großer Fischfresser ist und, soweit man weiß, noch nie einen Menschen angefallen hat. Die beiden Männer atmeten zuerst einmal tief durch. Vielleicht fragten sie sich einen Moment lang, ob ihre Hatz auf den Weißen Hai wirklich Sinn machte. Lucas hatte sie gewarnt, denn bei seinen Nachforschungen an den Küsten von New Jersey oder Long Island hatte sich beinahe jeder gefangene Fisch, den man für einen Menschenhai gehalten hatte, als »harmloser, wenn auch hässlicher Sandhai« herausgestellt.

Der Hai war noch einmal davongekommen, und die Wissenschaftler verbrachten den restlichen Tag und eine weitere Nacht damit, nach größeren Schatten unter dem Wasser der Bucht Ausschau zu halten. Immer wieder einmal erschien ein Hai, aber keiner, der ihr Interesse wecken konnte. Die beiden Männer diskutierten, ob sie die Jamaica Bay verlassen und in das Gewässer der Lower New York Bay schippern sollten, denn allmählich wurden sie von dem unangenehmen Gefühl befallen, dass diese ganze Aktion ein Fehlgriff war.

Doch Nichols hatte schon oft zum Wohle der Wissenschaft nach Haien gejagt und wusste, wie viele Stunden und Tage man auf dem Wasser ausharren musste, wie schläfrig und gelangweilt man dabei wurde und wie eingeschlossen man sich auf Dauer in der Enge des Bootes fühlte – bis dann just in dem Moment, in dem man es am allerwenigsten erwartete, ein Hai aus den Tiefen hochschießt. Auch Murphy hatte diese Lektion während endloser Tage des Wartens auf dem Walfänger im Südatlantik gelernt. Nur, diesmal stand ihnen die Zeit nicht in unbeschränktem Maße zur Verfügung.

Bei Sonnenaufgang des zweiten Tages hängten Nichols und Murphy einen »verlockenden Leckerbissen« Rinderlunge an einen Stahlhaken, den sie dann an einer schweren Kette befestigt als Köder herabließen. Blut verfärbte das Wasser und begann sich zu verteilen, während das Boot in der friedlichen Bucht langsam vorwärtsdümpelte und die langen Schatten zweier müder und gelangweilter Männer auf die Oberfläche eines Meers geworfen wurden, das sie seit ihrer Kindheit kannten und zum ersten Mal unheimlich fanden.

# *Wie ein Märchen aus uralten Zeiten*

Es blieb nichts anderes übrig, als den Fisch aufzuschlitzen, wenn man feststellen wollte, was in seinem Magen lag. Doch Michael Schleisser enttäuschte die Gaffer und ließ das riesige Tier stattdessen in sein Automobil heben.

Zurück in seinem Haus in Harlem, machte er sich umgehend ans Werk, denn der Fisch würde natürlich schnell verrotten. Noch am selben Nachmittag begann er den Hai unter gewaltigen Anstrengungen im Keller seines Hauses, den er zum taxidermischen Labor umfunktioniert hatte, zu montieren. Er maß 2,20 Meter und wog 350 Pfund. Die obere Hälfte des Körpers war matt dunkelblau, die untere Hälfte weiß. Schleisser schlitzte den Fisch auf und entfernte den Magen. Sofort erfüllte bestialischer Gestank den Kellerraum. Dann wühlte er sich durch den Mageninhalt, ein schauerliches Gewirr aus Fleisch und Knochen, unter denen große und kleine waren, die aber offentsichtlich sämtlich von Menschen stammten. Schleisser legte die Knochen und das Fleisch zusammen auf die Waage: ungefähr 15 Pfund. Während er im Dämmerlicht des Kellers genauer untersuchte, was sich da so grausig vor ihm türmte, kam er schließlich zu dem Schluss, dass ihm jener Menschenhai ins Netz geraten war, welcher die Küste von New Jersey während der ersten beiden Juliwochen terrorisiert hatte. Als Schleisser das Tier an diesem 14. Juli montierte, hatte Präsident Wilson die Jagd auf die Haie bereits abgeblasen und trafen John Treadwell Nichols und Robert Cusham Murphy gerade die letzten Vorbereitungen für ihre Pirsch auf den Raubfisch, nicht ahnend, dass ein Hai, der ohne Frage Menschenfleisch verschlungen hatte, bereits getötet worden war. Schleisser – der wusste, was eine gute Show ist – fand nun aber, dass die Welt nicht augenblicklich über seinen Fang informiert werden musste. Zunächst wollte er eine Bestätigung, dass die Knochen, die er im Magen des Haies gefunden hatte, wirklich menschlich waren. Und dafür brauchte er die Hilfe eines Wissenschaftlers. Er beschloss, sie dem berühmtesten Forscher zu schicken, den er persönlich kannte, einem, dessen Wort über jeden Zweifel erhaben war. Doch zuerst rief er noch schnell in der Redaktion seiner Harlemer Lokalzeitung *Home News* an.

Die Zeitungsleute wollten die Geschichte natürlich sofort veröffentlichen. Doch schließlich ließen sie sich von dem gewaltigen Publizitätswert, der ihnen zufallen würde, wenn sie den Hai in all seiner Mächtigkeit präsentierten, überzeugen und willigten ein, die Story so lange zurückzuhalten, bis Schleisser den Präparationsprozess beendet hatte. Vier Tage später brachte er den ausgestopften und montierten Hai in die Harlemer Redaktion. Am Tag darauf kamen die *Home News* stolz mit dem Aufmacher zu einer der dramatischsten Storys heraus, die die Zeitung je veröffentlicht hatte. Quer über die gesamte Titelseite lief die Schlagzeile »Mann aus Harlem tötet in winzigem Boot 2,20 Meter langen Menschenfresser«.

»Wie ein Märchen aus uralten Zeiten«, begann der Bericht, »als Männer noch mit bloßen Händen und nichts als einem Knüppel bewaffnet loszogen, um wilde Bestien zu erschlagen, liest sich die Geschichte zweier Männer aus Uptown. Nur mit einem abgebrochenen Ruderholz hielt einer der beiden den ungeheuerlichen Menschenfresser während eines schrecklichen Kampfes in Schach und tötete ihn.« Daneben war das Foto von Schleisser hinter dem über zwei Holzblöcken hingestreckten Hai abgebildet.

Dann kündigte die Zeitung ihren Lesern an, dass im Laufe dieses und des nächsten Tages, Donnerstag, dem 20. Juli, »das Ungeheuer im Schaufenster der *Home News*, 235 W. 125th Street, ausgestellt sein wird, damit jeder sich mit eigenen Augen anschauen kann, wie ein menschenfressender Hai wirklich aussieht«. Daneben, so hieß es weiter, würden auch die großen und kleinen Knochen zu besichtigen sein, die zu seinem Mageninhalt gehört hatten.

Die Schachtel war mitten in der Woche im American Museum of Natural History eingetroffen, adressiert an dessen Direktor Frederic Augustus Lucas. Es war nichts Ungewöhnliches für das Museum, ein mit trockenen Knochen, Giftnattern oder Schrumpfköpfen gefülltes Paket zu erhalten. Doch diesem wurde sofort Aufmerksamkeit geschenkt, da das Begleitschreiben verkündete, dass es sich hierbei um den Mageninhalt eines Menschenhaies handle.

Normalerweise wäre Lucas einer solchen Behauptung mit seiner üblichen Skepsis begegnet, wenn sie nicht von einem Mann stammte, den er kannte und dem er vertraute. Michael Schleisser und Frederic Lucas standen sich immerhin nahe genug, dass Letzterer dem Großwildjäger vor einer Forschungsreise nach Brasilien ein Empfehlungsschreiben an den Kurator des U.S. National Museum ausstellte. Doch so sehr Lucas die taxidermischen Arbeiten Schleissers für das Museum auch respektierte, es verblieb immer noch ein Rest Skepsis, dass Schleisser sich nicht allein auf den Boden der reinen Wissenschaft gestellt hatte. »Ich verfasse dieses Empfehlungsschreiben für Mr. Michael Schleisser, der in Kürze eine Reise ins Landesinnere von Brasilien anzutreten gedenkt«, hatte Lucas damals formuliert. »Ich kenne Mr. Schleisser seit vielen Jahren und halte ihn für verlässlich, obwohl ich ziemlich sicher sagen kann, dass seine Expedition im Wesentlichen seinem Drang nach eigenen Entdeckungen und seiner Liebe zur Fotografie dient.«

So sah sich Dr. Lucas nun mit dem Problem konfrontiert, etwas beurteilen zu müssen, das von dem seiner Meinung nach wissenschaftlich fragwürdigen, möglicherweise sogar unverantwortlichen und gewiss sensationslüsternen Präparator stammte. Doch ganz ohne Zweifel lag hier ein Haufen angenagter menschlicher Knochen vor ihm. Und schließlich überwog Dr. Lucas' Dankbarkeit, weil Schleisser damit letztlich doch einen Beitrag zur wissenschaftlichen Forschung geleistet hatte, auch wenn dieser Fund seine Theorie anfocht, dass Haie nicht in der Lage waren, menschliche Knochen zu durchbeißen. Also bedachte er den Taxidermisten mit einem Dankesschreiben unter dem offiziellen Briefkopf des Museums:

»Lieber Mr. Schleisser, ich bin Ihnen sehr verbunden für die Gefälligkeit, mich die dem Hai entnommenen Knochen beurteilen zu lassen. Es handelt sich um Teile des linken Radius [Speichenknochen] und die Ulna [Elle] einer oberen linken Rippe. Daran besteht gar kein Zweifel. Beide sind, wie Sie sehen können, stark zersplittert. Können Sie mir die genaue Art des Haies, welchem diese Knochen entnommen wurden, mitteilen? Falls Sie sich nicht sicher sind, bin ich überzeugt, dass Mr. Nichols gerne bereit sein wird, einen Blick darauf zu werden, um die Spezies exakt zu bestimmen. Mit nochmaligem besten Dank für Ihre Freundlichkeit verbleibe ich F. A. LUCAS, Direktor.«

Sie eilten aus Brooklyn, Staten Island und Greenwich Village herbei. Tausende von Menschen fuhren mit den Straßenbahnen in die 125th Street nach Harlem. Bis es endlich auch John Treadwell Nichols zur Redaktion der *Home News* geschafft hatte, drängten sich bereits an die 30 000 Menschen vor dem Schaufenster. So kurz nach der Jahrhundertwende bedeutete es für Amerikaner noch nichts Ungewöhnliches, in Massen aufzutreten, denn Paraden und andere öffentliche Spektakel waren noch gang und gäbe, daher reihte sich der Mob auch an diesem Tag ohne Murren in die lange Schlange ein und defilierte in völliger Ruhe und Ordnung an der Auslage vorbei, wo man die Leute dann entsetzt aufstöhnen und vereinzelt sogar schreien – »Monster!« – hören konnte. Selbst die Erwachsenen schauderte es, bevor sie sich wegdrehten und die Mütter schnell ihre Kinder zur Seite zogen. Viele wollten ihren Augen nicht trauen. Der Hai war derart ungeheuerlich, dass er kaum noch glaubhaft wirkte.

John Nichols starrte schließlich ebenfalls auf den ausgestopften Menschenhai. Schon der erste Blick beseitigte jeden Zweifel – dieser übernatürlich voluminöse, torpedoförmige Körper;

diese hoch aufragende Schwanzflosse und diese langen, schmalen Brustflossen; dieses kleine, zweite Paar Brustflossen und die Analflossen; die riesigen Kiemenschlitze, die breite, konisch zulaufende Schnauze und diese schwarzen Augen und großen Zähne, dabei deutlich erkennbar ihre dreieckige, gezackte Form und die Tatsache, dass sie im Gegensatz zum Gebiss fast aller anderen Hai-Arten praktisch völlig symmetrisch Ober- und Unterkiefer bestückten; und dieses Maul, das groß genug war, um einem Menschen das Lebenslicht ausgeblasen zu haben – »ein gähnender Rachen und ein grimmiges Gebiss«, wie ein Reporter schrieb –: Dies war ganz ohne Zweifel ein *Carcharodon carcharias*.

Unabhängige Experten hatten inzwischen bestätigt, dass es sich bei den Knochen aus dem Magen des Haies um menschliche handelte. Mediziner identifizierten einen 28 Zentimeter langen Knochen als das Schienbein eines Jugendlichen – vermutlich von Lester Stilwell – und den Teil des Rippenknochens als den eines jungen Mannes, vielleicht von Charles Bruder. Dr. Lucas beharrte allerdings weiterhin auf seiner Version und verwarf diese Befunde als »inkorrekt«: Die Knochen seien zweifellos menschlich, doch angesichts ihres Zustands und der Größe des Haies handle es sich seiner Meinung nach deutlich um Teile eines linken Unterarms und einer oberen linksseitigen Rippe, und zwar aus dem Körper eines kräftigen Mannes, »der bereits einige Zeit lang tot gewesen war und nicht lebendigen Leibes dem Hai zum Opfer fiel«. Das war ein geschickter Schachzug, denn damit bedurfte es immer noch eines Beweises, dass ein Hai problemlos menschliche Knochen durchbeißen konnte, geschweige denn, dass er lebende Menschen angriff. Mit dieser Schlussfolgerung brauchte Lucas weder sein Lebenswerk noch seine Theorie zu revidieren und konnte weiterhin behaupten, dass nicht gesichert feststand, welcher Spezies die jüngsten Attacken wirklich zuzuschreiben waren. In einem Schreiben an den Leiter der Fischereibehörde, Hugh Smith, erklärte Lucas, dass der Weiße Hai, in dessen Magen man diese menschlichen Überreste gefunden hatte, keinesfalls der Mörder von der Küste sein konnte, Kollege John Nichols aber bedauerlicherweise »nicht in der Lage war, irgendwelche anderen Informationen als die in den Zeitungen veröffentlichten zu erwerben«.

Doch die Zeit arbeitete für den jungen Dr. Nichols. Was weder Lucas noch Nichols oder irgendeiner ihrer Zeitgenossen wussten, war, dass Weiße Haie nicht nur in tropischen Gewässern, sondern in allen Weltmeeren leben und dass eine der größten Populationen vor der Küste von New Jersey existiert – an der Küste von New York. Allerdings handelt es sich um eine Population hauptsächlich junger Haie, die sich von kleinerer Beute ernähren und nur selten in die Nähe des Ufers verirren.

Am 8. August 1916 schrieb Hugh Smith an Frederic Lucas: »Die Aufregung in dieser Angelegenheit scheint sich gelegt zu haben, sehr zur Erleichterung dieses Amtes, und ich hoffe, dass nichts geschehen wird, um sie erneut aufleben zu lassen.«

Bis zum Ende jenes Sommers 1916, des letzten friedlichen, bevor die Vereinigten Staaten sich am Ersten Weltkrieg beteiligten, war der Weiße Hai von den Titelseiten der *Times*, *Sun* und *World* wieder verschwunden. Im Frühjahr darauf erklärte Präsident Woodrow Wilson dem Kongress: »Der Tag ist gekommen, an dem Amerika das Privileg hat, sein Blut und seine Macht den Prinzipien zu weihen, welche unserer Nation zum Leben verholfen haben ... Damit Demokratie herrschen kann, muss die Welt sicher gemacht werden.« Doch ungeachtet der Zeiten, in denen sämtliche Gedanken der Amerikaner dem Geschehen »da drüben« galten und sie den Spruch prägten: »Lick a Stamp and Lick the Kaiser!«, ungeachtet der Jahre danach, als »Backfische« und das Radio regierten, ungeachtet auch der folgenden Weltwirtschaftskrise und des anschließenden Zweiten Weltkriegs lebte der Hai weiter. Bis heute ist er tief in das amerikanische Gedächtnis eingeprägt.

Am 10. Juli 1917, ein Jahr nach der ersten Hai-Attacke, ernannte Präsident Wilson einen Mann namens Herbert Hoover zum Verantwortlichen für die Forcierung der Lebensmittelproduktion, um zu verhindern, dass die Moral der Truppe sank.

Doch für weit mehr Schlagzeilen als diese Ankündigung sorgte ein Vorfall, bei dem 500 Schwimmer schreiend aus dem Wasser vor Rockaway Park geflohen waren, nachdem einer von ihnen eine große Schwanzflosse in Küstennähe erspäht hatte.

Im Laufe der folgenden Jahrzehnte pflegten New Yorker Zeitungen mit schöner Regelmäßigkeit alljährlich Alarm zu schlagen und die Eltern von Matawan ihren Kindern das Baden im Creek zu verbieten. Das Grandhotel Engleside in Beach Haven wurde während des Zweiten Weltkriegs eingerissen, um das Holz zu verwerten, und die Suiten des Hotels New Essex and Sussex in Spring Lake wurden in Eigentumswohnungen verwandelt.

Heute haben sich sämtliche Spuren des Weißen Haies aus jenem längst vergangenen Sommer verloren. Sein ausgestopfter Körper verschwand bereits, kurz nachdem er im Schaufenster der *Home News* ausgestellt worden war. Ein paar Jahre später entdeckte ein Wissenschaftler sein weit aufgerissenes Maul in der Auslage eines Geschäfts zwischen 86th Street und Broadway in Manhattan, dann ging auch dieses für immer verloren. Doch das Vermächtnis dieses jungen, anomalen, vielleicht kranken oder verletzten Weißen Haies war, dass die Menschen eine ganz andere Einstellung zu Haien entwickelten. 1974 ließ Peter Benchley den Hai von 1916 noch einmal aufleben, als er ihn zum Vorbild für seine Geschichte über den Weißen Hai in seinem Buch *Jaws* nahm.

Am Ende des 20. Jahrhunderts begann der Tod bringende und von Benchley unsterblich gemachte Spitzenprädator aus dem Jahr 1916 dann endgültig aus der Volkskultur zu verschwinden. Die Wissenschaft ließ in den Neunzigerjahren des 20. Jahrhunderts mangels handfester, mehr als nur anekdotischer Beweise die Vorstellung fallen, dass es so etwas wie bösartige Haie überhaupt gibt, und die Biologen unter den Hai-Forschern begannen nicht nur an Nichols' Schlussfolgerung zu zweifeln, dass alle Opfer im Jahr 1916 vor der Küste von New Jersey vom selben Hai getötet worden waren, sondern stellten sogar infrage, dass es sich überhaupt um einen Weißen Hai gehandelt hatte. Manche halten inzwischen den Stierhai *Carcharhinus leucas* für den Killer vom

Matawan Creek, da dieser der einzige Menschenhai ist, der regelmäßig in Süßwassergebiete eindringt, wohingegen ein solcher Abstecher für einen *Carcharodon carcharias* wirklich ungewöhnlich wäre.

Tatsächlich erhielt der *Carcharodon carcharias* im 21. Jahrhundert den neuen Status eines prächtigen und völlig unverstandenen Geschöpfs des Meeres, das höchst selten und nur unter sehr zufälligen Bedingungen zum Menschentöter wird, dafür aber eine gefährdete Art ist, die es nach den Gesetzen unzähliger Länder, auch der Vereinigten Staaten, zu schützen gilt. So radikal war das Umdenken nun, dass sogar Autor Peter Benchley im Jahr 2000 die Australier anflehte, einen Weißen Hai, der einen jungen Schwimmer getötet hatte, am Leben zu lassen. »Das war kein bösartiger Hai, blutrünstig auf der Suche nach dem Geschmack von Menschenfleisch und bereit, wieder und wieder dafür zu töten. Solche Wesen existieren nicht, ungeachtet dessen, was Sie aus *Jaws* ableiten zu können glauben… Lassen Sie uns um den Menschen trauern und dem Tier vergeben, denn wahrlich, es wusste nicht, was es tat.«

Hermann Oelrichs, dessen 1891 ausgesetzte Prämie niemals eingefordert wurde, wäre über Benchleys Aussage beglückt gewesen.

Trotz eines Fischereigewerbes, das den Weißen Hai beinahe ausgerottet hat, trotz einer Wissenschaft, die seine sämtlichen Geheimnisse ergründen will, und trotz einer globalen Medienwelt, die jede seiner Spuren verfolgt, lebt der Weiße Hai weiter unerreichbar in jenen Tiefen, welche er schon immer beherrschte: in den zur Vorsicht mahnenden Legenden, die den Kindern von ihren Müttern und Vätern überliefert werden, im Flüstern unseres Unbewussten, in den Schatten vor unseren Stränden und unter den kleinen Wellen eines Flüsschens, wenn die Flut kommt.

# *Quellen und Dank*

*Der Hai* ist das destillierte Ergebnis einer zweijährigen Recherche, angefüllt mit Dutzenden von Gesprächen, der Sichtung Hunderter Zeitungsartikel, Tagebücher und Briefe aus der Zeit um 1916, dem Durchforsten medizinischer und anderer fachwissenschaftlicher Zeitschriften, dem Auffinden von Geburts- und Sterbeunterlagen, der Durchsicht von Statistiken des Zensus, dem Lesen von Dissertationen, Betrachten von Filmen, dem Blättern in wissenschaftlichen Transkriptionen, den Nachforschungen in über 20 Museen und Bibliotheken und dem Stöbern in mehreren hundert Büchern über Haie, Meere, Fluten, Wissenschafts- und Medizingeschichte, Menschenfresser, Schiffswracks, Meeresungeheuer, viktorianische Liebesgedichte, die Stadt Philadelphia, die Küste von Jersey, in Romanen und Dramen aus der Zeit um die Jahrhundertwende und jedem anderen nur denkbaren Aspekt der amerikanischen Geschichte und Kultur, von dem ich glaubte, dass er einen Einfluss auf das Leben der Menschen im Jahr 1916 gehabt haben könnte – ein Leben, das einerseits noch von der Stimmung geprägt war, die nach dem Bürgerkrieg geherrscht hatte, andererseits bereits vom Ende der viktorianischen Zeit und der Atmosphäre in den letzten eduardischen Tagen gezeichnet war. Die Forscherinnen April White in Philadelphia, Kelly Caldwell in New York sowie Melody Blake von der *Washington Post* waren mir eine unschätzbare Hilfe in den letzten Monaten der Niederschrift dieses Buches.

Ohne George Burgess, den Ichthyologen, auf Haie spezialisierten Biologen und Koordinator der Aktivitäten des naturgeschichtlichen Museums der University of Florida in Gainesville, wäre dies eine wässrige Geschichte ohne Salz geworden. Ihm bin ich unendlich dankbar für die Hilfe bei meinem Versuch, den Aktionen eines Haies aus dem Jahr 1916 Sinn abzugewinnen. Als Leiter des Internationalen Hai-Dossiers (International Shark Attack File, ISAF), das gemeinsam vom Museum in Florida und der American Elasmobranch Society geführt wird, weiß George wie kein Zweiter auf der Welt über die Angriffe von Haien in Vergangenheit und Gegenwart Bescheid. Wer sich Informationen über Hai-Angriffe in aller Welt einholen möchte oder wer selber über seriöse Informationen über solche Attacken verfügt, sollte die ISAF-Website www.flmnh.ufl.edu/fish/Sharks/sharks.htm kontaktieren. Wer jemals direkt von Georges Kenntnissen und seinem Humor profitierte oder ihn mit so unantastbarer Autorität in den Medien agieren sah, wird ihn ständig zwischen den Zeilen dieses Buches entdecken. In der aufgewühlten See der Legenden um den Hai ist er die Insel der Vernunft. Jeder Fehler und jede Ungenauigkeit bei meinen Schilderungen der Verhaltensweisen von Haien sind allein mir zuzuschreiben.

Mit George Burgess fuhr ich auch in einem Boot den Matawan Creek hinauf, um die Wege des Haies zu rekonstruieren, mir ein Bild von den Orten des Geschehens zu machen und die Koordinaten der Attacken an den Docks mit einem GPS (Global Positioning System) festzuhalten. Wir betrachteten uns die Örtlichkeiten aller vier Angriffe im Jahr 1916, und Georges Messungen des Salzgehalts im Matawan Creek machten schließlich ihm wie mir glaubhaft, dass ein Weißer Hai tatsächlich diesen Creek hinaufgeschwommen sein konnte. Von der National Oceanographic and Atmospheric Administration erhielt ich Computersimulationen der Pegelstände des Matawan Creek im Juli 1916, die bestätigten, dass die Flut am Nachmittag des 12. Juli ihren höchsten Stand des Monats erreicht hatte, was mir wiederum eine einleuchtende Schilderung der Auswirkungen des Mondes auf den Hai im Creek ermöglichte.

Zu meinem Verständnis der kühlen Küstenströmungen vor New Jersey, die den Hai angelockt haben könnten, hat Kenneth

W. Able, Leiter der Marine Field Station der Rutgers University in Tuckerton, New Jersey – der für den Küstenbereich, in dem Charles Vansant getötet wurde, zuständigen Institution –, eine Menge beigetragen, wofür ich ihm dankbar bin. Kens Buch, das er gemeinsam mit Michael Fahay unter dem Titel *The First Year in the Life of Estuarine Fishes in the Middle Atlantic Bight* veröffentlichte, war mir sehr nützlich, um die Welt, durch die der Hai glitt, verstehen zu lernen. Michael Fahay, ein Fischereibiologe am National Marine Fisheries Service Laboratory in Sandy Hook, New Jersey, half mir, die Auswirkungen des Golfstroms vor der Küste von Jersey zu verstehen.

Unter den vielen Texten, auf die ich mich zum Verständnis des Verhaltens von Haien stützte, möchte ich einige besonders hervorheben: *Great White Sharks – The Biology of Carcharodon carcharias*, herausgegeben von A. Peter Klimley und David G. Ainley; *Great White Shark – The Definitive Look at the Most Terrifying Creature of the Ocean* von Richard Ellis und John E. McCosker sowie *Sharks and Survival*, herausgegeben von Perry W. Gilbert. Auch Victor M. Copplesons *Shark Attack* bot Einblick in eine faszinierende Geschichte, selbst wenn seine Theorie von bösartigen Haien heute überholt ist. Großen Dank schulde ich ebenso H. David Baldridge, Autor des gleichfalls mit *Shark Attack* betitelten Buches, der mich lehrte, dass Haie aus ganz unterschiedlichen Gründen angreifen, und Dr. Richard G. Fernicola aus Allenhurst, New Jersey, der sich jahrelang der Geschichte des Haies aus dem Jahr 1916 gewidmet hat. Sein Text *In Search of the Jersey Man-Eater* war mir insbesondere bei meinen Recherchen über die Frage, welche Art von Verletzungen Haie zufügen können, eine große Hilfe.

Über Meeresungeheuer gibt es eine Menge Bücher, aber keines ist so gut wie *Monsters of the Sea – The History, Natural History, and Mythology of the Oceans' Most Fantastic Creatures* von Richard Ellis, dem ich mein Verständnis verdanke, weshalb Weiße Haie zu so legendären Monstern der See wurden.

Was ich über Ichthyologen und andere Wissenschaftler am Beginn des 20. Jahrhunderts erfuhr, stammt aus vielen Quellen, von denen ich hier lediglich einige aufführen kann. Über Frederic Augustus Lucas, im Jahr 1916 Direktor des American Museum of Natural History in New York und ein viktorianischer Wissenschaftler, der sich nur mühsam in der modernen Welt zurechtfand, lernte ich eine Menge aus der Gedenkschrift *Fifty Years of Museum Work: Autobiography, Unpublished Papers, and Bibliography*, die das Museum 1933 herausgab. Welcher Respekt Lucas als Leiter dieses Museums und als »Allround-Naturforscher« entgegengebracht wurde, lässt sich auch anhand der Einführung nachvollziehen, die Henry Fairfield Osborn zu dieser Schrift verfasste, ein angesehener Forscher, dem beispielsweise der Name des *Tyrannosaurus rex* zu verdanken ist. Auch unzählige Zeitungsartikel aus der damaligen Zeit trugen dazu bei, dass nicht nur Dr. Lucas an Profil für mich gewann, sondern ich auch in der Lage war, John Treadwell Nichols, den Kurator der Abteilung für »Recent Fishes«, zu porträtieren. Meine Darstellung seiner Persönlichkeit stützt sich zudem auf die Eintragungen, die er in seinem Arbeitsbuch vornahm, und auf seine Studie *Fishes and Shells of the Pacific World*, die er gemeinsam mit Paul Bartsch verfasst hatte. Ausgiebig wird Nichols des Weiteren in Joseph Wallaces Buch *A Gathering of Wonders – Behind the Scenes at the American Museum of Natural History* porträtiert. Wie romantisch sein Verhältnis zur See war, wird aus seinen Tagebüchern, Zeitungsartikeln und seinem 1922 veröffentlichten Gedichtband *Sea-Rimes II* deutlich.

Die eminente Bedeutung des Ornithologen Robert Cushman Murphy lässt sich aus unzähligen Quellen rekonstruieren, nicht zuletzt aus dem Nachruf in der *New York Times*. Über seinen Charakter erfuhr ich viel aus seinen Klassikern *Logbook for Grace – Wailing Brig* Daisy, *1912–1913* und *Fish-Shape Paumanok – Nature and Man on Long Island* sowie aus dem Buch seiner Frau Grace Barstow Murphy, *There's Always an Adventure,* und seiner Einführung zu einer Ausgabe von *The Swiss Family Robinson*. Wie sehr er um den Naturschutz auf Long Island bemüht war, lässt sich in Rachel Carsons *Silent Spring* nachlesen.

Der Artikel, den Nichols und Murphy gemeinsam im April

1916 im *Brooklyn Science Museum Bulletin* veröffentlichten, war nicht nur entscheidend für die weitere Auseinandersetzung der beiden Forscher mit Haien, sondern auch für ihre Freundschaft. In der Tatsache, dass sie Dr. Lucas ersuchten, den Abschnitt über den Weißen Hai zu schreiben, wird deutlich, wie sehr die beiden jungen Männer ihren Mentor bewunderten. Wie eng sich insbesondere Robert Cushman Murphy Dr. Lucas verbunden fühlte, lässt sich dessen Forschungsunterlagen aus den Jahren 1907 bis 1973 und seinem Arbeitstagebuch entnehmen, die in den Archiven der American Philosophical Society in Philadelphia aufbewahrt werden. Sein Mentor war es auch gewesen, der ihn auf den Walfänger *Daisy* geschickt hatte, nicht ohne ihm einen Brief mit auf die Reise zu geben, in dem er ihn aufforderte, »offen zu sein für den Tag, an dem der erste Albatros in Sicht kommt«. Lucas' bewegendes Engagement für junge Wissenschaftler kommt vor allem in seinen Briefwechseln zum Ausdruck, etwa wenn er schreibt: »... obwohl ich bereits zu weit auf der falschen Seite der Fünfzig stehe, um mir noch wünschen zu können, die *ganze* Zeit bei Ihnen zu sein, wünschte ich mir doch sehnlichst, wenigstens einen Teil der Zeit mit Ihnen verbringen zu können, um See-Elefanten, Pinguine und die Gletscher von South Georgia zu sehen. Sie werden sich manchmal beengt und unwohl fühlen, doch Sie werden sich bald schon harmonisch in Ihre Umwelt einfügen – welch ein Erlebnis für einen jungen Mann!«

Meine tief empfundene Dankbarkeit gilt John Dillon aus Sanibel in Florida, einem Neffen von Charles Epting Vansant, dem ersten Schwimmer in der amerikanischen Geschichte, der nachweislich von einem Hai getötet wurde. Während mehrerer wundervoller Tage in ihrem Heim öffneten mir John, seine Frau Jill und sein Bruder Larry die private Welt der Vansant-Familie aus Philadelphia. John Dillons unermüdliche und kenntnisreiche genealogischen Forschungen haben die Familiengeschichte der Vansants und den Platz seines Onkels in der amerikanischen Geschichte am Leben erhalten. Bei meinen Recherchen über diese Familie stützte ich mich vor allem auf diese *Condensed Vansant*

*Genealogy* sowie die Familiengeschichten der Eptings und Dillons. Johns Liebe zu seiner Familie schimmert durch meine Darstellung der Vansant-Geschichte hindurch.

Meine kurze Schilderung der Zeit, die Charles Vansant an der University of Pennsylvania verbracht hatte, wurde mir durch Mark Frazier Lloyd ermöglicht, den Direktor des Archives and Records Center der University of Pennsylvania. Ihm und den Archivaren Martin J. Hackett und James Curtiss Ayers gilt mein Dank. Sie ertrugen wochenlang meine Anwesenheit, und was über die Geschichte der »Penn« in diesem Buch zu lesen ist, verdankt sich ihrer Expertise. Zudem gaben sie mir Zugang zu den Jahrbüchern von Charles Vansant – *The Records* von 1911 bis 1914. Um ganz sicher zu gehen, dass meine kurze Darstellung der Studienzeit von Vansant die Örtlichkeit und Stimmung der Zeit genau wiedergibt, habe ich das Universitätsleben an der »Penn« zur Zeit der Jahrhundertwende ausgiebig studiert und jede Seite der Campus-Zeitung *The Daily Pennsylvanian* aus den entsprechenden vier Jahren durchforstet. Charlie selbst, oder »Van«, wie er bei seinen Kommilitonen hieß, wurde darin nur selten erwähnt, doch welche Zeiten damals herrschten, wurde allenthalben deutlich.

Für meinen Zugang zu den Unterlagen über Charles' schulische Leistungen am College danke ich Tony Brown, dem Director of Alumni an der Episcopal Academy of Merion and Devon, Pennsylvania.

Meine Schilderungen der Gesellschaft von Philadelphia verdanken sich größtenteils Nathaniel Burts Buch *The Perennial Philadelphians*, in dem er Old Philadelphia auf liebevoll sarkastische und überzeugende Weise zum Leben erweckte.

Meine Darstellungen von Beach Haven und den Hotels Engleside und New Baldwin basieren schwerpunktmäßig auf John Bailey Lloyds Büchern *Eighteen Miles of History on Long Beach Island* und *Six Miles at Sea – A Pictorial History of Long Beach Island*. Ich danke John, dass er mir seine geliebte Insel, das neue Engleside-Motel und die Stelle, an der Charles Vansant ums Leben kam, zeigte.

Meine Kenntnisse über Dr. Eugene LaRue Vansants Geschichte als Mediziner beruhen auf dessen eigenen Schriften, die in den Archiven des College of Physicians of Philadelphia aufbewahrt werden. Ich danke dem Kurator der Historical Library, Charles Greifenstein, und dem Handbibliothekar Christopher Stanwood für ihre Unterstützung.

Um Dr. Vansants Platz in der Geschichte der amerikanischen Medizin und die sagenumwobene Medizingeschichte von Philadelphia korrekt wiederzugeben – was ich für notwendig hielt, damit sich verstehen lässt, was dieser Mann durchmachte, als er ungeachtet aller »modernen« Medizin seinen Sohn sterben sehen musste –, bedurfte es sehr ausgiebiger Recherchen.

Ich danke Gretchen Worden, Direktorin des Mutter Museums für Medizingeschichte und -ausbildung am College of Physicians in Philadelphia, dass sie sich einen ganzen Nachmittag Zeit nahm, um mir zu erklären, welche Medizin um die Jahrhundertwende praktiziert wurde. Sie zeigte mir die typische Praxis eines Arztes aus dieser Zeit und machte mich mit den laryngologischen Instrumenten vertraut, die Dr. Vansant benutzt haben musste.

Louisa Vansants Persönlichkeit ließ sich nicht zuletzt anhand ihrer Briefe rekonstruieren, besonders aus einem berührenden Brief, den sie am 18. Februar 1891 aus New York City an Eugene schickte. John Dillon überließ mir dankenswerterweise Kopien.

Meine Schilderungen des Ortes Spring Lake und der beiden Hotels New Essex and Sussex und New Monmouth orientierten sich am vorhandenen Material in den Archiven der Spring Lake Historical Society, deren Bibliothekaren und Kuratoren ich sehr für ihre Hilfe danke. Für mein Porträt von Mrs. George W. Childs gebührt dem Schriftsteller Dan Rottenberg besonderer Dank, der mir Einblick in seine Recherchen für sein nächstes Buch gewährte, in dem er sich mit dem Bankier J. Anthony Drexel befasst, dessen engster Freund George Childs gewesen war.

Woodrow Wilsons Kabinettssitzung, bei der über den Hai

diskutiert wurde, hatte in ganz Amerika Schlagzeilen gemacht, weshalb auch meine Darstellung auf Presseartikeln beruht.

Meine Erkundungen in dem kleinen Ort Matawan wurden durch Ruth E. Alt aus dem nahe gelegenen Städtchen Morganville zum reinsten Vergnügen. Ruth und ihr Mann Joseph sind eine einzigartige und wirklich bemerkenswerte genealogische Quelle für diese Gegend. Für die Rekonstruktion der Szenerie am Wasserloch im Matawan Creek waren Ruth Alts Nachforschungen über und persönliche Erinnerungen an Lester Stilwell, Rensselaer Cartan, Johnson Cartan, Anthony Bublin, Charles E. Van Brunt junior, Albert O'Hara, Frank Clowes, Constable John Mulsoff sowie den pensionierten Kapitän Thomas V. Cottrell von unschätzbarem Wert. Abgesehen von allem, was ich durch meine Gespräche mit den Bürgern aus Matawan und aus ihren persönlichen Erinnerungen erfahren konnte, basieren die geschilderten Szenen auf zeitgenössischen Berichten und Geschichten des *Matawan Journal* und *Keyport Weekly*. Zudem standen mir die Geburts- und Sterberegister von Monmouth County zur Verfügung. Ich danke besonders Helen Henderson – die den schönen Bildband *Around Matawan and Aberdeen* herausgab, dessen Abbildungen der Händler und Geschäfte in der Main Street mir ein außerordentlich intensives Nachempfinden des damaligen Lebens in dieser kleinen Stadt ermöglichten –, dass sie sich für ein Gespräch über Matawan Zeit nahm. Mein Dank gilt auch den Bibliothekaren der Matawan Aberdeen Public Library in der Main Street für ihre Hilfe bei meinen Archivrecherchen, insbesondere Virginia Moshen, die mir ihr Wissen über die Geschichte dieser Hai-Angriffe zur Verfügung stellte, und Sarah Ellison vom Burrowes Mansion Museum in Matawan, Sitz der Historischen Gesellschaft, die mir ihre Stadt zeigte.

Meinem Versuch, das kulturelle Leben an der amerikanischen Ostküste zu Beginn des 20. Jahrhunderts nachzuzeichnen – das so unterschiedliche Amerika der Vansants und Bruders einerseits und jenes der Fishers und Stilwells andererseits –, liegt ein umfassendes Quellenstudium zugrunde. Unter anderem las ich die ersten fünf Bände von Mark Sullivans *Our Times*, die mir besonders nützlich waren, um die Stimmung im Zeitalter der »Raubritter« einzufangen. Wollte ich zum Beispiel wissen, welche Lieder gesungen wurden, wie es in den Schulen aussah, welche Automobile man fuhr – mit einem Wort, wollte ich nachempfinden, wie es war, damals zu leben –, griff ich immer wieder zu einem dieser Bände. Auch *Only Yesterday: An Informal History of the 1920s* von Frederick Lewis Allen konsultierte ich laufend; er beschreibt die Lebensumstände ab 1919, beispielsweise welche Gefahren es mit sich brachte, eine dieser Ford-»Tin Lizzies« zu fahren. *A History of American Life*, herausgegeben von Arthur M. Schlesinger senior und Dixon Ryan Fox, war mein ständiger Begleiter bei allen sozialen Fragen, während der Roman *1919* von John Dos Passos den trockenen Fakten Leben einhauchte. *Remember When – A Loving Look at Days Gone By: 1900–1942* von Allen Churchill weckte im Leser wie Forscher auf wunderbare Weise immer wieder ein wenig Sehnsucht nach »der guten alten Zeit«.

Um die Stimmungen beim Übergang von der viktorianischen in die eduardische Zeit zu erfassen – jener Zeit des Wertewandels, mit dem Eugene und Louisa Vansant nicht zuletzt am Strand zu kämpfen hatten –, verließ ich mich im Wesentlichen auf Thomas J. Schlereths Buch *Victorian America – Transformation in Everyday Life, 1876–1915*. Auch Gertrude Himmelfarbs *Victorian Minds – A Study of Intellectuals in Crisis and Ideologies in Transition* bot mir viele nützliche Hinweise. Meine Schilderung der Beziehung zwischen Dr. Eugene Vansant und seinem Sohn Charles basiert unter anderem auf der Lektüre von *Dandies and Desert Saints – Styles of Victorian Manhood* von James Eli Adams und *Secret Ritual and Manhood in Victorian America* von Mark C. Carnes.

Schließlich war auch das Internet eine unschätzbare Quelle, von den vielen exzellenten Websites, die wissenschaftliche Grundlagen über die viktorianische Zeit anbieten, bis hin zu meiner Online-Subskription der *Encyclopaedia Britannica*. Was ich über die vielen Schiffswracks vor der Küste von Jersey erfuhr, wurde von der ausgezeichneten Website für Taucher (www.njscuba.com) ergänzt.

Und was die opulenteren Seiten des goldenen amerikanischen Zeitalters anbelangt, etwa die Vorliebe, welche die New Yorker Gesellschaft für Diamanten hegte, so verdanke ich einen Großteil meiner Erkenntnisse der sehr lebendigen Geschichte, die M. H. Dunlop unter dem Titel *Gilded City – Scandal and Sensation in Turn-of-the-Century New York* veröffentlichte.

Um die Populärkultur dieser Jahre wiedergeben zu können – Häuser, Lebensmittel, Mode, Eisenbahn, Automobile, Architektur, tragbare Grammophone (die so genannten »Victrolas«), die Art der Nachrichtenverbreitung, Schundliteratur –, verließ ich mich stark auf zeitgenössische Presseberichte und eine Reihe von Büchern. Die Rekonstruktion einer Fahrt im Automobil, insbesondere der Strecke, die John. T. Nichols zurücklegte, basiert auf dem *Scarborough's Official 1916 New York Automobile Association Tour Book for New York, New Jersey, Canada and the East*.

Am Ende dürfen auch all die vielen Bibliothekare und Archivare nicht vergessen werden, denen ich Dank schulde: aus dem American Museum of Natural History in New York, dem Florida Museum of Natural History in Gainesville, Florida; der New York Public Library; der Free Library of Philadelphia; der Ocean County Library in Tom's River, New Jersey; der Asbury Park Library; der Matawan Aberdeen Public Library; der Spring Lake Historical Society; der Bibliothek und der Archive der University of Pennsylvania; den Temple University's Urban Archives; der Bibliothek und den Archiven der Thomas Jefferson University; der Smithsonian Institution; der University of Miami Rosenstiel School of Marine and Atmospheric Science; der American Philosophic Society in Philadelphia; dem Finanzministerium in Washington, D.C.; der Library of Congress; und der National Oceanographic and Atmospheric Administration. Die US-Küstenwache gewährte mir Einblick in das Logbuch der *Mohawk*, welche den kurzen »Krieg gegen die Haie« führte, sowie in die

Unterlagen von Captain Carden und den anderen offiziellen Vertretern dieser Küstenwache.

Autoren tendieren immer dazu, ihre Verleger zu romantisieren, doch in der Tat könnte sich wohl keiner einen hingebungsvolleren, engagierteren und talentierteren wünschen als Charlie Conrad, den stellvertretenden Verlagsleiter von Broadway Books. Dieses Buch wäre in dieser historisch und wissenschaftlich untermauerten, narrativen Form ohne Charlies visionäre Gabe, ohne sein leidenschaftliches Eintreten für dieses Projekt und ohne seine literarischen Fähigkeiten nicht zustande gekommen. Es dauerte nicht lange, bis ich realisierte, dass ich nicht der Einzige war, der sich die Nächte um die Ohren schlug, um diese Geschichte auf bestmögliche Art und Weise erzählen zu können. Auch dafür, Charlie, kann ich dir nicht genug danken. Meiner Lektorin Becky Cole gebührt der Lorbeerkranz für ein untrüglich scharfes Auge und weil sie es fertig brachte, selbst unter größtem Druck Ruhe auszustrahlen und mich zu unterstützen. Haie können sich nicht einfach treiben lassen, aber Becky kann das. Sie hat dieses Buch unter ihre Fittiche genommen und unermüdlich perfektioniert. Ein großer Dank gilt auch meinem Agenten David Vigliano, der die geniale Gabe hat, mit einem Auge auf den Markt und mit dem anderen auf die Seele des Autors zu schielen. David bringt irgendwie immer das Kunststück fertig, mir zu folgen und mich gleichzeitig zu leiten, und zwar stets in die richtige Richtung. Und das richtige Ziel in der richtigen Richtung war Broadway Books. Vielen Menschen dort schulde ich Dank, weil sie mir das Gefühl gaben, frei, aber von Rettungsschwimmern umgeben, schwimmen zu können: Rebecca Holland, Catherine Pollack, Betsy Areddy, Patti Ratchford, Richard Oriolo, Johanna Tani und Tina Thompson. Mein vestorbener Vater William Capuzzo, der bei mehreren New Yorker Verlagen für den Verkauf zuständig gewesen war, wäre ebenso begeistert gewesen wie sein Sohn von den Verkaufsstrategen bei Random House West.

Mein zutiefst empfundener Dank aber gebührt meiner Tochter Grace, einer zehnjährigen Dichterin, die mir aufmerksam zuhörte, wenn ich vorlas; meiner Tochter Julia, sieben, einer Malerin, die mein Arbeitszimmer mit Bildern von Haien dekorierte; und meiner Frau Teresa, die mein Glück vollkommen macht – nicht zuletzt, weil sie auch eine brillante Lektorin und Wortschmiedin ist, deren unbestechlichen Augen und Ohren nichts entgeht.

# *Bibliographische Auswahl*

Dies ist eine Auswahl der Quellen, die ich bei meinen Recherchen der Geschichten und Ideen, die diesem Buch zugrunde liegen, konsultiert habe. Sie soll eine Vorstellung von der Bandbreite des verwendeten Materials vermitteln und all jenen Leserinnen und Lesern als Leitfaden dienen, welche die in diesem Buch angeschnittenen Themen weiterverfolgen möchten.

Zu den Zeitungen aus dem und um das Jahr 1916, in denen ich recherchierte, gehören:

*The Asbury Park Press*, *The Baltimore Sun*, *The Home News* (Harlem, New York City), *The Keyport News* (Keyport, New Jersey), *The London Times*, *The Matawan Journal* (Matawan, New Jersey), *The New York Daily News*, *The New York Herald*, *The New York Sun*, *The New York Times*, *The New York World*, *The Philadelphia Daily News*, *The Philadelphia Evening Bulletin*, *The Philadelphia Inquirer*, *The Philadelphia Public Ledger*, *The Sunday Register* (Shrewsbury, N. J.) und *The Washington Post*. Auch Dutzende von Illustrierten und Journalen habe ich durchforstet, darunter das *Brooklyn Museum Sciene Bulletin* vom April 1916 und darin insbesondere »Long Island Fauna – The Sharks (Order Selachii)« von John T. Nichols und Robert C. Murphy; das *Time*-Magazin; *National Geographic*; *Discover*; das *Philadelphia*-Magazin; den *New Jersey Monthly* und viele weitere Publikationen, vom *The Fishery Bulletin* bis hin zum *Journal of the Medical Association*.

Able, Kenneth W., und Fahay, Michael: *The First Year in the Life of Estuarine Fishes in the Middle Atlantic Bight*. New Brunswick 1998.
Adams, George Worthington: *Doctors in Blue – The Medical History of the Union Army in the Civil War*. Baton Rouge 1996.
Adams, James Eli: *Dandies and Desert Saints – Styles of Victorian Manhood*. Ithaca und London 1995.
Ainley, David G., und Klimley, Peter A. (Hg.): *Great White Sharks – The Biology of Carcharodon carcharias*. San Diego 1996.
Allen, Frederick Lewis: *Only Yesterday – An Informal History of the Nineteen-Twenties*. New York 1931.
Allen, Thomas B.: *The Shark Almanac – A Fully Illustrated Natural History of Sharks, Skates, and Rays*. New York 1999.
Baldridge, H. David: *Shark Attack*. New York 1974.
Bartsch, Paul, und Nichols, John T.: *Fishes and Shells of the Pacific World*. New York 1945.
Bosker, Gideon, und Lencek, Lena: *The Beach – The History of Paradise on Earth*. New York 1998.
Brands, H. W.: *TR – The Last Romantic*. New York 1997.
Brinnin, John Malcolm: *The Sway of the Grand Saloon – A Social History of the North Atlantic*. (1971), New York 2000.
Brown, Dee Carlton (Hg.): *The Record of the Class of Nineteen Hundred and Thirteen, University of Pennsylvania*. Philadelphia 1913.
Burt, Nathaniel: *The Perennial Philadelphians – The Anatomy of an American Aristocracy*. Boston 1963.
Bynum, W. F.: *Science and the Practice of Medicine in the Nineteenth Century*. New York 1994.
Capstick, Peter Hathaway: *Maneaters*. New York 1981.
Caras, Roger A.: *Dangerous to Man – The Definitive Story of Wildlife's Reputed Dangers*. New York 1975.
Carnes, Mark C.: *Secret Ritual and Manhood in Victorian America*. New Haven und London 1989.
Champlin, John Denison, mit einer Einführung von Frederic A.

Lucas: *The Young Folks' Cyclopaedia of Natural History*. New York, 1905.

Chiquoine, Alexander Duncan: *The Record of the Class of Nineteen Hundred and Fourteen, University of Pennsylvania*. Philadelphia 1914.

Churchill, Allen: *Remember When – A Loving Look at Days Gone By: 1900–1942*. New York 1967.

Colrick, Patricia Florio: *Spring Lake*. Dover, NH, 1998.

Cooper, John Milton junior: *Pivotal Decades – The United States, 1900–1920*. New York, London 1990.

Collpeson, V. M.: *Shark Attack*. Sydney 1958.

Dos Passos, John: *1919*, Bd. II, *U.S.A. Trilogy*. Boston 1932.

Dreiser, Theodore: *The Financier*. New York 1912.

Dunlop, M. H.: *Gilded City – Scandal and Sensation in Turn-of-the-Century New York*. New York 2000.

Edwards, Hugh: *Shark – The Shadow Below*. New York 1997.

Ellis, Edward Robb: *Echoes of Distant Thunder – Life in the United States, 1914–1918*. New York 1996.

Ellis, Richard: *Monsters of the Sea –The History, Natural History, and Mythology of the Oceans' Most Fantastic Creatures*. New York 1995.

Ellis, Richard, und McCosker, John E.: *Great White Shark – The Definitive Look at the Most Terrifying Creature of the Ocean*. New York 1991.

Emery, Edwin: *The Press and America – An Interpretative History of the Mass Media*. Englewood Cliffs, NJ, 1972.

Fernicola, Richard G.: *In Search of the Jersey Man-Eater*. Deal, NJ, 1987.

Fitzgerald, F. Scott: *This Side of Paradise*. New York 1970.

Flower, Raymond, und Wynn Hones, Michael: *100 Years on the Road – A Social History of the Car*. New York 1981.

Fox, Dixon Ryan, und Schlesinger, Arthur M. senior (Hg.): *A History of American Life*. New York 1948.

Foy, Jessica H., und Schlereth, Thomas J.: *American Home Life, 1880–1930 – A Social History of Spaces and Services*. Knoxville, TN, 1992.

Freeman, Michael: *Railways and the Victorian Imagination.* New Haven 1999.

Gilbert, Perry W. (Hg.): *Sharks and Survival*, Lexington, MA, 1975. Diese Ausgabe enthält auch die Abhandlung von David H. Davies und George D. Campbell: *Treatment of Shark-Attack Victims in South Africa*, 1963.

Harris, Kristina: *Victorian and Edwardian Fashions for Women, 1840 to 1919*. Atglen, PA, 1995.

Himmelfarb, Gertrude: *Victorian Minds – A Study of Intellectuals in Crisis and Ideologies in Transition.* Chicago 1952.

Hofstadter, Richard: *Social Darwinism in American Thought.* Boston 1944.

Hunter, Allan junior (Hg.): *The Record of the Class of Nineteen Hundred and Eleven, University of Pennsylvania.* Philadelphia 1911.

Johnson, Paul: *A History of the American People.* New York 1998.

Kalfus, Ken (Hg.): *Christopher Morley's Philadelphia.* New York 1990.

Kammen, Michael: *Mystic Chords of Memory – The Transformation of Tradition in American Culture.* New York 1991.

Kazin, Alfred: *On Native Grounds – An Interpretation of Modern American Prose Literature.* New York 1942.

Kendrick, A. Clements: *Woodrow Wilson – World Statesman.* Chicago 1999.

Knudtson, Peter: *Orca – Visions of the Killer Whale.* San Francisco 1996.

Kynett, Harold H. junior (Hg.): *The Record of the Class of Nineteen Hundred and Twelve.* Philadelphia 1912.

Lloyd, John Bailey: *Eighteen Miles of History on Long Beach Island.* Harvey Cedars, NJ, 1994.

–: *Six Miles at Sea – A Pictorial History of Long Beach Island.* Harvey Cedars, NJ, 1990.

Lucas, Frederic A.: *Animals of the Past – An Account of Some of the Creatures of the Ancient World.* New York 1929.

–: *Fifty Years of Museum Work – Autobiography, Unpublished Papers, and Biography.* New York 1933.

Lukas, J. Anthony: *Big Trouble – A Murder in a Small Western Town Sets Off a Struggle for the Soul of America*. New York 1977.

Lutz, Tom: *American Nervousness, 1903 – An Anecdotal History*. Ithaca 1991.

Maniguet, Xavier: *The Jaws of Death – Shark as Predator, Man as Prey*. Dobbs Ferry, NY, 1991.

Martin, Richard, und Koda, Harold: *Splash! A History of Swimwear.* New York 1990.

Mathiessen, Peter: *Blue Meridian – The Search for the Great White Shark*. New York 1971.

Maxtone-Graham, John: *The Only Way to Cross – The Golden Era of the Great Atlantic Express Liners – from the Mauretania to the France and the Queen Elizabeth 2*. New York 1972.

McPherson, James M. (Hg.): *»To the Best of My Ability« – The American Presidents*. New York 2000.

Morgan, Robert P. (Hg.): *Music, Society and Modern Times – From World War I to the Present*. Englewood Cliffs, NJ, 1994.

Morrone, Francis: *An Architectural Guidebook to Philadelphia*. Layton, UT, 1999.

Murphy, Robert Cushman: *Fish-Shape Paumanok – Nature and Man on Long Island*. Philadelphia 1964.

–: *Logbook for Grace – Whaling Brig Daisy, 1912–1913*. Alexandria, VA, 1982.

Nash, Charles Edgar: *The Lure of Long Beach, being a detailed account of the traditions, history and growth of a grand little island off the New Jersey Coast*. Long Beach Island 1936.

Norris, Frank: *The Octopus*. New York 1901.

Nye, Russel: *The Unembarrassed Muse – The Popular Arts in America*. New York 1970.

Porter, Roy: *The Greatest Benefit to Mankind – A Medical History of Humanity.* New York 1997.

Prost, Antoine, und Vincent, Gerard: *A History of Private Life – Riddles of Identity in Modern Times*. Cambridge, MA, 1991.

Raby, Peter: *Bright Paradise – Victorian Scientific Travellers*. Princeton, NJ, 1991.

Roosevelt, Theodore: *Through the Brazilian Wilderness*. New York 1926.
Rosenberg, Charles E.: *The Care of Strangers – The Rise of America's Hospital System*. Baltimore 1987.
*Scarborough's Official Tour Book, New York Automobile Association 1916, New York, New Jersey, Canada and the East*. Indianapolis 1916.
Schlereth, Thomas J.: *Victorian America – Transformations in Everyday Life, 1876–1915*. New York 1991.
Schneider, Dorothy, und Schneider, Carl J.: *American Women in The Progressive Era, 1900–1920*. New York 1993.
Server, Lee: *The Golden Age of Ocean Liners*. New York 1996.
Solomon, Brian, mit Riley, C. J.: *Along the Rails – The Lore and Romance of the Railroad*. New York 1999.
Stevick, Philip: *Imagining Philadelphia – Travelers' Views of the City from 1800 to the Present*. Philadelphia 1996.
Stover, John F.: *American Railroads*. Chicago 1997.
Stutz, Bruce: *Natural Lives, Modern Times – People and Places of the Delaware River*. New York 1992.
Sullivan, Mark: *Our Times – The United States, 1900–1925*, Bd. I: *1900–1904, The Turn of the Century*. New York 1926;
–: Bd. II: *America Finding Herself*. New York 1927;
–: Bd. III: *Pre-War America*. New York 1930;
–: Bd. IV: *The War Begins*. New York 1932;
–: Bd. V: *Over Here, 1914–1918*. New York 1933.
Taylor, Leighton (Hg.): *Sharks and Rays*. New York 1997.
Wagner, Frederick B. junior (Hg.): *Thomas Jefferson University – Tradition and Heritage*. Philadelphia 1989.
Wagner, Frederick B. junior, und Savacool, J. Woodrow (Hg.): *Jefferson Medical College – Legend & Lore*. Devon, PA, 1996.
–: *Thomas Jefferson University – A Chronological History and Alumni Director, 1824–1990*. Philadelphia 1992.
Wallace, Anthony F. C.: *St. Clair – A Nineteenth-Century Coal Town's Experience with a Disaster-Prone Industry*. Ithaca 1981.
Wallace, Joseph: *A Gathering of Wonders – Behind the Scenes*

*at the American Museum of Natural History*. New York 2000.
Weigley, Russell F. (Hg.): *Philadelphia – A 300-Year History*. New York 1982.
Whitman, Walt: *Whitman – Complete Poetry and Collected Prose*. New York 1982.
Williams, Guy: *The Age of Miracles – Medicine and Surgery in the Nineteenth Century*. Chicago 1987.
Williams, Susan: *Savory Suppers & Fashionable Feasts – Dining in Victorian America*. Knoxville, TN, 1996.
Wilson, Edith Bolling: *My Memoir*. Indianapolis, IN, 1938.
Wilson, Edward O.: *The Diversity of Life*. New York. 1992.
Wullschlager, Jackie: *Inventing Wonderland – Victorian Childhood as Seen Through the Lives and Fantasies of Lewis Carroll, Edward Lear, J. M. Barrie, Kenneth Grahame, and A. A. Milne*. New York 1995.